*Denn wir wandeln in Spuren,
und alles Leben ist Ausfüllung mythischer Formen
mit Gegenwart.*

Thomas Mann

Ilka Scheidgen

Das Haus auf der Klippe

Bretagne-Roman

Bibliografische Information der Deutschen Nationalbibliothek:
Die Deutsche Nationalbibliothek verzeichnet diese Publikation in der Deutschen Nationalbibliografie; detaillierte bibliografische Daten sind im Internet über http://dnb.dnb.de abrufbar.

TWENTYSIX – Der Self-Publishing-Verlag
Eine Kooperation zwischen der Verlagsgruppe Random House und BoD – Books on Demand

© 2017 Ilka Scheidgen
© 2017 Ilka Scheidgen für das Cover

Herstellung und Verlag:
BoD – Books on Demand, Norderstedt

ISBN: 978-3-740-72921-9

Ilka Scheidgen

Das Haus auf der Klippe

Bretagne-Roman

Eins

Die Werkstatt war das reinste Chaos. Gerade dieser Umstand nahm Andreas Zingler für das Haus ein. Denn in der scheinbar heillosen Unordnung hatte er sofort ein Prinzip entdeckt: dass hier jemand gewohnt hatte, der nichts weggeworfen hatte an Utensilien und Werkzeug, da sie irgendwann einmal Verwendung finden könnten. So hielt er es selbst. So hatte es sein Großvater getan, der gebrauchte Nägel nicht fortgeworfen, sondern säuberlich mit dem Hammer wieder gerade geklopft hatte.

Man lebte heute in einer Zeit, in der alles fortgeworfen wurde. Aber er mit seiner Erfahrung von Flucht und Kriegsverlusten hatte noch immer das Gefühl, trainiert sein zu müssen auf den Tag hin, an dem ganz plötzlich, so wie es in seiner Kindheit gewesen war, alles zurückgelassen werden und mit dem Kärglichsten ein Leben gemeistert werden musste. Dieser eine Satz mit seinem Großvater ließ Vergangenes zur Gegenwart und diese zur Zukunft werden. So wie in seiner Kunst: die Durchbrüche, die verschiedenen Schichten und Löcher, Durchblicke auf etwas Anderes.

Und natürlich waren da das Haus selbst und der Garten, ein wenig oberhalb der Straße gelegen. Eine dicke Bruchsteinmauer fing das Grundstück auf und hinderte es gleichsam am Herunterrutschen. In die Mauer war eine schmale Passage mit einem verwitterten Gartentor eingelassen, über die ungezähmt eine wild wuchernde Hecke wuchs, so dass man sich ein wenig bücken musste, um die Stufen aufwärts in den Garten zu gelangen.

Es war, als träte man ein in eine längst vergangene Zeit. Aufbruch in eine unbekannte Welt. Die Suche nach der blauen Blume. Diese romantische Vorstellung war ihnen beiden gemeinsam. Nicht um Besitz ging es, sondern um das Beflügeln der Phantasie. Die Welt hinter der Welt.

Marita Zingler hatte Andreas die Wochenendzeitung wedelnd vors Gesicht gehalten, mit Schwung auf den Schreibtisch gelegt und, damit seine Aufmerksamkeit nicht wie meistens anderweitig in Anspruch genommen, mit für sie ungewöhnlich lauter Stimme die Annonce, auf die sie nun ihren Zeigefinger hielt, vorgelesen: „Bretagne, Haus am Meer, 120 qm, Nebengebäude, mit idyllischem Garten". Sie nannte noch den Preis, der dort angegeben war. Als Andreas nicht reagierte, weil er sich offenbar in einen Artikel im Feuilleton oder Wirtschaftsteil festgebissen hatte, wiederholte Marita den Wortlaut der Anzeige und fügte an: „Dass es so was überhaupt gibt und dann für einen solchen Preis. Ich kann es gar nicht glauben".
„Was kannst du nicht glauben", fragte Andreas. Ein Zeichen, dass er auch beim zweiten Mal Vorlesen nicht zugehört hatte, aber immerhin jetzt Interesse bekam, womit sich seine Frau beschäftigte.
„Nun hör doch endlich", sagte Marita, „ich habe hier etwas Unglaubliches gefunden. Haus am Meer. In der Bretagne. Und zu einem Preis, den man einfach nicht glauben kann!"
„Na, was die so Haus nennen! Kann sich wohl nur um eine Ruine handeln", war sein Kommentar.

Dennoch hörte er plötzlich das Meer. Und sah sich als kleinen Jungen am Strand von Mecklenburg, schmeckte Salz auf seinen Lippen, spürte Sandkörner zwischen den Zehen, suchte den Horizont nach Schiffen ab.
„Du sagst ja gar nichts", meinte Marita, die nicht sicher war, ob ihr Mann über einem Problem aus einem der gelesenen Artikel brütete oder tatsächlich in Gedanken auf das von ihr Vorgelesene eingeschwenkt war.

Kilometer feiner Sandstrand. Zwischen Meer und Himmel an diesigen Tagen keine Grenze. Grünes Meer, graues Meer, manchmal blau, wenn auch der Himmel blau war und dem Meer seine Farbe lieh. Haus am Meer, hinter der Düne, in dem er mit der Mutter wohnte. Und der Vater manchmal zu Besuch kam. Selten. Denn es war Krieg. Aber davon merkte man in dem verschlafenen kleinen Dorf an der Ostsee nichts, jedenfalls nicht viel.
„Nun sag doch mal was." Marita rüttelte Andreas am Arm. „Hat es dir die Sprache verschlagen?"
„Ich verspreche mir ja nicht viel davon, aber wenn du meinst, kannst du ruhig mal anrufen. Vielleicht haben sie ein Foto und ein paar nähere Informationen."
Marita war erstaunt, dass Andreas nicht rundweg ablehnte, sich mit der Sache zu befassen. Sie kannte das aus den langen Jahren ihres Zusammenlebens. Am Anfang stand bei Andreas immer erst die Verneinung. Natürlich hatte auch sie im Laufe der Jahre ihre Taktik entwickelt, wenn es ihr galt, etwas durchsetzen zu wollen. Sie ließ ihm einfach ein wenig Zeit und versuchte dann, die Sache, die ihr wichtig war, von einer anderen Seite her anzugehen. Verfing auch das noch nicht, baute sie ein Argumentationsgebäude auf, vor

dem er in den meisten Fällen kapitulierte mit dem Kommentar: Du machst ja doch, was du willst.

Natürlich machte auch Andreas, was er wollte. Es hatte während ihrer nun bald 25jährigen Ehe mancherlei Kämpfe gegeben. Jeder von ihnen war dabei ein Stück zurückgewichen und hatte dem anderen Terrain überlassen, bis es mittlerweile oft fast stillschweigende Übereinkunft in den meisten Fragen ihres gemeinschaftlichen Lebens und Arbeitens gab.
Es war Wochenende, und Marita nahm sich vor, gleich Montag in der Praxis, bevor der wöchentliche Alltag ihre Gedanken wieder vollständig in Anspruch genommen haben würde, bei dem Makler, der das vielversprechende, wenn nicht gar, wie ihr schien, geheimnisvolle Haus am Meer inseriert hatte, anzurufen.
Seit Jahren hatten Andreas und Marita, mal gemeinsam, mal abwechselnd sich diesem Spiel verschrieben, Anzeigen von Häusern, Grundstücken, Gutshöfen oder auch Schlössern anzusehen, manchmal nachzufragen, seltener sich Unterlagen schicken zu lassen. Eine Art zu träumen. In Gedanken aufzubrechen. Gewohntes hinter sich zu lassen. Neu anzufangen. Bis nach Australien hatte diese Form Träumerei sie bereits geführt. Das lag sechzehn Jahre zurück. Marita hatte damals noch keine eigene Zahnarztpraxis gehabt, und Andreas träumte den Traum eines freien Lebens mit eigenem Land, möglichst bis zum Horizont, als Selbstversorger. Ein bisschen hatte seine Vorstellung von Australien etwas vom Schlaraffenland an sich: sitzen auf der Veranda und die Schafherden auf den ausgedehnten Weideflächen beobachten, wie sie ganz von selbst

wuchsen und Wolle produzierten und die Früchte aus dem Garten dank des immerwährenden Sonnenscheins prall und reif in die aufgestellten Körbe fielen und nur noch verzehrt werden müssten. Sogar beim australischen Konsulat waren sie damals bereits gewesen und hatten sich nach den Einwanderungsbedingungen erkundigt. Andreas als Künstler wäre als Einwanderer nicht in Frage gekommen. Aber Marita als Zahnärztin war willkommen, hätte als Ernährerin der Familie gegolten. Eine Bedingung als Voraussetzung war, dass sie zwei Jahre lang im *Outback* hätte arbeiten müssen. Selbst das hatte sie nicht abgeschreckt. Und so waren sie in das Land ihrer Träume geflogen, um sich vor Ort die Lebensumstände näher anzusehen. Der Traum platzte bereits nach drei Tagen, als sie erkannten, dass sie auf dem fremden Kontinent niemals würden Fuß fassen können. Fruchtbares Land war nicht zu erwerben, und in Katastrophengebieten, wo entweder Feuersbrünste oder Überschwemmungen in regelmäßigen Abständen die Lebensgrundlagen vernichteten, wollten sie sich doch lieber nicht ansiedeln. Mit ihren Vorstellungen wieder in der Wirklichkeit angekommen, hatten sie nicht versäumt, den Outback, dieses immer noch weitgehend unerforschte und unzugängliche Land im Herzen des Kontinents, zu bereisen. In elf Tagen hatten sie eine archaische Wüstenlandschaft kennen gelernt, den *Uluru*, den dreihundert Meter hohen Monolithen inmitten einer endlosen roterdenen Ebene mit dem unglaublichen Farbenspiel bei Sonnenauf- und untergang. Vor allem aber die Freundlichkeit der Ureinwohner, der Aborigines. Die unvorstellbare Einfachheit ihres Lebens. Einen neuen Traum nahmen sie mit zurück von der Reise auf die andere Seite des Globus: ein Leben führen zu wollen auf den

Traumpfaden, ähnlich den Aborigines, die mit einem Minimum an Werkzeugen für ihr Überleben sorgten. Die die Erde kannten und die Wasserplätze in der Wüste und im Einklang mit sich und der Natur lebten.

Andreas hatte immer diese Sehnsucht nach dem ersten Paradies. Kindheit. Strand und Wellen. Die feine Linie. Horizont, das Wort kannte er damals noch nicht. Aber die Frage, was wohl dahinter ist, dort ganz weit, wo das Auge nicht hinreicht. hatte ihn im Grunde nie losgelassen.
Später hatten sie gemeinsam geträumt, Marita und er. Und nicht nur geträumt. Denn kurz nach ihrer Australienreise konnte Marita die Praxis einer Kollegin übernehmen, die sie mehrfach in Krankheitsfällen vertreten hatte und die sich jetzt in den Ruhestand begeben wollte. Das bedeutete vollen Einsatz und sah nicht nach einfachem Leben aus. Aber der Traum begleitete sie. Andreas schwärmte schon seit langem vom Leben auf dem Land. Viele Bauernhöfe in der näheren und weiteren Umgebung hatten sie sich bereits angesehen, aber das richtige war noch nicht darunter gewesen, wo sich ihre Arbeit in der Stadt und das Wohnen auf dem Land vernünftig miteinander verbinden lassen könnte. Bis eines Tages Andreas eine Anzeige vorlas, die auch Marita aufhorchen ließ: „Großes Gehöft in Alleinlage, Gesindehaus, Ställe, Nebengebäude, Wiesen, Wald, Teichanlage, renovierungsbedürftig".
Andreas war nicht zu halten, und seine Phantasie schoss Purzelbäume.
„Da kann ich mir sicher ein geräumiges Atelier ausbauen. Und für die Kinder können wir ein Pony kaufen. Im Teich können wir Forellen züchten, und Schafe können wir sicher auch halten. Und, und, und..."

Marita dachte an das Gesindehaus und an ihren Plan, ihre Mutter zu sich zu holen. Das würde manches vereinfachen. Andreas hatte den Vorschlag gemacht, nachdem Maritas Mutter nach einer schweren Erkrankung im zweihundert Kilometer entfernten Ort sich nicht mehr so gut allein versorgen konnte. Ihr wäre geholfen, und sie hätten eine Hilfe, wenn die Omi, die von den Kindern sehr geliebt wurde, bei ihnen wäre und auch manche kleine Arbeiten übernehmen könnte.
Das wichtigste ist, hatte Andreas oft gesagt, dass sich jemand zugehörig fühlt und dass er das Gefühl hat, er wird gebraucht. Andreas schwärmte von der Großfamilie.
Und es war tatsächlich so gekommen, dass dieser Traum Wirklichkeit wurde. Seit fünfzehn Jahren lebten sie nun schon auf dem Hof. Das Gesindehaus war zwei Jahre lang während der Winterzeit nicht nur das Domizil von Maritas Mutter, sondern auch das ihre, da das eigentliche Wohnhaus so sehr heruntergekommen war, dass es in der kalten Jahreszeit nicht bewohnbar war. Da Andreas die meisten Renovierungsarbeiten selbst machte, dauerte es eine Zeit. Aber sie waren alle miteinander glücklich mit ihrem Land, dem inzwischen angelegten Gemüsegarten, den Schafen, Hühnern und Enten. Besonders ihre drei Kinder Cornelius, Leon und Gesa fühlten sich in ihrem neuen Zuhause außerordentlich wohl. Kein Nachbar, der sich über Lärm beschweren konnte, ausreichend Platz zum Spielen. Das Provisorische und Unperfekte empfanden sie als ein einziges Abenteuer. Neben Hamster, Papagei und Streifenhörnchen gesellten sich ein Hund und zwei Katzen zu ihrer Tierschar.
Da im Gelände immer ausreichend Arbeit anfiel, gewöhnten sie sich schnell daran, dass ihre Mithilfe

vonnöten war. Dafür hatten sie ein Leben in großer Freiheit und konnten jederzeit ihre Freunde mitbringen.

Andreas hatte sich die ehemaligen Remisen zu einem geräumigen Atelier ausgebaut, in dem er nach Lust und Laune und zu jeder Tages- und Nachtzeit arbeiten konnte.

Maritas Mutter kümmerte sich um den Hausgarten, hegte und pflegte Blumen und Rasen und kam durch das Arbeiten an der frischen Luft wieder richtig zu Kräften.

So waren die Jahre verflogen, immer geschäftig, niemals langweilig. Cornelius hatte durch die vielen Umbauten, bei denen er nach Zeit und Kräften fleißig mitgewirkt hatte, seine Liebe zum Bauen entwickelt und studierte seit zwei Jahren in Berlin an der Hochschule der Künste Architektur. Leon leistete nach dem Abitur gerade seinen Zivildienst in einem Altenheim. Gesa hatte ihr berufsorientiertes Praktikum an einem tierpsychologischen Institut der Universität Kiel gemacht, weil sie auf jeden Fall etwas studieren wollte, was mit Tieren zu tun hatte, am liebsten mit Schimpansen oder Gorillas.

Maritas Praxis florierte. Sie hatte eine Assistentin eingestellt, so dass sie ihre Praxiszeiten etwas reduzieren konnte und mehr Zeit für die Familie hatte. Auch die gemeinsamen Ferien ließen sich so problemlos durchführen.

Andreas schuf unermüdlich seine Kunstwerke: Bilder und Skulpturen. Zwei der ehemaligen Ställe dienten als Lager und waren fast restlos gefüllt. Aber er verkaufte keins seiner Werke. Sich in den Kunstbetrieb mit seinen Abhängigkeiten zu begeben, hatte er von Anfang an abgelehnt.

„Ich werde auch so berühmt", sagte er immer wieder, wenn ihn jemand danach fragte, ob er denn keine Ausstellung machen wolle, ob er nicht nach einem Galeristen Ausschau halten wollte.

„Ihr werdet sehen, am Ende bin ich berühmt", war seine wiederkehrende Antwort. „Ein solches Werk kann niemand übersehen. Eines Tages wird es einer entdecken. Und der kann dann richtig reich werden damit. Denn er hat ein geschlossenes Gesamtwerk zur Verfügung."

In der Familie hatten längst alle aufgegeben, ihn zu ermuntern, es vielleicht doch mal zu versuchen, seine imponierenden und eigenständigen Bilder einer Öffentlichkeit zugänglich zu machen.

Das hätte er damals haben können, als der Direktor der Kunstakademie ihn an einen Kunstpotentaten vermitteln wollte. Aber dann hatte Andreas dieses Schlüsselerlebnis gehabt, als ein befreundeter Sänger einen Preis von einem großen Industrieunternehmen verliehen bekam. Die Preisverleihung hatte drei Minuten gedauert, und die Preissumme war auch eher bescheiden gewesen. Umso länger und wichtiger die Lobreden auf die Sponsoren des Preises.

Damals, zum Ende seines Kunststudiums, hatte Andreas sich geschworen: von denen machst du dich nicht abhängig. Und er hatte sich daran gehalten. Natürlich wusste er, dass er ohne Marita diesen Weg nicht hätte gehen können. Aber über ihren gemeinsamen Weg waren sie sich früh einig gewesen. Marita hatte einen Beruf, in dem sie gutes Geld verdiente und den sie liebte. Warum sollten sie nicht die üblichen Rollenklischees auf den Kopf stellen?

Wenn Andreas sich unter Künstlerkollegen mit seiner Unabhängigkeit brüstete, bekam er oft zu hören: „Ach,

du sei doch still, du mit deiner Zahnärztin!" Die meisten Freundschaften aus der Akademiezeit waren mit den Jahren sowieso zerbrochen. Viele hatten Karriere gemacht, als freie Künstler oder als Professoren. Manche von ihnen waren groß im internationalen Kunsthandel.
„Meine Zeit kommt", war Andreas' Kommentar, wenn große Museumsausstellungen von ehemaligen Mitstudenten irgendwo in der Welt veranstaltet wurden.
Die werden immer schlechter mit der Zeit, weil sie dem Zeitgeist und ihrer Berühmtheit Tribut zollen, pflegte er oft zu sagen, wenn er sich die Ausstellungen ansah. Mich kennt keiner. Das ist ein enormer Vorteil. So kann auch niemand bei mir Ideen klauen.
An Minderwertigkeitsgefühlen litt Andreas nicht.

Dass er wegen seiner silbergrauen Mähne und der großen Hornbrille schon mal mit Andy Warhol verwechselt worden war, und weshalb er von manchen Freunden Andy genannt wurde, fand er nicht außergewöhnlich. Denn für so bedeutend wie diesen hielt er sich allemal. Wenn nicht für bedeutender.
Übrigens erzählte er in dem Zusammenhang, wenn er auf seine hippe Brille angesprochen wurde, gerne, dass es sich um das billigste Krankenkassenmodell handele und er dies nur dem Grunde immer noch habe, weil es einfach unverwüstlich sei. Das könne ihm beim Stallausmisten ruhig in den Dreck fallen. Ganz anders als die ultraleichten Designerbrillen, von denen er bei seinen Arbeiten im Atelier, weil er auf die auf dem Boden abgelegte Brille getreten war oder auf dem

Hof, als der Schafbock ihn angerempelt hatte, schon etliche Exemplare eingebüßt hatte.

Mit eben dieser Andy-Brille besah sich Andreas die Altertümchen in der Werkstatt, die hinter dem Haus am Meer gegen den Hang gebaut stand. Spinnweben überspannten das Fenster in solcher Dichte, dass das Licht von außen kaum ins Innere drang. Andreas knipste die Beleuchtung an, damit er den hinteren Teil des Raumes besser untersuchen konnte. Eine Seitenwand war mit einem selbstgebauten, rohen Holzregal bestückt, in dem sich unzählig viel Gläser und ausrangierte Blechdosen befanden. Und hier erkannte Andreas die Ordnung in dem scheinbaren Chaos. Jeder Behälter war mit einem beschrifteten Etikett versehen. In einem befanden sich Nägel einer bestimmten Größe, in einem anderen Schrauben, in einem weiteren Metallringe, dort Schraubhaken, hier Muttern und so weiter. Andreas' Handwerkerherz schlug höher. Der Mann mit dem unaussprechlichen Namen Kergaravat, der hier bis zu seinem Tod gelebt hatte, hatte nichts weggeworfen, so viel stand fest.

Jetzt hörte er Marita rufen, die zwischenzeitlich den Garten inspiziert hatte. Sie waren erst einmal ohne die Maklerin gekommen, um sich in Ruhe umzusehen. Das Haus, das sie von den Fotos kannten, war nicht zu übersehen gewesen mit seinen gelben Fensterläden. In dem ganzen beschaulichen kleinen Ferienort am Meer gab es nur dieses eine mit gelben Fensterläden.

Es war Anfang Dezember. Die Sonne schien von einem makellos blauen Himmel. Der Strand war leer. Irgendwo hörte man Hundegebell. Die Wildhecke duftete betäubend. Und das im Winter.

So begeistert Andreas von der Werkstatt war, so entzückt zeigte sich Marita vom Garten. Er befand sich zwar in einem ziemlich verwilderten Zustand. Das Gras hüfthoch. Zwei Eibenbüsche ließen einen ehemaligen Schnitt gerade noch erahnen. Das Spalierobst bedurfte dingend eines fachgerechten Zuschnitts. Aber erinnerte das alles nicht an ihre Anfänge auf ihrem Hof in Deutschland? Auch dort waren Disteln und Brennnesseln meterhoch gewachsen. In ihnen flammte der Pioniergeist von damals auf. Die Grundsubstanz, soweit man dies von außen beurteilen konnte, stimmte. Das Haus hatte klare Proportionen. Fenster und Türen waren nicht, wie man es heute zu Andreas' größtem Leidwesen bei viel zu vielen neuen Häusern findet, irgendwo, wo man gerade ein Fenster brauchte, in die Mauer eingelassen. Hier stimmte einfach alles: Die Eingangstür in der Mitte, rechts und links jeweils zwei Fenster, in der ersten Etage genau über der Tür ein Fenster und exakt über den unteren vier Fenstern die der oberen Etage. Höhe und Breite der Fenster standen in klarem Verhältnis zu den Maßen des Mauerwerks.
Die Blendläden im Obergeschoss waren nicht verschlossen, so dass Andreas und Marita die Einteilung der Fenster sehen konnten: die unteren zwei Drittel schmal und hoch, das obere Drittel zu einem Stichbogen gerundet Marita fühlte sich an die Wohnung in Berlin erinnert, in der sie ihre Kindheit verbracht hatte. Und auch bei Andreas lösten diese Fenster nostalgische Gefühle aus. Nicht nur das Meer, nein auch das Haus mit seinen Fenstern rückten seine Kinderjahre in Mecklenburg wieder vor seine Augen.
Marita und Andreas sahen sich an. Ohne etwas zu sagen, wussten sie, dass sie sich bereits entschieden hatten.

Mit Madame Bourgeois, der Korrespondenzmaklerin des deutschen Maklerbüros hatten sie für morgen einen Termin vereinbart, bei dem sie sich, wie diese es vorgeschlagen hatte, vielleicht noch zwei oder drei andere Häuser ansehen würden. Aber sie waren sich schon jetzt sicher, dass keins ihnen so gut gefallen würde wie dieses hier.
Im nahe gelegenen Hotel „Oasis" nahmen Andreas und Marita ein mehrgängiges Menu, Vorspeise Crevetten, Hauptgang Fruits de Mer, Nachspeise Crème Caramel ein und ließen sich einen vorzüglichen Muscadet servieren. Ihr Blick ging über die weitgeschwungene Bucht, an deren Ende der kleine Ferienort mit „ihrem" Haus sich an eine felsig aufragende Steilküste schmiegte. Sie fühlten sich beschwingt. Der bevorstehende Kauf eines Hauses, die bereits sich einstellenden Gedanken zu Gestaltung und Einrichtung ließen Frühlingsgefühle keimen, so dass ihnen ihre kleine Reise beinahe wie eine Hochzeitsreise vorkam. Zu Hause in Deutschland war im Prinzip alles fertig. Bis auf die Tochter waren die Kinder aus dem Haus. Und die Zeit, bis auch Gesa das Elternhaus verlassen würde zum Studium, war absehbar. Vielleicht waren diese Umstände uneingestandener Maßen und instinktiv der Grund, noch einmal etwas ganz Neues anzufangen. Viele ihrer Freunde hatten sich scheiden lassen, neu geheiratet, lebten in so genannten Patchwork Familien, hatten auf andere Weise ihre Neuanfänge gehabt.
Nach dem Essen gingen Marita und Andreas zum Strand. Bei Ebbe konnten sie auf dem festen Sand so weit hinausgehen, dass sie hinter den die Bucht begrenzenden Steilküsten in weitere kleine Buchten schauen konnten. Von dort entdeckten sie am Hang

auch wieder das Haus mit den gelben Fensterläden, dessen Anblick ihnen nun schon vertraut vorkam.
Im Hotel waren sie die einzigen Gäste. Sie genossen die Stille und das vom Meer heraufziehende Rauschen der sich nähernden Wellen. Die Sonne war in eine Nebelbank am fernen Horizont, dort wo zwei Landzungen von rechts und von links in die Bucht hineinragten, in zart abgestuften Lilatönen gesunken.
Marita stieß Andreas an: „Schau doch mal die Wellen. Sie springen zum Ufer wie eine galoppierende Schafherde!"
Andreas lachte und nahm Marita in den Arm. „Du vermisst doch nicht etwa unsere Schafe? Guck mal den Mond und den Glimmer auf dem Wasser. Es ist phantastisch. Ich habe nicht geglaubt, dass ich das noch einmal so erleben würde wie als kleiner Junge."

Am nächsten Morgen trafen sie sich mit Madame Bourgeois in deren kleinen Maklerbüro im nächst größeren Departementstädtchen, zwanzig Kilometer landeinwärts gelegen. Die freundliche Mittvierzigerin begrüßte sie in französisch eingefärbtem Deutsch. „Guten Tag und herzlich willkommen in der schönen Bretagne!", schob gleich noch die französische Version nach: „Bonjour et bienvenue en Bretagne! Haben Sie eine gute Fahrt gehabt?"
Andreas und Marita bejahten ihre Frage und berichteten, dass sie das Haus, dessen Unterlagen sie in Deutschland von Herrn Becker bekommen hatten, bereits entdeckt und von außen besichtigt hätten.
„N'est-ce pas, das ist wirklich etwas ganz Hübsches. Ein außerordentlich rares Angebot."
Die Zinglers nickten zustimmend.

„Eh voilà, ich hätte da noch zwei andere interessante Offerten. Ich deutete es bei unserem Telefonat schon an. Wo Sie schon mal hier sind und so weit gefahren sind, sollten wir uns diese beiden Objekte ruhig auch noch ansehen. Je mehr man gesehen hat, desto eher weiß man, was man wirklich will."
Anita und Andreas sahen sich an und lächelten verstohlen, weil sie der Maklerin nichts von ihrer bereits getroffenen Entscheidung sagen wollten. Und vielleicht hatte sie ja auch Recht, und es war wirklich sinnvoll, etwas zum Vergleichen zu haben.
Madame Bourgeois blätterte in ihren Aktenordnern mit Exposés und Farbbildern von Hunderten von Häusern.
Den erstaunten Blick ihrer Kunden bemerkend sagte sie: „Oh, Sie müssen nicht denken, dass das alles solche Objekte sind, wie Sie eins wollen. Die meisten sind auf dem Land gelegen, in Dörfern, selten schon mal eins darunter mit Meerblick, das heißt dann aber nicht am Meer gelegen, sondern, dass man das Meer sehen kann, vielleicht aus einem Kilometer Entfernung oder wenn man Glück hat aus weniger, dann aber nicht unverbaut, so wie es Ihnen vorschwebt.
Ich habe tatsächlich unter den vielen Angeboten nur drei Häuser in unmittelbarer Nähe zum Meer. Und ich kann Ihnen versichern, dass die nicht lange auf einen Käufer warten müssen."
Madame Bourgeois machte mit der rechten Hand eine Bewegung, als fege sie einen Stapel Blätter vom Tisch, und machte dazu ein Geräusch wie „huiitt", was unterstreichen sollte, dass derartige Objekte wie der Wind so schnell vom Verkaufstisch verschwunden seien.

„Hier", sie zeigte auf ein weißes Haus mit blauen Blendläden, „habe ich ein Fischerhaus, ein ehemaliges Fischerhaus natürlich, das direkt am Strand steht. So nah ans Meer dürfte man heute gar nicht mehr bauen. Eine echte Perle! Erst vor einer Woche hereingekommen. Das sollten wir uns unbedingt ansehen."
Sie blätterte weiter und holte eine Klarsichthülle mit einem anderen Foto heraus.
„Auch dies hier ist ein sehr schönes Objekt. Ein traditionell gebautes bretonisches Haus mit Granitsteineinfassungen, sehr solide. Und mit einem atemberaubenden Blick aufs Meer, da es auf einer Klippe liegt."
Andreas und Marita mussten einräumen, dass die beiden Häuser ebenfalls nicht uninteressant waren. So stimmten sie zu, sich zunächst diese anzusehen.
„Die beiden Häuser liegen nur ein paar Kilometer voneinander entfernt", sagte Frau Bourgeois. „Es ist nur eine knappe Autostunde von hier entfernt, weiter im Süden, an der Bucht von Audierne."
Während der Autofahrt erzählte die rührige Maklerin, dass seit einigen Jahren die Bretagne bei Deutschen offenbar immer beliebter würde und sie schon viele Häuser an Deutsche verkauft habe. Auch schon einige Details über Kaufverträge in Frankreich. Dass man grundsätzlich einen Vorvertrag abschließe, den so genannten „Compromis de vente", der aber bereits bindend sei. Bis das Notariat alle Formalitäten erledigt habe, vergingen etwa zwei Monate, dann würde der eigentliche Kaufvertrag unterzeichnet, der „acte authentique".
Andreas rechnete im Stillen. Dann könnten sie also Ostern schon ihr Haus in Besitz nehmen.
„Wir sind da."

Madame Bourgeois fuhr ihren weißen Peugeot links vom Asphaltweg auf den Sand und hielt vor einer weiß gekalkten mannshohen Bruchsteinmauer.
Sie befanden sich unmittelbar an einem mit dicken Kieseln übersäten endlos langen Strand, an den hohe Wellen wild aufschlugen.
„Und wo ist das liebliche kleine Fischerhaus?"
Die Maklerin bemerkte den suchenden Blick ihrer Kunden und lachte.
„Ja, hier können Sie sehen, dass in früheren Zeiten das Meer als eine Gefahr angesehen wurde. Man schütze sich davor mit hohen Mauern oder baute in sicherer Entfernung. Die Menschen heute betrachten das Meer immer nur aus ihrer Freizeitperspektive und möchten so nah dran sein wie möglich. Aber das ist wirklich nicht sinnvoll. Denn das Meer kann gefährlich und zerstörerisch sein."
Hier an diesem wilden Strand am offenen Ozean bekamen auch Marita und Andreas eine Ahnung davon.
Frau Bourgeois hatte inzwischen das Tor, das in die Mauer eingelassen war, aufgeschlossen, und sie betraten einen durch die Mauern völlig abgeschirmten Hof.
Vor ihnen im Sonnenschein stand das nette Häuschen vom Foto. Tatsächlich ein Kleinod. Andreas fühlte sich schon wankelmütig werden. Es präsentierte sich wie ein Postkartenidyll.
„Dies hier ist wirklich etwas ganz Besonderes", unterstrich Madame Bourgeois beim Betreten des Hauses. „Die Eigentümerin hat das Haus sehr liebevoll restauriert, wie Sie gleich sehen werden."
Marita zeigte sich sehr angetan von der netten, in Blau und Weiß gehaltenen Küche mit den blitzenden Kupfertöpfen über dem Herd, während Andreas gleich weiter in den Wohnraum steuerte. Der Boden war

weiß gefliest, zwei offene Kamine nahmen Kopf- und Stirnseite des Raumes ein. Eine offene Holztreppe führte ins Obergeschoss.

„Wirklich geschmackvoll gemacht", sagte er zu Marita, die ihm gefolgt war und ebenfalls mit Wohlgefallen ihre Blicke in dem sehr hübsch mit alten bretonischen Möbeln ausgestatteten Zimmer umherwandern ließ.

Frau Bourgeois führte ihnen noch das Badezimmer und die beiden oben gelegenen Schlafzimmer vor und sah sie gespannt an.

„Habe ich Ihnen zu viel versprochen? Etwas Derartiges haben wir nur äußerst selten im Programm."

Die Zinglers mussten zugeben, dass das Haus ihnen sehr gefiel.

„Natürlich ist der Preis auch ein ganz anderer", räumte die Maklerin ein. „Dafür ist hier alles schon komplett saniert, wie Sie feststellen können."

„Warum will die Besitzerin das schöne Haus überhaupt verkaufen", wollte Andreas wissen. „So etwas gibt man doch nicht wieder aus der Hand!"

Über die Beweggründe zum Verkauf konnte Madame Bourgeois nichts mitteilen, ließ aber durchblicken, dass es sich bei der Eigentümerin um jemanden handele, der schon mehrfach Häuser gekauft, renoviert und dann wieder verkauft habe.

Das schien Andreas und Marita doch ein wenig suspekt. Sie besahen sich daraufhin das Haus noch einmal mit kritischeren Augen. Seltsamerweise erschien ihnen jetzt die frische Farbe überall in einem anderen Licht. Was wenn damit zum Beispiel Feuchtigkeitsstellen übertüncht worden waren, damit man sie nicht erkennen konnte.

„Mensch Andy, hast du überhaupt das Meer vom Haus aus gesehen?"

Marita kniff vor Aufregung in Andreas' Arm.
Auch Andreas fiel erst jetzt auf, dass sie beim Besichtigen des Hausinneren gar nicht darauf geachtet hatten, ob man aus einem der Fenster überhaupt auf das Meer sehen konnte.
„Aus dem Badezimmerfenster hat man einen sehr schönen Blick auf den Ozean", beeilte sich Madame Bourgeois zu erklären. „Man könnte daneben zum Beispiel einen Wintergarten anbauen – eine eigentliche Hauserweiterung ist bei diesen alten strandnahen Häusern leider absolut ausgeschlossen – und hätte dann einen unverbaubaren Panoramablick."
Mit einem Mal bekam die Postkartenidylle Schieflage.
Erst jetzt fiel ihnen auch auf, dass der von der Mauer umschlossene Garten zwar windgeschützt war, was wahrscheinlich erklärte, dass ein Mimosenstrauch, der ja bekanntlich gegen jedes Lüftchen
„mimosenhaft" empfindlich reagiert, prachtvoll blühte. Aber man hatte von hier keinerlei Blick aufs Meer.
„Oh, Sie werden den Schutz der Mauer zu schätzen wissen", wandte Frau Bourgeois ein, die den unzufriedener werdenden Ausdruck auf den Gesichtern ihrer Kunden bemerkte. „Der offene Ozean kann schon sehr rau sein, besonders im Winter, aber auch im Frühjahr und Spätherbst. Dann wohnt man hier wie in einer kleinen Burg, sicher vor den Sturmgewalten."
Marita dachte an den Obstgarten beim Haus mit den gelben Läden, an die duftende Hecke, die das Grundstück offenbar ausreichend gegen Wind und Wetter schützte und hakte das Fischerhaus schon mal ab.
Andreas musste an die Werkstatt denken und an den Blick auf die Meeresbucht zu Füßen des Hanges, an

dem ihr Traum- und Wunschhaus lag. Nein, selbst wenn noch eine Menge Arbeit vor ihnen läge – den Zustand im Inneren des Hauses kannten sie ja noch nicht – einem Vergleich mit dem Haus mit den hohen Fenstern konnte dieses zwar auch recht hübsche und dem Anschein nach auch authentische ehemalige Fischerhaus nicht standhalten.
Die Maklerin schaute auf die Uhr und drängte zur Weiterfahrt.
„Das eine Haus auf der Klippe wollen wir uns schnell noch ansehen. Es liegt praktisch auf unserem Weg."
Sie erzählte auf Maritas Frage hin, dass das Haus einer cleveren Bäuerin gehörte, die leider, was den Verkaufspreis anginge, etwas übertriebene Vorstellungen habe. Dennoch sei das Objekt nicht uninteressant.
„Da haben Sie garantiert einen für alle Zeiten unverbauten Meerblick."
Sie fuhren eine schmale zwischen Heide und Ginster sich schlängelnde Straße bergan. Vereinzelt standen hier und dort, verstreut, neuere Häuser, alle in derselben Art und Weise gebaut: die Eingangstür mit einem Rundbogen, die Fenster mit Granitsteinen eingefasst, in den Dächern Veluxfenster oder bei den etwas aufwendigeren Dachgauben. Die an sich schöne Landschaft mit ihrem ausgedehnten Heidebewuchs wirkte etwas trostlos in ihrer Zersiedelung.
„Hier hat man keine sehr kluge Siedlungspolitik betrieben", meinte Andreas zu Madame Bourgeois, die dem Gesagten durch ein Kopfnicken zustimmte, während sie mit der rechten Hand auf ein allein stehendes Haus auf dem Hügel, den sie gerade hochfuhren, zeigte.
„Da ist es. Wir können es uns von außen ansehen. Die Schlüssel müsste ich von der Bäuerin holen."

Aber sie ahnte bereits, dass das Haus auch nicht das richtige für ihre, so schien es, etwas verwöhnten deutschen Klienten, sein würde.

Dennoch stieg sie aus, umrundete mit ihnen das etwas schmucklose Gebäude und ging mit ihnen die etwa dreißig Meter bis zur Klippe.

„Das ganze Gelände gehört dazu, bis runter zum Meer, insgesamt sind es ungefähr zwanzigtausend Quadratmeter Land. Da kann Ihnen keiner vor der Nase bauen. Außerdem ist im Bereich der Klippen bis dreihundert Meter landeinwärts striktes Bauverbot."

Madame Bourgeois lächelte aufmunternd.

„Hier haben Sie Meer, Meer und nochmals Meer!"

In der Tat, mit ihrer Bemerkung hatte die Maklerin Recht. Das war schon faszinierend, wie das Meer gegen die Klippen toste und sich die Wellen in weißer, hoch aufsprühender Gischt am Felsgestein brachen, rückwärts strudelten, um sich in neuer Reihe aufzubäumen gegen die etwa zwanzig Meter steil abfallende Mauer aus Felsen.

So faszinierend der Ausblick aufs Meer war, so hatte doch der Bewuchs des Grundstücks etwas Abweisendes, dachte sie. Kein Baum, kein Strauch, nur bodendeckend und, wo sich nicht ein Pfad befand, ohne Stiefel nicht durchquerbares Dornengestrüpp. Auch um das Haus herum hatte man keinerlei Bepflanzung vorgenommen.

Andreas und Marita drängten bald zum Aufbruch, um endlich *ihr* Haus zu besichtigen.

Auf der Landstraße unterhalb eines sanften Höhenrückens sahen sie linkerhand die Bucht, an der sich der Ort mit ihrem Ferienhaus befand. Sie bogen von der Straße nach links ab und fuhren hinunter zum Meer.

An einer Rechtskurve standen malerisch drei Pinien, zwischen denen das Meer tiefblau aufblitzte.

„Manche Leute halten diese Bucht für eine der schönsten in der südlichen Bretagne", sagte Madame Bourgeois.

Diese Ansicht hielten Marita und Andreas für nicht übertrieben. Auch wenn sie noch nicht unbedingt Bretagnekenner waren. In den vergangenen Jahren hatten sie dreimal an verschiedenen Orten der Süd- und Nordbretagne Urlaub gemacht. Von ihren Ferienorten hatten sie Ausflüge unternommen und das abwechslungsreiche Land schätzen gelernt mit seiner Megalithkultur, seinen alten Kirchen in den *Enclos paroissiaux*, den eingefriedeten Pfarrbezirken, und seinen *Calvaires*, den in grauem Granit gehauenen szenischen Darstellungen der Passionsgeschichte, die es in ihrer anrührenden Schlichtheit besonders Andreas angetan hatten.

Gerade fuhren sie am Pfarrhof des Ortes vorbei, zu dem ihr Ferienort gehörte.

Dörfer wurden früher grundsätzlich in sicherer Entfernung zum Meer erbaut. Dass Häuser in unmittelbarer Nähe zu Stränden errichtet wurden, war eine Entwicklung, die erst Anfang des 20. Jahrhunderts mit einer veränderten Freizeitgestaltung begonnen hatte.

Madame Bourgeois lenkte ihren Wagen hinunter zur Strandpromenade, schwenkte in den kleinen Kreisverkehr ein und stellte das Fahrzeug vor der „Bar de la Mer" ab.

„Da sind wir. Der Ort hat viel Charme, finden Sie nicht? Und da ist das Ferienhaus. Aber das kennen Sie ja bereits. Es ist übrigens eins der ältesten im Ort. So etwa von 1910."

Marita griff nach Andreas' Hand, als sie nun die wenigen Schritte auf das Haus zugingen. Es kam ihr vor, als kämen sie nach Hause, so vertraut kam ihr das Haus schon jetzt vor.
Wieder unter der Hecke hindurch in den märchenhaften Garten. Und nun standen sie vor der Eingangstür mit der abblätternden rötlichen Farbe, die ein wenig schief in den Angeln hing.
Die Anspannung stieg, als Madame Bourgeois den Schlüssel im Schloss drehte. Was würde sie im Innern erwarten?
„Darf ich vorgehen und die Fensterläden öffnen? Im Dunkeln gewinnen Sie sonst keinen rechten Eindruck", sagte die Maklerin und ließ Marita mit Andreas draußen stehen.
Es knarrte und knarzte hinter ihnen, während sie die Blicke hinunter zum Strand richteten. Ein bisschen müsste die Hecke heruntergeschnitten werden, dann hätten sie die volle Sicht auf die kilometerlange Sandbucht zu ihren Füßen. Diese Überlegung stellte Andreas laut, zu Marita gewandt, an. Es schien schon alles klar zu sein. Noch immer hielten sie sich an den Händen wie ein frisch verliebtes Paar.
Frau Bourgeois erschien in der Tür und bat sie mit einladender Geste einzutreten.
Von dem kleinen Flur aus führte sie sie zuerst in das rechts liegende Zimmer, das von einem mit Bruchsteinen eingefassten Kamin dominiert wurde. Dahinter lagen Küche und Bad. Aus der Küche gelangte man in den Hof hinter dem Haus, an dem sich die von Andreas ausgiebig inspizierte Werkstatt befand.
„Wie Sie sehen, es muss schon noch eine Menge an dem Haus getan werden. Der alte Herr, der hier bis zu seinem Tod lebte, hat nicht mehr sehr viel angelegt."

Der linksseitige Raum im Erdgeschoss war so etwas wie die gute Stube gewesen. Hier war der Fußboden aus Eichenparkett. Von dort ging es in einen weiteren Raum und ein zweites Badezimmer.

„Die Tapeten sehen eigentlich noch recht ordentlich aus", dachte Marita, die überlegte, dass es vielleicht mit einem weißen Anstrich der buntgeblümten Wände getan sein könnte.

Andreas sagte ungewöhnlicher Weise gar nichts. Normalerweise bedachte er alles mit ausführlichen Kommentaren.

Sie stiegen die Treppe hinauf zur oberen Etage. Auch hier waren die Zimmer bunt tapeziert, das eine gelb, das andere blau. Zwischen beiden befand sich ein allerliebstes kleines Kabinett. Marita dachte sofort: das wird mein Lesezimmer. Ein Tischchen vors Fenster, Regale an den Wänden, einen bequemen Sessel, und dann lesend sich hinwegträumen. Die Räume waren infolge der hohen Fenster lichtdurchflutet. Und der Blick aufs Meer war von hier oben atemberaubend schön. Rechterhand eine alte Zypresse, die mit ihrem satten Grün einen herrlichen Kontrast zum Gelb des Sandstrandes und dem Blau von Himmel und Meer bildete.

Die schöne alte Holztreppe führte weiter hinauf ins Dachgeschoss.

Madame Bourgeois riet zum Ausbau desselben. Hier könnte man ein oder zwei zusätzliche Zimmer schaffen, mit wenig Aufwand, wie sie meinte.

„Wir schauen uns noch die Garage an", sagte sie im Hinuntergehen. „Die könnte man auch umgestalten zu einem Gartenpavillon oder einer kleinen Dependance für Gäste."

Mit Vorschlägen geizte die Maklerin nicht. Sie hatte im Gespür, dass ihre Kunden sich an diesem Objekt festgebissen hatten und wollte mit zusätzlichen Anreizen zu einem zügigen Abschluss des Geschäfts beitragen.
„Wenn man bedenkt, was man aus der Sache machen kann, ist das Objekt bei dem Kaufpreis geradezu ein Schnäppchen. Wie gesagt, so etwas bleibt nicht lange im Angebot."
Wieder machte sie diese Handbewegung mit dem begleitenden sssttt-Geräusch.
Die Garage bildete den Abschluss des Gartens zur Nordseite hin. Der Rabatten begrenzte Kiesweg dorthin zwischen hohen Lorbeerbäumen auf der einen, Obstbäumen auf der anderen Seite führte auf eine Tür mit einem Glasfenster zu. Wenn man sich dort umwandte, hatte man den ganzen Garten, das Haus und den Ausblick auf die Bucht aus einer anderen Perspektive.
„Diese Maklerin versteht ihr Geschäft", dachte Marita. Als Garage war das lang gestreckte Gebäude in der Tat viel zu schade. Zumal nur wenige Schritte vom Grundstück entfernt an der Strandpromenade ausreichend Parkplätze vorhanden waren.
Andreas warf einen neugierigen Blick durch das Sprossenfenster der Garage, die sie bei ihrem ersten Rundgang ohne die Maklerin ganz außer Acht gelassen hatten. Allzu viel konnte man allerdings durch die stark verstaubten Glasscheiben nicht erkennen.
Beim Betreten des ungefähr fünf mal neun bis zehn Meter großen Raumes entfuhr ihm ein erstauntes „Ah".
Hier sah es fast noch chaotischer aus als in der Werkstatt. Nur waren es hier keine Werkzeuge oder Hand-

werksutensilien, die sich in verstaubten Regalen türmten, sondern alte Jacken und Hosen auf Bügeln über eine quer durch die Garage reichende Eisenstange gehängt. Alte Gummistiefel zuhauf. Und jede Menge Angeln, Reusen, Muschelkörbe und Kisten mit Anglerzubehör.

Der Sohn des verstorbenen alten Mannes, der das Haus zum Verkauf anbot, hatte offenbar wirklich nicht eine Sekunde an Gedanken oder gar Arbeit aufgewendet, um die Hinterlassenschaften zu sichten und auszusortieren.

Die Besichtigung war abgeschlossen. Andreas hatte es auf einmal eilig, sich von Frau Bourgeois zu verabschieden. Aber erst mussten sie noch gemeinsam zu ihrem Büro, wo sie ihren Wagen stehen gelassen hatten.

Madame Bourgeois nutzte daher die verbleibende gemeinsame Zeit, um die drei Objekte, die sie sich angesehen hatten, noch einmal Revue passieren zu lassen. Sie verstand es geschickt, Vorzüge und Nachteile gegeneinander aufzurechnen, so dass bei allen drei am Ende die Vorzüge überwogen. Anscheinend wollte sie sich alle Optionen offen halten.

Am Büro angekommen, bat sie Marita und Andreas doch noch einzutreten, um ihnen einen genormten Vorvertrag in französischer Sprache und in deutscher Übersetzung auszuhändigen.

„So können Sie sich schon einmal mit den Formalien vertraut machen. Die sind bei jedem Hauskauf dieselben. Wir können diesen Teil des Vertrages bis zum eigentlichen Vertrag, dem ‚acte authentique', ohne weiteres auf postalischem Weg erledigen. Und zögern Sie nicht zu lange mit Ihrer Entscheidung."

Die Maklerin war sich ziemlich sicher, dass es zu einem Vertragsabschluss kommen würde. Sie lachte und machte die schon bekannte Wischbewegung.
„Sonst könnte am Ende das falsche Haus übrig bleiben."
Jetzt zwinkerte sie wahrhaftig noch mit den Augen.
„Ich meine natürlich, das von Ihnen bevorzugte weg sein. Übrigens, sollte Ihre Wahl auf das letzte Objekt fallen", Madame Bourgeois setzte ihr gewinnendstes Lächeln auf, „bin ich Ihnen gerne bei der Vermittlung von Handwerkern behilflich. Wie selbstverständlich auch bei der Anmeldung von Strom, Wasser, vielleicht der Einrichtung eines hiesigen Bankkontos und was alles mit dem Erwerb einer Immobilie im Ausland verbunden ist."
„Natürlich alles kostenfrei. Das gehört zu unserem Service."
Die agile und geschäftstüchtige Maklerin, die es gleichwohl verstand, dem Kunden durch ihre verbindliche Art Vertrauen einzuflößen, schob die letzte Erklärung eilfertig nach, als sich Marita und Andreas bereits der Tür zuwandten, das Couvert mit den Vertragsentwürfen unterm Arm.
„Haben Sie vielen Dank", sagte Andreas. „Sie hören bestimmt von uns."
Kaum ins Auto gestiegen, sprudelte Andreas los.
„Diese gute Madame ist mir mit ihrem vielen Gerede ganz schön auf den Geist gegangen. Und dann diese fürchterliche Armbewegung! Als wenn sie es mit Bekloppten zu tun hätte! Dass sich Häuser in solchen tollen Lagen gut verkaufen, muss man wohl nicht mal einem Blöden erklären..."
Andreas zog die Gänge ihres alten Audis hoch, als wollte er in einer Rallye den ersten Preis gewinnen.

Sie fuhren die Strecke zurück, die sie gerade gekommen waren. Die Landschaft war hügelig und kurvenreich, und es machte ihm offensichtlich Spaß, mit hoher Geschwindigkeit dem Objekt seiner Sehnsucht wieder nahe zu kommen.

Auf der geraden Straße unterhalb des Bergkammes, von der aus man diesen wunderbaren Blick auf die Bucht hatte, sah er zu Marita herüber und sagte: „Der Würfel ist gefallen."

Marita brauchte nicht zu fragen. Sie wusste, er meinte das Haus mit den gelben Fensterläden. Sie musste auch nicht widersprechen. Denn auch ihre Entscheidung stand schon fest.

Es kam in den letzten Jahren ihres Zusammenlebens immer häufiger vor, dass sie im gleichen Moment dasselbe dachten. Das war beileibe nicht von Anfang an so gewesen. Andreas war in seinen Meinungen sehr dominierend. Und Marita hatte eher auf eine stille Art opponiert, hatte manchmal auf verschlungenen Pfaden und mit einiger Zeitverschiebung doch das erreicht, was sie gerne durchsetzen wollte. Sei es in der Kindererziehung, sei es in Fragen der Anschaffung von Gegenständen. Oft hatte es lautstarke Auseinandersetzungen gegeben, nach denen sie sich zu ihrer Rettung in ihre Arbeit hatte stürzen können. Aber das viele, das sie nun schon gemeinsam in Angriff genommen und bewältigt hatten, die Pläne auszuwandern, den Kauf und Ausbau ihres Hofes, hatten die gemeinsame Basis verbreitert und gestärkt. Und oft schwärmte Andreas bei Freunden über seine Frau und betonte, dass keine andere das alles mitgemacht hätte.

Am kleinen Kreisel, von dem aus sie *ihr* Haus sehen konnten, bog Andreas auf die Uferstraße. Die Flut ließ die Wellenkämme gegen die Steinquader der Uferbefestigung klatschen.

„Lass uns noch ein wenig am Strand spazieren gehen", sagte Marita, „und dann trinken wir im Hotel einen Champagner auf unser Sommerhaus in der Bretagne."

Zwei Monate später waren sie stolze Besitzer eines Hauses am Meer.

Zwei

Sie saßen zu acht an den zusammengestellten Biertischen, einer Eroberung aus der Nachwendezeit, als Cornelius mit einem Handkarren durch Ostberliner Bezirke gepirscht war und vom reichlich auf den Straßen abgestellten Sperrmüll alles Brauchbare gesammelt hatte. Den dazugehörigen Klappstühlen fehlte hier und da eine Holzlatte, ansonsten waren sie noch gut zu gebrauchen.
Auf dem Tisch standen ein großer Topf mit Spagetti, daneben ein kleinerer mit Tomatensoße, die Bettina, Cornelius' Freundin, zubereitet hatte. Es duftete nach frischen Kräutern. Salbei, Majoran, Thymian und Zitronenkresse, alle aus dem kleinen Beet vorm Haus.
„Greift zu, Leute", ermunterte Cornelius die Runde.
Nach einem Vormittag, den alle mit den verschiedensten Arbeiten verbracht hatten, ließen sie sich nicht lange bitten und luden ordentliche Portionen auf ihre Teller.
Es war schon verrückt, dass sie nun alle gemeinsam hier in Frankreich am Meer ihre Ferien verbrachten: Für Stefan war Cornelius' Familie schon seit langem so etwas wie eine Ersatzfamilie geworden. Bei Cornelius zu Hause war einfach alles größer, schöner, großzügiger, freier... Stefan und Italo kannten sich seit Kindertagen aus dem Dorf, in dem sie beide aufgewachsen waren. Italo, den Stefan zu den Zinglers mitgebracht hatte und der sich in Gesa verliebt hatte, Udo, der Schulfreund aus Cornelius' Grundschulzeit und Bettina.

Bettina war unter ihnen, die sich seit langem kannten und befreundet waren, eher die Außenseiterin. Sie kannte und liebte nur ihren Cornelius. Natürlich kannte sie inzwischen auch die anderen ein wenig, vor allem durch gemeinsame Ferienaufenthalte. Aber es war nur zu offensichtlich, dass sie *ihren* Cornelius nur ungern mit anderen teilte. In größeren Runden beteiligte sie sich selten am Gespräch. Oft verschwand sie auch ganz, setzte sich in eine andere Ecke des Gartens, zeichnete mit zarten Bleistiftstrichen Skizzen in ihren Block, die sie dann manchmal Andreas zeigte, um zu hören, was er davon halte. Nur in Fragen der Kunst schätzte sie sein Urteil. Ansonsten hielt sie ihn für einen Menschen, der vor allem seine Familie tyrannisierte.

Durch die Toreinfahrt sah man das Meer.
Andreas nahm den Gesprächsfaden wieder auf und sagte zu Stefan:
„Das ist doch toll, dass wir alle hier zusammen arbeiten. Eine prima Erfahrung. Eine Erfahrung fürs Leben. Und dann noch in der Gemeinschaft. Das halte ich für enorm wichtig, etwas zu tun, ohne einen Vorteil davon zu haben. Denken und Tun müssen übereinstimmen. Etwas realisieren, wovon man vorher nur geträumt hat..."

„Das habt ihr ja gemacht, Du und Marita", sagte Stefan, „und Cornelius auch. Er hat einfach Glück mit seinen Eltern. Ich habe zu Hause auch immer alles Mögliche machen wollen. Das Haus verschönern zum Beispiel. Aber sie haben mich nicht gelassen. Alles sollte immer so bleiben, wie es war. Dieser Tatendrang und dann die Umsetzung haben mich bei Corne-

lius immer fasziniert. Deshalb macht es mir jetzt auch solchen Spaß, hier mitzuhelfen."
Bettina räumte gerade den Tisch ab. Udo ließ Wasser aus dem Schlauch in die Plastikschüssel und gab reichlich Spüli hinzu, so dass sich ein dicker Schaumberg bildete, in den er die Teller und Töpfe gleiten ließ.
„Gesa, hilfst du mir beim Abtrocknen?", fragte Udo.
Im Aufgabenverteilen war die hier versammelte Mannschaft insgesamt sehr solidarisch. Bis auf Andreas und Marita alles junge Leute, die ihre Ferien hier auf dem Hof in der Bretagne verbrachten.

Den Hof, Teil einer alten Hofanlage, ein sogenannter „corps du ferme", hatte Cornelius sich von seinem ersparten Geld gekauft. Innerhalb seines Architekturstudiums musste er ein Projekt durchführen mit einer praktischen Arbeit Als seine Eltern sich das Haus in der Bretagne gekauft hatten, und als er bei einem Besuch dort die Gegend kennen gelernt hatte, bekam er Lust, sich nach einem Objekt, das seinen Zwecken und seinem Geldbeutel angemessen war, umzusehen. Das konnte nur eine Ruine sein. Erstens gab es für ihn als Architekturstudenten dabei etwas zu gestalten - und darauf kam es bei dem Studienprojekt an – und zweitens war eine Ruine das einzig Erschwingliche für ihn. Nachdem er sich im Umkreis von dreißig Kilometern so ziemlich jedes leerstehende Haus, jeden verfallenen Bauernhof angesehen hatte, wollte er bereits mit der Suche aufgeben. Denn entweder waren die Gebäude so stark beschädigt, dass man sie gar nicht wieder aufbauen konnte, oder es war nicht genügend gestalterische Möglichkeit vorhanden. Von der Lage variierten die Häuser stark. Mal lagen sie

inmitten eines trostlosen Dorfes, mal in der Nähe einer riesigen wilden Müllkippe. Von Meernähe konnte man nur träumen, was bei seiner Kaufpreiskapazität auch nicht weiter verwunderlich war. Ein eigentlich ganz hübsches altes Bruchsteinhaus lag direkt an einer Straße zu einem der bekanntesten Ausflugsziele in der Gegend mit entsprechend starkem Verkehr.
Doch so leicht ließ sich Cornelius nicht entmutigen. Im Allgemeinen ging er etwas zielstrebig an. Seine Eltern rieten ihm, es ruhig einmal bei Madame Bourgeois zu versuchen, was er bisher nicht getan hatte in der Sorge, dass ihre Angebote übertreuert wären. Außerdem hielt er es für wenig wahrscheinlich, dass sie eine Ruine im Angebot hatte.
Die Maklerin zeigte Cornelius das Foto eines mausgrauen, unansehnlichen Hauses. Es sollte hunderttausend Francs kosten, was ziemlich genau seinen Ersparnissen entsprach. Ein halb verfallener Stall gehörte auch noch dazu.
„Stellen Sie sich vor", sagte Madame Bourgeois, „das Haus liegt keine zwei Kilometer vom Haus Ihrer Eltern entfernt."
Das ließ Cornelius aufhorchen. Er wunderte sich, dass er bei seinen Erkundungstouren dieses hässliche Entlein nicht entdeckt hatte.
„Das können Sie auch gar nicht gesehen haben", erklärte ihm die Maklerin. Es ist nämlich von der Straße aus durch ein davor liegendes Gebäude verdeckt."
Sie beschrieb Cornelius die Lage und sagte, dass er sich den Schlüssel bei der Bäuerin, die gleich nebenan wohne, holen könne.
Und sie meinte noch, dass das bestimmt das richtige Objekt für ihn sei.
Sie sollte wieder einmal Recht behalten.

Wenig später unterzeichnete Cornelius ziemlich aufgeregt den ersten Kaufvertrag seines Lebens. Mit vierundzwanzig Jahren besaß er ein eigenes Haus. Auch wenn es noch mehr Ruine als Haus war. Aber sein Gestaltungsdrang konnte sich hier nach Kräften austoben.
Das unwahrscheinlichste aber war gewesen, dass sein Haus nur vierhundert Meter von demselben herrlichen Strand entfernt lag wie das „Kergaravat-Haus", wie seine Eltern immer häufiger ihr Ferienhaus nannten.

Cornelius verbrachte seit zwei Jahren sämtliche Semesterferien in seinem Haus in der Bretagne. Er hatte schon eine Menge geschafft, aber trotzdem waren und blieben das Haus und der Hof eine riesige Baustelle. Die räumliche Nähe zum Haus der Eltern hatte eine Menge Vorteile. Da noch kein fließendes Wasser in seinem Haus war, konnte er zum Duschen mal eben dorthin fahren. Auch die vielen Freunde, die er einlud zum Ferienmachen, machten eifrig Gebrauch von dieser Möglichkeit.
Cornelius hatte immer eine Menge Leute bei sich wohnen. In dem großen Raum mit den zwei Kaminen hatten sie ein richtiges Schlaflager. Auf gestapelten Holzdielen, die er günstig vom Sohn der Bäuerin gekauft hatte, lagen Matratzen mit Schlafsäcken dicht an dicht.
Immer mit dabei war Bettina. Auch Udo, sein Kinderfreund aus der Grundschulzeit, den er erst vor einigen Jahren wiedergetroffen hatte, als dieser nach einem Motorradunfall in der Rehaklinik in der Nähe seines Wohnortes war und ihn besucht hatte. Udo war ein prima Kumpel, mit dem man Pferde stehlen konnte

und der immer zu Scherzen aufgelegt war. Er hatte nach einer Elektrikerlehre seine Fachhochschulreife nachgeholt und gerade mit einem Designstudium angefangen. Die zwei verstanden sich noch genau so gut wie in Kindertagen, als sie immer zu allerlei Blödsinn aufgelegt waren.

Alle, die Cornelius kannte, waren neugierig auf sein Haus. Und alle lud er ein zu kommen. Beate, die er auf dem Weihnachtsmarkt kennen gelernt hatte, als er Schaffelle verkaufte und mit dem Verkaufserlös ein stattliches Sümmchen zusammenbekam, was er zum Ausbau seines Hauses gut gebrauchen konnte. Ulli, die Schwester seines Schulfreundes Stefan. Monika, die Schwester seines Freundes Florian aus Berlin. Elba, eine Kommilitonin seines Bruders Leon. Es waren überwiegend Frauen, die darauf brannten, ihm bei der Arbeit zu helfen. Denn darin bestand unter anderem ein Teil ihrer Ferien. Und sie taten es nicht einmal ungern. Cornelius zu gefallen ließ selbst die lahmsten von ihnen zu einer Höchstform an Fleiß auflaufen.

Andreas spottete oft über Cornelius' *Harem*. Aber es war nicht nur Spott, sondern auch Ärger und Unverständnis. Und er wunderte sich darüber, dass Bettina sich das so einfach gefallen ließ.

„Mit mir würde man so was nicht machen", sagte Andreas des Öfteren zu Marita, die ebenfalls nicht gerade begeistert war darüber, dass ihr Sohn allem Anschein nach mehrere Freundinnen gleichzeitig hatte, die aber immer noch gerne glauben wollte, dass alles ganz harmlos sei, auch wenn Andreas ihr Naivität in dieser Hinsicht vorwarf.

Das Thema Frauen war ein einziges Reizthema zwischen Andreas und Cornelius und war oft genug

Grund zu handfesten Auseinandersetzungen. Andreas ging ganz einfach davon aus, dass seine Söhne es genau so handhaben sollten wie er, als er seine Marita heiratete. Immer wieder gab er zum Besten, dass er sie aus zehn Meter Entfernung gesehen und sofort gewusst habe, das sei die Frau, die er heiraten wolle.
Ansonsten hatten Andreas und Marita ein gutes und offenes Verhältnis zu ihren drei Kindern, und in ihrem gastfreundlichen Haus fühlten sich auch deren Freunde, die jederzeit willkommen waren, wohl. So war es auch selbstverständlich, dass diese bei ihnen oder bei Cornelius die Ferien verbrachten. Marita und Andreas genossen es, viel Leben um sich zu haben und in Gesprächen in die Gedankenwelt der Jungen mit einbezogen zu werden. Wie auch umgekehrt viele Freunde der Kinder die Unterhaltung besonders mit Andreas schätzten, die anregenden Diskussionen über Kunst und Philosophie, Religion und Politik. Ganze Nächte redeten sie sich die Köpfe heiß, wobei der Weinkonsum und die Ideen, die verfochten wurden, oft in proportionalem Verhältnis zueinander standen.
Übrigens waren bei diesen stundenlangen Gesprächen, die doch größtenteils mehr aus Monologen von Andreas bestanden, die Kinder meistens abwesend, da sie die meisten der Geschichten und Ideen natürlich längst kannten. Und auch Marita war manchmal froh darüber, wenn ihr Andreas ein anderes Opfer als sie für seine Redeexzesse hatte.
Der Abwasch und die anschließende Siesta waren beendet, und es ging wieder an die Arbeit. Cornelius turnte auf dem Dachfirst des ehemaligen Stalles. Bettina reichte ihm die Firstpfannen. Udo hatte die Betonmischmaschine angeworfen und rührte den Speis an. Andreas hatte den losen Putz von dem großen

Kamin abgeklopft und wollte heute die erste Schicht neu verputzen. Er hatte Cornelius versprochen, in diesen Ferien den Kamin und die Wände im Haupthaus zu verputzen. Auch zu Hause hatte Andreas schon viele Wände verputzt, eine Fertigkeit, die er sich während seiner Arbeiten am Bau als Student erworben hatte. Gesa, Stefan und Italo waren im Stall tätig. Sie kratzten dort Lehm aus den Fugen zwischen den Bruchsteinen.

Marita begab sich auf den Rückweg zu ihrem Haus. Sie freute sich auf einen ruhigen Lektürenachmittag. Abends würde es wahrscheinlich wieder hoch hergehen bei ihnen. Mindestens Stefan und Gesa mit ihrem Freund Italo, die bei ihnen im Haus schliefen, wären dann wieder da. Und natürlich Andreas. Und dann wäre an Lesen nicht mehr zu denken. Dafür brauchte sie einfach Ruhe um sich herum. Lesen im Urlaub war Maritas größte Erholung. Sie hatte sich für die vier Wochen Sommerferien die vier Joseph-Bände von Thomas Mann vorgenommen. Im vorigen Jahr hatte sie endlich einmal die „Brüder Karamasow" von Anfang bis zum Ende gelesen.
Marita ging die leicht bergab direkt auf den Strand zuführende Straße von Cornelius' Hof entlang. An diesem Strandabschnitt waren noch Dünen, die früher einmal, bevor die Uferstraße angelegt worden war, die natürliche Grenze des Sandstrandes gebildet hatten. Strandhafer kitzelte sie an den Beinen. Weiter ging sie den kilometerlangen Strand, mit den Füßen in den seicht auskräuselnden Wellen. Immer wieder bückte sie sich nach buntschillernden Steinen und Muscheln. Marita konnte dem Drang einfach nicht widerstehen, sie aufzusammeln und zu bewundern. Dieses seit Kin-

dertagen unerklärliche Hochgefühl, immer wieder, immer noch, beim Bücken, Betrachten, In-der-Handhalten, Befühlen. Eine seltsame Zufriedenheit beim Horten der Meeresschätze, deren Zahl niemals abzunehmen scheint, soviel sie davon auch fortnahm und nach Hause trug.

In den drei Jahren, seitdem sie ihre Ferien in ihrem eigenen Ferienhaus verbrachten, war das Meer für sie so etwas geworden wie ein alter Freund, den man gut kennt und an dem es doch noch stets Neues zu entdecken gab. Sie kannten es mittlerweile zu allen Jahreszeiten in seinen unterschiedlichsten Gestalten: mal still und glatt wie ein Spiegel, mal stürmisch bewegt. Mal mit lieblich tanzenden kleinen Wellen inmitten eines tiefen Blaus, dann wieder mit meterhoch aufschäumender Gischt über einem faszinierend oszillierenden Grün. An anderen Tagen grau und schwer wie eine riesige Bleiplatte. Manchmal war die gegenüberliegende Küste vom Nebel verschluckt. Nebelschwaden auf dem Meer erzeugten den Eindruck einer arktischen Landschaft mit weiten Schneeflächen und herausragenden Eisbergen.

Jetzt bei Maritas Wanderung am Strand entlang kam das Meer zurück in träge wie von einem unterirdischen Regisseur inszenierten majestätischen Gleitzug. Auf den nur vage angedeuteten Wellenhügeln tanzten die Sonnenreflexe. Gleich munteren Tierchen mit glänzendem Panzer schossen sie an die Wasseroberfläche, als wollten sie Marita locken in ein geheimnisvolles Reich in der Tiefe des Ozeans mit seiner unergründlichen Stille.

Marita dachte an die Sage vom König Gradlon, die man sich hier erzählte und von der versunkenen Stadt Ys, die an dieser Bucht einmal gelegen haben soll.

Dass man sich auch hier wie überall dort, wo man in früheren Zeiten das „Ende der Welt" vermutete, überall an den äußersten Rändern eines Kontinents, solche Mythen erzählte, war nicht verwunderlich. Finistère, finis terrae, heißt das am weitesten westwärts in den Ozean vorgeschobene Stück Land der Bretagne.
Die Pointe du Raz, diese schroff ins Meer abfallende westlichste Felsenklippe und die danebengelegene, nicht minder bizarre Landzunge der Pointe du Van vermitteln einen überwältigenden Eindruck von den Urgewalten des Meeres, seinen zerstörerischen Kräften, dem Kampf der Elemente Wasser und Felsen miteinander, die auch den Seeleuten immer wieder zum Verhängnis wurden, so dass die Sage dort auch gleich die Bucht der Verstorbenen, die „Baie des Trépassés" ansiedelt.
Die Pointe du Raz konnten sie am äußersten Ende der Bucht von ihrem Haus aus sehen. Ihre Schroffheit konnte man aus so großer Entfernung nicht erkennen. Vielmehr lag die Landzunge an sonnigen Tagen da wie eine träge im Sonnenschein ruhende Riesenechse.

Marita war am Haus angelangt. Noch immer freute sie sich, wenn sie unter der Hecke hindurch gleichsam dem Lärm und der Hektik der Welt entfloh. Denn im Sommer war der Strand von überwiegend französischen Urlaubern gut besucht. Dann erwachte auch der kleine Ferienort aus seinem Dornröschenschlaf. Bars, kleine Geschäfte und Crêperien sowie der tägliche Markt auf der Strandpromenade mit Obst, Gemüse, Käse und anderen Landprodukten wie Honig und Cidre wurden von den Feriengästen reichlich frequentiert. Manchmal erweiterten auch Stände mit Töpferwaren aus der Region das Angebot. Zweimal wöchentlich gab es fangfrischen Fisch.

Marita liebte es, von ihrem hinter der Hecke versteckten „Hochsitz", ihrem Liegestuhlplatz im Garten oder vom Lesezimmerchen aus, dem bunten Treiben zuzuschauen.

Der Garten sah inzwischen wunderhübsch aus. Die Obstbäume ordentlich beschnitten, ebenso die beiden Eibensträucher. Am Weg zur Werkstatt blühten meterhohe Fuchsien, in den Beeten Lavendel, Margeriten, Ringelblumen und noch viele andere, deren Namen Marita nicht kannte. Aber besonders fasziniert war sie jedes Mal von den üppigen Hortensiensträuchern, die hier dank des milden Klimas monatelang immer wieder neue Triebe mit Knospen ansetzten. Die Farbenvielfalt riss Marita zu wahren Begeisterungsstürmen hin, und das Haus war mit Sträußen von Hortensien fast schon überfüllt. Jedenfalls standen Vasen und Krüge überall deponiert, wohin man etwas stellen konnte. Und es leuchtete in den Zimmern: von altrosa bis aquamarin, von violett bis dunkelrot. Diese Farbtupfer gingen auf Maritas Konto. Die mittlerweile neu verputzten und weiß gestrichenen Wände waren ebenso reichlich, wie Marita es mit Tischen, Fensterbänken, Konsolen, Regalen, Kommoden und dem Kaminsims mit ihren Blumeninstallationen machte, von Andreas mit seinen Bildern ausgestattet. Einige hatte er während der Ferien vor Ort gemalt: der Blick aus dem Salon im oberen Stock mit dem Strand und Meer und den flatternden Fähnchen, Marita im Liegestuhl im Garten, sogar den grünen Tonkrug mit Hortensien hatte er als Sujet ausgewählt. Natürlich waren die Motive wie stets bei Andreas alles andere als naturalistisch.

In seine Bilder schnitt Andreas Löcher unterschiedlichster Formen. Sie bildeten Öffnungen und damit Durchblicke. Die ausgeschnittenen Stücke Papier oder Leinwand klebte er wieder auf das Bild, übermalte von neuem das Ganze, so dass seine Bildwerke etwas Skulpturales an sich hatten. Die Grenze zwischen der flächigen Malerei und der räumlichen Skulptur waren bei ihm fließend. Als wichtigstes Stilmittel apostrophierte er in Erklärungen immer wieder das Loch, so dass ein englischer Freund ihn im Scherz einmal den „king of the hole" nannte, was phonetisch auch als „king of the whole" verstanden werden konnte. Beides fand Andreas durchaus zutreffend für seine Kunst: das Loch und das Ganze. Letzten Endes waren es zwei Wörter für ein und dasselbe.

Zwei große Bilder hatte Andreas zu Hause in seinem Atelier extra für ihr Sommerhaus geschaffen. Es waren Riesengemälde, die in zwei Zimmern jeweils eine ganze Wand bedecken sollten. Hierbei hatte er sich einer Technik bedient, die er schon mehrfach angewandt hatte. Auf Riesenbahnen Packpapier, mehrfach übereinander geklebt und am oberen und unteren Ende über einen Holzstab gerollt und befestigt, so dass man das Riesengemälde zusammenrollen konnte. Die Bilder ließen sich auf diese Weise bequem transportieren.

Andreas hatte im Ferienhaus Maß genommen. Mit Schwung begab er sich an die Ausführung der Themen, die er sich vorgenommen hatte. Das eine Bild sollte eine Szene des wild bewegten Meeres darstellen, das tosend gegen eine klippenreiche Küste schlägt. Ein Schiff mit aufgeblähten Segeln scheint in arge Bedrängnis geraten zwischen Felsenriff, grünblau sich auftürmenden Wellenbergen und dräuenden Wolkengebilden.

Für das Schlafzimmer hatte sich Andreas etwas Besonderes ausgedacht: ein Mann und eine Frau spielen sich Bälle zu. Werfen und Fangen als gegensätzliche Bewegung, die Bälle wie glühende Gestirne an einem hellen Firmament. Die beiden Gestalten, die gesamte Höhe des Bildes einnehmend, jeweils an den äußeren Bildrand gestellt, umfangen gleichsam spielerisch den zwischen ihnen befindlichen Kosmos: das Meer und den Himmel. Sie schauen sich an. Fast tänzerisch bewegen sie sich aufeinander zu, umkreisen einander. Ihre Arme strecken sich dem Gegenüber entgegen und sind gleichzeitig mit dem Ballspiel beschäftigt. Ein Bild voller Dynamik, aber auch feiner Ironie, denn die männliche Figur hatte er wie einen Knaben dargestellt, während die eindeutig ältere Frau diesen an Größe übertrifft. War hier die Urmutter gemeint mit ihrem Sohn oder Mann und Frau? War nicht der Knabe er selbst, ein Mann, der Knabe geblieben war im erotischen Spiel mit der Frau? Die Sehnsucht nach der stärkeren Frau, der alles verstehenden Mutterfrau?

Als das Bild im Schlafzimmer aufgehängt werden sollte, stellte es sich als zu lang heraus! Kein Problem bei einem Rollenbild. Oberer und unterer Rand wurden einfach ein bisschen aufgerollt und schon passte es an die Wand! Aus dem großen bequemen französischen Bett konnten Marita und Andreas es betrachten und fühlten sich zu allerlei lustigen Vergleichen und Assoziationen herausgefordert.

Noch ein andres Problem war bei der Einrichtung des Hauses aufgetaucht. Beim Einkauf des Sofas, einem Möbelstück aus Rattan mit einem blumigen Polsterbezug, das auch als Doppelbett benutzt werden konnte, wenn man den Bettkasten auszog, hatten sie nicht an die Ausmaße des Treppenaufgangs gedacht. Es stellte sich heraus, dass das Sofa nicht über die Treppe in das obere Stockwerk transportiert werden konnte. Da war die Hilfe der Jugend vonnöten. Über zwei Leitern wurde das schwere Möbelstück an Seilen durchs Fenster gehievt. Zwei schoben von unten, zwei zogen von oben. Das war ein lustiges Bild, das Marita fürs Familienalbum dokumentierte. Wie auch so viele andere Etappen bei der Hausrenovierung und Einrichtung. Denn das war ihre Sucht, alles festhalten zu müssen auf Fotos. So wie Andreas mit seinen Reden, so nervte Marita ihre Mitmenschen mit ihrer ewigen Knipserei.

Dass es mit bloßem Überstreichen der bunten Tapeten nicht getan sein würde, hatte Andreas natürlich sofort erkannt. Die mussten also alle erst einmal herunter. Groß war der Schreck, der sich bei dieser Aktion einstellte, als sie hinter der Tapete, die auf eine wasserundurchlässige Alufolie mit Styropor geklebt war, auf feuchte Wände stießen. Die Feuchtigkeit war durch diese Spezialverkleidung zwar nicht in die Zimmer getreten, hatte sich dafür aber in die Wände gefressen. Mit dem Ergebnis, dass nun auch der Putz heruntergekratzt werden musste.

Auch mit der alten Elektrik hatten sie schon manche Überraschungen erlebt. Wenn sie in kühleren Jahreszeiten die in der Bretagne üblichen Elektrokonvektoren anschalteten, schlugen regelmäßig die Sicherungen durch. Immerhin hatten die elektrischen Installationen schon fast neunzig Jahre auf dem Buckel! Eine Rundumsanierung würde sicher nicht zu umgehen sein. Aber fürs erste hatten sie sich damit so arrangiert, dass sie die Radiatoren nur auf der kleinsten Stufe laufen ließen.

Im Prinzip hatten sie noch einmal bei Null angefangen. Und das war gerade der Reiz. Marita und Andreas hatten sich gefühlt wie frisch verheiratet. Ein kompletter Haushalt musste neu geschaffen werden. Neben den Renovierungsarbeiten bedeutete das vor allem die Anschaffung von Möbeln, Kücheneinrichtung, Geschirr, Besteck und so weiter. Überlegungen, die sie auf Trab hielten und ihnen vor allem große Freude bereiteten, auch Anlass zu Diskussionen gaben. Andreas wollte es immer etwas aufwendiger als Marita, die meinte, für ein Ferienhaus genügten auch einfachere Dinge als Ausstattung. Aufwendiger bedeutete nicht unbedingt teurer, aber in vielen Fällen mehr Arbeit, wovor Marita Andreas oft bewahren wollte. Aber für ihn zählte, dass die Formen stimmten. Und dafür scheute er auch keine Mühe. Dennoch fanden sie durch Maritas Hang zum Sparen oft Lösungen, die nachträglich gesehen günstig und schön zugleich waren.

Manches brachten sie aus Deutschland herüber. Aber sie wollten gerne auch etwas Landestypisches in ihrem Haus haben. Und so zogen sie von Antiquitätengeschäft zu Antiquitätengeschäft, um ein paar wirklich schöne Möbelstücke zu finden.

In Pont l'Abbé entdeckten sie einen Laden mit wunderschönen alten bretonischen Holzmöbeln. Als Marita die auf Hochglanz gebürsteten Schränke, Tische und Kommoden aus Kirschholz sah, war sie plötzlich auch nicht mehr für einfache Einrichtungsgegenstände zu haben. Sie erstanden einen langen Holztisch, ein Büffet und einen zweihundert Jahre alten Kleiderschrank.

Passende Lampen für ihr Haus am Meer zu finden, stellte sich als die größte Schwierigkeit heraus. Auch hier wollten sie etwas aus der Gegend nehmen. So lange sie noch nichts Passendes gefunden hatten, begnügten sie sich mit den Lampen, die noch im Haus gehangen hatten. Aber eines Tages entdeckten sie auf ihren Streifzügen ein Geschäft, das sich auf antike Lampen spezialisiert hatte. Endlich wurden sie fündig. Mit einer schmiedeeisernen ehemaligen Gaslampe, einer Hängelampe mit einer handbemalten und vom Künstler signierten Glasschale und einer art-déco-Lampe verließen sie glückselig den Laden.
Und so waren im Laufe der Jahre ein Stück zum anderen gekommen. Marita und Andreas hatten entdeckt, dass man auf den sogenannten Brocante-Märkten, einer Mischung zwischen Trödel und Antik, wenn man sich ein bisschen auskannte, noch manche Schätzchen entdecken konnte. Und das war besonders für Andreas eins seiner größten Hobbys geworden, während der Ferien über diese Märkte zu schlendern, wie ein Jäger auf Beutezug, um etwas zu entdecken, sei es auch noch so klein und unbedeutend. Er erkannte mit sicherem Blick inmitten von wirklichem Trödel Dinge, die oft schon wegen ihrer Authentizität einen Wert darstellten und von denen es wahrscheinlich in einigen Jahren kaum noch etwas zu finden gab. Schon als Kind hatte Andreas für schöne Dinge geschwärmt. Nach ihrer Flucht aus Mecklenburg hatte er mit seiner Mutter in ärmlichen Verhältnissen gelebt und immer ein Mangelgefühl behalten, das er bei Streifzügen durch Museen mit alten Möbeln ein wenig lindern konnte. Er hatte dabei einen kundigen Begleiter, den alten Sunder, der ihm zusätzlich geschichtliche Zusammenhänge erklärte, der aber vor allem selber alles,

was alt und schön war, mit einer Inbrunst liebte und verehrte und diese Liebe auf Andreas übertrug. Andreas schwor sich schon als Jugendlicher, später nicht so leben zu wollen mit dem ewigen Sparen und Krautern. Bei ihm zu Hause musste es immer billig sein, wenn etwas angeschafft wurde. Und schön war etwas in den seltensten Fällen.
Übrigens hatte er beim Aufräumen der Werkstatt und der Garage auch so manches antike Schätzchen entdeckt, das achtlos hinter Plunder vor sich hin staubte. Zum Beispiel eine alte Tischlampe aus Messing, reinstes Art-déco, einen Original Schultisch aus Eiche, ungefähr aus den dreißiger Jahren. Dieser Schultisch hatte es besonders Marita angetan. Und als sie einmal einen anderen, noch älter als den ihren, mit original erhaltenem Tintenfass entdeckte, konnte sie nicht widerstehen und musste ihn kaufen, obwohl Andreas bremste und meinte, mit einem hätten sie doch wohl genug. Vielleicht war der Grund seiner ablehnenden Haltung, dass er sich nicht so gerne an seine Schulzeit erinnerte wie Marita, die gerne zur Schule gegangen war. Aber diesmal blieb Marita hartnäckig. Und es sah ja wirklich allerliebst aus auf seinen wackligen vier Holzbeinen. Und später im Haus mit einem Bild von Andreas im Goldrahmen darüber erregte es regelmäßig die Bewunderung ihrer Besucher.
Den größten Schatz in der Werkstatt aber hatten sie zuerst gar nicht als solches wahrgenommen. Dabei war er von seiner Größe her wahrhaftig nicht zu übersehen. Nur, dass es sich um ein antikes Stück handelte, war überhaupt nicht zu erkennen gewesen.
In den total verdreckten und verstaubten Schank ohne Türen hatte Monsieur Kergaravat rohe Holzplatten als Regalbretter genagelt und auf ihnen endlose Reihen

an Büchsen, Gläsern und Dosen gestellt. In grünschimmligen Flaschen dümpelten Flüssigkeiten undefinierbarer Herkunft. In angebrochenen Dosen befanden sich Reste von in seinen Augen eventuell noch zu verwendenden Farbresten. Andreas hatte sich an dieses „Regal" noch nicht herangewagt, weil ihm klar war, dass der gesamte Inhalt auf den Sondermüll gehörte. Und wo sich eine solche Deponie befand, hatte er bisher noch nicht herausgefunden.

Keinesfalls wollte er es so handhaben wie die in dieser Hinsicht allzu sorglosen Bretonen, die ihren Müll überall an etwas versteckten Ecken auf wilden Müllkippen abluden, wenn sie ihn nicht auf irgendeinem Teil ihres eigenen Landes, manchmal sogar vor ihren eigenen Häusern verrotten ließen.

Irgendwann hatte er dann aber doch den profilierten Rahmen des Schranks, in dem noch die eisernen Türangeln steckten, bemerkt, als er mit dem Finger mehr aus Versehen die dicke Staubschicht durchbrach.

Sein Jagdinstinkt war geweckt. Mit Tuch und Bürste rückte er dem Schmutz zu Leibe. Und dann mussten auch alle die Behälter mit ominösem Inhalt weichen. Nachdem Andreas auch noch die rohen Bretter entfernt hatte, begann er zu ahnen, was für ein schöner Schrank das einmal gewesen war. Im Sockelbereich waren geschnitzte Kassetten. Der Schrank aus massiver Eiche war, wie Andreas jetzt erst sehen konnte, ohne einen Nagel und ohne eine Schraube, nur mit Holzdübeln und Verzahnungen zusammengefügt.

Er war begeistert. Daraus würde sich nach einiger Restaurierungsarbeit wieder ein Schmuckstück herstellen lassen. Einen Platz dafür wusste er auch schon: im Kaminzimmer würde er sich bestimmt gut ausnehmen.

Drei

Jetzt nach zwei Jahren Renovierungsarbeiten erinnerte sich Cornelius daran, dass es damals nicht Liebe auf den ersten Blick gewesen war, als er das alte Bruchsteinhaus mit dem angrenzenden Stallgebäude gesehen hatte. Aber es war eben doch vieles, was für einen Kauf sprach: die Nähe zum Meer, die Möglichkeit, noch selbst gestalterisch tätig zu sein und vor allem der seinem Geldbeutel angemessene Preis. Glücklicherweise hatte er sich zu Anfang noch keine rechten Vorstellungen darüber gemacht, wie viel Arbeit vor ihm liegen würde. Die mit Schieferschindeln gedeckten Dächer mussten komplett neu gedeckt werden. Aber auch die Dachbalken waren zum größten Teil so morsch, dass er sie erneuern musste. Die beiden Gebäude standen im rechten Winkel zueinander und bildeten mit der Rückseite eines zur Straße hin vorgelagerten ehemaligen Stalls, der bereits ausgebaut worden war, einen schönen sonnigen und windgeschützten Hof. Wenn es nicht regnete, spielte sich hier das Leben ab. Es wurde gegessen und geplauscht und abends am Lagerfeuer in der Runde der vielen Freunde über die Erlebnisse des Tages erzählt. Denn für Überraschungen war immer wieder gesorgt. So hatte Cornelius beim Rausreißen der alten Treppe, die im Haus zum oberen Stockwerk geführt hatte, unter einem Absatz zwischen Dach und Wandmauer alte Dokumente des Hauses von 1720 entdeckt. Sie waren in einer säuberlichen altertümlichen Handschrift geschrieben, mit einem Siegel versehen. Es musste sich um so etwas wie einen Vertrag handeln. Die Papiere waren stark vergilbt und teilweise nur noch schwer zu entziffern. Trotzdem fühlte sich Cornelius wie der Entdecker eines Schatzes. Immerhin war das Haus bereits dreihundert Jahre alt und immer im Besitz der Familie gewesen, von der nur noch die Bäuerin und ihr Bruder lebten. Sie wohnten im Nachbarhaus, in einem „neuen", das heißt einem etwa 1930 erbauten zweigeschossigen Wohnhaus. Kaum vorstellbar, dass in dem alten Bruchsteinhaus, einem typischen *Penty*, wie man diese immer nach demselben Schema gebauten Häuser in der Bretagne nennt, früher eine Familie mit sechs Kindern gelebt hatte! Ohne Bad und ohne Toilette. Und dabei hatte es sich nicht einmal um eine arme Familie gehandelt. Sie besaß ursprünglich viele Ländereien, die im Verlaufe der Jahrhunderte immer mehr dahingeschmolzen waren. Bis jetzt nur wenige Wiesen übrig geblieben waren, die sie in den Sommermonaten an Camper mit Wohnwagen vermieteten und auf denen ihre fünf Schafe grasten.

Madame Piclet war eine Bretonin noch ganz vom alten Schlag: fromm, fleißig und immer freundlich. Sie überquerte mehrmals am Tag Cornelius' Hof, um zu ihren Ställen mit den Hühnern und Kaninchen zu gehen. Da Cornelius' Französischkenntnisse sehr rudimentär waren – sie stammten aus einem einzigen Grundkurs an der Volkshochschule, da er in der Schule, was er heute bedauerte, statt Französisch die griechische Sprache gewählt hatte – war die Verständigung am Anfang etwas schwierig gewesen. Aber die Bäuerin hatte sich dadurch nicht abschrecken lassen. Immer wieder blieb sie stehen und gab mit Gesten zu verstehen, wie sehr sie die Fortschritte am Bau bewunderte. Oft brachte sie kleine Geschenke vorbei. Tomaten oder Kartoffeln aus ihrem Garten oder eine Flasche Cidre, den sie mit ihrem Bruder Pierre und der Mithilfe ihrer drei Söhne jedes Jahr in Eichenfässern ansetzte und danach in Flaschen abfüllte. Manchmal lud sie Cornelius und seine Freunde zu einem Kaffee in ihre Wohnküche. Umgekehrt ließen die jungen Leute auch sie an ihren Festen teilnehmen. Und auch Marita und Andreas reihten sich wie selbstverständlich in die bretonische Feriengemeinschaft. Andreas war manches Mal erstaunt, wie gut Cornelius die Arbeiten am Haus machte. Insgeheim sagte er sich voller Stolz, dass der Sohn doch ganz viel mit ihm gemeinsam hatte. Diese Entdeckerfreude. Sein Sinn für Ästhetik und stimmende Formen. Das hatte er doch ganz offensichtlich von ihm. Warum gerieten sie eigentlich trotzdem so oft aneinander? Ja, sie waren einander sehr ähnlich – auch Cornelius konnte gegenüber anderen leicht ungehalten werden – aber er hatte einen entscheidenden Vorteil. Er war viel freier als er. Eigentlich war er so, wie er selbst in seiner Jugend gerne gewesen wäre. Wahrscheinlich rührten von diesem uneingestandenen Neid seine Probleme mit Cornelius.

Mit Madame Piclet kam Cornelius jedenfalls prima zurecht. Denn es war offensichtlich, dass sie ihn mochte. Und seine anfängliche Sorge, dass diese sehr enge Nachbarschaft Probleme mit sich bringen könnte, stellte sich als unbegründet heraus. Im Gegenteil: während seiner Abwesenheit passten die beiden alten Leute besser, als jeder Wachhund oder eine Alarmanlage das hätten tun können, auf sein Haus auf. Und wenn er und seine Freunde da waren, war es für sie im Grunde ein Platz, wo sie noch etwas von dem ursprünglichen Leben in der Bretagne erfuhren.

Sie lebten ja sozusagen Tür an Tür miteinander. Und je besser Cornelius die französische Sprache verstand, desto mehr bekam er vom Leben dieser aufrechten, bescheidenen, aber keineswegs unterwürfigen bretonischen Bauern mit. Auch wenn sie im Vergleich zu einem Städter, zu Leuten aus Paris etwa, die hier in der Gegend häufig anzutreffen waren, ein sehr einfaches Leben führten, das in den Augen von Auswärtigen vielleicht sogar ärmlich erschien, hatten sie Stolz und Würde. Die jungen Leute mit ihrem modernen Lebensstil spürten in dieser Enklave einen Hauch einer in sich ruhenden, auf die Natur abgestimmten Lebensweise, den sie selbst nie erlebt hatten. Eigentlich prallten auf diesen wenigen Quadratmetern Land Welten aufeinander, wie sie unterschiedlicher nicht sein können. Hier die angestammte bäuerlich-bretonische Kultur, die von den Früchten des Feldes und dem Meeresfang im Rhythmus der Jahreszeiten lebte, daneben eine junge, ungebundene Generation aus dem Zeitalter der elektronischen Medien und Kommunikationsmittel. Und doch ging es allen, die länger als nur eine kurze Weile dort auf dem Hof blieben, so, dass sie von dieser schlichten Lebensweise beeindruckt waren. Auch wenn sie ein solches Leben selbst nicht führen wollten. Das taten nicht einmal die Kinder von Madame Piclet. Ihr Sohn George war nicht etwa in das Haus seiner Mutter gezogen, sondern hatte für sich und seine Familie direkt nebenan ein neues, bequemes Haus gebaut. Und wer wollte es ihnen verdenken. So ein karges Leben passte einfach nicht mehr in die heutige Zeit.

Gesa und Italo kamen schwitzend aus dem Stall. Es war ein brütend heißer Tag ohne einen Windhauch. Obwohl es im Stall durch die Bruchsteine angenehm kühl war, war ihre Arbeit schweißtreibend und schien

ein Fass ohne Boden. Nach drei Stunden Fugenkratzen sah man kaum einen Fortschritt, da die Steine sehr klein und schmal waren und der Fugen unendlich viele!
„Eine Erfrischung könnte man jetzt gebrauchen", sagte Gesa.
Als hätte sie Gedanken lesen können, kam gerade in diesem Moment die Bäuerin in ihrem blaugeblümten Kittelkleid und vorgebundener Schürze mit breitem Lächeln zu ihnen herüber, zwei Flaschen Cidre in den Händen schwenkend.
« Voilà, c'est bon contre la soif. »
Ihr lachender Mund breitete sich aus bis zur undefinierbaren Kurzhaarfrisur, bei der die grauschwarzen Haare in alle Richtungen wiesen.
Cornelius hatte ihr bei seinem Einkauf im Supermarkt ein paar Kleinigkeiten mitbesorgt. Und wie stets bei solchen kleinen Gefälligkeiten bedankte sie sich mit Gegengaben in Form von Naturalien. Niemals hätte sie etwas angenommen, ohne etwas dafür zurückzugeben. Cornelius konnte noch so oft beteuern, dass das doch nicht nötig sei.
Manchmal dachte er, dass das eigentlich eine gute Form des Zusammenlebens war. Jeder gab nach seinen Fähigkeiten.
Auch die anderen drei kamen dazu. Eine Pause konnte jetzt ruhig mal sein.
Sie tranken den erfrischend kühlen Cidre und brachen sich Stücke vom Baguette.
Durch die Toreinfahrt schlurfte Pierre mit einem Korb am Arm. Er steuerte geradewegs auf sie zu. Mit breitem Grinsen, das ein paar verfaulte Zahnstummel bloßlegte, stellte er den Korb voll mit Miesmuscheln

auf den Tisch. Er lüftete seine schmierige Kappe und strich sich mit den zerfurchten Händen durchs Haar.
« Moules », sagte er, « pour vous! Fraichement pêchées. »
Die französische Sprache schien ihm Mühe zu bereiten. Mit seiner Schwester unterhielt er sich nur auf bretonisch.
« Merci, Pierre, très gentil! »
Ein verlegenes Grinsen war seine Antwort. Schon schlappte er in seinen Stiefeln weiter Richtung Hühnerstall. Pierre war nie untätig. Im Gegensatz zu seiner Schwester, die sich schon mal auf ein Schwätzchen zu ihnen setzte, hatte er immer irgendetwas zu schaffen. Wenn er nicht gerade etwas anderes in der Hand hielt, waren eine Krummsichel und ein Holzstück, dessen unteres Ende wie eine Forke gegabelt war, seine permanenten Begleiter. Denn es gab immer Gräser zu schneiden für ihre zwanzig Kaninchen - die lapins – und die zehn Hühner oder Unkraut aus dem Weg zu räumen. Wahrscheinlich hatte er durch diese Angewohnheit den gebückten Gang. Wenig später hörten sie Glockengebimmel von der Wiese unten am Meer sich dem Haus nähern. Sie wussten, Pierre holte jetzt die Schafe heim. Sie konnten es auch bereits riechen, den typischen Schafgeruch. Jetzt kam er näher und näher.
„Komisch, heute treibt er die Schafe nicht die Straße lang", sagte Bettina.
Kurz darauf überquerte Pierre den Hof. Aber kein Schaf war zu sehen. Und doch roch es stark nach Schaf.
Mit Pierre verschwand auch der Schafgeruch.
Udo verzog sein Gesicht zu einer Grimasse und blökte. Alle lachten.

„Ob der mal aus seinen Klamotten steigt?", meinte Gesa prustend.
„Ich glaube, sonntags", erwiderte Cornelius. „Da sorgt schon Madame Piclet für. Der Sonntag ist für sie heilig. Auch wenn sie ihren Bruder nicht in die Kirche kriegt. Aber Sonntagsstaat muss sein."

„Madame Singlährr, Madame Singlährr!"
Marita war noch gar nicht richtig wach, als sie die walkürenhaft durchdringende Stimme ihrer Nachbarin Madame Le Droff aus dem Garten ihren Namen heraufrufen hörte.
Andreas drehte sich auf die andere Seite und knurrte: „Geh mal runter, sonst hört die nicht auf mit ihrem Geplärr!"
Also schlüpfte Marita in ihr Hängerkleid, steckte schnell die Haare mit einer Spange zusammen und ging die Treppe hinunter.
« Haricots et betteraves rouges ! »
Madame Le Droff begrüßte Marita mit französischem Luftkuss, rechts und links auf die Wange und zeigte ihr die Bohnen und die Roten Bete in der Plastiktüte, die sie für sie mitgebracht hatte.
Es verging praktisch kein Tag, an dem Madame Le Droff ihnen nicht einen kurzen Besuch abstattete. Und fast jedes Mal hatte sie auch etwas aus ihrem Garten mitgebracht: Kartoffeln, Zwiebeln, Bohnen, Tomaten und was noch gerade reif war. Sie nannte dabei Gewicht und Preis, und Marita zahlte selbstverständlich. Sie wollte der Nachbarin einen Gefallen tun, auch wenn ihr deren Besuche manchmal etwas lästig waren. Aber sie wollte es sich nicht mit ihr verderben, indem sie sie zurückwies, auch wenn Andreas

manchmal murrte, dass es schon wieder grüne Bohnen zum Mittagessen gab.

Madame Le Droff hatte Marita, soviel merkte sie, auf ihre spröde Art und Weise ins Herz geschlossen. Die Familie schien im Dorf eine Außenseiterrolle zu haben, deren Ursachen Marita noch nicht hatte ergründen können. Für die Zinglers war es jedenfalls sehr praktisch, diese Nachbarn zu haben, die während ihrer Abwesenheit auf ihr Haus aufpassten. Sie wohnten auf der anderen Straßenseite und konnten Haus und Garten gut überwachen. Besser als die Polizei das vermocht hätte.

Im vorigen Herbst hatte Madame Le Droff einen Beweis ihrer Wachsamkeit geliefert, als sie Kurt Keller auf frischer Tat beim Apfelklau im Zinglerschen Garten ertappte. Wie sie meinte. Tatsache war, dass die Zinglers Kurt, der ebenfalls ein Haus im Ort besaß und mit dem sie inzwischen befreundet waren, gesagt hatten, er könne sich gerne Äpfel und Birnen aus ihrem Garten holen, weil es schade darum wäre, wenn sie nicht geerntet würden. Auch zu Madame Le Droff hatte Marita dasselbe gesagt, denn es war mehr als genug Obst da, und sie selbst konnten zur Erntezeit meistens nicht in die Bretagne kommen.

Nun hatte Madame Le Droff dieses Angebot wohl als ausschließliches Recht für sich betrachtet und den *Eindringling* gestellt. Alles Erklären von Kurt half nichts! Sie war drauf und dran, die Polizei zu rufen, wenn er nicht sofort die Tüte mit den Äpfeln ihr übergäbe.

Schließlich hatte sie sich auf Kurts Bitten und Drängen doch bereit erklärt, sich dessen Version des *Äpfelklaus* telefonisch von Madame Singlährr bestätigen zu lassen.

Diese Episode, die noch oft die Runde machen und stets aufs neue Heiterkeit auslösen sollte, hatte ihnen immerhin gezeigt, mit welchen Argusaugen Madame Le Droff ihren Besitz beobachtete und mit was für Adlerkrallen sie ihn verteidigte. Also musste man die gute Frau bei Laune halten. Auch wenn die Bohnen und Kartoffeln in der Tüte immer weniger wurden und das angebliche Gewicht stets gleich blieb.

Ein einziges Mal war Marita ärgerlich geworden, als sie den geforderten Preis für die *betteraves rouges* mit dem verglich, der auf dem Markt unten am Strand dafür berechnet wurde. Madame Le Droff hatte für ihre rote Bete das Vierfache verlangt. Das fand Marita doch des Guten zu viel. Und so schwer es ihr auch fiel, hatte sie die Nachbarin von diesem ominösen Preisunterschied unterrichtet. Auch und vor allem deshalb, damit diese nicht glaube, ihr alles und für jeden Preis andrehen zu können.

Es war ein bisschen peinlich geworden. Aber Madame Le Droff hatte sich dadurch nicht verschrecken lassen und stand anderntags bereits wieder mit irgendeinem Produkt aus ihrem Gemüsegarten bei Marita vor der Tür.

Im Haus hörte man Rumoren, aus dem Bad rauschte die Dusche, Zeichen, dass sich einige aus den Betten erhoben hatten und auf frischen Kaffee warteten. Marita lotse Madame Le Droff zwischen den duftenden Lavendelbüschen Richtung Gartentor und versprach, bald auf einen Aperitif bei ihr vorbeizukommen. Das Versprechen zauberte ein schiefes Lächeln auf Madames Gesicht, nicht weil sie sich nicht freute, sondern weil ihre gesamte Mimik immer ein wenig verschoben wirkte, so als müsse sie Gefühle erst einer Zensur unterziehen. Wohl auch deshalb fanden manche sie etwas wunderlich. Die Dankbarkeit darüber, dass sie von den deutschen Nachbarn angenommen wurde, wie sie war, konnte man ihr jedenfalls anmerken und hatte zum Ergebnis, dass besonders Marita sich vor ihrer Zuneigung in Form der häufigen Besuche kaum retten konnte.

Vier

Ein wunderbar lauer Sommerabend. Wieder war ein Tag mit Arbeit und Spaß vergangen. Jetzt saßen sie beisammen im Garten von Marita und Andreas. Vom Strand herauf scholl die Musik des Kinderkarussells, das dort in der Sommersaison aufgebaut war. In regelmäßigen Abständen hörte man den Betreiber in klangvollem Bariton so etwas wie „eujh, eujh, euijh" ausrufen, womit er kleine Kunden und deren Eltern ermunterte, eine Fahrt auf dem Karussell zu buchen.
Marita und Andreas fielen diese Anwerbungsrufe schon gar nicht mehr auf. Aber Stefan begann sofort, den Mann nachzuahmen. Stefan hatte ein unglaubliches Talent, Stimmen in ihren diversen Tonschattierungen und Dialekten zu imitieren, was seinen Zuhörern immer Anlass zu Lachanfällen bot, da er auch mimisch die Kopierten bis ins Detail nachmachte.
„Stefan ist der perfekte Schauspieler", sagte Andreas in die Runde hinein, „du könntest der neue Gründgens werden. Stattdessen machst du in Wissenschaft! Und vergeudest dein Talent. Was du uns hier bietest, das musst du auf der Bühne machen, Stefan. Oder im Fernsehen. Da hast du Rieseneinschaltquoten. Das Publikum wird vor Begeisterung umgehauen. Du bist absolute Klasse."
Stefan spielte, animiert durch Andreas' Rede, den Kaspar. Alle schüttelten sich vor Lachen.
„Da haben wir hier Deutschlands besten Schauspieler, und der verweigert sich. Will Stadtplaner an der Uni werden. Eine Schande."
Andreas redete sich in Rage.

„Deine Wissenschaftskarriere kannst du nebenbei machen, wenn du unbedingt meinst. Aber mach das. Geh auf die Bühne. Du kannst das! Glaub mir das. Du wärst wirklich ein Spitzenschauspieler. Ich hab das schon damals erkannt, als du in der Schule gespielt hast in dem Theaterstück ‚Der Besuch der alten Dame'. Ich sehe immer alles viel früher als andere. Man sollte seinem Instinkt vertrauen. Die meisten Leute hören nicht mehr in sich hinein."

Andreas konnte nachvollziehen, was Stefan zur Wissenschaft drängte, statt dass er sich einem künstlerischen Beruf wie der Schauspielerei widmete. Auch seine Eltern hatten sich für ihren Sohn eine bessere Karriere vorgestellt, als dass er sich als Künstler von seiner Frau „aushalten" ließ.

„Und warum gehst du mit deiner Kunst nicht an die Öffentlichkeit", konterte Stefan. „Du könntest doch auch der größte Künstler aller Zeiten werden. Aber niemand kennt dich, weil du dich verweigerst."

Das ließ Andreas natürlich nicht auf sich sitzen.

„Wenn ich berühmt werden will, werde ich berühmt. Da kannst du ganz sicher sein. Aber jeder hat seine Gründe, warum er so lebt, wie er lebt. Ich will weder die Ochsentour machen noch Honneurs, um mal irgendwo eine kleine unbedeutende Ausstellung zu machen. Das hätte ich schon tausendmal haben können. Aber so kann ich in aller Ruhe schaffen und muss mich um niemanden kümmern, um keine Trends, um keine Galeristen. Eines Tages passiert es einfach. Es ergibt sich, da bin ich ganz sicher. Da brauch ich mich gar nicht anzustrengen. Wer so ein Werk vorzuweisen hat, wird einfach nicht zu übersehen sein. Und wenn es erst nach meinem Tod sein sollte, das ist mir auch egal. Dann sind meine Bilder eben keine Bilder wie die von anderen Künstlern, sondern Nachtodwerbetafeln!"

Italo, der dem Dialog zwischen Andreas und Stefan aufmerksam gefolgt war, mischte sich nun ein: „Ich hab auch eine ganze Menge zu bieten, aber das hat bisher auch noch keiner so richtig bemerkt."
„Aber das stimmt doch nicht", gab Andreas zur Antwort. „Ich habe, als ich dich das erste Mal Klavier spielen gehört habe, dein außerordentliches Talent erkannt. Obwohl ich ja eigentlich nicht viel Ahnung von Musik habe. Und ich habe von Anfang an deinen Erfolg als Musiker geglaubt."
„Das glaube ich dir ja. Aber die maßgeblichen Leute, die einem weiterhelfen könnten im beruflichen Werdegang, die müssten das erkennen."
„Jonas hat dein Talent richtig erkannt", unterbrach ihn Stefan. „Er hat dir sogar gesagt, dass er dir nicht mehr genug beibringen kann."
Jonas war Italos erster Klavier- und Orgellehrer gewesen. Nachdem er ihn einige Jahre unterrichtet hatte, waren sie tatsächlich an einen Punkt gekommen, an dem Jonas seinem Schüler nichts mehr beibringen konnte. Italo hatte ihm das immer sehr hoch angerechnet, dass er ihn ans Konservatorium verwiesen und ihn später darin bestärkt hatte, den Weg zum Solomusiker einzuschlagen und nicht den einfacheren eines Organisten zu wählen.
„Dazu gehört Mut", bekräftigte Italo, was sein Freund Stefan angemerkt hatte. „Ich werde ihm das auch nie vergessen. Du weißt ja selbst, wie schwierig es ist, wenn man aus einem Dorf kommt, nicht den Weg einer gesicherten Existenz als Musiklehrer oder als Kantor an einer Kirchengemeinde zu nehmen."

Aus der Küche hörte man Geschirrgeklapper. Bettina und Gesa hatten sich um den Abwasch gekümmert. Aus dem Bad dröhnte die Waschmaschine im Schleudergang. Nacheinander waren sie zum Duschen verschwunden, während Andreas und Stefan immer noch diskutierten. Die beiden waren sowieso die Ausdauerndsten beim verbalen Schlagabtausch, im Vor- und Zurückwälzen von Problemen.
„Italo ist immer seinen Weg gegangen", sagte Stefan anerkennend. „Und das war für ihn bestimmt nicht einfach. Ich weiß noch genau, wie entsetzt seine Eltern zuerst waren, als er nach Freiburg ging, um dort Musik zu studieren. Kunst oder in seinem Fall Musik, das war für die doch gleichbedeutend mit ‚brotloser Kunst'."
„Gerade darum kann ich ihn so gut verstehen." Andreas zog an seiner Pfeife und goss sich und Stefan Rotwein nach. „Bei mir war es ja ganz genau so! Ich wusste nur eins: ich muss da raus aus diesem spießigen Milieu. Und weil wir zu Hause keine schönen Dinge besaßen, habe ich mir vorgenommen, die selbst zu schaffen. Das war meine eigentliche Motivation, Kunst zu machen: mich mit schönen Dingen zu umgeben. Und das habe ich ja auch geschafft."
„Wann war dir das klar, wie dein Weg aussieht?", wollte Stefan wissen.
„Schon als kleiner Junge, als ich noch Frösche gefangen habe. Ich kannte da nämlich einen alten Mann, der war Klempner gewesen. Und mit dem bin ich immer in Museen gegangen. Das war ein ganz wichtiger Mensch für mich. Mein Vater war damals noch in Gefangenschaft, und meine Mutter verkaufte auf dem Markt Gemüse. Und ich hatte viel Zeit. Da hat mir Herr Sunder seine Münzsammlung gezeigt. Oder wir

haben uns im Schloss die alten Bilder und Möbel angeguckt. Also, wie der über diese Möbel strich, mit welcher Liebe und Bewunderung, das hat mich als Junge ungeheuer fasziniert. Und er hatte sich als einfacher Mann auch ganz viel angelesen, was er mir dann über Geschichte und Malerei erzählen konnte. Also, dem habe ich wirklich viel zu verdanken. Und dann hab ich mir gedacht: wenn man keine Kultur hat, dann macht man sich welche."

„Ein bisschen war das mit mir auch so", meinte Italo, und Stefan nickte. Auch bei ihm war es nicht anders gewesen.

„Wir alle hier wollen ja eine andere Welt, eine bessere, eine schönere", erwiderte Andreas. „Und wenn wir uns alle zusammen darum bemühen, ohne dabei einen Vorteil zu wollen, dann kann das auch gelingen. Nur, Leute gegen ihren Willen beglücken, das funktioniert nicht."

„Alt und jung sollten zusammenarbeiten", ergänzte Stefan. „Die Jungen können von den Alten lernen, auch aus ihren Fehlern. Man korrigiert sich gegenseitig. Die Alten können von den Ideen der Jungen inspiriert werden."

„So könnten auch gesellschaftliche Reformen funktionieren."

Andreas nahm einen ordentlichen Schluck Wein, während er seine Gedanken weiterspann.

„Alles über Bord zu schmeißen und was Neues an die Stelle zu setzen, ist idiotisch. Reformen ja. Aber langsam muss das passieren. Die ganz schnellen Reformer, das sind Leute, die dir den Kopf abschneiden! Und da geht so viel an Kultur verloren. Auch in einer Beziehung ist das nicht anders. Man muss ehrlich zu seinem eigenen Leben stehen, mit all seinen Schwä-

chen und Stärken, und dann entwickelt man sich. Ich würde sagen, ich habe mich schon etwas entwickelt."
Herausfordernd sah Andreas zu Marita herüber, die das Gesagte mit einem Lächeln quittierte.
„Sag doch selbst, früher war ich oft ein Ekel."
Marita nickte.
„Aber nur, weil ich was wollte. Ich bin ja kein Naturekel! Ein Kapitän, dem sein Schiff abzusaufen droht oder ein Unternehmer, dessen Geschäft kurz vor der Pleite steht, die werden sicher in solchen Situationen unausstehlich sein und mit allen Mitteln versuchen, die Katastrophe abzuwenden. So hab ich mich früher immer gefühlt. Ich meinte, für Gott und die Welt verantwortlich zu sein. Und ich habe – und das kann ein Fluch sein – ganz vieles viel früher gesehen als andere. Die ganzen ökologischen Probleme. Oder dass wir heute nicht genug Kinder haben. Oder die zunehmende Orientierungslosigkeit gerade bei der Jugend. Wenn Religion nichts mehr wert ist, nicht im Sinne einer bestimmten Konfession, sondern als Bereich, in dem die Transzendenz noch aufrechterhalten wird, dann braucht man sich nicht zu wundern. Ich weiß noch genau, wie ich mit Marita an der Dachrinne gestanden habe. Da kannten wir uns zwei Jahre. Wie haben uns angeguckt und gewusst: Wir beide gehen durch dick und dünn miteinander. Wir wollen eine andere Welt. Und da haben wir quasi ne Firma gegründet. Eine Familie. Obwohl die noch gar nicht da war. Nur wir zwei. Und später – das war immerhin in den Achtundsechzigern – haben wir gesagt, wir erziehen unsere Kinder religiös. Wegen der Transzendenz. Diese Tür sollte ihnen offen gehalten werden. Das sollte ihnen nicht verloren gehen. Das Unmögliche, was überhaupt noch möglich ist, ist darin aufgehoben.

Das war unser Argument. Es gibt etwas jenseits von uns, was es auch immer sei. Dieses, was wir noch nicht erreicht haben, ist nicht verfügbar. Das ist eine ganz wichtige Sache, dass es nicht verfügbar ist. Was habe ich davon, diese Frage gibt es da nicht. Es geht einfach darum: unmögliche Dinge können möglich werden in diesen Menschen, und damit auch Gott. Das ist ein Riesenpotential."
„Das Komplizierte ist, dass so etwas auch bei Menschen sein kann, die von Gott gar nichts wissen wollen, die mit Religion nichts am Hut haben", wandte Stefan ein.
„Das ist doch genauso in der Kunst. Die Leute fragen immer, was dahinter stecke, was damit ausgedrückt sei. Da ist das Potential mit seinen vielen Möglichkeiten, besonders in einem Bild: die Leserichtungen im Bild sind nicht festgelegt. Letztlich sind sie es nicht mal, wenn man zu malen aufhört."
„Und deshalb kann es jeder Betrachter anders interpretieren?" warf Stefan ein.
„Ja, genau. Da es weder monokausal noch eindimensional ist, kann sich das gesamte Potential in einem Bild aufschließen."
„Das kann man an Deinen Bildern besonders gut nachvollziehen", sagte Marita. „Es ist so etwas wie ein Umschwingen zwischen Entstehen und Vergehen…"
„Ganz genau, ganz genau!" Andreas griff enthusiastisch den Gedanken auf und fuhr fort: „Und zwar gleichzeitig, nicht nacheinander. Es erfasst den gesamten Seinszustand. Eigentlich ist meine Malweise eine existentialistische."
„Und wie ist das mit den Löchern in deinen Bildern?", wollte nun Stefan wissen. Denn obwohl Andreas es

ihm schon oft erklärt hatte, kam er immer noch nicht ganz klar damit.

„Das Loch, das während des Malprozesses entsteht, ist erst einmal keine Marotte, wie du vielleicht denkst, sondern eine Notwendigkeit. Es ist Hinweis auf die im Bild vorhandenen, aber noch nicht sichtbaren Möglichkeiten…"

„Sind denn Möglichkeiten nicht grundsätzlich immer vorhanden?", gab Marita zu bedenken.

„Ja, schon. Aber der Mensch kann nicht alle Möglichkeiten zur gleichen Zeit ertragen, sonst würde er wahnsinnig."

„Da hast du wohl Recht!" sagte Stefan. „Mir schwirrt ja jetzt schon der Kopf."

„Deshalb sind Bilder auch wie Markisen, die einen Teil dieser Möglichkeiten verhüllen", spann Andreas seine Gedanken weiter. „Die Möglichkeiten sind da, sie drängen hervor. Und komischerweise empfinden wir sie als Gegensätze, als Paradoxa, da jedes Bildzeichen gleichzeitig wegen der vielen Leserichtungen in andere Bedeutungskontexte eingebunden ist. Aber ich kann euch eins sagen, und das hat mich die Kunst gelehrt: Der Satz vom ausgeschlossenen Dritten gilt da nicht!"

„Jetzt will doch Andy sogar die Logik außer Kraft setzen!" Stefan stemmte die Arme in die Seiten und tat entrüstet.

„Mit der Logik kommst du dem Paradoxon nicht bei. Sie hat es nur sichtbar gemacht. Sie war und ist auch ein Mittel, um die Unbilden des Lebens systematisch abwehren zu können. Das hat allerdings auch einen Verlust von Lebensintensität zur Folge. Bilder sind voller Paradoxa, weil darin ein Zeichen zugleich A und B sein kann, da es in diametrale Zeichenketten

eingebunden ist. Makrokosmos und Mikrokosmos sind ein und dasselbe. Man begibt sich da hinein, ohne zu kalkulieren. Und dabei vergisst man sich ganz. Das hat was mit Unsterblichkeit zu tun. Und damit komme ich noch mal drauf zurück, wovon wir vorhin gesprochen haben: die Transzendenz. Als Möglichkeit! Das ist doch eine ungeheure Freiheit, diese zuzulassen."
„Das finde ich auch wichtig, da stimme dir absolut zu", sagte Stefan. „Aber in der Kirche war viel Zwang. Und es ist auch viel Mist gemacht worden."
„Ja, natürlich. Aber die abendländische Geschichte und Kultur wäre ohne das Christentum nicht denkbar. Die Kirche war auch Ideengeber. Selbst ein Heidegger wäre ohne katholische Kirche nicht zu seiner Philosophie gelangt."
„Er hat an ihr gelitten."
„Aber er war auch von ihr inspiriert. Er kam davon nicht los. Wenn die Kirche es versteht, offen zu sein, hat sie echt eine Zukunft. Da bin ich ganz sicher."
„Also tschüss dann, wir fahren jetzt rüber zu uns."
Cornelius winkte. Bettina, die schon eine Weile mit säuerlicher Miene in der Tür gestanden hatte, folgte ihm, den Wäschesack mit den gewaschenen Sachen geschultert, den Kiesweg hinunter zum Törchen unter der Hecke.
„Ich weiß auch nicht, wieso ich immer der letzte bin", sagte Andreas zu Stefan. „Aber mich interessieren diese Fragen einfach. Wir haben nur dieses eine Leben und befinden uns total in der Unsicherheit. Deshalb müssen wir es nutzen. Deshalb interessiert es mich auch, Leute zusammenzubringen, die was anderes wollen."
Italo hatte sich wieder zu ihnen gesetzt. Gesa war schon schlafen gegangen. Es war weit nach Mitter-

nacht. Am Strand waren die Stimmen der Menschen verstummt, das Karussell hatte seinen musikbegleiteten Betrieb eingestellt. Nur die Wellen rollten mit leisem, rhythmisch wiederkehrendem Geräusch über den Sand.

Andreas war verärgert, dass Cornelius und Bettina sich wieder einmal nicht am Gespräch beteiligt hatten und auch Gesa es vorgezogen hatte, schlafen zu gehen.

„Warum hört mir keiner zu? Die könnten von mir eine Menge lernen", sagte er mit deutlich vom Wein gefärbter Stimme.

„Meinst du etwa, sie hätten nicht jede Menge von dir gelernt? Das kannst du doch im Ernst nicht glauben. Guck sie dir doch alle an. Im Grunde eifern sie dir doch alle drei nach", wandte Italo ein.

„Vielleicht. Aber dann könnten sie doch auch mal den Mund aufmachen. Und wenn nichts kommt, dann provoziere ich die Leute. Ich will ja niemandem beibringen, was ich glaube. Sondern ich will von den anderen etwas erfahren und bin erschüttert, wie wenig ich erfahre."

„Andererseits muss man auch den Mut haben, Dinge sich entwickeln zu lassen", gab Stefan zu bedenken.

„Als ich sechzehn war oder noch jünger, da hatte ich so meine Fragen ans Leben. Aber jemand, der die Fragen nicht äußern kann, soll ich denn da warten und nichts sagen?"

„Vielleicht erörtern sie ja alle möglichen Fragen untereinander, mischte sich Marita in die Unterhaltung ein. Und nicht jeder hat denselben Drang, sich mitzuteilen."

„Du willst immer alle verstehen!", sagte Andreas.

„Außerdem wollen sie nicht immer angegriffen werden. Und das tust du ja oft."
„Man muss sich der Realität stellen, wenn man attackiert wird. Es ist einfach falsch, wenn jemand sich nicht äußert, weil er so sensibel ist. Dann wirst du überfahren durch die Realität. Die meisten haben davor Angst, sich öffentlich zu äußern. Die halten sich schön bedeckt und denken, mal gucken, wo es hingeht. Wenn zu mir jemand was sagt, was mir nicht gefällt, dann gehe ich dagegen vor. Da müssen sie sich darauf gefasst machen, dass ich mich aufrege. Sie können mich aber genauso angreifen. Das gehört nun mal dazu. Sonst wird nie was öffentlich."
„Das stimmt", meinte Italo.
„Wenn ich mich selber nicht gefährden will und aus dem Grunde nichts sage, muss ich mich nicht wundern, wenn ich nicht wahrgenommen werde. Mich haben sie immer alle wahrgenommen, auch wenn ich ein Ekel bin. Das macht mir überhaupt nichts aus. Ich bin meinen Weg gegangen. Aber jeder Weg ist anders. Die Zeit ist auch eine andere. Cornelius geht seinen Weg auch anders als ich. Er lernt durchs Leben, nicht durch Sprüche. Aber er will nicht für die Welt verantwortlich sein. Deshalb geht es ihm seelisch auch viel besser als mir. Und das will er sich erhalten. So kann man es auch machen. Heute würde mein Weg vielleicht anders aussehen. Und natürlich kann ich nicht denselben Weg wie van Gogh gehen. Das wäre ja bescheuert. Der hat eine vollkommen andere Entwicklung gehabt. Man kann nichts wiederholen. Jede Biographie ist total anders. Und jeder Anfang ist anders. Als ich mit meiner Mappe zur Kunstakademie gegangen bin, war ich mir vollkommen sicher, dass ich der größte Künstler dieser Epoche sein werde.

Und ich hab ja damals sogar die Chance gehabt, berühmt zu werden. Der Direktor der Kunstakademie wollte mich fördern, er wollte einen *großen* Künstler aus mir machen."
„Das brauchte er doch gar nicht", warf Marita ein, „das bist du doch!"
„Na, ich meine, er wollte mich berühmt machen, weil ich damals ganz modern war in meiner Kunst. Ich habe mit Polyester gearbeitet und mit Fotos, als das noch keiner machte. Aber ich habe das nicht gewollt. Ich wollte die ehrliche Methode. Und dabei zieht man immer den Kürzeren. Mich ärgert die Größe der heutigen Kunstwerke im Vergleich zu ihrer Qualität. Aber das meiste davon wird sowieso in den Hinterkammern der Museen verschwinden, weil es kein Mensch mehr sehen will."
„Und dann ist Platz für deine Werke", feixte Stefan.
„Mach du dich nur lustig! Cézanne ist auch erst kurz vor seinem Tod berühmt geworden. Hol lieber noch eine Flasche Wein!"
Italo kam auf die Musik zu sprechen, führte Beispiele an wie Schönberg, der mit seiner Zwölftonmusik ungeheuer viel bewegt habe.
„Das war auch einer, der gewartet hat bis zum allerletzten Moment. Und in der Musik ist es glaub ich noch viel schwerer, etwas wirklich Neues zu schaffen."
Der Rotwein gluckerte in die Gläser. Marita und Stefan wollten noch ein bisschen lesen und zogen sich zurück, während Andreas und Italo sich am Thema Kunst festbissen, das sie beide, nur in unterschiedlichen Disziplinen, verband. Sie hatten auch sehr ähnliche Auffassungen, was das Wesen der Kunst ausmache: etwas ganz Uneigennütziges, etwas, das aus dem

Inneren komme und den ganzen Menschen erfasse. Je später es wurde, desto kühner wurden die Ideen, was man alles umsetzten könne und wolle. Auch über gemeinsame Projekte diskutierten sie, entwarfen tollkühne Pläne eines Gesamtkunstwerks, das die Menschen aufhorchen lassen würde. Andreas skizzierte seine Idee: ein Riesenbild, fünfzig Mal hundertzwanzig Meter groß, in der Landschaft, von einem Hubschrauber gehalten, während er, auf einem Traktor sitzend, mit Riesenpinseln darauf male, nach der Musik von Italo Tanzbewegungen mit dem Traktor ausübend. Die müsse richtig dramatisch sein.
„Da brauchte man einen Riesenorchester, das gegen den Lärm der Hubschrauberrotoren ankommt", spann Italo Andreas' Idee weiter.
„Das wäre ein Wahnsinnserlebnis", begeisterte sich Andreas.
„Da müssen wir Sponsoren für kriegen, sonst funktioniert das nicht", holte ihn Italo auf den Boden der Realität zurück.
„Wir müssen das vermarkten wie der Christo mit seiner Reichstagverpackung. Diesen ganzen technischen und organisatorischen Kram, da muss sich die Marita drum kümmern. Die kann das", war Andreas sich sicher.
Immer fantastischer wurden die Vorstellungen. Und das Fazit der Nacht war, dass das ein Ereignis werden würde, von dem noch der Bekloppteste Notiz nehmen würde.
Irgendwann hatte aber auch die beiden Künstler die Müdigkeit übermannt. Im Traum sah sich Andreas mit großen Messern in das Riesenbild Löcher hineinschlitzen. Er kämpfte dabei gegen die Hubschrauberpropeller wie Don Quichotte gegen die Windmühlen.

Fünf

Cornelius war mit seinem VW-Bus nach Brest gefahren, um am Bahnhof zwei Neuankömmlinge abzuholen. Pia und Ulli. Wieder zwei aus der Riege der Eingeladenen. Etwas überrascht war er, als die beiden noch zwei Kinder im Schlepptau hatten. Irgendwie hatte er bei seiner Einladung nicht daran gedacht, dass Pia ja eine vierjährige Tochter hatte. Und das zweite Mädchen? Pia erklärte, es sei die Tochter einer Freundin, die mal eine Woche ungestört Urlaub machen wollte mit ihrem Freund. Und da habe sie sie kurzerhand auch mitgebracht. Also Franzi und Geli.
Ulli erkundigte sich, ob ihr Bruder Stefan auch schon da sei. Sie freue sich ja soo auf ihn. Seit er in Berlin studiere, bekämen sie sich ja kaum noch zu sehen!
„Ist sich wohl zu fein geworden fürs Dorf", meinte sie grinsend, strich ihre rotblonden Haare aus dem Gesicht und sah Cornelius herausfordernd von der Seite an.
„Ach nee, glaub ich nicht. Aber die Großstadt hat es ihm natürlich schon angetan. Ist eben eine total andere Welt. Hat ihn ja auch auf den richtigen Weg im Studium geführt. Na ja, du weißt ja, der Steffi philosophiert gerne und stundenlang. Aber Stadtplanung ist was Handfesteres als Philosophie, finde ich."
Pia musste Franzi und Geli immerfort auf ihre Fragen antworten. „Wann kommt denn das Meer? Wann sind wir denn da? Gibt es auf dem Bauernhof auch Tiere zum Streicheln? Können wir auch baden? Hast du die Schwimmflügel mit? Ich hab Hunger! Hast du noch eine Milchschnitte?"

Und so weiter, bis sie nach einer Stunde Fahrt endlich das Meer unter sich liegen sahen. Da nahmen die Begeisterungsausrufe kein Ende. Und Cornelius war froh, dass sie bald auf dem Hof landen würden.
Bettina kam im roten Overall, die schwarzen Haare im Nacken zum Zopf gebunden, an den Bus und umarmte Cornelius, als hätte sie ihn eine Woche lang nicht gesehen. Betont lässig begrüßte sie Pia und Ulli und machte sich daran, die von Cornelius eingekauften Sachen aus dem Bus ins Haus zu schaffen, während er mit Besitzerstolz den beiden Gästen die Gebäude und den Garten zeigte.
„Wirklich toll", meinte Pia, „und Arbeit nicht zu knapp!"
Ulli schob ihr Kinn vor und entblößte ihre hübschen Zahnreihen im kastenförmig geöffneten Mund: „Das Corny-Bau-Klohäuschen ist echt der Hammer! Ist das das einzige Klo hier?", wollte sie wissen.
Auch die Kinder hatten das Häuschen, aus vier alten Türen gezimmert, das mit der Inschrift „Corny-Bau" verziert war, bereits entdeckt und laut „ihh!" geschrien.
Cornelius ahnte, dass ihm diese Besucher nicht nur Spaß bescheren würden. Aber seine gute Laune ließ er sich trotzdem nicht verderben. Wenn die Probleme haben sollten mit den primitiven Zuständen hier, mussten sie selbst damit fertig werden. Mehr Sorge bereiteten ihm die Kinder und die Gefahren, die überall lauerten: die Hölzer mit herausstehenden Nägeln, die kreuz und quer verlaufenden Kabel der improvisierten Elektroleitungen und was vielleicht sonst noch für kleine Kinder gefährlich werden könnte.

„Pia, auf die Kinder musst du aufpassen. Das hier ist eine Baustelle. Und ich kann keine Verantwortung für deren Sicherheit übernehmen."
„Klaro, Corny, bin ich doch gewöhnt!", gab Pia fröhlich zur Antwort.
Pia war von unverwüstlicher Natur. Genau wie ihr wuscheliger Lockenhaarschopf.
„Mach dir keine Sorgen, die beiden sind ganz pflegleicht."
„Wo ist denn der Steffi?" Ulli wandte sich mit ihrem charmantesten Lächeln an Cornelius, so als hätte sie gar nicht eigentlich nach ihrem Bruder gefragt, sondern als wolle sie Bettina, die an Cornelius angelehnt, den Arm um seine Hüfte, die beiden Frauen, die nun für eine Woche bei ihnen auf dem Hof wohnen würden, argwöhnisch betrachtete, mit ihrer Frage eins auswischen.
„Der wohnt bei meinen Eltern. Ist nicht weit von hier. Sicher kommt er gleich eingetrudelt. Kann sein, dass es gestern Abend da drüben mal wieder spät geworden ist."
„Kenn ich! Wenn der Steffi mal am Philosophieren ist!"
Pia rannte Franzi hinterher, die gerade den kleinen schwarzen Pudel von Madame Piclet entdeckt hatte und ihn unbedingt streicheln wollte. Geli hockte mitten im Bausand und warf damit um sich.
„Das kann ja heiter werden", flüsterte Cornelius Bettina ins Ohr, die daraufhin glücklich strahlte. Es schien, als würde sie ihre Stellung behaupten können in der Frauenschar.
Udo kam gerade vom Strand hoch, wo er sein tägliches Joggingpensum absolviert hatte.

„Tag, die Damen! Wie ich sehe, hat hier die wunderbare Damenvermehrung stattgefunden. Hatten wir nicht nur zwei erwartet?", sagte er Richtung Cornelius, der Udos Späße seit gemeinsamen Grundschultagen schätzte.
„Und nun sehe ich zwei große und zwei kleine Damen! Wenn das keine Überraschung ist!"
Pias Augen lachten verschmitzt. Dieser junge Mann, den sie noch nicht kannte, gefiel ihr.
„Ulli, Piejah!"
Stefan kam auf die beiden zu gerannt, wirbelte zuerst seine Schwester im Kreis, knuffte dann Pia in die Seite.
„Toll, dass ihr gekommen seid! Wie war denn die Fahrt?"
„Och, eigentlich ganz komfortabel mit dem Nachtzug. Da haben die beiden Kleinen wenigstens geschlafen. Nur mit dem Umsteigen in Paris, das ist echt blöd."
„In Paris schlägt nun mal das Herz Frankreichs. Und alle Wege führen dorthin. Oder von dort weg."
Udo hatte mal wieder für alles eine plausible Erklärung.
„Na, jedenfalls, hatten wir keine Langeweile", erzählte Pia. „Wir hatten ja auch Lesefutter dabei. Jede Menge Zeitschriften. Ach waren da Schmonzetten dabei!"
Ulli kicherte: „Der Wechselstift – eine idiotische Geschichte, nicht Pia? Wir haben uns gekringelt vor Lachen."
„Ich möchte auch mal wieder was zum Lachen haben, nicht immer nur arbeiten." Udo sah die beiden mit gespieltem Kummer herausfordernd an.
„Die eignet sich am besten für heute Abend auf eurem tollen Matratzenlager." Pia lief zu ihrer Reisetasche

und wühlte eine zerknitterte Zeitschrift heraus. „Es sollte ganz besonders werden und ganz anders", begann sie zu deklamieren und brach sofort wieder in Gelächter aus. „Eine Liebesgeschichte von anno dazumal. Haha! Ich musste immerzu an meine Eltern dabei denken. Aber, echt, Udo, die müssen wir wirklich mal zum Besten geben."

Von der Straße her schnaubte und ratterte es.
„Ach, Herrje! Beinahe hätte ich vergessen, dass heute der Baggermensch kommen wollte", sagte Cornelius und lief zur Straße hinunter. „Passt ihr bitte auf die Kinder auf, ich muss mich jetzt um den Bagger kümmern."
Der freundliche Monsieur Curunet, ein schlanker Mann um die fünfzig - vielleicht auch jünger, das Alter konnte man bei den Menschen hier auf dem Lande nur schwer schätzen – begrüßte Cornelius wie einen alten Bekannten. Sein schwarzsilbriges Haar trug er kurz geschnitten bis auf einen dünnen Zopf, der sich in seinem Hemdkragen ringelte. Cornelius kam mit Handwerkern und Bauleuten überall gut zurecht. Sein französisches Vokabular war zwar inzwischen erweitert, besonders was Baumaterialien und Baumaßnahmen anging, aber noch immer äußerst holprig. Doch das tat dem beinahe freundschaftlichen Umgang mit den Bretonen, die es zu schätzen wussten, dass sich überhaupt einer um die fremde Sprache bemühte, keinen Abbruch.
Monsieur Curunet sollte heute den Hang seitlich des Hauses wegschaufeln. Zwischen Wohnhaus und Stall sollte ein neu gebauter Trakt entstehen, der den sanitären Bereich beherbergen würde.

Cornelius konnte an seinem Ferienhaus tatsächlich so ziemlich alles erproben, was für einen zukünftigen Architekten wichtig wäre: Vermessen der bestehenden Gebäude, Entwürfe für den geplanten Anbau und Umbau, statische Berechnungen, Bauanträge – das alles hatte er bereits gemacht. Und noch dazu in französischer Sprache! Wobei ihm glücklicherweise seine Mutter geholfen hatte. Aber ganz besonders die praktische Erfahrung bei der Durchführung der Baumaßnahmen war ein ganz wichtiger Faktor. Cornelius wählte nie die einfachste Lösung, die mit weniger Arbeit verbunden war. Er hatte feste Vorstellungen, wie das Ganze am Ende aussehen sollte: der Charakter der alten Gebäude sollte gewahrt bleiben und ihnen ihren unverwechselbaren Charme erhalten. Aber auch für Neues sollte Platz sein. Dazu hatte er den modernen Gebäudeteil entworfen, der sich dennoch harmonisch zwischen die beiden alten Häuser einfügen sollte.

Er hatte durch seine praktische Arbeit in den beiden Jahren schon so viel gelernt, wie er es nie aus bloß zu Papier gebrachten Ideen oder beim Modellbauen an der Uni hätte lernen können. Auch seine Professoren, denen er die bereits vorgenommenen Baumaßnahmen an Hand von Fotoserien erläuterte, zeigten sich beeindruckt. Vor allem merkte er, wie viel Spaß ihm diese Arbeit machte.

Cornelius dirigierte den Baggerfahrer an die Stellen, wo der Erdaushub vorgenommen und zeigte, wohin die Erde verteilt werden sollte. Am liebsten hätte er den Bagger selbst gesteuert. Denn Baggerfahren war schon seit seiner frühesten Kindheit sein Traum. Und jedes Mal wenn er am Wegrand einen besonders großen Bagger sah, bekam er noch heute leuchtende Augen und träumte davon, eines Tages einen zu besitzen. Andreas pflegte dann zu spotten: „Musst die Tochter von einem Bauunternehmer heiraten!"

Pia und Ulli waren mit den Kindern zum Strand hinunter gegangen, denn die Kleinen hatten keine Ruhe gegeben. Sie wollten endlich ins Wasser. Es war heiß. Während Cornelius und Bettina beim Bagger standen und Monsieur Curunet beim Ausschachten zusahen, saßen Stefan und Andreas, der inzwischen auch angekommen war, im Innenhof.
„Also, wie der Cornelius das hier macht, finde ich wirklich großartig", sagte Stefan. „Selbst den Garten hier hat er schon angelegt."
Er zeigte auf die Hortensiensträucher vor der Wand des vorderen Nachbarhauses. Ein kleiner Kamelienstrauch trug rote Blüten, die von Madame Piclet ausgestochenen Margeriten hatten sich bereits zu einer kräftigen Staude entwickelt.
Der Hof war ursprünglich nur mit Schotter bedeckt gewesen. Cornelius hatte den Erdaushub, der bei der Drainagelegung hinter dem Haus angefallen war, im vorigen Jahr von dem Baggerfahrer gleich im Hof verteilen lassen. Bei diesen Arbeiten waren sie überraschend auf einen Brunnen gestoßen, der unter dem Schotter, von einer Betonplatte verdeckt, zum Vorschein gekommen war. Es handelte sich um einen sehr alten Brunnen aus Bruchsteinen. Und Cornelius hatte sich wie der Entdecker eines Schatzes gefühlt.
Jetzt konnte man schon den Beginn eines Rasens erkennen. Er war noch sehr zart und schütter. Und Cornelius wachte darüber, dass er nicht zertreten wurde. Mit seinen Pflanzen ging er liebevoll um wie mit Kindern. Bei schönem Wetter widmete er sich mit Vor-

liebe dem Garten. Er pflanzte, was die Gärtnereien zu bieten hatten. Und es war Sitte geworden, dass jeder Gast ihm statt eines anderen Geschenks eine Staude oder ein Bäumchen schenkte. So hatten sich seine Anpflanzungen um viele, auch seltene Stücke vermehrt: Palmen, Mimosen, Ginster, Olivenbäume. Es wuchsen Pampasgras und Eukalyptus, Birnen- und Apfelbäume, Rosensträucher und ein Feigenbaum. Zu jedem Baum gab es eine eigene Geschichte und Erinnerungen an gemeinsam verbrachte Ferientage.
„Cornelius verwirklicht hier auch so einen Traum vom Paradies", sagte Andreas. „Das ist etwas, was die Menschen wieder lernen müssten, dass Bauwerk und Landschaft zusammenpassen."
„Genau! Darüber reden wir ja auch in der Stadtplanung."
„Man muss auch mal etwas sich selbst überlassen können. Aber wir müssen immer alles nützen. Wir fragen immer: wozu ist das nütze? Und dann nützen wir etwas so lange aus, bis es unerträglich wird. Zum Beispiel die Städte. Und dann flieht man aus den Städten. Die Städte werden so lange funktionalisiert, bis sie unbewohnbar sind."
„In Hoyerswerda beginnt man, Plattenbauten zurückzubauen", erzählte Stefan und meinte damit etwas wie Fortschritt.
„Kleincontainer oder Großcontainer. Container bleibt Container. Wie kann da Freiheit sein? Selbst deine Gedanken sind da noch im Container. Gestaltung setzt Kreativität voraus. Aber davor hat man Angst. Und so bleibt es doch immer nur bei Langeweile. Man darf Auseinandersetzungen nicht scheuen. Diese Scheißwissenschaftler, die alles nur funktional oder die

Scheißpädagogen, die immer nur alles liebevoll machen und kein Risiko eingehen wollen!"
„Du solltest mal ein Seminar bei uns an der Uni halten. Du gehst ja ganz undogmatisch an die Dinge heran."
„Warum nicht? Das wäre ein Experiment, das sich lohnt. Über den Kreativitätsbegriff. Über praktische Kreativität. Man darf nicht wissen, was am Ende herauskommen soll. Das gilt für alle Branchen, für alle Berufe. Du lässt dich einfach auf das Potential ein."
„Bei Konrad Lorenz hab ich mal etwas in dieser Richtung gelesen: etwas nicht absichtsvoll ansehen, sondern Bereitschaft mitbringen. Und der hat das auch für den Bereich der Wissenschaft gemeint. Aber bei uns wird Gestaltung oder Kreativität immer als Gegensatz zu Wissenschaft aufgefasst."
„Was für ein Blödsinn! Wirklich neue Ergebnisse, auch in der Wissenschaft, erhält man oft nur durch sprunghafte Prozesse. Und die sind nicht berechenbar."
„Interessant dabei ist, dass jeder, ob Künstler oder Wissenschaftler, Schauspieler, Musiker oder Priester auch einer Ordnung genügen muss. Davor muss ein unheimliches Bemühen liegen. Und das ist gar nicht selbstverständlich."
„Es geht um das Ganze. Man bemüht sich, das Ganze zu sehen. Das Ganze atmet zwischen Chaos und Ordnung. Wenn man nicht bereit ist, das was man im Kopf hat, in eine Form zu bringen und dieser Genüge zu tun, endet man als Penner. Man kann erst zu einer richtigen Größe gelangen, indem man dem Chaos ordnende Elemente, Formen gibt."
„Oder andersrum: in die Ordnung das Chaos bringt..."
„Hey, Andy! Hallo, Stefan!"

Udo kam in zu Shorts abgeschnittenen, ausgefransten Jeans mit blankem Oberkörper auf den Hof. Er trug einen Karton mit Lebensmitteln auf der Schulter und musste sich bücken, um durch die niedrige Tür ins Haus zu gehen. Heute hatte er die Einkäufe erledigt. Die Aufteilung der einzelnen Aufgaben funktionierte reibungslos. Mal übernahm der eine, mal der oder die andere den Einkauf, das Geschirrspülen, Wäschewaschen und was noch so alles anstand. Die Feriengemeinschaft klappte ohne irgendwelche Komplikationen. Alles geschah ja freiwillig. Zu nichts musste jemand gedrängt oder aufgefordert werden.
Udo war von Anfang an mit von der Partie. Als Cornelius mit den Arbeiten am Haus begann, hatte er gerade reichlich Zeit. Er hatte seinen Job im Elektrobetrieb aufgegeben, und bis zum Beginn des Studiums an der Fachhochschule für Design blieben zwei freie Monate.
Gemeinsam hatten sie damals das marode Dach abgedeckt, hatten mit Schrecken die faulen Dachbalken gesehen. Udo konnte gut zupacken, sorgte aber vor allem immer für Spaß durch seine witzigen Bemerkungen. Seiner langjährigen Freundin hatte er damals gerade den Laufpass gegeben, so dass ihm die Abwechslung gerade recht kam.
„Wieder der Lochmalerei gefrönt?", frotzelte Udo, der Andreas' Vorliebe, seine Bilder mit Löchern zu versehen, kannte und ihn damit immer wieder mal aufzog. Andreas hatte ihm wie auch allen anderen, die ihn nach der für sie unbegreiflichen Bedeutung der Löcher fragten, erklärt, dass es sich um Durchblicke ins Nichts handele. Das große Nichts oder auch das große Unbekannte. Durch die Löcher bekäme das

Gemalte auf dem Bild eine ganz andere Bedeutung, eine Tiefendimension sozusagen.
Udo war eines Tages zu Andreas gekommen mit einem selbst gebauten Koffer in der Größe einer Aktentasche, auf den er das Wort NICHTS gestanzt hatte. Typisch Udo. Einerseits nahm er alles nicht ganz ernst. Andererseits zeigte ein solches Geschenk, dass er sich sehr wohl Gedanken machte über Zusammenhänge und Ideen, die ihm einleuchteten.
Andreas fand den Koffer genial und machte damit Furore, wo immer er den „NICHTS-Koffer" mit sich führte. Denn er gab stets Anlass zu Fragen. Und in ein Gespräch verwickelt zu werden, das unweigerlich zu existentiellen Fragen führte, war für Andreas immer ein Hochgenuss.
„Udo ist ein toller Typ", sagte Andreas jetzt zu Stefan gewandt. „Der hat handwerklich wirklich was drauf. Und das imponiert mir. Mit dem würde ich durch den Urwald gehen!"
Mit jemanden durch den Urwald gehen zu wollen, war das höchste Lob, das Andreas zu vergeben hatte. Es gab nur ganz wenige, denen er ein solches Prädikat zukommen ließ. Sie waren an einer Hand aufzuzählen. Was er damit meinte, waren Verlässlichkeit, Uneigennützigkeit und Erfindungsreichtum in ausweglosen Situationen. Andreas pflegte Leute immer schnell bestimmten Kategorien zuzuteilen.
Ihm imponierten Leute, die ihr Handwerk verstanden. Von Elektrizität verstand er nicht viel. Aber dass Udo sich selbst das Schreinern beigebracht hatte, bewunderte er und konnte eine solche Leistung ohne Abstriche anerkennen, obwohl er ein sehr kritischer Mensch war und schon manchen mit seiner offen geäußerten Kritik brüskiert hatte.

Udo hatte einmal eine Kollektion selbst entworfener und selbstgebauter Betten zu ihnen auf den Bauernhof gebracht, um in der Scheune, im Atelier und im Haus Fotos für einen Werbeprospekt zu machen. Die Betten gefielen Andreas und Marita so gut, dass sie, als sie wenig später Betten für ihr Bretagnehaus brauchten, ihm drei seiner Modelle abgekauft hatten.
„Wir hatten an der Akademie einen Schreiner, der sagte zu den Studenten: ‚Man muss einen Handwerker in einen Busch reinjagen ohne alles. Und wenn er wieder rauskommt, kann er alles.' Der ließ uns erst mal hobeln! Bevor wir an Kunst dachten. Von dem habe ich viel gelernt. Vor allem Hochachtung vor handwerklichem Können."
Udo stand in der für ihn viel zu niedrigen Türöffnung und griente über beide Ohren über Andreas' Ausführungen. Die beiden mochten sich.
„So wie wir hier Urlaub machen, das ist gegenseitige Anregung", sagte Andreas. Es gab einfach nichts, was er unkommentiert lassen konnte. „Etwas tun und einfach seinen Gedanken nachhängen, das ist für mich Erholung. Da brauche ich nicht auf die Seychellen oder auf die Bahamas. Die meisten fliehen ja vor sich selbst. Oder sie suchen Abenteuer, weil ihre eigene Welt so fest gefügt ist, dass sie sie nicht aufbrechen können..."
Hundegebell und Kinderjuchzen unterbrachen ihre Unterhaltung.
Franzi kam Jimmy in den Hofteil von Madame Piclet nachgerannt.
Zusammen mit Cornelius' Garten bildete er ein von allen Seiten durch Gebäude umschlossenes Geviert. Das war die für die Bretagne typische Anlage eines Bauernhofes. Die Gebäude waren nur zum Innenhof

hin geöffnet und dadurch nach außen gegen Wind und Wetter geschützt. Bei schlechtem Wetter oder in den Wintermonaten konnte man den Unterschied zwischen den beiden Gärten, dem von Cornelius und dem seiner Eltern deutlich merken. Bei Cornelius war es wärmer und windgeschützter als bei ihnen an der Klippe. Marita hatte mit ihrem Versuch, bei sich eine Mimose zu pflanzen, Schiffbruch erlitten. Auch wenn sie eine extra geschützte Stelle hinter der Hecke ausgesucht hatte, stand ein halbes Jahr später nur noch ein trockener Stängel da, während die Mimose bei Cornelius wie wild blühte und wuchs. An Kiwis und Palmen hatte sie sich folglich gar nicht erst herangewagt. Wahrscheinlich war nicht nur der Wind, sondern auch die salzige Luft daran schuld, dass bei ihr manche Pflanzen nicht gedeihen wollten. Alles konnte man eben nicht haben! Das waren die zwei Gesichter der Bretagne: eine mediterran anmutende Flora in den windgeschützten Ecken dieses Landstrichs und die raue Urgewalt des Meeres mit zerklüfteten Felsen und Grotten, die die Brandung in den Fels gemeißelt hat.
Wer in der Bretagne Urlaub macht, sucht nicht die Zerstreuung und das Event. Alles geht gemächlich zu. Eile und Hetze haben hier keinen Platz. Es ist eine Region, in der man die Chance hat, zu sich selbst zu kommen. Keine Meditations- oder Yogakurse sind dazu vonnöten. Es reicht: der Blick auf den Horizont, das sich ständig verändernde Wolkenspiel, auf das Meer in seiner wechselnden Gestalten und Farben, die träge dahin gleitenden Möwen, die Fischer und Krabbenfänger in den frühen Morgenstunden und die Sonne, wie sie abends glutrot im Meer versinkt, kitschig schön wie auf einer Postkarte – und doch beruhigend, beglückend, befreiend.

Gesa und Italo hatten sich heute zu einem Strandtag entschlossen. Einmal nur faulenzen. Und ungestört beisammen sein. Das konnten sie viel zu selten. Seit zwei Jahren kannten sie sich nun, waren ein Paar. Aber ein Paar der täglichen Telefonate, gelegentlicher Besuche an erweiterten Wochenenden und während der Ferien. Fünfhundert Kilometer lagen die meiste Zeit zwischen ihnen. Und das war hart für ihre Liebe. Es war gut, dass sie von ihren Studien beide sehr in Anspruch genommen waren. Das übertönte meistens die Sehnsucht. Auch waren sie sich durch den täglichen Austausch am Telefon nah. Aber so ganz zusammen sein, das war eben ganz etwas anderes.
Gesa war ein Familienmensch. Sie liebte ihre Geschwister und ihre Eltern und freute sich, wenn sie sich nach einigen Monaten wieder trafen. Als jüngste in der Geschwisterreihe und mit zwei älteren Brüdern hatte sie ihre ganz eigene Stellung innerhalb der Familie. Von den Brüdern wurde sie beinahe abgöttisch geliebt. Noch nie hatten sie miteinander Streit gehabt. Und als einziges Mädchen hatte sie natürlich auch bei den Eltern eine günstige Position. Sie nutzte dies aber keineswegs aus, um sich Vorteile zu verschaffen. Ein solches Denken entsprach ganz und gar nicht ihrem Charakter. Sie wirkte dagegen oft vermittelnd, wenn der Vater mal streng war, besonders zu seinem Ältesten, an dem er sich am meisten rieb, vielleicht auch, weil Cornelius ihm am ähnlichsten war. Die Geschwister hielten zusammen wie Pech und Schwefel, vertrauten sich untereinander alles an und hätten nie ein Geheimnis, das sie miteinander teilten, einem Außenstehenden verraten. Auch nicht den Eltern.

So kam es auch, dass Cornelius und Leon schon längst in die neue Liebe zwischen ihrer Schwester und dem gemeinsamen Freund Italo eingeweiht waren, bevor ihre Eltern einen ersten Schimmer davon bekamen.
Silvester vor zwei Jahren, als die Eltern den Jahreswechsel in der Bretagne erlebten, hatte es zwischen den beiden gefunkt. Italo hatte schon lange ein Auge auf die attraktive Schwester seines Freundes Cornelius geworden. Nur hatte sich bisher keine günstige Gelegenheit ergeben, ihr seine Zuneigung zu gestehen. Während der Weihnachtsferien hatten sie „sturmfreie Bude". Cornelius war immer zu Festen aufgelegt. Gesa hatte ein besonderes Talent, diese Feste zu gestalten. In der Küche herrschte dann Hochspannung.
Küchen scheinen seit jeher ein Ort erotischer Anziehungskraft zu sein. Jedenfalls fand hier die erste Annäherung zwischen dem verliebten Italo und der noch gar nicht verliebten Gesa statt.
Und als Gesa dann das Silvestermenü auftischte – Lauchcremesuppe, in Wein eingelegte Ente und als Dessert eine Rotweincreme – war er völlig hingerissen von ihr. Den Tisch hatte sie mit einer weißen Leinentischdecke gedeckt und dem Hutschenreuther-Service mit dem blaugoldenen Rand ihrer Großmutter. Das Silberbesteck hatte sie extra noch geputzt, dass es nur so blitzte und glitzerte. Leon servierte aus dem immer gut gefüllten Weinkeller einen Châteauneuf du Pape.
Nach dem Abendessen hatten sie sich gemeinsam vor den Kamin im Wohnzimmer gesetzt und alte Schallplatten angehört. Danach ging Gesa mit Italo hinunter ins Musikzimmer. Das war genau das, worauf er insgeheim gewartet hatte. Und er hatte nicht einmal fragen müssen! Unaufgefordert setzte er sich an den

Blüthner-Flügel und spielte und spielte, für sie, nur für sie.
Und plötzlich fühlte sich Gesa wie auf Wolken dahinschwebend. Leicht und perlend erfüllten die Töne den Raum, Chopin: moments musicaux. Sie sah Italos Finger über die Tasten dahingleiten und rasen, sekundenlang wenige Zentimeter darüber in der Schwebe gehalten, um kurz darauf in geradezu irrsinnigen Läufen und Gegenläufen und gravitätischen Akkorden dem Flügel das äußerste seiner Hammertechnik abzuverlangen. Sie hatte es bisher nicht gewusst: Musik hebt jegliches Zeitgefühl auf. Sekunden dehnen sich und Stunden schrumpfen zu nichts zusammen.
Als sie das neue Jahr begrüßten mit Sekt und Raketen, die sie von der großen Veranda zum See herüber abfeuerten, hatte Italo das Herz seiner Angebeteten erobert.
Endlich hatte Italo auch die Komplimente machen können, die er sorgsam in Gedanken durchgegangen war. Sie dürften weder zu forsch und übertrieben ausfallen, aber auch nicht so nichtssagend, dass sie nicht ausreichend über seine seelische Verfassung Aufschluss gegeben hätten: wie hübsch sie sei, wie liebenswürdig, wie intelligent, ihr Lächeln, das ihn total verzaubere - wie überhaupt sie so ganz diejenige sei, die er sich in seinen Träumen schon lange erhofft habe als seine Freundin.
Und ihr Lächeln habe ihm nun gezeigt, dass sich diese seine Hoffnung, die er lange als allzu kühn und kaum mit einer Chance zur Erfüllung eingeschätzt habe, doch noch Wirklichkeit werden könne.
Bei dem einige Monate darauf folgenden Hauskonzert, das im Hause von Andreas und Marita stattfand, wurde Italo sozusagen offiziell als Gesas Freund ein-

geführt. Knapp vierzig Gäste kamen, um seiner Darbietung am Flügel zu lauschen. Er hatte einen befreundeten Sänger mitgebracht, der in wunderschön reiner Tenorstimme Frühlingslieder von Robert Schumann darbot. Gesa rezitierte vor den einzelnen Liedern die Gedichte von Heinrich Heine aus dem „Buch der Lieder":
Im wunderschönen Monat Mai
Als alle Knospen sprangen
Da ist in meinem Herzen
Die Liebe aufgegangen.
Gesas Rezitation, Italos Klavierspiel und die Interpretation des Tenors Raimund Kilian fügten sich zu einem klangvollen Ganzen.
Und wieder Gesa:
Wenn ich in deine Augen seh,
So schwindet all mein Leid und Weh;
Doch wenn ich küsse deinen Mund
So werd ich ganz und gar gesund.
Gesa neigte weiß Gott nicht zur Schwärmerei, und die Verse erschienen ihr doch in einer Sprache geschrieben zu sein, die der heutigen Zeit nicht mehr entsprachen. Sie hatte deshalb auch lange gezögert, der Bitte von Italo zu entsprechen, die Gedichte von Heine vorzutragen. Natürlich war es auch die besondere Situation dieser Premiere, die sie vor Aufregung ganz ernst werden ließen.
Bekannte und Freunde ihrer Eltern, auch viele ihrer Freunde aus der Schulzeit waren gekommen. Und es kam Gesa eigentlich ein bisschen zu intim vor, was hier zum Vortrag kam. Andererseits waren solche Lieder doch etwas Allgemeines und Verbindendes. Empfindungen, die die meisten Menschen haben oder gehabt haben. Und sie fühlte sich, wenn sie die Zuhö-

rer beobachtete, darin bestätigt, dass alle mit großer Rührung der musikalischen Darbietung folgten.
Ich hab im Traum geweinet,
Mit träumte, du lägest im Grab.
Ich wachte auf, und die Träne
Floß noch von der Wange herab.
Gesa summte im Geiste die traurigschöne Melodie dieses Liedes mit. Wie Raimund es sang in seinem herrlich schmelzenden Tenor und wie einfühlsam Italo ihn auf dem Klavier begleitete, begeisterte die Zuhörer sichtlich.
Am Ende des einstündigen Konzerts ernteten die Künstler stürmischen Applaus. Und mit dem sich anschließenden Büfett und der lockeren Unterhaltung der Gäste wurde der Abend zu einem unvergesslichen Erlebnis.
Ganz besonders froh war Gesa darüber gewesen, dass Italo bei seinen Eltern einen guten Eindruck hinterlassen hatte. Besonders vor der Reaktion ihres Vaters hatte sie etwas Angst gehabt, da sie seine manchmal bissigen Kommentare kannte und seine Skepsis, was die Freunde oder Freundinnen seiner Kinder anging. So hatte Italo die „Feuertaufe" bestanden. Und sie konnten sich in aller Zuversicht ihrer immer schöner und intensiver werdenden Beziehung hingeben.

Zärtlich streichelte Gesa über Italos Bartstoppeln. Sie hatten die Badehandtücher auf einer Düne ausgebreitet. Eine leichte Brise wehte Italos Haare, die ihm sonst schräg über die Stirn fielen, beiseite, so dass seine markanten Gesichtszüge zur Geltung kamen. Gesa hatte ihre schwarzen, schulterlangen Haare zusammengeknotet. Sie trug die silbernen Ohrringe mit dem blauen Stein, die ihr Italo vor kurzem geschenkt

hatte. Er kannte mittlerweile ihre Vorliebe für schöne Ohrgehänge und bedachte sie bei den verschiedensten Anlässen mit ausgefallenen Kreationen. Gesa konnte Ohrringe wirklich gut tragen. Sie hoben ihr klassisches Profil noch stärker hervor.
Nach zwei kleineren Reisen mit Italo an die Ostsee und nach London waren dies die ersten Ferien, die sie gemeinsam mit Gesas Familie verlebten. Gesa war glücklich, dass sie ausgesprochen harmonisch verliefen. Ihre Mutter hatte Italo von Anfang an ins Herz geschlossen, wie sie es eigentlich immer mit den Freunden der Kinder tat. Dass der Vater sich mit ihrem Freund so gut verstand, war dagegen nicht so selbstverständlich. Umso zufriedener war Gesa, dass die beiden ein regelrecht freundschaftliches Verhältnis zueinander hatten. Auch Italo mochte ihre Eltern gern. Das machte den gemeinsamen Urlaub richtig angenehm. So konnten sie alle miteinander ungestört und unbeeinträchtigt den Sommer am Meer genießen.

Sechs

Der Bagger hatte das Rechteck zwischen den Kopfseiten von Wohnhaus und Stall ausgehoben und das Niveau dem Boden des Stallgebäudes angeglichen. Das Wohnhaus stand mit seiner rückwärtigen Wand zur Hälfte im Erdreich, was zur Folge hatte, dass diese Wand im Innern immer etwas feucht gewesen war. Obwohl die typischen Bruchsteinhäuser der Bretagne recht solide gebaut waren, so kannte man vor dreihundert Jahren noch nichts von Wärmedämmung und Drainagierung. Die Lehmfugen sorgten zwar für Feuchtigkeitsausgleich, aber drinnen war es - zumindest, was unsere heutigen Gewohnheiten angeht – stets kühl und auch ein wenig klamm. Wenn die Sonne schien, hatte Cornelius deshalb grundsätzlich alle Fenster und Türen nach draußen weit geöffnet.
Jetzt erkannte er mit Schrecken, dass es unter den Mauern offenbar nicht einmal einen soliden Sockel gab. Der Bagger war bis in Tiefen gelangt, in die zur Zeit der Errichtung des Wohnhauses wohl noch niemand vorgestoßen war. Kein Wunder, bei dem zum Teil felsigen Grund! Als Cornelius aber sah, dass die Stützwand des Westgiebels gar kein festes Fundament hatte, sondern das Mauerwerk direkt auf den gewachsenen Boden gesetzt worden war, wurde ihm doch reichlich mulmig.
Gott sei Dank hatte er zwischen der Giebelwand des Wohnhauses und dem neuen Fundamentgraben für den Anbau einen Abstand von anderthalb Meter eingeplant. Er wollte einen Flur schaffen mit einem Glasdach, durch das man bis hinauf zum Giebelfirst

mit seinen schönen behauenen Granitsteinen sehen konnte.

Monsieur Curunet wechselte die Schaufel an seinem Bagger, um die Fundamentgräben zu ziehen. Cornelius gab ihm Anweisung, bis auf eine Tiefe von achtzig Zentimeter zu gehen, wie es in Deutschland Vorschrift war.

« Mais non, trente centimètres, ça suffit! », meinte lachend Monsieur Curunet. « Ici c'est pas l'Allemagne ! »

Nun gut, wenn er das sagte, würde es wohl genügen, dachte Cornelius. Im Übrigen konnte hinterher sowieso keiner mehr die Tiefe des Betonsockels kontrollieren. Und mit seinen fünf mal sieben Meter war der Anbau auch nicht so riesig, dass es Probleme mit der Statik geben würde.

Mit den ausgeschachteten Gräben hatte man erstmals eine ungefähre Ahnung, wie der Anbau aussehen würde. Cornelius hätte am liebsten sofort mit dem Mauern angefangen.

Einer Sache Form geben, dabei seine Kraft spüren, das war schon großartig. Es war ja Lebenszeit, die man dabei investierte. Immer wieder im Verlaufe von Jahrhunderten haben Menschen Bestehendes umgeformt. Und wenn man an so einem Prozess teilnimmt, nimmt man Bestehendes nicht als selbstverständlich hin. Die Veränderung, die Umformung waren im Grunde das bleibende Prinzip. Wie in der Natur die Dünen und das Meer, ja sogar etwas so scheinbar Festes wie das Felsgestein.

Aber erst einmal musste das Fundament für die Mauern mit Beton ausgegossen werden. Und dafür musste zunächst eine Verschalung gebaut werden. Das Holz dafür brauchte Cornelius nicht zu kaufen. Ein Riesen-

stapel an Brettern türmte sich vor dem Haus, die zu allem Möglichen dienten: als Brennmaterial, als Schalbretter, als Tische und Regale für die Küchenutensilien und als Unterlage für ihr Matratzenlager. Vom nackten Fußboden aus Beton, wie er in bretonischen Wohnhäusern üblich war, wäre doch eine ungemütliche Kälte hochgezogen. Auf Vierkanthölzer hochgebockt hatte Cornelius die Bretter zu einer großen Plattform ausgebreitet, auf denen die Matratzen lagen.
Pia hatte dieses Matratzenlager bei ihrem Rundgang gleich gefallen. Und heute Abend würden sie eine kleine Theatervorstellung geben mit der Geschichte „Der Wechselstift". Stefan müsste dabei unbedingt mitmachen. Pia kannte seine schauspielerischen Fähigkeiten.

Cornelius und auch seine Gäste konnten sich gar nicht genug darüber wundern, in welch einfachen Verhältnissen die Menschen früher hier gelebt hatten.
Das Wohnhaus maß ungefähr sieben mal zehn Meter. Als Cornelius es gekauft hatte, bestand die untere Etage noch aus einem Flur, in den man durch die niedrige Eingangstür von draußen hereinkam, und zwei Zimmern, die jeweils rechts und links vom Flur aus lagen. Die den Flur begrenzenden Wände der Zimmer bestanden aus Brettern, über die Tapeten geklebt waren. Linkerhand befand sich die Küche mit dem riesengroßen Kamin zum Feuern und Räuchern. Die Stangen, an denen die zu räuchernden Würste und Schinken aufgehängt wurden, befanden sich noch im oberen Teil des Kamins. Das rechte Zimmer war früher die „gute Stube" gewesen und hatte ebenfalls einen Kamin. Der jetzige war ein kleiner offener Ka-

min mit einer hölzernen Verkleidung. Als Cornelius die schreckliche Tapete rund um diesen Kamin entfernte, konnte er im Mauerwerk die abgesägten Holzbalken sehen, auf denen einmal wie bei dem anderen großen Kamin die Haube geruht hatte.
Madame Piclet hatte Cornelius erzählt, wie die beiden Zimmer früher eingerichtet gewesen waren: An der rückwärtigen Wand der Küche, die gleichzeitig der Gemeinschaftsraum war, in dem auch die Knechte und Mägde aßen, hatten drei Schrankbetten gestanden, in denen die sechs Kinder schliefen. Die Eltern schliefen in der „guten Stube", ebenfalls in einem Schrankbett. Es gab noch Schränke und Truhen, in gehobeneren Haushalten eine Kommode mit einer geschnitzten Etagère darüber, in der die Teller und flachen Schüsseln stehend aufbewahrt wurden und gleichzeitig einen Schmuck fürs Heim darstellten. Außerdem eine Standuhr, die mit ihrem Pendel die Zeit am Stehen bleiben hinderte. Vor dem einzigen Fenster im Raum, hatte der lange Tisch mit zwei Holzbänken gestanden, an dem eine Großfamilie ohne weiteres Platz fand.
Ein Teil der Möbel, die typisch bretonischen Schränke mit den Verzierungen aus Messingnägeln und die Standuhr standen jetzt bei Madame Piclet in ihrer Wohnküche. Manches gute Stück hatte Cornelius in Ställen und der Scheune in bejammernswertem Zustand gefunden. Während schon allerorten von Händlern Jagd auf antike Schätze aus Abbruchhäusern oder Haushaltauflösungen gemacht wurde und man diese Stücke zu anständigen Preisen auf Märkten oder in Geschäften der größeren Städte im Umland kaufen konnte, lag hier so manches Altertümchen achtlos auf dem Hof herum oder wurde zweckentfremdet, im schlimmsten Fall sogar als Brennholz! Die Bretonen,

jedenfalls die ländlichen Einwohner, und das war ja der allergrößte Anteil der Bevölkerung, hatten ganz entschieden kein Verhältnis zum Besitz, dachte Cornelius.
Letztlich waren sie wohl das wilde stolze Volk der Kelten geblieben, als deren Nachfahren sie vor mehr als tausend Jahren aus Großbritannien, der Grande Bretagne, hier sesshaft geworden waren. Cornelius imponierte ihre Eigenständigkeit, die sich vor allem auch in der Pflege der bretonischen Sprache zeigte, obwohl er davon wirklich nicht ein Wort verstehen konnte. Seine Nachbarin hatte ihm erzählt, wie es noch während ihrer Schulzeit strengstens verboten war, bretonisch zu sprechen. Wurde man dabei erwischt, drohten harte Strafen. Selbst bei ihren Kindern sei es nicht anders gewesen, und deshalb sprächen sie auch kaum noch bretonisch, könnten es aber wenigstens noch verstehen.
Inzwischen, so hatte er von Nicole, Madame Piclets Enkelin, erfahren, ist man sich des kulturellen Erbes, das mehr als zwei Jahrtausende in seiner keltischen Sprache überlebte, wieder bewusst geworden und bietet Bretonisch in der Schule als Wahlfach an. Die Universität in Rennes hat sogar einen eigenen Lehrstuhl für. Keltische Sprachen eingerichtet. So ist es der Hartnäckigkeit und Sturheit dieses am Althergebrachten festhaltenden Völkchens gelungen, eine uralte Sprache vor dem Aussterben zu retten.

Zur Kaffeezeit fand sich die Gästeschar wieder auf Cornelius' Hof ein. Ulli hatte eine Strandwanderung bis zur Klippe mit dem einsamen Haus, von dem aus man einen phantastischen Blick über die Bucht hatte, unternommen. Gesa und Italo hatten genug vom Son-

nenbaden und Schwimmen. Andreas und Udo hatten gegen eine Pause auch nichts einzuwenden. Stefan war mit dem Fahrrad zum Bäcker geradelt und hatte frisches *pain au chocolat* gekauft.
Ulli fragte Cornelius nach dem Häuschen auf der Klippe.
„Das kann doch kein normales Haus sein. Es hat ja gar keine Fenster", meinte sie.
Auch Cornelius hatte sich anfangs über das kleine Haus, das von weithin sichtbar auf dem Hügel, der die Bucht an der südlichen Flanke einrahmte, gewundert. Von den Einheimischen war er aufgeklärt worden, dass es sich um so etwas wie ein Zöllnerhäuschen gehandelt habe, zur Überwachung des Küstenstreifens gegen Schmuggler.
Franzi versuchte gerade, auf den Stapel mit Brettern zu klettern, wovon sie Pia gerade noch rechtzeitig abhalten konnte. Geli bestieg den Haufen aus Bruchsteinen und kam dabei immer wieder ins Rutschen, da die Steine nur lose aufgetürmt waren.
„Der ideale Spielplatz ist das hier nicht", sagte Cornelius, der sich im Geiste schon auf dem Weg zur nächsten Ambulanz fahren sah.
„Langt doch zu, Leute. Das sind die besten pains au chocolat weit und breit!"
„Für was sind'n die vielen Bretter?", wollte Franzi wissen.
„Das werden alles Betten für Fakire, weißt du", unkte Udo.
„Fakiere, was'n des?"
„Das sind die Leute, die auf Nägelbrettern schlafen. Und wir hier wollen uns alle ausbilden in dieser Kunst. Willst du das nicht auch lernen, Franzi?", fragte Udo mit hochgezogenen Augenbrauen, halb spöt-

tisch, halb ernst, so dass die Kinder nicht recht wussten, ob sie glauben sollten, was Udo sagte.

„Ach nee", meinte Geli. „Ich schlaf lieber in meinem Schlafsack, der ist weicher!"

„Ich auch", beeilte sich Franzi, ihrer Freundin beizupflichten.

Aber Udo neckte sie noch ein bisschen, indem er ausmalte, wie wunderbar es sich auf so einem Nagelbett schliefe.

„Wenn du es erst richtig kannst, schläfst du besser als auf Daunen. Und im Traum fliegst du über Häuser und Meere, Berge und Täler. Du kannst durch den Schornstein in alle Häuser gucken und sehen, was dort gerade gemacht wird. Na, nicht doch noch Lust auf einen Fakirkurs? Ganz in echt, der Cornelius hat es schon einmal geschafft..."

Ungläubig und mit großen Augen sahen beide Mädchen auf Cornelius, der verlegen lächelte. Er wollte Udo und den Kleinen den Spaß nicht verderben.

„War echt super", sagte er deshalb schnell und lenkte auf ein anderes Thema.

„Du wolltest doch wissen, wo die vielen Bretter herkommen. Also das waren früher die Zwischenwände im Haus und die Fußbodenbretter vom Dachboden. Und dann noch jede Menge Bretter, die unter den Dachschindeln waren, aber teilweise ganz morsch, so dass wir sie gegen neue austauschen mussten. Einmal wäre der Udo fast durchs Dach gefallen!"

„Ohh!", war die entsetzte Reaktion von Franzi und Geli. Gebannt hörten sie Cornelius zu und wollten immer mehr erfahren, was schon alles Spannendes auf dem Bau passiert war.

„Na, das war wirklich ein Riesenschreck, wie wir beide ganz oben auf dem Dach standen und Udo ganz

plötzlich vor meinen Augen verschwand. Es ging so schnell, dass ich gar nicht kapierte, was passiert war. Erst als ich die geborstenen Bretter neben mir sah! Ich rutschte ganz vorsichtig auf der Dachschräge herunter und riss mir dabei ein paar Holzsplitter in den Po. Dann sah ich Udo. Er hing wie ein Affe an dem Holzbalken, der unter der Stelle lag, an der er eingebrochen war. Zwei Meter war er runtergefallen. Aber nur ein paar Zentimeter weiter rechts oder links, und er wäre bis auf den Betonboden geknallt! Insgesamt ungefähr fünf Meter. Das wär übel ausgegangen!"
„Ich bin eben ein richtiger Pechvogel", meldete sich Udo zu Wort. „Immer muss *mir* so was passieren! Wie damals mit dem Motorradunfall."
„Uhh, erzähl mal, war das schlimm?"
„Schlimmer als schlimm! Ein Autofahrer hat mir die Vorfahrt genommen. Ich weiß nur noch, dass ich im hohen Bogen durch die Luft flog und dann nichts mehr! Im Krankenhaus haben sie mich dann wieder zusammengeflickt. Na, wie ihr seht, ich bin noch da. Hab allerdings auch ein Andenken behalten."
Udo zeigte auf seine Narbe, die sich vom Oberschenkel abwärts bis zum Fußknöchel erstreckte.
„Darf ich mal anfassen?"
Franzi legte ihre kleine Hand in die Mulde an Udos Wade.
„Dabei habe ich noch großes Glück gehabt. Zuerst wollten sie mir das Bein amputieren. Abschneiden, verstehst du? Dann könnte ich jetzt nicht mehr so herumturnen."
„Mama, guck doch mal, der Udo hat ein richtiges Loch im Bein", sagte Franzi.
„Besser ein Loch – das ist ein ganzer Muskel, der jetzt fehlt – als ein abbes Bein! Also, ihr kleinen Rabauken,

seid schön vorsichtig, damit es euch nicht so geht wie mir."
Franzi und Geli sahen ehrfürchtig auf Udos verunstaltetes Bein und nahmen sich vor, nicht so unvorsichtig zu sein wie er.
„Und hast du das Dach ganz allein wieder gedeckt?", fragte jetzt Ulli. „Das sieht ja richtig fachmännisch aus. Wie hast du das denn gemacht mit diesen kleinen Schieferplatten?"
„So klein, wie sie aussehen, sind die Schindeln gar nicht."
Cornelius stand auf und suchte zwischen den Steinen nach einer heilen Schieferplatte.
„Die ist ungefähr viermal so groß. Mit Spezialhaken, die in das Holz geschlagen werden, befestigt man die Schieferplatten auf den Holzlatten, wobei sie immer übereinander geschoben werden. Also wie Fischschuppen eigentlich. Wenn man einmal etwas Übung hat, ist es gar nicht so schwer. Schwierig war es eigentlich deshalb, weil ich die Holzlatten nicht komplett erneuert habe. Dadurch war das Dach überall leicht gewellt. Und das ließ sich viel schwerer decken mit dem geraden Schiefer."
„Aber so sieht es irgendwie gewachsener, natürlicher aus", meinte Stefan. „Es hat mehr den Charakter des alten Hauses bewahrt."
„Mich hat das ja auch immer interessiert", schaltete sich nun Andreas ein, „bei uns zu Hause. Da ging es auch darum, Altes zu erhalten oder wo es nicht mehr vorhanden war, es sozusagen wieder auferstehen zu lassen. Das ist mir auch so gut gelungen, dass selbst so ein Obermotz von der Denkmalbehörde Altes von Neuem gar nicht unterscheiden konnte. Oder auch: man entwickelt ein Gespür für den Geist, der an einem

Ort zu einer bestimmten Zeit geherrscht hat. Da kam zum Beispiel mal eine der früheren Besitzerinnen bei uns vorbei. Sie hatte auf unserm Hof ihre Kindheit verlebt, und das lag immerhin siebzig Jahre zurück. Und die meinte, als sie sich den Garten ansah, das sei ja alles genau so wie früher. Die Bruchsteinpfeiler zum Beispiel. Nur hatten die überhaupt nicht dort gestanden, als wir dorthin gezogen sind. Und ich kannte auch keine alten Fotos. Ich habe nur gedacht: da müssten eigentlich zwei Pfeiler hin. Und dann habe ich aus den Steinen, die bei uns überall herumliegen, welche gebaut."

„Euern Hof habt Ihr wirklich toll wieder hingekriegt", meinte Pia. „Ich kenn den ja noch, wie er total runtergekommen war! Haben da, als er eine Zeit lang leer stand, geile Partys gefeiert..."

„War in deiner wilden Zeit, gell Pia", sagte Stefan lachend.

„Ach du, was weißt denn du davon! Hast ja noch in den Windeln gelegen, haha!"

„Von wegen Windeln! So blöd war ich da auch nicht mehr. War ja auch ein ganz schöner Skandal damals..."

Pia legte den Finger auf die Lippen und sah zu den Kindern herüber.

„Klaro, versteh schon."

Pia kam aus demselben Dorf wie Stefan und Italo. Ihr Vater war Mitglied des Landtags gewesen und als solcher eine bekannte Persönlichkeit. Als man seine Tochter Pia an der holländischen Grenze mit Haschisch aufgegriffen hatte, schlug das in der kleinen Welt ihrer Heimatgemeinde wie eine Bombe ein. Pia war schon immer reichlich unkonventionell gewesen. Und als sie dann noch ein uneheliches Kind bekam,

zog sie es vor, der engen Welt erst mal für eine Weile den Rücken zu kehren.
Seit kurzem hatte sie sich mit Stefans Schwester Ulli verbündet, die auf Selbstfindungstrip war. Die beiden heckten alle möglichen und unmöglichen Pläne aus. Mal wollten sie gemeinsam einen Bioladen aufmachen. Dann wieder hatten sie die Idee, eine Boutique zu eröffnen. Oder eine Teestube, oder, oder, oder...
„Ich will eine andere Welt!" Andreas meldete sich wieder energisch zu Wort. „Ich habe immer eine andere Welt gewollt. Eine Welt, in der auch der Arbeiter eine schöne Kaffeekanne hat. Es geht um die Ästhetik, um die gute Form. Und die wollte ich immer allen Leuten beibringen. Mich fasziniert, etwas anderes zu sehen als das Übliche. Und das ist die Motivation, etwas für die Gesellschaft zu tun. Seine Kraft da einzubringen in eine Veränderung. Und du bringst die nur ein, wenn du selbst das erfahren hast. Das hat nichts mit Besitz oder Reichtum zu tun."
„Du hast gut reden!" Pia schüttelte protestierend ihre zum Afrolook aufgeplusterte Haarpracht.
„Na, stimmt's etwa nicht? Ich bin doch selber ein Proletarier. Mein Opa war Dreher an der Zeche. Aber der hatte Mumm in den Knochen! Hat einen Nazi durchs Fenster geschmissen und während der Fronleichnamsprozession, als die Nazis schon ihre Helfershelfer hatten, besonders laut „Großer Gott, wir loben dich" gesungen! Und musste sich auch prompt auf dem Amt melden. Aber als bester Dreher, der immer sechs Drehbänke gleichzeitig laufen hatte, war er unabkömmlich. Und so haben sie ihn wieder laufen lassen. Und fleißig war der auch. Er hat so viel gearbeitet, dass er sich schon als frisch verheirateter Mann ein zweistöckiges Wohnhaus gebaut hat.

Und diese Geradlinigkeit und dieses Streben, das hab ich an ihm bewundert. Man macht so was ja auch nicht für sich selbst. Man macht das für andere, für die nachfolgenden Generationen.
Die Mutter von Marita hat damals, als wir den Hof kauften, mitgemacht. Das fand ich ganz toll von ihr. Sie hat das auch finanziell mitgetragen. Da waren wir uns richtig einig, wenn wir auch sonst manchen Strauß miteinander ausgefochten hatten. Aber das hat sie von Anfang an unterstützt. Ich wollte das unbedingt für die Familie. Ich habe mir gedacht, so ein gemeinsamer Aufbau, das schweißt zusammen, da kann man nur davon lernen. Und es ist ja auch aufgegangen, wie man sieht! Und jetzt will ich euch allen weiterhelfen. Ich will euch alle hochbringen! Ich will euch helfen, dass *ihr* die Welt verändert."
„Und wie stellst du dir das vor?", wollte Stefan von Andreas wissen.
Andreas erzählte von seinem Plan, die Scheune auszubauen. Seit das Wohnhaus und das Atelier und nun auch das Ferienhaus fertig waren, drängte es ihn, Neues in Angriff zu nehmen. Seinem Bedürfnis, immer irgendwo herumzubauen, bot die große Scheune aus Bruchsteinen ein neues Betätigungsfeld. Viel zu schade schien in Andreas' Augen dieses Gebäude, um nur Stroh und Heu einzulagern, zumal dafür noch auf dem Boden über den Ställen reichlich Platz bliebe. Der hundertzwanzig Quadratmeter große, bis zum Dachfirst offene Raum reizte ihn, etwas daraus zu machen.
„Ein Kulturzentrum will ich schaffen, für Musikveranstaltungen, Ausstellungen, Theateraufführungen. Ich will in Zukunft investieren. Damit etwas anderes passiert. Und dass wir uns alle kennen, der Italo als

Musiker, Cornelius als Architekt, Leon und Udo als Designer - und unsere Schauspielerfreunde Anne und Baldur, die würden da auch sofort mitmachen – das ist bestimmt kein Zufall. Und das ist keine Frage des Geldverdienens, sondern eine Zukunftsperspektive für euch junge Leute. Alleine hat man keine Bedeutung. Man ist immer auf den anderen angewiesen. Es geht um ein anderes Lebensgefühl, das will ich der nächsten Generation vermitteln: das Gefühl von Freiheit."
„Ich hab schon mal eine prima Idee für eine Theatervorführung", schaltete sich Pia ein. „Steffi, Du bist doch dabei?"
„Aber immer, was für ein Stück soll's denn sein?"
Pia schmunzelte: „Ne Liebesgeschichte zwischen zwei alten Leuten."
Stefans fragender Gesichtsausdruck forderte weitere Erklärungen.
„Wirklich, du glaubst es nicht. Wir fanden die zum Kugeln. Man könnte sie einfach mit verteilten Rollen vorlesen.
„Gib mal das Skipt."
Nach Überfliegen einiger Passagen aus der knittrigen Zeitschrift brach Stefan in schallendes Gelächter aus und rezitierte mit Augenaufschlag: „Und das Parfum, das du so gerne hast, damit besprühe ich mich von oben bis unten…"
„Ich bin dabei, Pia. Schade, dass Marcel noch nicht hier ist. Aber wir können ja noch eine zweite Aufführung machen."
Am Abend saßen dann alle im Hof beisammen. Die Kinder waren nach ihrem ersten Ferientag, den vielen neuen Eindrücken unerwartet schnell und ohne Probleme eingeschlafen.
Nun konnte die Theateraufführung beginnen:

Der Wechselstift

Es sollte ganz besonders werden und ganz anders. Viktor träumte nun schon seit Wochen von diesem Abend, der ihnen einen bisher nie erlebten Liebesgenuss bereiten würde. Lara hatte zwar Bedenken, sie glaubte nicht wirklich an eine nie dagewesene, unerhörte Steigerung ihres bisher absolut zufriedenstellenden Liebeslebens. Immerhin waren sie seit fast 25 Jahren verheiratet. Eine gewisse Gewöhnung an gewisse Praktiken tritt in einer solchen Zeit ganz selbstverständlich ein, hatte sie aber nie gestört. Nun aber begann Viktor ihr seit einiger Zeit von seinen großartigen Plänen vorzuschwärmen. Seine grünen Augen bekamen dabei einen berückenden Glanz. Nein, sie dachte nicht einen Moment lang daran, ihm seinen Traum auszureden, ihm seine Vorfreude zu nehmen.

"Vor dem Kamin muss es sein", sagte Viktor schmeichlerisch, "und auf ganz vielen, weichen Fellen!" Lara bemühte ihre Phantasie, die in diesen Dingen nicht sonderlich stark ausgeprägt war. Warum nicht einmal auf dem Boden vor dem Kamin, dachte sie bei sich. Viktor schmückte die Szene erzählend während der nächsten Wochen bis ins kleinste Detail aus. "Sekt werden wir trinken, die Kerzen in den beiden fünfarmigen Silberleuchtern anzünden, und es gibt eine Glut, eine Glut...". Verzückt strich Viktor seiner Lara durch das Haar, küsste ihr zärtlich den Hals. "Rasieren werde ich mich natürlich", fügte er gleich lachend hinzu, denn er hatte ihre kleine zuckende Bewegung wegen seines stachligen Kinns nicht übersehen. "Und das Parfüm, das du so gerne hast,

damit besprühe ich mich von oben bis unten!" Wie ein verliebter Pennäler gebärdete er sich.

"Oh ja, das Parfüm...".Lara begann allmählich, sich von Viktors Begeisterung anstecken zu lassen. "Zwiebel und Knoblauch, das sind auch wirklich wahre Liebestöter", wagte sie in diesem Zusammenhang einmal zu gestehen. Viktor war keineswegs beleidigt über ihre Bemerkung. Sie zeigte ihm ja, dass auch Lara sich bereits für ihr großes Liebesabenteuer erwärmte.

"Die Kinder, was ist mit den Kindern?" brachte Lara eines Abends nach einem schönen und wie immer stets perfekten Liebesspiel im Ehebett eine bisher außer acht gelassene Überlegung ins Spiel. Daran hatte Viktor bisher nicht gedacht. In der Tat, das Wohnzimmer stand natürlich der ganzen Familie offen, und die Kinder kamen oft spontan zu ihnen, wenn sie am Feuer saßen, Wein tranken und sich unterhielten. Das war ein Punkt, der bedacht werden musste in der Planung.

"Ach, Laralein, das wird der absolute Höhepunkt", begann Viktor immer wieder aufs Neue zu schwärmen." Ganz ohne dumme Bettdecke, und überhaupt dreidimensional! Von allen Seiten kann ich dich dann streicheln. Oh, du wirst sehen, es wird uns zu nie erlebten Höhen führen."

Ein weiterer Planungspunkt war die Musik. Natürlich musste wunderschöne, sphärische, langsame, alle Sinne durchströmende Musik die Wirkung der Liebesglut ganz lange, unendlich lange, am Brennen halten. Viktor und Lara besaßen viele passende Schallplatten, die eine solch lange gemeinsame Lebensspanne zusammengebracht hatte. Es gab allerdings auch da ein Problem. Unmöglich während des zärtlichen Vorspiels oder gar auf den höchsten Höhen ihres Liebesspiels vor dem flackernden Kamin aufstehen zu müssen und die Platten zu wechseln...Das würde ja von vorneherein das ganze kühne Unternehmen zum Scheitern verurteilen. Lara, wie so oft realistisch und praktisch in den entscheidenden Momenten, wusste Abhilfe. Ein Zehnplatten-Wechselstift musste her! Nicht dass diese grandiose Idee leicht zu verwirklichen gewesen wäre. Nein, es stellte sich heraus, wie hoffnungslos altmodisch sie beide waren. Das erfuhren sie nur bei Gelegenheiten, in denen sie ihr streng bewahrtes Binnenleben einmal nach außen öffneten. Wie jetzt zum Beispiel, als es galt, einen Wechselstift zu kaufen für ein Gerät, welches es überhaupt nicht mehr im Handel zu erwerben gab. Die bedauernden Blicke des Radiohändlers nahm Lara gelassen hin, als sie drei Ladenhüter aus der untersten Schublade zum Ausprobieren mitnehmen durfte. Und tatsächlich, sie hatten Glück.

Viktor nahm es sogleich als günstiges Omen für ihren Plan. Auch Lara begrüßte die Tatsache, dass ihr altersschwacher Plattenspieler dank der neu erworbenen Technik nicht mehr mit mehrfachen Rüttelbewegungen, manchem Fluch oder auch gut gemeinter Ermunterungszurufe in Gang gesetzt werden musste. "Weißt du, Schatzilein", sagte Viktor eines Morgens, als sie zu zweit unter einer wonnig warmen Bettdecke liegend ihren Atem in die kalte Schlafzimmerluft bliesen. "Ich werde es mächtig heiß machen. Eine Stunde vorher", bedeutungsvoll knabberte er an ihren weichen Ohrläppchen, "werde ich auf den Ofen die dreifache Menge Kohlen schaufeln!"

Triumphierend richtete er sich hoch, kam aber schnell wieder zurück unter die wärmende Decke.

Denn im Hause herrschten die üblichen 14 Grad. "Meinst du nicht, die Heizung platzt?" gab Lara zu bedenken. Hier nun erwies sich ihr Mann als Praktiker. "Die Heizung ist doch ein offenes System", erklärte er seiner ergeben lauschenden Lara. "Wenn das Wasser wirklich zu heiß wird, kann es über das Dach entweichen." "Über das Dach?" fragte Lara staunend und beruhigt zugleich. "Ja, es fließt einfach in die Dachrinne", fügte Viktor sachlich hinzu, zufrieden, ihre Sorgen zerstreut zu haben.

Ein weiterer Punkt war geklärt. Blieb nur noch der genaue Zeitpunkt festzulegen. Beide waren sich einig darüber, dass für dieses große und einmalige Ereignis Kräfte gespart werden mussten. In kleinen Liebesgeplänkeln durfte keinesfalls etwas von der Vitalität vergeudet werden. So hieß es fortan: Heute nicht!

Der Zeitraum der Abstinenz war glücklicherweise überschaubar. Sie hatten einen idealen Zeitpunkt für ihr aufwühlendes Abenteuer ins Auge gefasst. Die Kinder hatten am Abend zuvor eine große Party im Hause und würden an "ihrem" Abend entsprechend früh in ihre Betten sinken.
Der Abend nahte. Der Abend begann. Viktors Augen leuchteten nicht mehr nur, sie glommen wie die glühenden Holzstücke im Kamin. Lara stellte eine Musikmischung zusammen, die ihrem Vorhaben auf das schönste entsprach. Der Sekt war bereits gekühlt. Viktor hatte die gehörige Portion Kohlen in die Heizung geschaufelt.

Nun stieg er frisch duftend aus dem Bad. Lara hatte sich sein Lieblingsparfum an die verlockendsten Körperstellen getupft.

Lächelnd, erwartungsvoll und fast ein wenig schüchtern, als stünde ihre erste Liebesnacht bevor, sahen sie sich an.

Da ging die Wohnzimmertüre auf. Herein kam der erwachsene Filius, setzte sich in einen der bereitstehenden Sessel vor dem Kamin, nahm sich eine Zeitschrift und schickte sich an, es sich gemütlich zu machen. "Schön warm habt ihr es hier", meinte er lässig. Lara beschlich eine ängstliche Ahnung, dass er vielleicht irgendeinen Verdacht geschöpft haben könnte. Doch gleich sagte ihr ihre Vernunft, was er denn wohl in Verdacht haben sollte, und sie musste über ihre mädchenhafte Prüderie lächeln.

"Weißt du", fühlte sie sich dennoch bemüßigt, als Erklärung abzugeben, "Papa wollte einmal ausprobieren, ob wir unsern alten Kasten warm bekommen können." Der Sohn nickte, enthielt sich jeden Kommentars und verschwand dann doch nach einer ihnen schier endlos erscheinenden Weile. Vielleicht war es ihm inzwischen zu heiß geworden. Das Thermometer zeigte bereits 26 Grad, eine in diesem Hause nie dagewesene Temperatur. Alle Familienmitglieder hatten sich im Laufe der Jahre auf eine Temperatur von höchstens 16 Grad eingestellt. Nun endlich war die Zeit gekommen.

Die Deckenlampe wurde gelöscht. "Die Kinder können denken, wir sind zu Bett gegangen", sagte Viktor fröhlich und hauptsächlich zu Laras Beruhigung. Die Felle wurden vor dem Kamin ausgebreitet. Die Musik spielte. Ohne Unterbrechung - dank des tadellos funktionierenden Wechselstabes.

Es wurde mächtig heiß. Zu heiß für jedwedes Kleidungsstück. Da standen sie wahrhaftig, wie weiland Adam und Eva und kamen sich recht komisch vor. Zwar flüsterte Viktor: "Du siehst aus wie eine der Badenden auf dem Bild von Cezanne", doch drängte es Lara aus der ungewohnten senkrechten Stellung schnell wieder in die vertraute liegende. Nur dass sie eine Bettdecke bei dieser Hitze wirklich entbehren konnten.

Was eigentlich in dieser Geschichte nur angedeutet werden soll: Die aufgesparten Kräfte waren wohl vollends verschwunden, jedenfalls an jenem Abend, der zum absoluten Höhepunkt ihres langjährigen zufriedenen Ehelebens hatte werden sollen. Der Sekt tat zur Kühlung gut. Viktor konnte nicht begreifen, was passiert war. Lara musste ihn beruhigend in ihren Armen wiegen. "Nie mehr vor dem Kamin, nie mehr mit Planung!" stieß Viktor hervor, und Lara wagte nun zu gestehen, dass sie von vornherein skeptisch gewesen war, ob überhaupt eine Steigerung ihrer Wonnen möglich sein würde.

Schon bald konnte sie dem unglücklichen Viktor beweisen - und er ihr auch -, dass es sich um ein einmaliges Malheurchen gehandelt hatte und kein Grund zur Verzweiflung bestand.

"Aber ein Gutes hatte diese Eskapade in eine Traumwelt doch" sagte Lara an einem der nächsten Kaminabende, und Viktor hörte diesen leise triumphierenden Ton in ihrer Stimme deutlich heraus, "wir können jetzt stundenlang ungestört Musik hören." Und mit lockend süßer Stimme fügte sie hinzu: "Wir können eine Verlängerungsschnur bis ins Schlafzimmer legen." Viktor lachte und flüsterte zärtlich: "Ja, meine schöne Badende."

Der Abend endete mit fröhlichem Gelächter über die Darbietung. Und man war sich wieder einmal einig darüber, was für eine nette Feriengemeinschaft sich hier in der Bretagne zusammengefunden hatte.

Sieben

Marita genoss es, eine Weile allein zu sein und in Ruhe lesen zu können. Ab und zu ließ sie ihre Gedanken schweifen, dachte an Zurückliegendes und Zukünftiges. Sie war mit ihrem Leben zufrieden. Wie hatte sich im Laufe der Jahre alles so wohl gefügt. Wenn sie daran dachte, wie wenig sie als junger Mensch vom Leben gewusst hatte! Selbst mit Beendigung des Studiums war sie im Grunde noch voller kindlicher Vorstellungen und idealistischer Pläne. Sie glaubte an das Gute im Menschen, konnte sich das Böse überhaupt nicht vorstellen. Als naiv hatte sie Andreas oft genug bezeichnet. Aber lieber wollte sie eine naive Weltsicht haben, als von vorneherein alles mit Skepsis zu betrachten oder immer gleich das Schlimmste zu befürchten. Marita war in ihrem Herzen ein optimistischer, ein immer auf Ausgleich bedachter Mensch. Andreas war in vielen Dingen kompromisslos und machte sich dadurch oft unbeliebt. Früher war es des Öfteren vorgekommen, dass er, waren sie irgendwo eingeladen, die Gastgeber offen beleidigt hatte, was ihm dazu noch sichtliches Vergnügen bereitete, weil er der Meinung war, dass auch unliebsame Dinge, die er vortrefflich verstand ans Licht zu zerren, auch wenn sie gar nicht Gegenstand des Gesprächs waren, offen ausgesprochen und zur Debatte gestellt werden müssten. Da es sich in den meisten Fällen um Maritas Freunde oder Bekannte handelte – denn Andreas hatte so gut wie keine Freunde – waren diese Zusammentreffen für Marita zu ihrem Leidwesen mehr eine Qual als eine Freude und endeten sogar manchmal mit einem Rauswurf.

Andreas konnte sich gar nicht oft genug damit brüsten, dass er „früher einmal" ein Ekel gewesen sei. In der Zeit selbst allerdings hatte er sich nicht als solches gesehen, hatte vielmehr Marita, wenn sie die Meinungen anderer verteidigte oder überhaupt jemanden in Schutz nahm, den Andreas attackierte, ebenfalls angegriffen mit Bemerkungen wie „Du fällst mir in den Rücken" oder „Du bist eben zu gut erzogen".

Das war zwischen ihnen eine Zeit der Kämpfe gewesen, in der Marita mühsam versucht hatte, nicht ihr eigenes Profil völlig aufzugeben nur um des lieben Friedens willen. Marita hatte lernen müssen, dass Zusammenleben, sei es in der Ehe, sei es auch in der Familie mit den eigenen Kindern, nicht nur Harmonie bedeuten kann. Natürlich wusste sie: es gibt nicht nur Sonnenschein, der Regen ist genauso notwendig. Zum Berg gehört das Tal, zum Tag die Nacht, zum Licht der Schatten. Aber sie war nun mal ein harmoniesüchtiger Mensch und hasste den Streit. Es war ja nicht so, dass sie andere Meinungen nicht akzeptierte, auch die von Andreas wollte sie durchaus gelten lassen. Ohnehin waren sie sich glücklicherweise in ihren Grundüberzeugungen einig. Nur wollte sie darüber vernünftig und in Ruhe reden können, und das war mit ihm nicht leicht gewesen. Gewesen konnte sie heute zum Glück sagen. Denn im Laufe der Jahre hatten sich ihre Auffassungen so sehr angeglichen, dass es jetzt häufig vorkam, dass sie im selben Moment ein und dasselbe dachten. Jeder hatte vom anderen gelernt und war durch die Sehweise des anderen letztlich bereichert und nicht in seiner Eigenart zerstört worden. Im Gegenteil: sie hatten von den Interessengebieten des anderen großen Gewinn gezogen. Marita durch die Kunst von Andreas, Andreas von Maritas Liebe zur

Literatur und Musik. Vor allem hatte Andreas Marita nie in ihrer Selbständigkeit in ihrem Beruf beschnitten. Sie liebte ihren Beruf, der in seiner Vielfalt des ärztlichen Heilens und in seinen ästhetischen Möglichkeiten im Bereich der Prothetik und der Kieferorthopädie ihr viel Freude bereitete. Und so hatten sich beide auf ihre Weise entfalten können, wenn auch nicht ohne die „dunklen" Teile des jeweils Ganzen zu erfahren. Sie waren und blieben füreinander interessant und konnten sich auch heute noch und immer wieder über existentielle Fragen, über Kunst, Philosophie und Bücher, die sie lasen, stundenlang unterhalten.
Vorhin im Joseph-Roman hatte Marita folgende Passage gelesen und unterstrichen: „„...und ist etwa des Menschen Ich überhaupt ein handfest in sich geschlossen und streng in seine zeitlich-fleischlichen Grenzen abgedichtetes Ding?" – ein Thema, über das zu reden sich lohnen würde. Weiter hieß es dort: „Gehören nicht viele der Elemente, aus denen es sich aufbaut, der Welt vor und außer ihm an, und ist die Aufstellung, dass jemand kein anderer sei und sonst niemand, nicht nur eine Ordnungs- und Bequemlichkeitsannahme, welche geflissentlich alle Übergänge außer Acht lässt, die das Einzelbewusstsein mit dem allgemeinen verbindet? Der Gedanke der Individualität steht zuletzt in der Begriffsreihe wie derjenige der Einheit und Ganzheit, der Gesamtheit, des Alls."
Marita schaute vom Garten zum Meer hinunter. Sie hatte den Strand in seiner gesamten Längsausdehnung vor Augen. Vornan war er dicht besiedelt von badenden, spielenden und liegenden Sommergästen, die gegen das von der Klippe mit dem einsamen Häuschen begrenzte Ende zu immer spärlicher wurden. In

das Getümmel hinunterzugehen hatte sie meistens keine große Lust. Sie freute sich vielmehr über ihr kleines durch die Hecken abgeschirmtes Gartenparadies, von dem aus sie das muntere Treiben der Badegäste ungestört beobachten konnte. Inzwischen hatte sie auch einige kleine einsame Buchten entdeckt, die sie zu Fuß erreichen konnte, wenn sie ein Stück weit auf den Klippenpfaden wanderte, die nur eine Fußspur breit sich zwischen dem niedrig krauchenden Stechginstermatten dahinschlängelten und sich entlang der Küste erstreckten. An einigen Stellen befanden sich diese Pfade den Steilabhängen gefährlich nahe, und man musste Obacht geben, dass man das bröcklige Gestein nicht lostrat und abrutschte. Besonders bei Sturm, der im Herbst und Winter über die Küste fegte und die Wellen aufpeitschte, dass sie bis zu zehn Meter hoch gegen die Steilwände klatschten, war es ratsam, sich nicht zu sehr in die Nähe der Steilküstenabschnitte zu begeben. Mehr als einmal war es passiert, dass unvorsichtige Urlauber, die die Gewalt der Meeresstürme unterschätzten, von den Felsen in den Abgrund gefegt worden waren und den Tod gefunden hatten.

Doch jetzt im Sommer war eine solche Wanderung gefahrlos und ein herrliches Erlebnis. Marita packte ihren Badeanzug und ein Handtuch in eine Tasche und entschloss sich zu einem Spaziergang. Die schmale Gasse zwischen den letzten Häusern des *bourg*, dem Dorfkern, hinauf bis zur *rue bellevue*, die ihren Namen zu Recht trug, denn von hier oben hatte man wahrhaftig einen „schönen Blick". Zwischen den alten Zedern der Gärten hindurch sah sie unter sich die Bucht mit dem langen Sandstrand liegen. Jetzt bei Ebbe bewegten sich im hinteren Strandabschnitt die

Strandsegler wie Tänzer in einem folkloristischen Reigen. Surfer ließen sich von buntseidigen Drachen über die Wellen ziehen. Nach ein paar hundert Metern machte die Straße einen Knick um die Reste eines Bunkers, der dort nicht wegen des *schönen* Blicks, sondern wegen der Übersicht, die man von diesem Punkt aus hatte, von den Deutschen gebaut worden war – nur einer von unzählig vielen entlang der gesamten Küste – und der so für alle Ewigkeit aus stahlharten Beton errichtet war, dass man ihn und seinesgleichen nicht einmal durch Sprengung zerstören konnte. Die Straße, nur noch meerseits flankiert von neueren Ferienhäusern, endete nach weiteren fünfhundert Metern auf freiem Feld und setzte sich dort als Lehmweg zwischen Mais- und Getreidefeldern fort. Hier begann die Natur pur! Ein Schwenk nach links zu den Küstenpfaden, den *sentiers littorals*, die sich nun kilometerweit erwandern ließen.
Marita atmete tief durch. Wunderbar diese Stille, die nur erfüllt war von einem leisen, kaum vernehmbaren Rauschen der Wellen, die in langer ungebrochener Linie ihre weißen Schaumkronen gegen den Strand laufen ließen. Ab und zu ein Möwenschrei. Die Menschen am Strand waren nur noch stecknadelkopfgroß hinter den sattgelben Ginsterblüten zu erkennen. Von Norden her schob sich ein Segelboot ins Blickfeld, darüber ein Schwarm Möwen, gleitend und kreisend, hochschießend einem Luftwirbel entgegen, dann in diesem majestätischen schwerelosen Schwebeflug gegen die Linie, in der sich das helle Blau des Himmels und das kräftige Blau des Meeres berührten. In der dunkelgrünen Hügelkette hinter dem Strand blitzten weiße Spitzgiebel in der Sonne auf wie Segel.

Marita hatte die Stelle erreicht, an der sie zwischen zwei Steilfelsen hinunterklettern konnte. Zwischen den wie Finger sich ins Meer schiebenden zackigen, muschelbesetzten Felsausläufern war eine winzig kleine Sandbucht, die in eine Grotte unterhalb der Steilwand mündete. Bei Ebbe konnte man hier herrlich ungestört sitzen.

Ein leichter Seewind blies Maritas Haare in die Stirn. Ganz fern am anderen Ufer der Bucht hatten sich leichte Quellwolken gebildet. Marita breitete das Handtuch aus und lehnte sich gegen den Felsen. Salzige Seeluft strich über ihren Körper. Er kühlte angenehm in der Hitze. Sie überließ sich ganz dem wohltuenden Nichtstun. Hier als nicht wahrnehmbarer Punkt in einer scheinbar unbegrenzten Landschaft fühlte Marita etwas von dem, was sie vorhin gelesen hatte: das Ich war tatsächlich nicht ein abgeschlossenes, in Grenzen gesetztes „Ding". Alle Sinne öffneten sich. Es herrschte so etwas wie ein Eins Sein mit der Natur.

Dann dachte sie, sie wusste selbst nicht warum, an die schlichten Dorfkapellen in der Gegend, von denen sie schon viele besucht hatte. Ganz anders als die großen Kirchen oder gar Kathedralen, die natürlich in ihren jeweils großartigen himmelstürmenden Proportionen und künstlerisch wertvollsten Ausgestaltungen auf ihre Weise beeindruckend, ja sogar überwältigend sind, übten die einfachen bretonischen Kirchlein und Kapellen auf Marita eine ganz besondere Faszination aus. Sie waren geprägt von der bäuerlichen Schlichtheit der Bevölkerung und von ihrer gleichermaßen schlichten Gläubigkeit. In ihrer überschaubaren Größe erfuhr man ein Gefühl von Ganzheitlichkeit.

Plötzlich ahnte Marita den Zusammenhang, wieso ihr gerade jetzt diese Kirchen in den Sinn kamen. Es hatte noch etwas mit dem Gelesenen zu tun und auch mit dem Gefühl von Eins Sein, das sie gerade gespürt hatte. War in dem Text nicht von Ganzheit oder vom Ganzen die Rede gewesen? An den genauen Wortlaut erinnerte sie sich nicht mehr.
Marita sah sie ganz deutlich vor sich, die grausteinernen Kirchen, die allen Ortschaften ihr unverwechselbares, typisch bretonisches Aussehen verliehen. Ein schlanker Glockenturm ragte von weither sichtbar aus dem ebenfalls grauen Häusergewirr, oder manchmal auch mitten aus einem Feld, denn es gab vielfach auch Kapellen, die außerhalb von Dörfern auf freiem Felde errichtet waren. Mochten sie auf den ersten Blick noch so einfach und bescheiden wirken, so waren sie dennoch nicht schmucklos. Spitzhauben und Turmumläufe, Arkaden und Pfeiler verzierten die meist über dem Westgiebel errichteten Türme, die sich spitz in den mal blauen, oft grauverhangenen Himmel streckten. Schon das Äußere dieser Kirchen, oftmals mit tiefgezogenen Dach unter Stein- oder Schieferschindeln, manchmal mit Querschiffen und Vorhallen, bezeugte die Eigenart des bretonischen Baucharakters: nichts Liebliches war zu entdecken, auch nichts Verspieltes. Die Formen waren streng. Und beim Betrachten stellten sich eher Ernst und Demut ein als ohnmächtiges Staunen. Man spürte dagegen etwas vom festen Glauben einfacher Menschen, die ihr Brot durch schwere Feldarbeit und beim Fischfang verdienten. Dennoch waren die Dorfkirchen, wenn man bedachte, dass jeder noch so kleine Ort seine eigene Pfarrkirche besaß, im Vergleich zu den oft regelrecht armseligen Wohnhäusern seiner Bewohner und vor

allem zu deren geringer Anzahl ein wahres Juwel. Denn nur in Orten, deren Einwohner durch Handel und Industrie zu Wohlhabenheit gelangt waren, waren auch die Kirchen wesentlich aufwändiger und prunkvoller gestaltet und ausgestattet.

Auf ihren Ausflügen hatten Marita und Andreas viele solcher Dorfkirchen besucht und waren immer aufs Neue erstaunt über deren eigenständige Schönheit. Manche besaßen Wandmalereien, was aber die Seltenheit war, da wohl in dem immer etwas feuchten Klima der Bretagne die Wände nicht sehr brauchbar waren für eine solche Ausschmückung. Besonders vielfältig aber waren die Holzschnitzereien. Sie zeugten von einer ganz urtümlichen Bauernkunst, meinte man doch, in den Gesichtern der Heiligen die pausbackigen Gesichter von Dorfkindern oder die rotwangigen alter Bauersfrauen, denen man begegnete, wiederzuerkennen.

Marita hatte eine Lieblingskapelle, die Chapelle de Saint-Côme. Näherte man sich dieser vom Hügel abwärts, so reckte sie ihren filigranen Turm in das Meeresblau der nur wenige Kilometer entfernten Bucht. Als Marita das erste Mal die Kapelle betrat, stockte ihr der Atem vor Überraschung. Eine solche Ursprünglichkeit hatte sie noch nie zuvor gesehen. Der Fußboden bestand aus Lehm, auf dem die steinernen Stützpfeiler standen. Aber dann, der Blick nach oben! Wie das Innere eines Schiffes mit der Öffnung nach unten wölbte sich das Dach, bestehend aus Hunderten von geschnitzten Balken über dem Betrachter. Marita hatte auch das Gefühl, sich im Bauch eines Riesenfisches zu befinden. Diese Holzkonstruktion war hinreißend und überwältigend. Unzählige Fabelwesen und Ungeheuer zogen ihren Blick in Bann. Die das

Gewicht des hohen Daches auffangenden Querhölzer waren in ihrer Mitte und an den Enden als Krokodils Kopfe gestaltet, aus deren offenen Rachen sich die Balken fortsetzten. Wo die Dachbalken das Mauerwerk erreichten, schmückten Figuren deren Ende, die von der unerschöpflichen Phantasie der namenlosen Künstler, die sie geschaffen hatten, zeugten. Da gab es Schlangen, die Maiskolben verschlangen, Engel und Faune, Schwäne und Vögel, Blumen, Früchte und Blattwerk und immer wieder dazwischen Figuren von bäuerlichem Aussehen mit Insignien ihres Handwerks in den Händen und ins Groteske verwandelte Gesichter. Ein umlaufender holzgeschnitzter Fries verbarg auf anmutige Weise die Nahtstelle zwischen den Steinmauern und der Holzdecke. In das Dach war nur ein Gauben Fenster eingelassen, das sich gegenüber dem bemerkenswerten Predigtstuhl aus polychromem Holz befand. Wahrscheinlich eine klug geplante Regieleistung der Erbauer! So war der Priester während seiner Predigt in Licht gehüllt, während in der Kirche selbst ein weiches Halbdunkel herrschte.

Eine andere Kirche, die großen Eindruck auf sie gemacht hatte, war die des heiligen Herbot. Marita fand neben dem Lettner zu Kringeln gedrehte und mit einem Bändchen versehene Tierhaare auf einem Steintisch liegen und erfragte die Bedeutung dieses ungewöhnlichen Arrangements. So erfuhr sie, dass die Bauern die Schwanzhaare ihrer Rinder dem Schutzheiligen des Hornviehs Saint-Herbot weihten, als Dank und Bitte für ihre Tiere und deren Gesundheit – und auch für sich selbst.

In dieser abseits gelegenen Kapelle konnte man ebenfalls nicht umhin zu staunen, was an so einsam gelegener Stelle die Erbauer der Kirche und die Künstler,

die zu ihrer Ausstattung beigetragen hatten, Großartiges vollbracht hatten.
Auch diese Kirche war ein wunderbares Beispiel für die typisch bretonische Baukunst der Spätgotik und Renaissance, aus deren Zeit übrigens die allermeisten Kirchen und Kapellen stammten. Sie besaß einen Portalvorbau mit den Aposteln auf Steinsockeln und unter skulptural verzierten, farbig angemalten Baldachinen. Im Innern der Kirche war besonders anrührend eine hölzerne Pieta, bei der die trauernde Maria die wieder so typisch bretonisch-bäuerlichen Züge aufwies.
Was Marita schon bald auffiel, dass es in der Bretagne offenbar eine Unzahl an lokalen Heiligen gab, von denen man noch nie gehört hatte. Bald auch hörte sie die kuriosesten Geschichten und Legenden, die sich um diese Heiligen rankten. Auf jeden Fall schien für alles und jedes und gegen alles und jedes ein Heiliger zuständig zu sein, manchmal auch gleich mehrere, zur Sicherheit!
Marita dachte an ihre Freundin Carola, bei der die Ärzte vor nun schon fast zwei Jahren Krebs festgestellt hatten. Unbegreiflicherweise hatte sie eine Operation und anschließende Chemotherapie abgelehnt und stattdessen auf alternative Heilmethoden gesetzt. Vor kurzem hatte sie Carola besucht und war zutiefst erschrocken über ihren gesundheitlichen Zustand. Ihre Freundin hatte während ihres Besuchs die ganze Zeit liegen müssen. Das Sprechen fiel ihr unsäglich schwer. Sie war ganz mager geworden und klagte über andauernde Schmerzen und schlimme Blutungen. Ihre früher so lebenslustige Freundin so erleben zu müssen, riss Marita in tiefen Schmerz angesichts ihrer eigenen Hilflosigkeit. Und es rührte sie zu Tränen,

dass Carola, als sie ihr von dem Netzhautriss am rechten Auge, den sie kurz zuvor aus unersichtlichen Gründen bekommen hatte, sich in ihrer Schwäche ganz auf dieses doch so kleine Übel im Vergleich zu ihrer eigenen schweren Erkrankung konzentrierte, ihm ihre Sorge widmete mit Vorschlägen und Ermunterungen zu dessen Heilung. Carola hatte so ziemlich alles an *ganzheitlichen* Therapien, wie sie sie nannte, ausprobiert: Misteltherapie, Akupunktur, spezielle Tees, Kräuter und Kost, homöopathische Medikamente. Aber alles hatte ihr nur kurze schmerzfreie Intervalle beschert. Opiate zur Schmerzlinderung lehnte Carola strikt für sich ab. Sie wollte ihr Gehirn nicht benebeln lassen, wollte klar denken können. Marita bewunderte Carolas Mut und ihren konsequenten Weg durch den Dschungel der Alternativtherapien, mit denen sie sich ja gegen die guten Ratschläge der „Normal-Mediziner" durchsetzen musste. Vor allem aber bewunderte sie Carolas Gottvertrauen. Wie wäre es sonst möglich, dass Carola trotz der unerträglichen Schmerzen, der dadurch bedingten Schlaflosigkeit, der aufreibenden und zermürbenden Suche nach neuen Therapieformen die Hoffnung nicht verlor? Natürlich hoffte sie auf Heilung. Aber zugleich nahm sie ihren furchtbaren Zustand auch an, durchlebte die Qualen, die sie manchmal an den Rand der Verzweiflung brachten und die sie in ihren schlimmsten Nächten voller Krämpfe hatte Gott anflehen lassen, dass er sie erlösen möge, im Bewusstsein, dass ihr so viele gute Freunde mit ihren Gebeten beistanden und knüpfte ihren Wunsch und ihre Hoffnung daran, es diesen einmal vergelten zu können.
Marita war in diesen Dingen, in ihrem Glauben, ein Kind geblieben. Obwohl sie vom Verstand her wusste,

dass Gott sich nicht nach unseren Wünschen richtet und ebenso wenig die Heiligen, die hier in der Bretagne für oder gegen alles Mögliche als Fürsprecher angerufen wurden: gegen Brand, Hagel und Blitzschlag, für eine gute Ernte, gegen Kinderlosigkeit, gegen Schlaflosigkeit, gegen Liebeskummer, gegen Zahn-, Kopf-, Leibschmerzen, für eine gute Heirat, für eine komplikationslose Geburt... Es gab eigentlich nichts, wofür oder wogegen sich die Menschen in alten Zeiten bei dem Heiligen, der für das entsprechende Anliegen zuständig war, durch Fürbitten nicht versichern konnten. Heute hatte man dafür Versicherungen! Nein, da wollte Marita sich lieber ihren Kinderglauben bewahren.

Dieser Kinderglaube zeigte sich auch in ihrem unerschütterlichen Glauben an das Gute im Menschen. Immer hatte Marita das Bestreben, alles zu glätten. Andreas hatte sie oft dafür kritisiert. Und doch liebte er sie gerade deshalb so sehr, ohne es ihr und sich einzugestehen. Glattes war nun einmal nicht sein Lebensgefühl Es stand seinem Verständnis von Kunst und Leben diametral entgegen. Rau musste etwas sein, widersprüchlich, ungehobelt, zum Eingreifen herausfordernd.

Etwas von der urwüchsigen Frömmigkeit der bretonischen Bevölkerung strahlten die Kirchen und Kapellen noch aus. Sie wirkten auch in ihrem Äußeren mit dem verwitterten, grauen, von Flechten überzogenen Granitgestein wie Relikte einer Epoche, die nicht mehr in diese hektische, von Kommerz und Gewinnmaximierung, von Event und Fun diktierte, dieser vom allgegenwärtigen und unaufhörlichen Mediengeplapper, den unzähligen dümmlichen Talk-, Peep- und Castingshows dominierten Zeit zu gehören schienen.

Eine endlose Aneinanderreihung von Banalitäten und Eitelkeiten! Das Traurige war, dass diese Zeit längst auch hier in der Bretagne bei der jungen Generation Einzug gehalten hatte. Und so gehörten Menschen wie Madame Piclet und ihr Bruder Pierre und die alten Bauern und Fischer aus ihrer Generation einer aussterbenden Spezies an.

Gerade die Uneitelkeit der anonymen Künstler, die so großartige, wegen ihrer Schlichtheit aber gar nicht recht beachtete Kunstwerke wie die Kirchen und die bretonischen Calvaires geschaffen hatten, die von Ideenreichtum, Originalität und großem Können zeugen, war etwas, das dem heutigen Zeitgeist widersprach.

Irgendwo, zuweilen zwischen Gestrüpp verborgen, einsam inmitten eines Feldes oder am Wegrand, mit Moos, Efeu und Flechten bedeckt, fand man manchmal Steinkreuze oder Brunneneinfassungen von Quellen.

Wie überall an den granitgrauen Steinen hatten die Jahrhunderte mit Wind und Regen die wohl auch vorher schon einfachen, auf das Wesentliche beschränkten Formen, die Konturen abgerundet. Türkis und grünlich schimmernde Flechten sowie bräunliche Moose, die auch teilweise das Gestein der Küsten überzogen, ließen die Figuren im Sonnenlicht lebendig wirken. Besonders die Passionsszenen und von ihnen wiederum am meisten der leidende Christus waren von einer anrührenden Schönheit, deren Wirkung man sich nicht entziehen konnte.

Die *Calvaires* sind eine eigenständige Kunstform der Bretagne. Sie sind Bestandteil der sogenannten *Enclos paroissiaux*, der geschlossenen Pfarrbezirke, die man auch nur in der Bretagne und zwar fast ausschließlich im Finis terrae, im Finistère, findet. Ende des Landes, Ende des Lebens, Ende der Zeit. Vielleicht war es nicht verwunderlich, dass die Bretonen, die als Fischer und Seefahrer stets mit den Naturgewalten zu kämpfen hatten, und denen der Tod allzeit gegenwärtig war, diese spezifische Kunstform der Volksfrömmigkeit geschaffen hatten.

Im *enclos paroissial* waren die Kirche, der Friedhof, sowie manchmal ein Beinhaus, das *ossuaire*, und der an zentraler Stelle errichtete steingehauene Kalvarienberg, der Calvaire, von starken Mauern umfriedet, die oft durch ein Thriumphtor mit der Außenwelt verbunden waren. Die Calvaires reichen in ihrer Ausgestaltung von der einfachen Kreuzigungsgruppe bis zu steinernen Figurenensembles von beinahe schon monumentalen Ausmaßen, auf deren Sockeln ganze Geschichten aus dem Alten und Neuen Testament bildnerisch erzählt werden, wobei die Künstler mit ihrer biblischen Interpretation oft sehr freizügig umgegangen waren. Auch dies ein Hinweis auf die Eigenständigkeit des bretonischen Volkes. Der Bretone Charles Le Goffic hat den Charakter der Calvaires folgendermaßen in Worte gefasst: „Ein kräftiger Idealismus durchblutet diese barbarischen Friese, erhöht die demütigen Akteure der großen plastischen Dramen, schmeidigt die armseligen Bilder und löst sie in gewisser Weise aus ihrem harten Granitpanzer. Die bretonische Seele bebt in ihnen und lässt sich hier in einer ihrer ergreifendsten Kundgebungen fassen: in ihrem oft erfolgreichen Kampf gegen die Materie, welche sie schließlich durch Hartnäckigkeit, durch tiefen und unerschütterlichen Glauben besiegt."

Genau das war es, was Marita besonders bei den kleinen und doch so imponierenden Kirchen herauslas,

den unerschütterlichen Glauben. Sie dachte an Carola. Und was man sich hier erzählte von wundertätigen Quellen, den *fontaines sacrées*. Auch bei ihrer Lieblingskapelle Saint-Côme gab es so eine Quelle, eingefasst und überdacht mit einem steinernen kleinen Gebäude mit Rundbogen und dreieckigem Dach, in dessen Nischen die beiden Heiligen Cosmas und Damian standen, beide allerdings kopflos. Dieselbe traurige Zerstörung fanden während der Französischen Revolution viele Heiligenfiguren. Die beiden Schutzpatrone der Kapelle Saint- Côme waren der Legende nach zwei Ärzte arabischer Abstammung, die ihre Patienten unentgeltlich behandelten, um sie für das Christentum zu gewinnen. Auch wurden ihnen nach ihrem Tod viele ungewöhnliche Heilungen nachgesagt. In der Kapelle bewahrte man eine rostige Sichel auf, zu der es eine eigene lokale Legende gab: Ein Bauer hatte, anstatt auf den „Pardon" von Saint-Côme mitzugehen, auf seinem Feld gearbeitet. Während er noch arbeitete, verletzte er sich mit seiner Sichel so stark, dass niemand die Sichel aus seiner Wunde entfernen konnte und er zu verbluten drohte. Sogleich erkannte er seinen Fehler und lief, so schnell er konnte zur Kirche, wo er vor den Statuen der beiden Heiligen diese um Vergebung bat. Die Heiligen hatten Mitleid mit dem reuigen Bauern. Die Sichel fiel zu Boden, und die schlimme Wunde heilte auf der Stelle. Aus Dankbarkeit ließ der Bauer seine Sichel als Votivgabe in der Kirche zurück, wo man sie noch heute bestaunen kann.
Pardons nennt man in der Bretagne die unzählig vielen, den jeweiligen Ortsheiligen gewidmeten Prozessionen, die in der Volksfrömmigkeit eine lange Tradition haben. Oft verdanken sie ihren Ursprung den

Legenden, die sich um das heilende und heilbringende Wasser einer Quelle ranken.
Auch Cornelius, durch seine mehrmonatigen Aufenthalte in der Bretagne und die enge Nachbarschaft zu Madame Piclet, dieser waschechten Bretonin, die sich durch ihre naive und tiefe Gläubigkeit auszeichnete, quasi bereits zu einem halben Bretonen geworden, hatte schon zweimal an dem Pardon teilgenommen, der nicht weit von ihm in einem schlichten Kirchlein gefeiert wurde, das das Jahr über verschlossen war und nur zum Fest seines Heiligen geöffnet wurde. Dann versammelten sich dort ein paar alte Leutchen im Festtagsstaat zur Feier der heiligen Messe, die der Pfarrer aus der benachbarten Gemeinde mit ihnen feierte. Auch einige Mütter mit kleinen Kindern waren anwesend, die wohl mehr wegen der Folklore teilnahmen, denn Kinder sah man so gut wie nie an Sonntagen in der Kirche.
Beim letzten Mal durfte Cornelius sogar ein Banner tragen, weil ein Fahnenträger erkrankt war. Ihm kam das ein bisschen komisch vor, und er fühlte sich etwas unwohl in seiner Rolle. Aber Madame Piclet hatte ihn ohne großes Zaudern vorgeschoben, als nach der Messe nach einem Träger für die aus schwerem Samt mit golddurchwirkten Stickereien gefertigte Fahne Ausschau gehalten wurde. Da wollte er sich nicht lange zieren. Und es erfüllte ihn im Grunde auch mit ein bisschen Stolz, dass er von den Einheimischen als einer der ihren akzeptiert wurde.
So setzte sich der kleine Prozessionszug, vielleicht aus zwanzig Leuten bestehend, mit dem Priester voneweg, drauf folgend Cornelius und einem andren Fahnenträger und hinter ihnen zwei alte Männer, die einen Holzkasten auf zwei Tragestangen montiert tru-

gen, in dem sich wohl eine Reliquie des Lokalheiligen befand. Es ging etwa zweihundert Meter die Dorfstraße entlang, wo der Zug zum Stehen kam. Linkerhand befand sich mitten in einem Acker ein Brunnen. Er war fast ganz von einem Hortensienbusch verdeckt, so dass Cornelius ihn früher gar nicht wahrgenommen hatte. Hier also war das Ziel der kleinen Prozession, und es wurden nun Gebete gesprochen und ein Lied in bretonischer Sprache gesungen. Dann erteilte der Priester allen Mitgekommenen seinen Segen, und schon ging es zurück zur Kapelle. Hier nun erwartete Cornelius ein Brauch, so schlicht und selbstverständlich ausgeführt, dass ihm ungewollt etwas in der Kehle kratzte. Die kleine Schar betrat die Kirche vom Westwerk her durch eine schlichte Pforte, vor der sich die Träger mit der Reliquie postiert hatten. Sie hatten das hölzerne Reliquienhäuschen über ihre Köpfe gehoben, und jeder berührte es und ging darunter her, bevor er die Kirche betrat. Es war eigenartig. Auch Cornelius konnte sich eines irgendwie feierlichen Gefühls nicht erwehren.

Auf dem Nachhauseweg, bei dem Cornelius Madame Piclet in seinem VW-Bus mitnahm, hatte sie ihm, als sie an dem Brunnen vorbeikamen, voller Empörung erzählt, dass der Bauer, dem der Acker gehörte, auf dem sich der Brunnen befand, es nicht zuließ, dass die Pilgerschar bis zu diesem ging, sondern auf der Straße bleiben musste. Zum Segen sei ihm sein Verhalten nicht geraten, sagte sie, denn einer seiner Söhne sei bei einem Autounfall tödlich verunglückt! Aber nun, so erzählte sie weiter, drohe neues Unheil. Der Bauer, den man in der Gegend als Schweinebaron titulierte, plane eine Erweiterung seiner Ställe bis zu einer Kapazität von dreitausend Schweinen. Madame Piclet

war entrüstet. Und als Platz für ein solches Riesengebäude habe er sich just das Land zwischen Brunnen und Kirche ausgesucht! Auch Cornelius fand eine solche Vorstellung entsetzlich. Dieser Mann schien weder ein Gefühl für die wunderschöne Lage der Kirche und des Brunnens, die er mit seinem geplanten Bau vernichten würde, noch auch den geringsten Respekt vor den Traditionen seiner Heimat zu haben. Seine Nachbarin erzählte weiter, dass sich schon eine Bürgerbewegung formiert habe, die gegen das geplante Projekt Einspruch erheben wolle. In der Zeitung habe sie gelesen, dass in den nächsten Tagen auf der Gemeinde eine Unterschriftenliste ausgelegt werden solle. Cornelius wollte wissen, ob er sich da auch eintragen könne.
« Mais, oui, bien sûr ! Et tous tes amis aussi ! Et naturellement tes parents ! »
Das fand Cornelius eine gute Idee. Seine Eltern, Geschwister und Freunde würden sofort mitmachen, gegen den Bau des Großstalls in unmittelbarer Nähe dieser netten und anmutigen Kirche zu protestieren.
Seit Cornelius in den Sommerferien auf seinem Hof war, brachte er Madame Piclet sonntags immer zur Kirche, wofür sie ihm sehr dankbar war. Im Frühjahr hatte sie sich bei einem Sturz drei Rippen gebrochen und immer noch Schmerzen beim Gehen. Ohnehin war die mittlerweile Dreiundsiebzigjährige nicht mehr gut zu Fuß, wodurch sie es sich aber trotzdem nicht nehmen ließ, in die fast zwei Kilometer entfernt liegende Pfarrkirche zum Sonntagsgottesdienst zu laufen. Die Beschwernisse nahm sie ganz selbstverständlich in Kauf. Sie mochte auch nicht ihren Sohn oder ihre Schwiegertochter, die nebenan in einem neugebauten Haus wohnten, bitten. Ohnehin nahm ihr die

Schwiegertochter viele Erledigungen ab. Aber mit der Kirche hatten es die beiden nicht sehr! Deshalb fragte die alte Bäuerin erst gar nicht. Umso mehr hatte Cornelius bei ihr ein Stein im Brett, da er ungefragt vieles für sie tat, wenn er da war. Für die betagte Frau waren deshalb die Monate, in denen er an seinem Haus arbeitete und in denen den sonst so stillen Hof Leben erfüllte mit den vielen jungen Leuten, wohltuend und abwechslungsreich. Und jedes Mal beim Abschied war sie ehrlich traurig, nun wieder für längere Zeit allein zu sein, vor allem während der langen kalten, feuchten und oft tristen Wintermonate. Gott sei dank hatte sie noch ihren Bruder Pierre, den sie bekochte und mit dem sie gemeinsam die Tiere versorgte. Aber Pierre war ein wortkarger Mensch, und Madame Piclet liebte die Schwätzchen. Bei Cornelius gab es immer etwas zu lachen und die Fortschritte beim Bau zu bestaunen. Madame Piclet hatte eine glückliche Hand für alles, was blühte. Und so kam sie immer wieder mit ausgestochenen Blumen aus ihrem großen Garten voller Stauden, die sie Cornelius schenkte. Dort hatte sich auch wirklich schon ein kleines Blumenparadies entwickelt. Auch während seiner Abwesenheit kümmerte sie sich um seine Pflanzen, so dass er nicht in Sorge sein musste, dass sie vertrockneten.

Das einzige, wofür die bretonischen Bauern anscheinend kein Gefühl hatten, waren Ordnung und Ästhetik. Wenn Cornelius ankam, startete er jedes Mal zuerst eine große Säuberungsaktion. In großen Müllsäcken sammelte er alles, was sich in seinem Garten, aber auch im angrenzenden Hof der Bäuerin auf dem Boden, zwischen Sträuchern und Beeten während seiner Abwesenheit angesammelt hatte: Plastikfolien, Flaschen, Dosen, alte Scheuerlappen, kaputtes Spielzeug, Teile alten Werkzeugs, Plastikblumentöpfe, leere Tablettenschachteln, Aluschnipsel, Kronenkorken und, und, und! Zwei bis drei Müllsäcke füllten sich mit den achtlos fortgeworfenen und vom Wind in die hintersten Ecken und Winkel getriebenen Abfällen. Das brachte Cornelius schier zur Verzweiflung. Er hoffte jedes Mal, dass sein Beispiel nicht ohne Nachahmung bliebe und er beim nächsten Mal. etwas weniger Müll vorfinden würde. Aber bis jetzt hatte sich in dieser Hinsicht noch kein Erfolg eingestellt. Zumindest den Riesenhaufen an Flaschen, der sich neben Madame Piclets Haus angesammelt hatte – Weinflaschen, Bierflaschen, Cidreflaschen, Saftflaschen – hatte er entsorgt. In einer Großaktion hatte er mit Bettina und Udo drei komplette Ladungen – seinen Bus randvoll – zu den Flaschencontainern geschafft, die hier erst sehr vereinzelt aufgestellt waren. Es waren Hunderte Flaschen gewesen, die sich im Laufe von mindestens zehn, vielleicht sogar zwanzig Jahren angesammelt hatten!

Aber so war es nun einmal, das Landleben hier in der Bretagne. Der Acker mit den Kartoffeln in schönste, ordentliche Furchen gezogen, der Mais in Reih und Glied, vor den Bauernhäusern die herrlichsten Blumen und Sträucher, die auch alle sorgfältig beschnitten wurden. Aber direkt daneben flogen Stoff-Fetzen, Plastiktüten, verrostete Autoräder und was man noch so alles fortwarf, herum.

So schrecklich Cornelius den Müll in der Nähe von Häusern fand, so interessant und eine wahre Fundgrube waren für ihn die wilden Müllkippen, auf denen er schon manches brauchbare Stück gefunden hatte. Vor kurzem hatte er völlig intakte Aluminiumrohre entdeckt, die er im Neubau zu verwenden gedachte. Ein alter Guss Topf auf einem Dreifuß, ein Flaschentrockner, ein Stück Fischernetz mit Glaskugeln...irgendetwas fand er immer. Alte Gebrauchsgegenstände übten auf ihn eine magische Anziehungskraft aus. Sie waren so etwas wie Reliquien einer längst vergangenen Zeit in einer technisierten Welt. Und sie würden sich sicher auch hübsch ausnehmen als Dekoration im Haus.

Marita hatte sich auf den Rückweg begeben. Die anrückende Flut hatte sie von ihrem Strandplatz vertrieben. Die ersten Wellen schlugen bereits gegen die Felsen. Nun hatte sie das Meer zu ihrer rechten Seite und konnte den Strand in seiner ganzen Ausdehnung überblicken. Irgendwo in der Mitte, dort, wo ein kleiner Bach ins Meer mündete, konnte sie inmitten der Felder das Hofensemble von Cornelius ausmachen. Sicher war er heute wieder ein gutes Stück vorwärts gekommen. Bald würde ihre Mannschaft wieder zurückkehren, hungrig von der Arbeit. Marita wollte das Abendessen für sie vorbereiten. Aber noch ließ sie sich Zeit, ging langsam auf dem Trampelpfad oberhalb des Meeres und verweilte bei ihren Gedanken und Träumereien. Sie dachte an die „Kinder" und an ihre so schöne Feriengemeinschaft mit ihnen und deren Freunden. Es war doch eigentlich ein gutes Zeichen, dass die eigenen Kinder und dazu noch die Freunde, obwohl sie schon alle erwachsen und eigenständig waren, mit den beiden „Alten" zusammen ihre Ferien verbrachten. Und wie sie sich gegenseitig halfen. Das war ja immer ihr und Andreas' Traum gewesen: ein offenes Haus zu führen und Freunde selbstverständlich mit einzubeziehen. Andreas hatte früher sogar von einer Lebensform geträumt, bei der mehrere

Familien gemeinsam einen großen Hof betreiben, und sie durch verschiedene Berufe ein vom Staat unabhängiges Leben führen können. Im Grunde hatten ihm dabei die Strukturen früher Klöster vorgeschwebt, nur dass jetzt Familien zusammenleben sollten. Ora et labora. Geh in die Wildnis und schaffe ein Paradies. Die Idee war geblieben. Nur dass sich keine weiteren Familien gefunden hatten, die mitgemacht hätten. Andreas schwärmte auch heute noch von Autarkie. Und von diesem Freiheitsdrang und Unabhängigkeitsstreben hatten ihre Kinder einiges mitbekommen. Wahrscheinlich war das auch der Reiz für ihre Freunde, gerne mit ihnen umzugehen. Und sich auch bei Andreas und Marita wohl zu fühlen.
Als Marita beim Ferienhaus eintraf, fand sie Andreas bereits auf der Terrasse sitzen vor. Er rauchte seine Pfeife und hatte einen Skizzenblock vor sich auf dem Tisch liegen.
„Hallo Maus", rief Andreas.
„Hallo Goldschnupf", erwiderte Marita.
Sie nannten sich bei ihren Kosenamen, die bei Nichtfamilienmitgliedern meistens ein Schmunzeln auslösten.
„Warst du baden?", fragte Andreas.
„Ja, ich war in unserer Geheimbucht. Das Wasser war herrlich! Aber vor allem habe ich einfach gefaulenzt und gedöst. Vorher habe ich noch ein bisschen im Joseph gelesen. Du, da habe ich eine interessante Stelle gefunden, die wird dich auch interessieren."
Marita holte das blaue Taschenbuch, auf dessen Cover ein expressives Bild des Malers Rouault gedruckt war, das im Vordergrund einen Kahn mit einem bläulichweißen Segel und drei Personen abbildete. Weißes Mondlicht strahlte auf die mittlere Person, deren lan-

ges Gewand dieses Leuchten auffing und als Spiegelung auf das Wasser warf. Marita hatte ein Lesezeichen bei der Textstelle eingelegt und las sie nun Andreas vor.

„Kompliziert so beim ersten Zuhören, nicht? Vielleicht liest du sie am besten selbst noch einmal."

Andreas murmelte den Text leise vor sich hin, legte das Buch beiseite und die Pfeife in den Aschenbecher.

„Ja, das ist etwas, worüber wir uns schon öfter unterhalten haben. Natürlich ist das Ich nicht etwas Abgeschlossenes. Kann es auch gar nicht sein, sonst wäre es ja schon fertig. Es ist ja auch nicht so etwas wie eine Kategorie, sondern ein lebendiger Kosmos."

„Genau", schaltete sich Marita ein, „das ist doch ein Prozess, etwas, das sich heraus- und heranbildet, angefangen bei der Geburt und erst mit dem Tod endend. Und das mit dem Einzelbewusstsein und dem Allgemeinen, das findet man ja auch bei C.G. Jung in seinem Begriff des ‚kollektiven Unbewussten'. Und wie verstehst du das mit der Einheit und der Ganzheit?"

Andreas überlegte einen Moment, bevor er antwortete: „Die Ganzheit und die Einheit ist die Summe aller Ichs, wenn du so willst. Und die Ichs versuchen, die Ganzheit zu begreifen. Sie *versuchen* es. Im Grunde ist das eine kollektive Menschheitsaufgabe. Insofern ist das, was einzelne herausfinden, nicht von Bedeutung für sie selber, sondern für das Ganze. Und du kannst ja auch durchaus sagen: Wenn du ein guter Mensch bist, nützt das gar nichts. Sondern mach erst den andern zum guten Menschen, nach dem Motto: ‚Bring auch deinen Bruder mit'. Was nutzt es, dass du allein selig wirst, das ist glaub ich die Geschichte, die Thomas Mann damit meint. Und dann ist es natürlich auch das Ereignis der Sendung im Alten Testament, in der ja die Josephs-Geschichte spielt. Der Bund, den Gott mit seinem Volk eingeht. Und dass dieser Bund aufrechterhalten wird."

„Und dabei kommt es auf das einzelne Individuum gar nicht so sehr an", überlegte Marita. „Früher spielte die Individualität gar nicht so eine große Rolle wie heute, wo sie ja für die meisten wichtiger ist als die Allgemeinheit oder die Gesellschaft. Natürlich sind Rechte und Freiheit für das Individuum wichtig, aber letztlich immer im Kontext mit dem Gesamten."

„Kants kategorischer Imperativ! Und damals, zur Zeit des Alten Testaments, war für die Menschen nur entscheidend, dass der Bund mit Gott weitergeführt wurde, egal durch wen. Nur der war im Ganzen, der den Bund aufrechterhält."

„Und das Ganze", fragte Marita, „wie würdest du es definieren?

„Im Grunde können wir uns unter dem Ganzen nichts vorstellen. Diese Kategorie ist zu groß für uns. Das müssen wir ehrlicherweise eingestehen. Oder man gebraucht den Begriff als Wischiwaschi-Bezeichnung für alles und deshalb für nichts. Für mich ist das Ganze Gott. Und da haben wir das gleiche Dilemma. Auch Gott können wir uns nicht vorstellen!"

Andreas zündete seine Pfeife wieder an und guckte noch einmal auf den Text, bevor er in seinen Überlegungen fortfuhr.

„Aber der den Glauben aufrechterhält in der Reihe der Väter, der wird als Individuum aufbewahrt. In der Römerzeit war nur der ein guter Römer, der alles für seinen Staat tat. Erst dadurch bekam er eine Individualität. Und später im Mittelalter war es die Aufrechterhaltung der Ordnung. Da spielte die Individualität auch noch eine geringe Rolle. Da muss man aber auch wissen, was vorher war, zum Beispiel zur Zeit der Völkerwanderung, das war das reinste Chaos, wo einer den andern totschlug. Die Ordnung – ordo – das vergessen viele, versuchte die Scholastik als Schulwissenschaft zu bringen. Die Verbindung von Theologie und Welt. Die griffen ja zurück auf die Antike, auf Platon und Aristoteles. So haben natürlich immer Individuen auf ihre Art versucht, die Welt zu begreifen. Und damit kommt man wieder zum Kollektiven. Über die Individualität kommst du zum Kollektiv. Während in früheren Zeiten das Kollektive vorausgesetzt wurde. Deshalb konnte Abraham seinen Sohn Isaak opfern – jedenfalls war er bereit dazu, es zu tun – das hat etwas mit der Einstellung zu tun, die damals herrschte. Die Individualität spielte keine Rolle, war untergeordnet. Der einzelne gab für das Ganze, weil er als Einzelner nicht überleben konnte. Wer den Glauben an Gott aufrechterhielt, der galt was. Während heute die Individualität um ihrer selbst willen da ist. Das ist völlig schwachsinnig! Jeder kann drei Minuten berühmt sein...aber was gibt er dem Ganzen für einen Sinn? Kant oder solche Denker, die geben dem Ganzen Sinn."

„Schade, dass von dieser Einstellung heute viel verloren gegangen ist", ergänzte Marita Andreas' Ausführungen. Sie sah auf die Uhr und bekam einen Schreck, wie die Zeit wieder einmal beim Diskutieren verflogen war.

„Ich glaube, ich gebe jetzt mal dem Ganzen einen Sinn, indem ich das Essen zubereite. Was meinst du?"

„Wie kann man nur so banal sein", konterte Andreas, der mit Sicherheit noch stundenlang weiterdoziert hätte.

„Geh du mal zu deinen Kartoffeln und Rübchen! Oder was hat Madame Le Droff heute vorbeigebracht..."
„Dreimal darfst du raten!"
„Im Zweifelsfall grüne Bohnen..."
„Sehr scharfsinnig gefolgert! Gestern gab's Rote Bete, vorgestern Mohrrüben – also beginnt der äußerst abwechslungsreiche Zyklus von neuem!"
Während Marita noch die Bohnen schnippelte, kamen Gesa, Italo und Stefan unter der Hecke herauf, auf Andreas und Marita zugelaufen.
„Stellt euch vor, was passiert ist", rief Gesa ganz aufgeregt auf halbem Wege zu ihnen. „Cornelius hat den Jimmy überfahren!"
„Na, überfahren ist ein bisschen übertrieben", meinte Italo und dämpfte Gesas Aufgeregtheit.
„Ist er etwa nicht mit seinem Bus über sein Vorderbein gefahren", entrüstete sie sich. „Der Ärmste hat vielleicht gejault zum Herzerweichen!"
„Erzählt doch mal der Reihe nach. Was ist genau passiert?", wollte Marita wissen.
„Cornelius wollte zu *Point-P* fahren, um noch mehr Zement zu holen. Er hat doch seinen Bus immer vor dem Hangar abgestellt", erzählte Stefan. „Er hat ganz normal zurückgesetzt, um zu wenden und hörte auf einmal diesen Hundeschrei. Ich saß neben ihm. Meine Güte, der ist ganz bleich geworden vor Schreck! Und hielt natürlich sofort an. Wir beide raus. Und da sehen wir Jimmy, wie er auf drei Beinen dasteht, das heißt eigentlich konnte er gar nicht mehr richtig stehen, sondern kippte so komisch zur Seite weg. Also ich sag euch, man hätte fast lachen können, wenn er nicht dieses entsetzliche Jaulen von sich gegeben hätte. Cornelius wollte ihn hochnehmen, um zu sehen, was

passiert war. Aber da biss ihn dieser kleine schwarze Teufel sofort in die Hand."
„Ist ja auch verständlich", meinte Gesa mitleidig, „der hatte doch irre Schmerzen!"
„Cornelius hat es schließlich gut gemeint, er wollte ihm helfen", ergänzte Italo die Geschichte.
„Trotzdem, der hatte ja einen Riesenschock und dann die Schmerzen..." Gesa konnte sich gar nicht beruhigen.
„Ich hab ja immer gesagt, dass dem Cornelius noch mal was ganz Schlimmes zustößt", sagte Andreas. „Der nimmt ja immer alles so lax."
„Aber der konnte doch nicht wissen, dass der Jimmy sich zum Schlafen unter seinen Bus gelegt hat!", verteidigte Gesa ihren Bruder. „Das hätte jedem anderen auch passieren können."
„Und was habt ihr dann gemacht?" Marita wollte mit ihrer Frage vor allem verhindern, dass Andreas sich wieder einmal auf eine Grundsatzrede über die nach seiner Meinung zu lässige oder in seinen Augen sogar leichtsinnige Art seines Filius einließ.
„Corny ist erst mal rüber gelaufen zur Bäuerin und hat sie geholt. Als Jimmy Madame Piclet sah, jaulte er noch mehr, so als wollte er bei ihr Mitleid einheimsen."
Stefan lachte, als er an Jimmys bühnenreifes Geplärr dachte.
„Immerhin hat er sich aufgerappelt und ist auf sie zu gehumpelt! Corny hatte natürlich Schiss, dass es jetzt richtig Ärger gäbe. Die Bäuerin hängt doch an ihrem Hund. Aber erstaunlicherweise hat sie gar kein großes Lamento gemacht. Fand ich eigentlich toll von ihr."
Gesa nahm, wie nicht anders zu erwarten, am meisten Anteil an dem, was geschehen war. Sie fuhr fort: „Sie

hat Cornelius sogar beruhigt, dass es wohl nicht so schlimm sei und Jimmy sich sicher wieder beruhigen würde. Aber Cornelius wollte doch auf jeden Fall zum Tierarzt fahren. Und da hat er Madame Piclet und Jimmy in den Bus geladen und ist mit ihr zum Veterinär gefahren. Ich hab sie auch noch begleitet, falls sie Hilfe notwendig hätten."

„Und was hat er nun gehabt, der arme Hund?", fragte Marita.

„Also, der Arzt hat den Jimmy geröntgt, aber vorher musste er ihm erst eine Beruhigungsspritze geben. Der wehrte sich wie verrückt. Und dann sagte er was von cassé – also gebrochen. Jetzt waren wir doch ordentlich froh, dass wir zum Tierarzt gefahren sind. Madame Piclet hat den Jimmy dann die ganze Zeit gestreichelt und beruhigt, während der Arzt ihm eine Schiene mit einem Verband anlegte. Und zum Schluss kriegte er so eine Halskrause aus Plastik. Die soll er jetzt vier Wochen lang tragen, damit er sich den Verband nicht abreißt."

„Der sah wirklich zum Kugeln aus", ergänzte nun Stefan den Bericht. „Die Plastikkrempe ist ja fast so groß wie der ganze Hund! Und die Kinder hättet ihr sehen sollen, wie besorgt die um den Jimmy waren. Immerzu hieß es: ‚Ach, der Arme!' und ‚Der arme, kleine Jimmy!' Ich glaube, dem Cornelius wurde es echt zuviel mit der Jammerei. Jedenfalls will er heute zur Marie auf ein Bierchen. Wir sollen auch hinkommen, wenn wir Lust haben."

„Warum nicht", meinte Marita, die sowieso gerne einmal die seltsame Kneipe, von der Cornelius ihnen schon erzählt hatte, kennen lernen wollte.

„Cornelius kann froh sein, dass die Bäuerin so gutmütig ist", kam Andreas noch einmal auf sein Thema

zurück. „Ich hab ihm immer gesagt, er soll vorsichtig fahren1 Aber die jungen Leute müssen ja immer so forsch sein. Irgendwann fährt er noch mal gegen einen Baum..."
„Essen fertig", rief Marita und stellte die Teller auf den Tisch. Die anderen eilten ihr zu Hilfe. Und bald waren die mit gebratenen Speckstückchen, die in Frankreich *lardons* genannt werden und die man fertig zugeschnitten und abgepackt kaufen kann, zubereiteten Bohnen mit Petersilienkartoffeln und frischem Salat verzehrt.

Acht

Zu fünft fuhren sie mit dem Auto zum ein Kilometer landeinwärts gelegenen Dorf. Vom Meer führte die Straße gewunden den Berg hinan. Die Sonne stand bereits tief am Horizont und färbte die unteren Luftschichten von orange bis violett. Am Kirchplatz ließen sie das Auto auf dem Parkplatz stehen und begaben sich ins Dorfzentrum, den *bourg*. Vorbei an der schönen Dorfkirche mit dem spätgotischen Portalvorbau und seinem durch verwitterte Steinskulpturen verzierten Spitzgiebel. Auf dem die Kirche umgebenden Friedhof waren zwei Grabstellen frisch ausgehoben. Innerhalb der Umfriedung aus Bruchsteinen reihten sich dicht an dicht Grabsteine und Steinkreuze, manche von ihnen Jahrhunderte alt. Die allermeisten waren Familiengräber, auf denen entweder nur der Name der Familie oder aber viele Einzelnamen auf den Grabsteinen eingemeißelt waren. Es waren immer wiederkehrende Namen mit typisch bretonischen Vorsilben oder Silbenendungen wie ker-, plou-, -goff, -koz. Es war nicht zu übersehen, dass die Menschen in den Dörfern alle untereinander verwandt waren. Die Gräber waren mit Steinplatten abgedeckt und waren auch als Familiengrabstelle kaum größer als ein Einzelgrab. Neben dem Kirchhof lag die zweitwichtigste, wenn nicht für viele sogar die wichtigste Einrichtung des Dorfes, das *bar-tabac*, der Versammlungsort, an dem dörflicher Klatsch ausgetauscht wurde, die Zeitung gelesen und Pernod getrunken wurde. Hier gab es Tabak und Zigaretten, Postkarten und Zeitungen, Briefmarken und Telefonkarten zu kaufen. Auch die Lottoscheine wurden hier fleißig angekreuzt und in der Hoffnung auf endlich mal einen Riesengewinn jede Woche neu dem Patron ausgehändigt. Man konnte im Stehen oder an den kleinen Bistrotischen einen rabenschwarzen Café in den kleinen Porzellantassen oder Trinkgefäßen aus braungelbem Glas trinken. Einen Café au lait orderte man vergebens. Das war Gebräu für Städter oder Touristen, und die wollte man hier nicht unbedingt haben, obwohl auch die höflich bedient wurden, wenn sie ihre Gauloises, die Fernsehzeitschrift, Streichhölzer, Feuerzeug oder eine Ansichtskarte kauften. Dieses *bar-tabac* war aber nicht die Kneipe, die sie aufsuchen wollten. Gesa war einmal mit ihrem Bruder dort gewesen, konnte sich aber an die genaue Lage nicht mehr erinnern. Sie wusste nur noch, dass „Chez Marie" sehr versteckt lag und man sie nicht so leicht finden konnte.

Inzwischen waren sie schon beim Bäcker vorbei und an dem kleinen Gemischtwarenladen, in dem man, wenn man keine großen Ansprüche hatte, alles für den täglichen Bedarf kaufen konnte: von Zucker, Mehl, Eiern, Milch und Käse über Rasiercreme, Glühlampen, Toilettenpapier, Wein in Ein-Liter-Flaschen zu Zahnpasta, Spülmittel und Nagelschere. Vielen älteren Dorfbewohnern musste dieses überschaubare Angebot genügen. Und im Grunde genügte es ja auch.

Hinter dem kleinen Laden gab es noch zwei weitere Häuser, deren Schaufensterscheiben mit grauen Spinnweben verhangen waren und deren verblichene Inschriften auf das ehemalige Vorhandensein einer *Charcuterie* und einer *Boucherie* schließen ließen. Die Häuser befanden sich in ruinösem Zustand, die Dächer schadhaft, teilweise bereits eingefallen. Dahinter bog eine schmale Gasse ab, in die sie einbogen, da Gesa sich zu erinnern meinte, dass sich dort irgendwo

die Kneipe von Marie befinden müsse. Sie hielten nach rechts und links Ausschau, folgten dem Bogen der Gasse und befanden sich plötzlich wieder auf der Straße, von der sie gerade abgebogen waren. Das Häusergewürfel war chaotisch und unübersichtlich. Mal gab es hier eine Stichgasse, die auf einem Hof endete, mal dort eine Durchfahrt, die zu einem Stall oder einem Garten führte. Sie nahmen eine zweiten Anlauf bei der nächsten ins Dorfinnere führenden, etwas breiteren Straße, an deren Ecke es etwas so Unwahrscheinliches wie einen „Irish Pub" gab. Wieder an grau verhutzelten Häuschen entlang. Plötzlich rief Gesa, auf eine Reihe Butangasflaschen zeigend: „Ich glaube, da muss es sein!"
Sie befanden sich auf einem dreieckig zugeschnittenen kleinen Platz, auf der Rückseite der Ruinen, die sie vorhin passiert hatten. Vor ihnen der efeubewachsene Giebel eines Hauses. Das musste es sein, das Haus, das sie suchten. Nach ein paar Schritten standen sie vor der Vorderfront und konnten noch immer nicht erkennen, dass es sich hier um eine Kneipe oder Bar handeln sollte. Die Fenster im Erdgeschoss waren mit gestickten Gardinen verhängt. Auf den Fenstersimsen prangten Geranien in Blechdosen. Auch Gesa war sich plötzlich nicht mehr sicher, ob sie hier richtig waren. Doch da ging die Haustüre auf. Udo stand da in seiner vollen Ein-Meter-Neunzig-Größe und winkte sie lachend herein.
Tatsächlich! In dem nur wohnzimmergroßen Raum befand sich eine Theke, und hinter ihr stehend, das musste die sagenhafte Marie sein! In der Tat war schon ihre äußere Erscheinung bemerkenswert. Sie trug über dem schwarzgrau melierten krausen Haaren

eine Kapitänsmütze und salutierte den Neueintretenden, indem sie die rechte Hand an ihre Kappe legte.
« Bonjour, mesdames, messieurs, entrez! »
Über ihr rundliches Gesicht glitt ein freundliches Lächeln, und die Augen hinter den Brillengläsern verrieten Neugier auf die unbekannten Neuankömmlinge.
Als Cornelius sich erhob, erkannte sie blitzschnell den Zusammenhang, dass die fünf neuen Gäste etwas mit ihm zu tun haben mussten und fragte, auf Andreas und Marita mit einem Kopfnicken weisend: „Ce sont tes parents?"
Cornelius bestätigte ihre Vermutung und erklärte auch gleich noch, wer die anderen waren, nachdem er ihre Namen genannt hatte.
Ulli, Bettina und Udo saßen an einem der schmucklosen Resopaltische an der Hinterwand des Schankraums. Marie kam eilfertig hinter der Theke hervor und schob zwei andere Tische hinzu.
„Tous Allemands?", fragte sie.
Marita nickte stellvertretend für sie alle und musste sich Mühe geben, nicht zu auffällig auf das wackelnde Gebiss von Marie zu starren.
Marie war ganz entschieden ein Original. Und sie war sich dessen auch bewusst. Mit ihrem hellblauen Kittelkleid, wie es die älteren Dorffrauen hier offenbar häufig trugen, einer grauen Strickjacke darüber – denn es war in dem Raum nicht gerade heimelig warm – Filzlatschen an den Füßen, pflanzte sie sich vor ihnen auf und musterte sie ausgiebig. Sicher war sie Fremden gegenüber misstrauisch, denn ihre Kneipe wurde nur von Einheimischen besucht und unter ihnen auch nur von einer ganz bestimmten Sorte. Das konnte man schnell an den paar alten Männern erkennen, die gemeinsam an einem anderen Tisch saßen und Karten

spielten. Einer von ihnen, ganz offensichtlich der älteste, drehte sich zu ihnen um und begann, da er mitbekommen hatte, dass sie Deutsche waren, in singendem Tonfall zu rezitieren: „Schönes Mädchen, hab schönes Zimmer. Eins, zwei, drei, Polizei! Schönes Mädchen, hab schönes Zimmer! Eins, zwei, drei, Polizei!" Und lachte und klopfte sich auf die Schenkel und fing wieder von vorne an, bis ihm Marie mit gebieterischem Ton Einhalt gebot, woraufhin er sofort verstummte. Die führte hier das Kommando, das war nicht zu übersehen.

Außerdem stand da noch eine merkwürdige, etwas exzentrisch wirkende Frau an der Theke, die in der kurzen Zeit seit ihrem Eintreten schon zwei Weingläser geleert hatte.

Marita und Andreas bestellten Rotwein, Stefan und Italo Bier und Gesa einen jus d'orange.

Marie zockelte wieder hinter die ebenfalls mit Resopal beschichtete Theke, stellte zwei Weingläser drauf und goss aus einer Ein-Liter-Weinflasche die Gläser randvoll. Mit zufriedenem Lächeln stellte sie die Gläser vor Marita und Andreas. Sie war dafür bekannt, dass sie die Gläser voller abfüllte als jeder andere Schankwirt im Dorf und dass der Wein bei ihr am billigsten war, ein Franc das Glas früher und seit der noch immer nicht besonders beliebten Einführung des Euro, Örohh genannt, dreißig Cent, was noch immer ein Spottpreis war! Wahrscheinlich war das auch der Grund, weshalb sich die Säufer im Dorf bei ihr so wohl fühlten.

Cornelius hatte die Kneipe von Marie zum ersten Mal aufgesucht, als er in der Nachsaison alleine auf seinem Hof gearbeitet hatte. Mit dem Abreißen des Augustblattes vom Kalender verschwanden die Touristen wie auf einen Schlag. Das hatte den Vorteil, dass der Strand nun menschenleer war, aber die Dörfer und Weiler versanken gleichzeitig wieder in ihrer Tristesse, die durch die Feriengäste für die Dauer von zwei Monaten bunt aufgelockert wurde. Den Tipp hatte er von Kurt, dem Schauspieler, bekommen, der schon einige Jahre länger und auch fast das ganze Jahr über hier lebte. Er hatte in Deutschland an großen Bühnen, im Fernsehen und Film gespielt und verließ die Bretagne nur noch für zeitlich begrenzte Engagements. Er hatte in dem stillen Ort am Meer sein Traumziel erreicht. Zurückgezogen vom Trubel der städtischen Schickeria lebte er hier zusammen mit seinem Freund Christian, einem begnadeten Cellospieler, der durch seine Krebserkrankung nicht mehr im Orchester spielen konnte. Kurt hatte viel Zeit gehabt, die Gegend zu erkunden, schwärmte von allem Urwüchsigen und träumte dennoch davon, diesen halbwilden Dörflern, besonders der Jugend, ein bisschen Kultur nahe zu bringen. Tanztheater, eine Laienspielgruppe, Musikkreise wollte er gründen. Und damit alles aus der Provinzialität herausträte, wollte er im Rahmen eines europäischen Jugendaustausches junge Künstler aus anderen Ländern hierher holen. Bis übers Träumen war er bisher noch nicht hinausgekommen. Aber er glaubte weiter fest an die Verwirklichung seiner Pläne.

Jedenfalls hatte er bei seinen Streifzügen die Kneipe von Marie entdeckt und Cornelius diesen Geheimtipp gegeben.
Da Kurt fließend Französisch sprach, war er auch über Maries Geschichte orientiert und hatte sie wort- und gestenreich weitergereicht.

Marie musste schon ungefähr achtzig Jahre alt sein, was man ihr aber nicht ansah. Im Gegensatz zu den meisten Bauern, die fast durchweg älter aussahen, als sie waren, hatte sich Marie erstaunlich gut gehalten. Sie hatte im Dorf schon immer eine Sonderstellung inne und genoss auch einiges Ansehen. Eine Zeitlang war sie sogar Bürgermeisterin gewesen. Von Beruf war sie Schmiedin und hatte früher die schweren Ackergäule mit Hufeisen beschlagen. Ein erstaunlicher Beruf für eine Frau! In früheren Zeiten musste sie auch die Fuhrwerke mit den Zugpferden gefahren haben. In der Kneipe hing eine Fotographie, auf der sie auf dem Kutschbock saß, stolz und kerzengerade, Zügel und Peitsche in der Hand, die unvermeidliche Kapitänsmütze auf dem Kopf. Wie sie zu dieser illustren Kopfbedeckung gekommen war, darüber wurde im Dorf nur gemunkelt. Es hieß, sie sei einmal mit einem Marineoffizier verlobt gewesen, der dann aber nicht wiedergekommen sei. Ob er sich aus dem Staub gemacht hatte oder ob er gestorben war, wusste niemand so genau. Marie hatte ihm jedenfalls die Treue gehalten und nicht geheiratet. Und als Zeichen ihrer lebenslangen Liebe trug sie auch heute noch seine Mütze. Nachdem das Schmiedehandwerk zu mühsam für sie geworden war, - als sie immerhin schon um die fünfzig war, - hatte sie in ihrer Scheune ein Kino eröffnet, das sie sehr zur Freude der Dorfbewohner, besonders der Kinder und Jugendlichen, so lange geführt hatte, bis es eines Tages abbrannte. Auch an diesem Punkt in ihrer Biographie herrschte Unklarheit. Nie war eindeutig festgestellt worden, ob es sich um Brandstiftung oder einen Unfall gehandelt hatte. Und dann hatte sie mit der Kneipe angefangen. Eigentlich hatte es sich mehr zufällig entwickelt damit.

Zuerst hatte Marie in ihrem zum Verkaufsraum umgestalteten Wohnzimmer alles Mögliche verkauft, wie in einem richtigen Tante-Emma-Laden. Die Kinder kamen und kauften Bonbons, die Männer Kordel, Angelhaken oder Korkenzieher, die Frauen Seifen und Blecheimer. Und so hatte sie ihr Sortiment immer mehr erweitert und auf die Bedürfnisse der Dorfbewohner abgestimmt. Weil beim Einkaufen auch das Schwatzen nicht zu kurz kommen durfte, hatte Marie damit begonnen, ihren Kunden ein Gläschen auszuschenken. Und weil denen das so gut gefiel, dass sie ganz gern auch etwas länger als nur auf ein Gläschen bei ihr blieben, stellte sie ein paar Stühle und einen Tisch dazu. Und dann war es ihr Ehrgeiz gewesen, eine richtige Kneipe zu führen. Sie erfüllte die erforderlichen Bedingungen, ließ sich eine Theke zimmern und Regale für die Spirituosenflaschen und Gläser und hinter dem Tresen eine Spüle, in der sie die Gläser abwaschen konnte. Nun stand alles fein säuberlich in Reih und Glied. In den Flaschen blinkten in bunten Farben die Liköre und Schnäpse: Pernod, Pastis, Cassis...Aber zwischen den Flaschen hatte in einer Glasvitrine ihr Prunkstück seinen Ehrenplatz: ein hölzernes Modellschiff mit vier großen Segeln. Es war genau der Platz, an dem Marie in der Mitte der Theke meistens stand, wenn sie ihren Gästen die Gläser füllte. Marie mit der Kapitänsmütze und über ihr das Segelschiff!
„Echt geil hier", war Ullis Kommentar.
Stefan, der am liebsten die alte Marie nachgemacht hätte, sich aber angesichts der anderen Gäste in Zurückhaltung übte, drückte seine Meinung mit „echt kultig!" über diesen Versammlungsort aus. Das Zimmerchen, das zu einer Kneipe inklusive Kleinver-

kaufsstätte umfunktioniert war, – von dem einstigen Angebot hatten in einer Ecke noch einige wenige Dinge wie Schraubenzieher, Dosenöffner, Erdnüsse, Dosenfisch, alles Sachen, die nicht verderben konnten, überlebt – widersprach jeglicher Erfahrung aus der Großstadt mit *kultigen* Orten wie Discos, Szenecafés, Biergärten, Kaschemmen, Partykellern und ähnlichen Etablissements. Einfacher ging's wirklich nicht! Und dennoch hatte dieser Raum etwas. Hier war kein Schnickschnack, keine Gemütlichkeit. Im Gegenteil, die Stühle waren hart und ungepolstert, die Tische rein zweckmäßig, glatt und kantig, mit Kunststoffplatten, die sich leicht abwischen ließen. Einzig die Wand, an der sich die Theke befand, war mit Holzpaneelen verkleidet. Der Tresen war mit palisandersimulierender Folie beklebt, wozu aus der Logik seiner Erfinderin sich die rote Resopalabdeckplatte als schöner Kontrast ausnehmen sollte. Trotz dieser Kargheit in der Ausstattung hatte man das Gefühl, dass hier ein liebevoller Geist herrschte. Marie ging ihrer Tätigkeit mit einer solch eifrigen Sorgfalt nach und mit einem steten Schmunzeln in den Mundwinkeln, was möglicherweise eher von ihren schlecht sitzenden Zahnprothesen herrührte, dass man sich als Gast willkommen fühlte.

Marita hatte schon eine geraume Zeit verstohlen die Frau betrachtet, die zwar von der innigen Widmung, die sie ihrem Weinglas zukommen ließ, durchaus hierher passte, viel weniger aber von ihrer äußeren Erscheinung,. Sie konnte unmöglich eine Dörflerin sein. Wie aber hatte sie sich ausgerechnet in diese Kneipe verirrt? Bisher hatte sie ihnen lediglich den Rücken zugewandt, schien auch keinerlei Interesse an den anderen Menschen im Raum zu haben. Wieder

und wieder füllte Marie ihr Glas, das sie in schnellen Zügen leer trank. Es war offensichtlich, dass sie nicht mehr ganz nüchtern war.
Plötzlich, ohne ersichtlichen Grund, drehte sie sich um, ließ ihren vernebelten Blick kreisen und stürzte mit einem Schrei auf Cornelius zu, der sich gerade angeregt mit Ulli unterhielt und ihre Annäherung nicht bemerkt hatte, bis sie ihn auf die Schulter klopfte und ihn gleich darauf wie einen alten Freund mit Küsschen auf die Wange rechts und Küsschen auf die Wange links begrüßte und nun auffordernd in die Runde blickte.
„Salut, Eliane! Ça va? »
„Ça va! Ah, ça va bien!"
Cornelius stellte der Reihe nach seine Eltern, Schwester und die Freunde vor. Eliane zeigte sich begeistert.
«Ah, ils sont tous en vacances... »
„Ja, sie machen alle Ferien hier. Ein Teil wohnt bei mir, der andere bei meinen Eltern."
Bevor Eliane noch weitere Fragen stellen konnte, öffnete sich die Tür und ein hageres Männchen von ungefähr sechzig Jahren betrat die Wirtsstube. Es steuerte geradewegs auf Eliane zu, stellte sich neben sie und bestellte bei Marie einen Pernod.
Die beiden ungleichen Figuren so nebeneinanderstehend wirkten wie einem Cartoon entsprungen. Der Mann war einen Kopf kleiner als die Frau und überhaupt die halbe Portion von ihr. Nach seinem Erscheinen war Eliane verstummt, und auch er schien nicht gerade redselig zu sein. Nach dem zweiten auf ex heruntergekippten Pernod gab er Eliane, die unbegreiflicherweise irgendwie zu ihm zu gehören schien, mit einem Kopfnicken in Richtung Tür zu verstehen, dass er jetzt gehen wolle und sie mitzukommen habe.

Was sie auch tat. Nicht ohne zuvor Cornelius und - wenn sie wollten – auch seine Eltern auf einen Kaffee zu sich einzuladen.
Im Hof hörte man kurz darauf das Röhren des Motors. Sie sahen einen vielleicht einmal weiß gewesen uralten Citroen, „Marke Haifisch", abrupt wenden, wobei der völlig zerbeulte linke Kotflügel sichtbar wurde.
Einen Moment lang war Stille im Raum. Das ganze Geschehen wirkte plötzlich wie eine Geistererscheinung. Bis Cornelius, der die angespannten Gesichter der anderen am Tisch sah, das Schweigen brach.
„Das war Joseph", erklärte er, „und Eliane ist seine Frau."
Die Blicke ringsum waren nun noch erstaunter als vorher. Die beiden – ein Paar?!
„Na ja, die beiden sind nicht verheiratet, aber sie leben zusammen."
Da Cornelius sicher war, dass niemand der anderen Anwesenden Deutsch verstand und ohnehin jeder die Geschichte von Joseph und Eliane kannte, fing er an zu erzählen, was ihm selbst von verschiedenen Seiten erzählt worden war.
„Eliane lebt seit ungefähr sechs Jahren hier. Wie ihr ja sicher gemerkt habt, ist sie keine Dörflerin. Ganz im Gegenteil. Sie stammt aus Paris und muss da wohl zu einer recht begüterten Familie gehören. Also richtige Bourgeoisie! Sie hat sogar studiert, Kunstgeschichte."
„Und wie hat sie sich hierher in die Bretagne verirrt?", wollte Andreas wissen.
„Das ist eine ziemlich verrückte Geschichte! Einen Teil davon hat sie mir sogar selbst erzählt."
Cornelius hatte Eliane hier bei Marie kennen gelernt. Und offenbar hatte sie Gefallen an dem jungen fri-

schen Mann gefunden. Bei Wein und Bier hatte sie ihm tatsächlich fast ihre ganze Lebensgeschichte erzählt. Übrigens war sie dabei immer schlagartig verstummt, sobald Joseph hinzukam. Es hieß, es sei extrem eifersüchtig. Was auch nicht verwunderlich war. Konnte man sich doch leicht ausmalen, dass die trotz einer gewissen Unordentlichkeit immer noch attraktive Eliane mit ihren vierzig Jahren von so manchem Mann begehrlich betrachtet wurde.
Es war die „Tote-Hose-Zeit" hier in der Gegend, als Cornelius, dem Tipp von Kurt folgend, hier das erste Mal aufgekreuzt war. Zu der Zeit war Marie, auf die er doch so gespannt gewesen war, gerade im Krankenhaus und ihr Neffe Yannik führte den Laden. Wie sich herausstellte, wohnte er direkt oberhalb von Cornelius' Hof und war in seinem Alter. Das war eine glückliche Fügung, wie Cornelius fand, zumal Yannik fließend Englisch sprach, und das Englische ging Cornelius wesentlich leichter über die Lippen. Bald zeigte sich, dass der junge Mann viele junge Leute aus der näheren und sogar etwas weiteren Umgebung in die Kneipe zog.
Yannik war mit seinem Freund Bernard nach London gegangen, wo beide als Kellner gejobbt hatten. Sie hatten rausgewollt aus der Enge des Dorfes, wo sie zudem argwöhnisch beäugt wurden. Zwei Jahre hatten sie das quirlige Leben genossen, obwohl ihnen von ihrem Verdienst durch das teure Stadtleben gerade genug zum Überleben blieb. Bernard war dann in die Bretagne zurückgekehrt, weil er Sehnsucht nach seiner Familie bekommen hatte. Er hing sehr an ihr, seiner Mutter, den fünf Geschwistern, Nichten und Neffen. Yannik war geblieben und nur in den Ferien nach Hause gekommen.

Bei einem dieser Besuche war es gewesen, dass seine Tante Marie krank geworden war und für mehrere Wochen ins Krankenhaus musste. Sie hatte ihn gefragt, ob er nicht in dieser Zeit den Laden führen könne. Bernard, froh darüber, seinen Freund wieder in der Nähe zu haben, ermunterte ihn zu bleiben. Und Yannik hatte das Angebot angenommen. Bald schon lief es so gut, dass er sich vorstellen konnte, die Kneipe ganz zu übernehmen, wie Marie angesichts ihres fortgeschrittenen Alters ihm in Aussicht stellte. Cornelius freute sich, endlich auch ein paar Leute seines Alters kennen zu lernen. Keine Ahnung, wo sie sich sonst versteckt gehalten hatten!

Eliane aber und Joseph gehörten zur Stammgesellschaft bei Marie. Sie ließen sich auch durch die jungen Leute, die nun die Kneipe frequentierten, nicht beirren in ihren regelmäßigen Besuchen. Und so hatte Cornelius ihre Bekanntschaft gemacht und sie sogar schon einmal besucht. Yannik und Bernard wussten auch so allerhand Histörchen über das ungleiche Paar.

„Nun erzähl schon endlich weiter!" Ulli war gespannt auf den Fortgang der Geschichte.

„Na ja, also, Eliane ist schon ein bisschen sonderlich. Manche sagen ganz ungeniert, sie sei verrückt. Irgendwas mit einer psychischen Krankheit muss sie wohl tatsächlich haben. Jedenfalls scheint sie einen Vormund zu haben. Das hat sie mir allerdings nicht selbst erzählt. Aber Yannik und Bernard wussten davon, und auch Madame Piclet hat mal etwas Derartiges verlauten lassen. Also es wird schon was dran sein an dem Gerücht. Selbst wenn sie nicht psychisch krank ist, so ist ihre Geschichte doch so außergewöhnlich, dass man sie schon deshalb für verrückt halten müsste."

„Nun mach's nicht so spannend", meinte nun Gesa, die natürlich auch endlich wissen wollte, wie diese kuriose Geschichte sich weiterentwickelt hatte.
Marie hatte schon längst gemerkt, dass sie sich über Joseph und Eliane unterhielten. Aber es schien sie nicht zu stören. Sie lächelte nur verschmitzt und wissend und vergaß nicht, eifrig nachzuschenken.
„Na, die Eliane hat vor etlichen Jahren, wie es viele Pariser tun, in der Bretagne Urlaub gemacht, ist mit ihrem Auto – es ist übrigens noch dasselbe, das ihr vorhin in verbeultem und dreckigem Zustand gesehen habt – kreuz und quer durch die Bretagne gefahren, hat sich für die Megalithkultur interessiert und sicher auch die alten Kirchhöfe mit den Calvaires. Aber die Kultur der Kelten hatte es ihr wohl besonders angetan. Sie hat, glaube ich, einen Hang zum Mythischen. Nachdem sie alles abgeklappert hatte, die Alignements von Carnac, die diversen Menhire, die Dolmen, die Langgräber und Hügelgräber..."
„...müssten wir uns eigentlich auch mal ansehen", warf Stefan ein.
„Find ich auch", ergänzte Italo. „Das ist doch ein ganz wesentlicher Bestandteil der bretonischen Kulturgeschichte!"
„Also, nachdem sie sich das alles angesehen hatte", fuhr Cornelius fort, „und sie verstand ja schließlich was davon als Kunstgeschichtlerin... „
Cornelius machte eine Pause, und alle dachten, jetzt käme endlich der Clou, die Auflösung, die Erklärung für so viel Ungereimtes.
„Was denn nu, was kam dann, nun sag schon." Alle redeten nun durcheinander.
„Da fuhr sie wieder zurück nach Paris."

Lange Gesichter bei den Zuhörenden. Wollte Cornelius sich einen Spaß mit ihnen erlauben?
„Fortsetzung folgt!", rief er lachend.
Das sah ihm wieder mal ähnlich! Einen erst auf die Folter spannen und dann – paff – den Luftballon zerstechen.
„Nee, nee, so kommst du uns nicht davon!" Ulli packte Cornelius am Arm. „Du bleibst hier so lange sitzen, bis wir die ganze Geschichte kennen, und wenn es bis morgen früh dauert. "

Neun

Es war tatsächlich so gewesen, dass Eliane ihre zweimonatige Reise beendet hatte und nach Paris zurückgekehrt war, weil ihr Geld, das sie nur über einen Vormund zugeteilt bekam, zur Neige ging. Im Gepäck hatte sie eine Vielzahl von Büchern über die Bretagne und einen Riesenpacken Postkarten, den sie an den verschiedenen Orten, die sie besucht hatte, beinahe wahllos zusammengekauft hatte, um sich hinterher in Ruhe ihren Erinnerungen an die Reise widmen zu können.
Je länger sie in den Büchern las und die Abbildungen betrachtete, desto größer wurde ihre Sehnsucht nach diesem Landstrich, dieser französischen Provinz, die von allen Departements die größte Autonomie, den beeindruckendsten Willen zur Bewahrung der eigenen Identität besaß. Jedenfalls erschien es Eliane so. Die Menschen, denen sie begegnet war, hatten einen eigenartigen Stolz ausgestrahlt. Sie spürte so etwas wie eine Wesensverwandtschaft. Und wenn sie bedachte, dass dieses Volk der Bretonen seine über Jahrhunderte unterdrückte Sprache noch immer sprach, eine Sprache, die sich über zwei Jahrtausende erhalten hatte, während andere Sprachen schon längst untergegangen waren, so war Eliane voller Bewunderung für ein Volk, das sich mit einer solchen Zähigkeit behauptet hatte.
Beim Durchsehen der Postkarten sah sie noch einmal die Orte vor sich, die sie besucht hatte, erinnerte sich wieder an Besonderheiten und Einzelheiten: die Fischer in ihren Kuttern mit dem frischen Fang, den sie im Hafen von Douarnenez zum Verkauf anboten, die

bretonischen Heckenlandschaften, die wie Flickenteppiche aussahen. Der hübsche Ort Quimper mit der gotischen Kathedrale, den alten Fachwerkhäusern und dem Flüsschen Odet, das durch die Stadt fließt und über das schöne schmiedeeiserne Brücken führen. Das mittelalterliche Städtchen Locronan, diese *cité de caractère*, beindruckend durch das geschlossene Ensemble von Häusern aus der Renaissance, die den einstigen Reichtum der Stadt verraten. Die verschiedenen Küstenorte Audierne, Pont l'Abbé, Camaret... die vielen Kirchen und Kapellen und die Zeugnisse der Jahrtausende alten Megalithkultur. Noch immer fühlte Eliane den Schauer, den sie in manchen Grabanlagen empfunden hatte, geduckt unter den Steinplatten der Dolmen oder Langgräber. Aber den größten Eindruck hatten auf sie Reihungen von Menhiren, die sogenannten Alignements, gemacht. Carnac mit seinen Hunderten von Steinen – es waren ihrer Erinnerung nach sogar über tausend -, in parallelen Reihen zu regelrechten Steinalleen aufgestellt, war natürlich das grandioseste Beispiel jener vorhistorischen Zeit, über die man auch heute noch nichts Letztgültiges aussagen konnte. Man konnte nur staunend vor den Zeugnissen dieser archaischen Kultur und deren mystisch-mythischer Religion stehen. Gern und beinahe mit etwas wie Rührung dachte sie auch an die kleineren und großen, manchmal versteckt in der Landschaft stehenden aufrecht stehenden einzelnen Menhire, die sie besonders häufig im Finistère angetroffen hatte.
Oh, die Bretagne! Sie bedeutete für Eliane auch Kindheitserinnerung. Mit ihren Eltern war sie als Kind regelmäßig in den Ferien dorthin gefahren. Sie besaßen in La Baule eine Villa, direkt an der Strandpromenade. Und dort in den Cafés, dem Casino oder am

Strand traf sich *tout le monde*, besonders die Pariser, die etwas auf sich hielten. Eliane hatte eigentlich nur den endlos langen feinen Sandstrand und den hübschen, über und über mit Hortensien und Kamelien zugewachsenen Garten in schöner Erinnerung behalten. Lange schon benutzten nur noch ihre Eltern und Geschwister das Haus. La Baule, so ziemlich der einzige mondäne Badeort der Bretagne, reizte Eliane überhaupt nicht mehr. Viel wohler hatte sie sich bei ihrer letzten Reise durch die kleinen Orte und Dörfer gefühlt, als sie sich ganz nach Laune hatte treiben lassen. An versteckten Buchten zwischen schroff abfallenden Felsen hatte sie sich ausgeruht und geträumt. Und das alles war ihr so viel reizvoller erschienen als ihre weiten Reisen in alle Welt, in der sie beinahe alle wichtigen Sehenswürdigkeiten besucht hatte: die Tempel der Maya, die Pyramiden von Gizeh, das Parthenon. Die Städte Italiens – Mailand, Venedig, Rom, Florenz – kannte sie beinahe auswendig infolge ihres Kunstgeschichtsstudiums in Rom. Mehr und mehr hatte sich ihr Interesse aber auf die Vor- und Frühgeschichte der Menschheit konzentriert, wie sie in den archaischen Stätten auf Malta, in Stonehenge, in den Höhlen von Frankreich und Spanien zu bewundern waren. Das Archaische, das auch heute noch nicht Entschlüsselbare hatte es ihr angetan.

Beim Durchsehen der Postkarten stutzte sie beim Anblick einer Karte, von der sie sich nicht erinnerte, sie ausgesucht zu haben. Auf ihr war ein Mann mit langen, bis zur Hüfte reichenden weißen Haaren abgebildet. Sein Gesicht war verwittert, und seine Züge glichen dem eines Indianers. Eliane hatte die Karte gewendet, um nach einer Erklärung zu suchen, wie das Bildnis eines Indianers sich in die Bretagne verirrt

hatte. „Vieux Breton" stand darauf und darunter noch „Le Grand-Père". Neugierig begann sie noch einmal den Mann auf dem Foto zu betrachten. Er trug ein Wams aus schwerem Leinenstoff mit einer Doppelreihe metallener Knöpfe, das am Hals mit schwarzem Samt abgesetzt war. Eine weite Pluderhose, die sich unterhalb der Knie zusammenbauschte, wurde von einem breiten Ledergürtel zusammengehalten. Unter dem Wams schaute ein weißes kragenloses Hemd hervor. Die Beine steckten in etwas Gamaschenartigem, und an den Füßen trug er schwere Holzschuhe. Die Haare waren in der Mitte gescheitelt und ließen über den eng sich zusammenschließenden Augenbrauen und den tief liegenden Augen eine hohe gefurchte Stirn frei. Er besaß eine gerade Nase und ein ausgeprägtes Kinn. Die Lippen waren schmal und von Falten umgeben. Die Haut schien lederartig gegerbt. Das Hervorstechendste aber waren die dicht beieinanderliegenden Augen, die den Betrachter auf beinahe magische Weise fixierten. Eliane musste sich wie im Reflex von diesem scharfen, durchdringenden Blick abwenden – und dann doch immer wieder hinschauen, als ginge von diesem Blick eine unwiderstehliche Wirkung aus, als schaute sie ein *lebendiger* Mensch an.
Eliane begann, von diesem alten Bretonen zu träumen. Ein weiteres Foto, das sie in einem der Bücher entdeckte und das denselben Mann auf einem Dolmen stehend porträtierte, machte sie noch neugieriger. Es war betitelt „Le druide du Menez-Hom", stellte also eine Verbindung her zur uralten Tradition der Druiden und damit zu dem Gebiet, dem ihr besonderes Interesse galt. Der „Indianer" präsentierte sich stehend auf der schweren Abdeckplatte des Dolmens, stolz und

aufrecht, wie Eliane es auf Abbildungen von Häuptlingen der Aborigines in Australien gesehen hatte. Der abgebildete Dolmen bestand aus vier schräg nach innen gerichteten Steinblöcken, über die eine massive Steinplatte gelegt war. Eliane wusste von ihren Studien, dass es sich dabei um ein frühhistorisches Grab handelte, das ursprünglich mit Erde bedeckt war. Es war schon erstaunlich, wie die Menschen vor mehr als sechstausend Jahren es geschafft hatten, diese tonnenschwere Platte dort hinaufzuwuchten. Oder die bis zu zwölf Meter langen Menhire aufzurichten und sie so gut in der Erde zu verankern, dass viele von ihnen in dieser aufrechten Stellung bis heute stehen geblieben waren.

Selbstverständlich konnte dieser Mann nicht wirklich ein Druide, also ein mit Geheimwissen ausgestatteter Priester der Kelten, sein. Aber interessant war es doch, dass er als solcher bezeichnet wurde. Das ließ darauf schließen, dass auch er über ein Wissen verfügte, das über die Zeiten hinweg nur an einige wenige Auserwählte weitergegeben wurde.

In Eliane wuchs eine Unruhe, die sie sich nicht erklären konnte. Sie spürte einen inneren Zwang, dem Geheimnis, auf dessen Spur sie sich befand, nachzugehen. Immer wieder durchforschte sie die mitgebrachten Bücher, las sich fest in Beschreibungen und Abhandlungen über die Megalithkultur und die erstaunlichen Relikte mit ihrer geheimnisvollen Symbolik.

Dann – ihr Herz stockte einen Moment lang vor Freude – entdeckte sie in einem Buch über bretonische Brunnen und Quellen und die mit ihnen verbundenen Heilrituale ein weiteres Bild von *ihrem* „Indianer". Es war ihr bisher entgangen, weil in dem Buch nur Brunnen abgebildet waren. Niemals aber Menschen. Und

nun hatte sie einen weiteren Beweis! Ausgerechnet neben dem Brunnen vom Menez-Hom stand der alte weißhaarige Bretone, diesmal mit einem schwarzen, breitkrempigen Hut bekleidet. Was ihr aber sofort ins Auge stach, war die Gürtelschnalle des breiten Ledergürtels. Kein Zweifel! Auf den metallenen Endstücken des Gürtels waren genau jene in parallelen Linien ringförmig angeordneten Zeichen eingestanzt, die sie als Gravierungen auf einigen Menhiren und im Tumulus von Carnac gesehen hatte. Eliane wusste, dass sich auch auf Ritualgegenständen der Aborigines solche konzentrischen Linien fanden. Nun war der Bezug ganz klar. Der Mann auf der Postkarte, der von Anfang an eine solch starke Ausstrahlung auf sie ausgeübt hatte, musste ein Eingeweihter sein, einer der die uralten keltischen Überlieferungen bis in die neuere Zeit hinübergerettet hatte. Für sie gab es jetzt nur noch eins: sie musste herausfinden, wo er gelebt hatte und ob es vielleicht noch Nachfahren von ihm gäbe.
Als Eliane bei weiteren Studien auch noch herausfand, dass der Menez-Hom, der gleich zweimal mit ins Spiel kam, einer der vier heiligen Berge der Bretagne war, der schon seit vorkeltischer Zeit verehrt wurde, gab es für sie kein Halten mehr. So bald es nur möglich war, wollte sie zurückkehren in die Bretagne, um den *Indianer*, beziehungsweise seine Nachfahren ausfindig zu machen.
Einen ganzen Monat lang musste sie sich gedulden, bis sie wieder aufbrechen konnte. Sie war froh, der stickigen Pariser Luft zu entkommen, die auch die großen Platanen nicht mehr ausreichend mildern konnten, und die bei ihr zu asthmatischen Beschwerden führten, je länger sie sich in ihrer Pariser Wohnung aufhielt.

Ein paar Sommerkleider, ein Paar Gummistiefel und die imprägnierte Regenjacke waren schnell in den stets auf Abruf bereitstehenden Koffer geworfen. Allzu viel Wert auf schicke Kleidung legte sie ohnehin nicht mehr.
Sylviane, ihre Haushälterin war schnell benachrichtigt. Sie würde die große Wohnung während ihrer Abwesenheit sorgsam pflegen. Auch die Jalousien würde sie täglich bedienen, damit es nach außen den Eindruck erweckte, die Wohnung sei bewohnt. Das Viertel, in dem Eliane wohnte – mit Häusern aus der Haussmann-Zeit – war bekannt für den Reichtum seiner Bewohner.
Dieses Mal nun hatte ihre Bretagnefahrt ein klares Ziel. Sie würde sich an dem Menez-Hom orientieren und dort ihre Erkundungen beginnen. Nach fünfeinhalb Stunden Fahrt passierte sie die pittoreske Ortschaft Châteaulin an der Aulne, folgte der Beschilderung nach Crozon/Morgat und hatte schon bald linkerhand eine weitgeschwungene Bucht des Ozeans unter sich liegen, die ihre Karte als „Baie de Douarnenez" auswies. Jetzt konnte es auch nicht mehr weit bis zu dem Berg Menez-Hom sein. Und tatsächlich kam sie nach zehn Kilometern zu dem Weiler Sainte-Marie de Menez-Hom mit einer schönen Kirche und dem dazugehörigen Kirchhof. Die Kreuzesgruppe eines Calvaires, wie sie sie aus de Gegend bereits kannte, schaute über der mannshohen Bruchsteinmauer hervor. Aber Eliane wollte sich diesen jetzt nicht besehen. Es zog zum Berg. Kurz hinter der Ortschaft wies a ein Schild auf der rechten Straßenseite auf den gesuchten Menez-Hom. Sie bog von der Landstraße ab und lenkte den durch die Hydraulik geschmeidigen alten Citroen auf einem holprigen Pfad

bergan bis zu einem Parkplatz. Das letzte Stück musste sie zu Fuß zurücklegen, was Eliane nur recht war, kam es ihr doch weitaus angemessener vor, sich dem heiligen Berg auf diese Weise zu nähern. Ein frischer Wind blies ihr die Haare ins Gesicht. Hier waren kein Baum und kein Strauch ringsum, nur Heidelandschaft. Nachdem Eliane die letzten Meter bis zum Berggipfel – wobei Gipfel keine adäquate Bezeichnung war, da sich der Menez-Hom gleich einem breiten und flachen Kegel aus der umgebenden Landschaft erhob – gegangen war, stockte ihr der Atem. So wenig die Erhebung eigentlich von sich her machte und man ihr die dreihundertdreißig Meter Höhe kaum ansah, so grandios war der Ausblick von hier oben. Ungehindert in alle Richtungen, also in einem dreihundertsechzig Grad Rundumblick, konnte man ein unvergleichliches Panorama betrachten. Landeinwärts sah Eliane den Fluss Aulne, den sie in Châteaulin überquert hatte, mäandrierend und immer breiter werdend dem Meer bei der Rade de Brest zufließen. Die Stadt Brest lag im Dunst, der vom Meer aufstieg. Und noch eine Drehung weiter nach links sah sie die ganze Bucht von Douarnenez unter sich liegen mit einem türkisen Meer, ganz so wie sie es auf dem Bild „Bretonische Tangsammler" von Paul Gauguin gesehen hatte.
In der Tat: Dieser Platz besaß ein magisches Flair. Eliane spürte den Schauder, die Ergriffenheit durch einen geheiligten Ort.
Noch ganz ergriffen von der Anziehungskraft dieser heiligen Stätte aus Vorzeiten fuhr Eliane langsam wieder bergab und sah kurz im Sonnenlicht einen schlanken Kirchturm zwischen Feldern und Meer aufblitzen. Sie hielt darauf zu mit dem Gedanken, dort vielleicht eine Übernachtungsmöglichkeit zu

finden. Schon bald sah sie die Kapelle des kleinen Weilers mit seinen typisch sich um die Kirche duckenden schiefergrauen Häusern. Und tatsächlich fand sie im benachbarten Hof ein *Chambre d'hôte*, wie sie in ländlichen Gegenden oft auf Bauernhöfen angeboten wurden. Das einfache Zimmer mit fließendem Wasser und einem schönen Blick auf die Kapelle genügte vollkommen ihren Ansprüchen. Sie fühlte eine seltene Zufriedenheit an diesem abgeschiedenen Platz. Schon morgen würde sie mit ihren Erkundigungen nach dem „Indianer" beginnen. Sie baute darauf, dass die Dorfbevölkerung noch Geschichten von Generation zu Generation mündlich überlieferten und es daher mehr als wahrscheinlich war, dass sie ihr Ziel erreichen würde, diese ehrwürdige bretonische Gestalt zu lokalisieren und vielleicht auch noch dessen Nachfahren ausfindig zu machen.

Nach einem reichlichen Frühstück mit frischen Croissants und wunderbarem Kaffee, in einer henkellosen *bol* serviert, zog Eliane ihre Postkarte hervor und zeigte sie dem Patron. Dieser lächelte und sah sie fragend an. Ob der alte Bretone zufällig hier in der Gegend gelebt habe, fragte sie ihn.

Mais oui, il était un célébrité !

Eliane erfuhr, dass er eine Art Schamane gewesen sei, der Krankheiten heilen und Unheil hätte vorhersagen können. Bei Streitigkeiten sei er um Rat gefragt worden. Und er habe die speziellen Heilkräfte aller Brunnenwasser der Umgebung gekannt.

Eliane hatte nun erfahren, was sie bereits vermutet hatte und holte zur nächsten Frage aus, die ihr nach der Antwort des Patrons auf der Seele brannte. Ob es denn noch Nachfahren gäbe und wo man sie finden könne.

Diese Frage schien den Patron zunächst zu befremden, weshalb er mit der Antwort zögerte.
Glücklicherweise fragte er dann doch nicht, warum sie das wissen wolle. Denn sie hätte es ihm nicht erklären können.
Nach einer Weile des Schweigens, in der sie eine weitere bol Kaffee leerte, fragte er Eliane, ob sie sich nicht erst einmal die benachbarte Kapelle anschauen wolle. Das sei nämlich eine echte Rarität, eine Kirche, wie man sie nicht viele in der Bretagne finde, wenn es überhaupt noch einmal eine von solcher Schönheit gäbe. Sein Lokalstolz durfte auf keinen Fall gekränkt werden. Und so beeilte sich Eliane, ihr größtes Interesse an einem Besuch der Kapelle zu bekunden, nicht ohne noch einmal zaghaft die Frage nach dem Bretonen und seinen Nachkommen zu stellen.
Nun, sagte der etwas wortkarge Mann, es gibt tatsächlich einen. So weit ich weiß, ist es der letzte direkte Nachfahr, nämlich sein Urenkel oder Ururenkel, so genau weiß ich es auch nicht. Und er wohnt irgendwo da oben.
Er zeigte ziemlich unbestimmt in die Gegend, aus der sie gestern gekommen war.
Fragen Sie bei Marie im Nachbardorf. Dort ist er Stammgast. Vielleicht treffen Sie ihn auch selbst dort an. Sonst wird Marie Ihnen beschreiben können, wie Sie zu seinem Hof kommen können.
Eliane war zufrieden. Sie hatte viel schneller als gedacht herausgefunden, was sie wissen wollte. Indem sie erklärte, vorher wolle sie aber noch die Kirche besichtigen, wollte sie sich dem Patron gegenüber für seine Auskunft dankbar erweisen. Und tatsächlich übergab er ihr den Schlüssel für die Kirchenpforte mit

einem freundlichen Gesichtsausdruck und der Versicherung, dass es ihr bestimmt nicht Leid tun werde.

Eliane hatte schon viele Kirchen und Kapellen angesehen. Aber was sie in dieser Kapelle erwartete, verschlug ihr die Sprache. Ein ähnliches Gefühl wie in der Höhle von Pech Merle mit ihren Felszeichnungen - etwas Uraltes, Vorzeitliches – entströmte diesem Raum. Der Boden war einfacher Lehm, auf dem sich die steinernen Säulen wie Riesenelefantenbeine aufstützten. Sie zogen ihre Blicke zum Dachgebälk hinauf, das seine hölzernen Rippen wie einen umgekehrten Schiffsrumpf über sie stülpte. Drachenköpfe hielten die Querbalken in ihren aufgerissenen Rachen. Auf dem umlaufenden Fries waren Tiere und Ungeheuer, Grimassen schneidende Masken, Teufel, Engel und kindlich anmutende Bauerngesichter aus dem Holz geschnitzt und schienen ihren Blick zu erwidern. Hier feierte das Heidentum mit dem Christentum fröhliche Hochzeit! Die ganze Kapelle war mit ihren geglückten Maßverhältnissen, der eigenständigen Vielfalt in der Ausformung, den kapriziösen Darstellungseinfällen ein wirkliches Kleinod. Hinzu kam die gelungene Einbettung in die Landschaft.

Eliane fühlte sich berührt wie von einem Zauberstab und ahnte zugleich, dass dies nur der Anfang war. Weshalb sie nun auch nicht mehr viel Zeit verlieren wollte, um diesem letzten Nachfahren ihres „Indianers" endlich gegenüberzustehen.

Die kleine Bar von Marie war nicht eben leicht zu finden gewesen, obwohl sie jeder im Dorf kannte. Nach einem Aperitif und drei Gläsern Wein hielt Eliane die Zeit für gekommen, das Eis für so weit gebrochen, dass sie glaubte, ihre Frage vorbringen zu können. Dazu zeigte sie auf die Postkarte, die sie ihrer

Handtasche entnahm. Auch bei der Wirtin waren das Zögern und ein gewisses Misstrauen gegenüber der fremden, noch dazu städtisch wirkenden Besucherin zu spüren. Eliane war froh, dass sie der einzige Gast war. Denn plötzlich erschien ihr das ganze Unternehmen, sich auf die Spur eines Unbekannten zu heften, selbst ein wenig grotesk und für einen anderen sogar verständlicherweise verdächtig.

Und so war sie ausgesprochen erleichtert, als Marie erklärte, das sei der Ururgroßvater von Joseph, der öfter auf ein Bier hier vorbeikomme. Er wohne nicht sehr weit von hier auf einem versteckt liegenden ehemaligen Pfarrhof, der in der Revolution enteignet worden und an Bauern vergeben worden sei.

Ob sie den Hof wohl finden könne, wollte Eliane wissen. Denn sie hatte bereits beschlossen, Joseph auf seinem Hof aufzusuchen und nicht hier auf ihn zu warten.

Marie beschrieb ihr den Weg, nicht ohne zu betonen, dass man sehr leicht an dem Hof vorbeifahren könne, da er von der Straße aus nicht zu sehen sei.

Joseph saß in einem der alten Polstersessel, die er kürzlich nach draußen in den Hof gestellt hatte, weil sie ihm drinnen überflüssig vorkamen. Da hatte er seinen Stuhl am Tisch und ein Bett neben dem Ofen, das genügte als Inventar. Hinter einem Plastikvorhang hatte er in einem Regal seine Essensvorräte stehen, die er auf einem ein flammigen Propangaskocher aufwärmte.

Er döste in der Mittagssonne vor sich hin, als er ein leises Schnurren näherkommen hörte. Obwohl er selbst kein Auto besaß, hatte er im Laufe der letzten Jahre ein Gespür dafür entwickelt, was für eine Art

Person sich mit was für einem Wagentyp dem Haus näherte. Dieses Geräusch stammte seiner Erfahrung nach von einer ziemlich großen Limousine. In letzter Zeit waren die lautstarken Landrover immer mehr in Mode gekommen. Und die Herren, die diese Wagen in seine Einfahrt steuerten, kannte er nur zu genau. Forsch und laut wie ihre Geländewagen war auch in den meisten Fällen ihr Auftreten, auch wenn sie es anfangs hinter ein paar Höflichkeitsfloskeln zu verstecken suchten. Aber dann kamen sie meistens sehr schnell zur Sache: Ob das Anwesen wohl zu verkaufen wäre, wollten sie wissen. Eigentlich schienen sie sicher davon auszugehen, dass Joseph nichts Sehnlicheres wünschte, als *viel viel* Geld zu bekommen für den Hof, der doch sicher, wie sie durchblicken ließen, viel zu groß für ihn als Alleinstehenden sei.
Diese Art von Belästigung hatte von Jahr zu Jahr zugenommen, seitdem auch ihre stille Gegend von Touristen entdeckt worden war. Vorschläge hatte er sich anhören müssen, was man aus diesem Haus, den Nebengebäuden, vor allem auch aus dem parkähnlichen Gelände rund ums Haus alles machen könne. Bald schon hatte er gemerkt, dass reiche Pariser, Engländer, in letzter Zeit auch einige Deutsche es mit aller Macht auf sein Anwesen abgesehen hatten. Wie wenig sie doch von der Lebensart der Eingesessenen verstanden! Unbedingt, so hatte ein Besucher gesagt, müsse zur Westseite die Giebelwand aufgebrochen werden, um dort große Fenster, am besten *à la française*, nämlich bis zum Boden reichend, einbauen zu lassen. Denn von dort hätte man doch einen phantastischen Blick aufs Meer.
Joseph konnte über solche Ideen nur den Kopf schütteln. Er konnte eigentlich von nirgendwo auf das Meer

sehen, denn die Riesenzedern rund ums Haus waren im Laufe von Jahrhunderten so dicht gewachsen, dass man zwischen ihnen nicht mehr hindurchsehen konnte. Ein weiterer Vorschlag war natürlich gewesen, einige dieser Zedern zu fällen, um den Blick auf die Bucht freizugeben. Doch das alles zeigte ihm nur, dass diese Menschen, die immer nur das Meer *sehen* wollten, nichts verstanden hatten vom Meer. Wenn man wie er hier aufgewachsen war, *wusste* man, dass es immer da war, das Meer. Er hörte es, er sah es, auch wenn er es nicht sah.

Um all diesen Leuten, die es immer wieder verstanden, ihn in seinem Versteck aufzuspüren, endgültig einen Strich durch die Rechnung zu machen in ihren Überlegungen, dem Bieten und Feilschen um einen Preis, der ihm sowieso viel zu hoch erschien, hatte er vor einem halben Jahr seiner Nichte Haus und Hof auf Rentenbasis übertragen. Eine kleine Rente bis zum Lebensende und die Sicherheit, nicht vertrieben zu werden aus dem Haus seiner Vorfahren, war alles, was ihm vonnöten war. Er hoffte, dass die Nichte verständig genug war, das Erbe seiner Vorväter nach seinem Tod nicht an irgendwelche Dahergekommene zu verscherbeln.

Joseph hörte nun deutlich den Wagen näherkommen. Dann war es plötzlich still, ohne dass er ein Auto sehen konnte. Jemand hatte es am Ende der Zedernallee, aber noch vor der verfallenen Mauer, die das eigentliche Hofgelände umgab, stehen lassen. Einen Moment lang dachte Joseph daran, dass er doch lieber das schmiedeeiserne Tor, welches aus den Angeln gebrochen war, hätte reparieren lassen sollen, um sich ungebetene Gäste fernzuhalten. Aber seit dem Tod seines Bruders vor zehn Jahren hatte er alles so gelassen, wie

es war. Im Hangar verrotteten die Landmaschinen, der ehemalige Stall mit der schönen Granitsteineinfassung war völlig mit Efeu überwuchert, und die Etage, in der sein Bruder gewohnt hatte, hatte er seit dessen Tod nicht mehr betreten. Seine eigene Wohnung hatte er auch mehr und mehr mit altem Gerümpel, leeren Dosen und Flaschen, Säcken mit Hühnerfutter zu wuchern lassen, so dass inzwischen nur noch eine enge Gasse in die Wohnküche führte.
Eliane wäre, hätte Marie ihr den Weg nicht so genau beschrieben, garantiert an dem Grundstück vorbeigefahren. Die alte Zedernallee ließ zwar ahnen, dass sich da irgendwann einmal ein wahrscheinlich ansehnliches Gebäude befunden hatte. Aber alles sah so unbenutzt aus, als wäre hier seit Jahrzehnten kein Mensch mehr entlang gegangen, so dass sie hier niemals jemanden vermutet hätte. Zögernd ging sie, nachdem sie das Auto an der überwucherten, in sich zusammengefallenen Bruchsteinmauer stehen gelassen hatte, den Weg inmitten eines Dschungels von Pflanzen und Bäumen weiter. Linkerhand sah sie alte verrostete Mähdrescher unter einem Wellblechdach stehen, rechts ein Gebäude mit eingefallenem Dach. Da schreckte sie ein markerschütternder Schrei auf, und kurz darauf sah sie einen Pfau, der sich ihr in den Weg zu stellen schien. Verstört hielt sie inne und hob vorsichtig ihren Blick von dem Vogel empor.
In diesem Augenblick hatte sich Joseph von seinem Sessel erhoben. Zu seinem größten Erstaunen hatte er eine *Dame* auf sein Haus zukommen sehen. Er ging ein paar Schritte auf sie zu. Und nun standen sie sich gegenüber, nur durch den Pfau getrennt. Eliane wollte ihm die Hand reichen, traute sich aber nicht wegen des

Pfaues, der nun aufgeregt um sie beide umher zu trippeln begann.
Sind Sie Joseph? fragte sie stattdessen.
Und der war so erstaunt darüber, dass sie seinen Namen kannte, dass er erst einmal gar nicht antwortete, sondern sie nur fassungslos anstarrte.
„Das Haus ist nicht zu verkaufen", sagte er dann, um etwas zu sagen und auch, um die Besucherin, die in ihrem ganzen Äußeren hier nicht her passte - viel zu städtisch, viel zu fein -, so schnell wie möglich wieder loszuwerden.
„Aber ich will das Haus ja gar nicht kaufen. Es geht überhaupt nicht um das Haus, es geht um Sie. Ich wollte *Sie* kennen lernen!"
Joseph verstand nun überhaupt nichts mehr. Denn so etwas war ihm noch nie passiert, dass jemand seinetwegen sich hierher verirrte. Eliane hatte ihre erste Scheu verloren, begann zu erzählen, ging einfach auf das Haus zu, umrundete das Haus, sah zwischendurch immer wieder Joseph an und fragte ihn, ob er ihr nicht sein Haus zeigen wolle. Aber da wehrte er entschieden ab, denn plötzlich begann er sich zu schämen für den unaufgeräumten Zustand, und es erschien ihm mit einem Mal überaus wichtig, bei dieser Dame, mit der er wohl normalerweise keine drei Worte gewechselt hätte, keinen allzu negativen Eindruck zu erwecken. Eliane behauptete, dies hier sei ein Platz, wo es sich zu leben lohne, was Joseph nun wiederum nicht zu deuten wusste, wie das gemeint sei. Sprach sie von ihm oder von sich oder von wem sonst?
Eliane bemerkte seine Verlegenheit. Sie musste lächeln.

„Ich komme morgen wieder", sagte sie, gab ihm die Hand zum Abschied und drehte sich um, bevor er ihr antworten konnte.

Für Eliane war sofort, als sie in Josephs Augen sah, klar, dass er *wirklich* der Nachfahre IHRES *Indianers* war, der ihr in den vergangenen Wochen keine Ruhe gelassen hatte. Unruhe und Aufregung mündeten in jenem Augenblick, als sie ihm gegenüberstand. Und für sie stand fest, dass sie hier auf diesem Hof, bei diesem Mann bleiben würde.

Von den Aborigines wusste sie, dass sie ihre Traumpfade hatten, jene seit alters her *unsichtbaren* Wege, denen sie folgten und die ihnen die Welt erschlossen und die in der *dreamtime,* jener vorbewussten Anfangs- und Endzeit sich zu einem Kreis schlossen.

Sie wollte nun auch nicht mehr in ihr Gästezimmer zurückkehren, sondern hier in Josephs Nähe die Nacht verbringen

In Paris hatte Eliane eine Zeit lang als Obdachlose gelebt, weil sie das Leben auf der Straße kennen lernen wollte und weil ihr das verfeinerte Leben im Luxus oft zuwider war. Nichts besitzen und nichts wollen schien ihr eine adäquate Antwort auf das Leben schlechthin zu sein. Damals hatten ihre Geschwister sie entmündigen lassen. Aber was wussten die schon, wie es sich anfühlte, zu frieren, zu hungern, aber auch den Sternenhimmel über sich zu sehen, wenn man nachts die Augen aufschlug.

Eliane verbrachte die Nacht in ihrem Auto und stand am Morgen bereits vor Josephs Tür, als er gerade gemeinsam mit seinen Hühnern aus dem Haus kam. Er blinzelte sie an.

„Sie sind wirklich wiedergekommen", sagte er und errötete wie ein Schuljunge.

An diesem Tag ließ Joseph sie in sein Haus eintreten.

Dies also war die geradezu unwahrscheinliche Geschichte von Eliane und Joseph, die nun schon seit sechs Jahren zusammenlebten. Niemand hätte es für möglich gehalten, dass die Pariserin es tatsächlich in dieser rauen und einsamen Gegend länger als nur für eine Ferienzeit aushalten würde. Ganz besonders aber nicht an der Seite von Joseph, diesem Simpel, der in seinem langen Leben noch keine Frau zu fesseln verstanden hatte. Sie waren entschieden das kurioseste Paar weit und breit! Aber man hatte sich daran gewöhnt, dass Eliane nun zu ihm gehörte und akzeptierte sie. Insgeheim war manch alter Junggeselle neidisch auf Joseph. Begreifen konnte ohnehin niemand, wie er es angestellt hatte, eine so feine Dame aus dem fernen Paris an sich zu binden. Allerdings war nach einiger Zeit nicht mehr zu übersehen, dass Eliane dem Alkohol genau so zusprach wie Joseph und dass beide im Laufe der Jahre längst nicht mehr das verliebte Paar vom Beginn ihres Zusammenlebens waren, es vielmehr zwischen ihnen sogar in der Öffentlichkeit lautstarke Auseinandersetzungen gab, bei denen Eliane mehrfach drohte, wieder nach Paris zurückzukehren. Wahr gemacht hatte sie ihre Drohung nicht.

Zehn

In den letzten Tagen hatte Cornelius' Baustelle ordentliche Fortschritte gemacht. In die meterdicken Außenwände von Haus und Stall hatten er und die Freunde mit der Hilti, aber auch mit Hammer und Meißel die Türöffnungen gehauen. Eine Mordsarbeit war das gewesen! Die Ränder waren noch ganz gezackt, wie es dem Verlauf der Bruchsteine entsprach, und Udo musste die beiden Kleinen immer wieder ermahnen, vorsichtig zu sein. Die beiden neuen Durchbrüche verleiteten die Kinder natürlich zum Herumrennen und Fangenspielen. Auch die Betonsockel waren schon gegossen. Nun mussten erst noch wieder Rinnen in den Beton geschlagen werden für die Durchleitung der Abwasserrohre und die Leerrohre für Strom- und Gaskabel. Dummerweise hatte Cornelius vorher nicht daran gedacht, dort Platz zu lassen. Aber so war das. Fehler waren schließlich dazu da, dass man daraus lernte.

Morgen würde für Pia und Ulli die Woche Urlaub zu Ende gehen. Cornelius hatte, nachdem er den Brunnen auf seinem Hof entdeckt hatte, immer wieder dran gedacht, ob dort nicht vielleicht ein „Schatz" verborgen sein könnte. Das wäre doch eine tolle Schlussinszenierung für die beiden Kinder! Und bei Ulli und Pia würde er sicher Eindruck machen, wenn er in den engen Schacht hinunter stieg. Nur wie bekäme er das Wasser vorher aus dem Brunnen? Marita hatte die Idee, bei Madame Le Droff zu fragen, ob sie ihnen ihre Wasserpumpe für einen Nachmittag leihen würde. Sie wusste nämlich, dass sie sich zur Bewässerung ihres Gartens aus dem am Grundstück entlang fließenden Bach mit einer Pumpe Wasser entnahm. Sicher würde sie nicht nein sagen.

Nach dem Essen wurde die Schatzhebung groß angekündigt. Pia malte extra ein Plakat. Auch die Kinder ließen auf Filzstiftzeichnungen ihrer Phantasie freien Lauf, was an Schätzen alles zutage treten könnte: ein Teddy, eine Puppe, ein Ball. Cornelius dachte natürlich an ganz andere Sachen wie alte Münzen oder altes Werkzeug. Es dauerte eine Weile, bis der Wasserspiegel sich um etwa drei Meter gesenkt hatte. Und dann tat sich gar nichts mehr. Anscheinend war der Grundwasserspiegel erreicht.

„Mist, trocken kriegen wir den Brunnen nicht!", schimpfte Cornelius.

Udo kam mit der Idee, einen Greifarm zu basteln, mit dem der oder die Schätze gehoben werden könnten.

„Genial!", war Ullis Meinung.

Gesagt, getan. Eine Dachlatte wurde am unteren Ende mit einem Scharnier ausgestattet, über das eine alte abgebrochene Harke bewegt werden konnte. Das Gegenstück in Form eines Rechens befestigte Udo .an der Latte. Jetzt konnte es losgehen! Die ganze Mannschaft stand um den Brunnen herum. Die Kinder sprangen aufgeregt hin und her. Und nun die Anspannung. Es sollte doch bloß ein Spiel sein. Und jetzt wurde Cornelius doch tatsächlich richtig nervös! Er beugte sich über den Brunnenrand und ließ den Greifarm in die Tiefe. Vorsichtig bewegte er den einen Arm und schloss die Greifzähne. Es hatte metallisch geklingelt... Was würde zum Vorschein kommen? Angespannte Gesichter in der Runde. Ein rostiger Haken!

„Juchhuh, ein Schatz!", jubelten Franzi und Geli.

„Weiter, weiter, mehr, mehr!", feuerten nun auch die andern an.

„Wo ein Haken war, mussten auch noch andere Dinge in der Tiefe des Brunnens schlummern", dachte Cornelius und hob zu einer erneuten Bergung an.

Und richtig. Diesmal beförderte er eine Münze ans Tageslicht.

„Eine Münze, seht doch mal!", schrie er ganz aufgeregt. „Da ist bestimmt nicht nur eine auf dem Grund!"

Wieder und wieder rührte er mit seinem eigenartigen Gerät im immer trüber werdenden Wasser. Doch die Ausbeute blieb mager: insgesamt vier Münzen, ein Stück einer rostigen Kette, zwei unzweifelhaft alte Haken. Das war alles.

Von so viel Anspannung war Cornelius erschöpfter, als wenn er Steine geschleppt hätte. Aber nun erst kam der spannendste Moment. Die Begutachtung der Fundstücke. Die Münzen mussten schon ziemlich lange im Wasser gelegen haben. Sie waren vom Rost zerfressen. Liebevoll betrachtete Cornelius seinen Schatz. Er hatte etwas gefunden. Das war die Hauptsache. Und nun kamen sie auch wirklich alle auf ihn zu, beglückwünschten ihn zu seinem tollen Fund. Nur Udo grinste mal wieder so komisch. Konnte der denn auch nie mal ernst sein? So sehr Cornelius sonst Udos lustige Einfälle, seine kabarettreifen „Dönekens" mochte, jetzt, in seinem Findeglück konnte er über Udos Grinsen nicht lachen.
Der „Schatz" wanderte von Hand zu Hand und wurde ehrfürchtig bestaunt. Andreas besah sich die Münzen genauer, weil auch er noch immer wie als kleiner Junge darauf aus war, irgendwann in seinem Leben mal einen richtigen Schatz zu finden. Zu Hause hatte er

beim Graben schon manche Scherbe von Tonziegeln aus der Römerzeit gefunden. Denn die Römer waren nachweislich in ihrer Gegend und sogar auf ihrem Grundstück gewesen. Es gab dort sogar Reste einer Wasserleitung, einer wahren Meisterleistung römischer Ingenieurskunst. Aber Andreas war das nicht genug gewesen. Immer noch hoffte er, einmal auf alte Münzen oder sogar Bestandteile einer römischen Villa zu stoßen. Und nun hatte Cornelius in dem Brunnen etwas gefunden! Andreas wischte mit seinem Taschentuch die Lehmreste aus den Münzprägungen – und musste plötzlich auch grinsen.

„Was hast du denn?", fragte Cornelius seinen Vater, sah abwechselnd zu ihm und zu Udo, als hätten die beiden ein Geheimnis miteinander.

„Ich glaube, da hat dir einer einen Streich gespielt", antwortete Andreas, indem er Udo fragend ansah. Ihm kam sehr schnell der Verdacht, dass Udo dem Freund den „Schatz" untergejubelt hatte.

„Sind die Münzen etwa nicht echt?", wollte nun Cornelius wissen. Er sah enttäuscht aus.

„Na, echt sind die schon und alt auch – nur ziemlich wertlos", gab Andreas zur Antwort. Er hatte nämlich entdeckt, dass es sich bei den Münzen um die französische Währung vor der jetzt gültigen und im Umlauf befindlichen handelte und wusste, dass sich in den Dosen mit Nägeln und Metallteilen aus dem Kergaravathaus auch ein paar alte französische Münzen befunden hatten. Einige der Dosen hatte Cornelius geholt, um sich hier und da daraus zu bedienen. Wahrscheinlich hatte sie Udo da rausgeholt und kurz vorher in den Brunnen geworfen.

„Udo, gesteh's! Du hast da dran gedreht!" Cornelius sprang Udo an die Gurgel und tat so, als wolle er ihm die Luft zudrücken. „Du Mistkerl, mich so reinzulegen..."

Zwischen beiden ergab sich ein nicht ganz ernst gemeinter Ringkampf, den Udo mit der Bemerkung beendete: „War doch ein aufregendes Erlebnis, oder etwa nicht?"

„Zur Strafe musst du jetzt Kaffee kochen", sagte Cornelius, der seine Enttäuschung schon überwunden hatte. Außerdem konnte er Udo überhaupt nicht böse sein. Und es war ja wirklich nur wieder mal ein Gag, wie er für seinen Freund typisch war. Und als nun Geli und Franzi die Münzen als Andenken mitnehmen wollten, freute er sich sogar darüber. So war die ganze Aktion wenigstens für die Kinder ein Riesenspaß gewesen.

Auf dem Hof von Cornelius war Ruhe eingekehrt, nachdem die beiden Frauen mit den Kindern abgereist waren. Bettina war ordentlich froh, dass sie nun wieder mehr von Cornelius' Aufmerksamkeit abbekam. Den vielen Besuch schätzte sie wirklich nicht besonders. Eigentlich war es ihr schon zu viel, wenn Andreas und manchmal auch Gesa mit Italo da waren und halfen. Stefan konnte mit seinem kaputten Rücken sowieso nicht viel tun und hielt sich meistens am Strand oder im Garten von Marita und Andreas auf und las. Udo betrachtete Bettina als notwendiges Übel, da er wirklich viel mithalf und sie wusste, dass Cornelius darüber sehr froh war. Am liebsten wäre es ihr tatsächlich gewesen, wenn nur sie und Cornelius hier geschafft hätten. Sie war schließlich von Anfang an dabei und sah diesen Hausausbau als ihr gemeinsames Werk an. Es war so etwas wie der Grundstein für ihre Untrennbarkeit.

Bettina litt unter starken Verlustängsten. Das hatte mit einem schrecklichen Erlebnis in ihrer Kindheit zu tun. Auf einer Bergwanderung mit ihrem Vater und ihrem jüngeren Bruder waren sie und ihr Bruder an einem Steilhang ins Rutschen gekommen. Sie selbst war nur einige Meter gestürzt, hatte sich an den Zweigen von Latschenkiefern festhalten können und dadurch ihren Aufprall abgemildert. Aber ihr kleiner Bruder war im freien Fall abgestürzt und so unglücklich auf einen Felsen geprallt, dass er noch an der Unfallstelle starb, während ihr Vater Hilfe holte. Dieses Erlebnis verfolgte sie wie ein Schatten, dem sie nicht entkommen konnte. Alpträume peinigten sie noch immer von Zeit zu Zeit. Es schien, als sei ihr seitdem jeglicher Halt verloren gegangen, jede Sicherheit und auch das Vertrauen in die Menschen. Zu ihrem Vater hatte sie kein wirklich vertrauensvolles Verhältnis mehr aufbauen können. Und auch mit ihrer Mutter verstand sie sich nicht wirklich gut, weil sie mehr zu ihrem Mann als zu ihrer Tochter hielt, jedenfalls in den Augen Bettinas. Natürlich konnte sie ihrem Vater keine Schuld an dem Unfall geben, der ihr das Brüderchen, das sie sehr geliebt hatte, genommen hatte. Das sagte ihr der Verstand. Aber tief im Unterbewussten musste sie diesen Vorwurf die ganzen Jahre mit sich geschleppt haben und auch noch die Schuldzuweisungen an sich selbst, die ja unbegreiflicherweise gerettet worden war. Freunde oder Freundinnen hatte sie fast keine. In ihrem Verlustschmerz hatte sie sich sehr einsam gefühlt, und die Kameradinnen hatten sich immer sehr schnell zurückgezogen, weil sie nicht, wie es altersgemäß gewesen wäre, mit ihnen rumblödeln konnte. Bettina war eigentlich immer ernst und viel traurig gewesen. Und das war auch heute noch ihre Grundstimmung.

Und dann hatte sie Cornelius mit seinem fröhlichen Gemüt, seinem Charme, seiner Frische, seinen vor Lebenslust sprühenden Ideen an der Uni gesehen und sich sofort unsterblich in ihn verliebt. Sie hatte schnell gemerkt, dass er ein kleiner Casanova war. Stets war er von Mitstudentinnen umschwärmt. Er hatte ihr erzählt, dass seine jetzige Freundin gerade in Amerika sei und er sich ein bisschen einsam fühle. Und dann brauchte er von heute auf morgen eine Bude, weil sein Zimmer ganz kurzfristig wieder benötigt wurde. Da hatte sie ihm angeboten, solange, bis er ein neues Zimmer gefunden hätte, bei ihr zu wohnen, ihr Zimmer sei groß genug für zwei. Es hatte keiner Verführungskunst bedurft, dass Cornelius sich dann sehr schnell auch in sie verliebt hatte. Bettina war sehr hübsch und ganz sein Typ mit ihren schwarzen Haaren, den feinen Gesichtszügen, ihrer mädchenhaften schlanken Gestalt. Sie interessierten sich beide für Kunst und Architektur und konnten sich gut darüber unterhalten.

Jetzt waren sie schon drei Jahre zusammen. Und Bettina hoffte inständig, dass sie für immer zusammen bleiben würden. Natürlich verletzte es sie, dass er anderen Mädchen schöne Augen machte. Und sie war darüber traurig und sagte es ihm auch. Aber Cornelius lachte dann nur, nahm sie in den Arm und versicherte ihr, dass das überhaupt nichts zu bedeuten hätte. Er machte den anderen ja nicht mal heimlich den Hof, sondern ganz offen. Und das machte sie in dieser Hinsicht wehrlos. Sie glaubte aber immer noch, dass sich das mit der Zeit geben werde und dass es der Wahrheit entsprach, wenn er ihr versicherte, dass er nur sie wirklich liebe. Und sie, sie liebte wirklich nur ihn! Und niemand sollte sie daran hindern! Weder seine Freunde noch seine Eltern und Geschwister, die sie allesamt als Konkurrenz empfand und deshalb nicht gerade freundlich behandelte. Sie konnte es einfach nicht. Auch wenn sie sich manchmal Mühe gab, weil sie wusste, dass Cornelius viel an seiner Familie lag. Auf sein gutes Verhältnis zu seinen Eltern war sie manchmal sogar ein bisschen neidisch, weil es bei ihr so ganz anders war. Der Vater hatte eigentlich nie Zeit, weil er in der Klinik als Arzt anscheinend ständig gefordert war. Vielleicht entzog er sich aber auch einfach nur den familiären Pflichten und schob die Arbeit vor. Vielleicht plagte auch ihn noch immer ein Schuldgefühl am Tod ihres Bruders. Aber er sprach nie darüber. Jedenfalls war es wohl nicht ganz normal, dass er es an einer Klinik nie länger als drei Jahre ausgehalten hatte und dadurch die Familie ständig zu Umzügen zwang. Nirgends hatten sie Wurzeln schlagen können. Und so war es auch gekommen, dass Bettina gar keine Freundschaften mehr geschlossen hatte, immer aus der Furcht, dass doch bald wieder alles zu Ende sein und man getrennt würde.

Mit dem Beginn des Studiums hatte sie zum ersten Mal etwas zu sich selbst finden können. Sie wohnte weit genug vom Elternhaus entfernt und fuhr eigentlich nur zu Weihnachten oder zu besonderen Geburtstagen nach Hause. Aber ihr Selbstbewusstsein war ausgesprochen schwach. In ihrer Mutter hatte sie auch keine Identifikationsfigur gefunden. Sie war selbst viel zu schwach, machte äußerlich alles mit, was der Vater anordnete oder für gut befand. Aber Bettina hatte natürlich gemerkt, dass sie dabei nicht glücklich war.

Cornelius war das genaue Gegenteil von ihrem Vater. Er hatte nicht dieses Verschwiegene und Unberechenbare, vor dem sie sich immer geduckt hatte. Es war ein seelisches Ducken, denn Schläge hatte sie nie bekommen. Und doch war da so viel Unausgesprochenes, das sie manchmal als Anklage verstand, und vor dem sie sich mehr fürchtete, als hätte es einen handfesten Krach gegeben.

Deshalb verzieh Bettina Cornelius seine Flirts und Liebeleien, weil er wenigstens ehrlich dabei war und sie vor ihr nicht geheim hielt. Auch wenn es an ihr nagte. Und dann lief sie manchmal fort, wanderte stundenlang am Meer entlang, ließ ihren traurigen Gedanken und Tränen freien Lauf. Denn sie wusste, dass Cornelius ihre Traurigkeit nicht vertrug. Sie machte ihn ärgerlich. Und dann wurde alles nur noch schlimmer.

Und dabei sehnte sie sich so sehr nach seiner Zärtlichkeit. Die einzige, die sie zuließ. Bettina reagierte allergisch gegenüber körperlichen Berührungen von anderen Menschen. Wenn Marita sie zur Begrüßung umarmte, so kostete es Bettina große Überwindung, sich nicht fortzureißen. Auch Freunden gab sie nur flüchtig die Hand, war stets froh, wenn wieder die körperliche Distanz gewahrt war. Es war ihr klar, dass ein solches Verhalten ein psychischer Defekt war, denn sie konnte nichts dagegen tun, auch wenn sie sich bemühte. Auch das Rebellieren ihres Magens gegen alle möglichen Speisen war wahrscheinlich psychosomatisch bedingt. Sie hatte schon daran gedacht, es doch einmal mit einer Therapie zu versuchen. Nur wusste sie noch nicht mit welcher. Und solange Cornelius sie so liebte, wie sie war, sah sie eigentlich auch keine Notwendigkeit dazu. Ach wie liebte sie seine dunklen Augen, die niedliche Nase, die Ohrläppchen, die er sich von ihr beknabbern ließ, seine lockigen Haare, durch die sie mit ihren schmalen Fingern wie durch einen Wald wandern konnte...Cornelius war der Mann ihres Lebens. Und nie, nie würde sie es zulassen, dass jemand ihr den wegnahm! Auch nicht seine Geschwister, auch nicht seine Eltern, besonders nicht seine Mutter, auf die sie beinahe mehr als auf andere Mädchen eifersüchtig war. Deshalb fand Bettina die Situation, dass seine Eltern so in der Nähe auch ein Ferienhaus besaßen, alles andere als angenehm. Sie tröstete sich damit, dass diese nicht so oft und auch nie sehr lange kommen konnten. Die Sommerferien waren für Bettina eine rechte Qual. Wenn sie die Wäsche zum Waschen in das Haus von Cornelius' Eltern brachte, sah sie zu, dass sie möglichst schnell wieder verschwinden konnte. Gott sei Dank ließen sie sie meistens in Ruhe. Wahrscheinlich hatten sie inzwischen kapiert, dass sie keinen großen Wert auf eine Unterhaltung mit ihnen legte. Nur manchmal gab sie sich einen Ruck, freundlich zu sein. Ganz verderben wollte sie es sich nicht mit ihnen.

Jetzt, wo die Kinder die Baustelle nicht mehr unsicher machten, kamen sie zügig voran. Die ersten drei Reihen aus Hohlblocksteinen waren gesetzt und man konnte sich bereits die Ausmaße des „Badehauses" vorstellen. Bettina freute sich mit Cornelius über die Fortschritte am Bau. Bald würde auch die Zeit des Plumpsklos beendet sein. Die Toilette stand schon bereit. Cornelius hatte sie aus dem Außenklo beim Kergaravathaus abmontiert. Eine schöne alte Toilette mit dazugehörigem Spülkasten aus Porzellan. Und eine herrliche Badewanne hatte Cornelius aus Deutschland mitgebracht. Bettina hoffte inständig, dass sie nun eine Weile zu dritt bleiben würden und nicht so bald wieder neue Gäste eintreffen würden. Gesa und Italo störten nicht allzu sehr, sie hockten immer beieinander, auch während der Arbeit. Und Andreas war im Haus mit dem Verputzen des Kamins beschäftigt. Das machte er richtig gut, fand Bettina. Wahrscheinlich hatte Cornelius sich bei seinem Vater eine Menge abgeguckt. Handwerklich war er wirklich große Klasse!

Während der Mörtel zwischen den Steinreihen des Anbaus austrocknete, wendete sich Cornelius wieder dem Garten zu. Von der Straße aus baute er aus Bruchsteinen eine Treppe und ein Mäuerchen zum Garten. Udo verlegte die Leerrohre für die Kabel in den ausgehobenen Graben. Bettina hängte Wäsche auf. Gesa hatte bei dem schönen Wetter keine Lust, im Innern des Stalls die Fugen weiter auszukratzen, während draußen die Sonne schien. Etwas Bräune wollte sie schließlich mitnehmen aus den Ferien. So machte sie sich mit einer Spachtel daran, die alte abblätternde Farbe von den Fenstern zu entfernen. Im Beet vorm Fenster, in dem sie stand, duftete es nach frischem Thymian und nach Fenchel. Jimmy mit seiner Halskrause wuselte durch den Garten. In der Scheune saß im offenen Tor Madame Piclet und hielt ihr Nachmittags Nickerchen. Stefan und Italo hatten sich unter den Sonnenschirm gesetzt und unterhielten sich.

Andreas arbeitete als einziger im Haus. Das Verputzen des Kamins machte eine Menge Arbeit. Da er aus unregelmäßigen Bruchsteinen gemauert war, mussten viele einzelne Schichten Putz aufgetragen werden. Trotzdem machte Andreas die Arbeit Freude. Zu sehen, wie etwas Gestalt annahm, beflügelte ihn immer wieder aufs Neue. Und dieser riesenhafte Kamin hatte ihm von Anfang an am meisten gefallen. Damit man ihn in seiner vollen Höhe und Schönheit sehen könne, hatte Cornelius die obere Etage zur Hälfte abgetragen, so dass der Blick in diesem Teil des Hauses ungehindert bis unter das Dachgebälk ging. Dadurch bekam der Kamin eine beherrschende Stellung im Haus. Dass es sich bei den früheren Hausbesitzern nicht um arme Leute gehandelt hatte, konnte man außer an den mit behauenen Granitstein abgesetzten Giebeln, den schmuckvoll eingefassten Fensteröffnungen und der Türeinfassung, die ebenfalls mit Granitsteinen, auf denen ornamentale Strukturen eingemeißelt waren, an der Ausgestaltung des großen Kamins erkennen. Die wuchtigen Eichenbalken, auf denen die Kaminhaube ruhte, waren ebenfalls mit Ornamenten verziert. Und selbst bei den ehemaligen Ställen hatte man mit Graniteinfassungen und Zierrat nicht gespart.

Madame Piclet erhob sich von ihrem Plastiksessel und kam mit ihrem beschwerlichen Gang zu Cornelius' Hofseite herüber.

« Voulez-vous un café ? «

Udo, der gerade in diesem Augenblick hinter der Hausecke in den Innenhof kam, weil er Kaffeedurst hatte und einen Kaffee hatte kochen wollen, war begeistert über das Angebot. Denn Madame Piclets Kaffee war einzigartig! Er zeigte auf die anderen und fragte, ob sie alle eingeladen wären.

« Bien sûr! Et aussi des Crêpes ? » Im Gesicht der Bäuerin stand die verführerische Einladung wie auf einem Notenblatt. Der Mund war zu einem breiten Lachen verzogen, ohne dass sie dabei die Zähne entblößte. Kinn und Wangen lagen in zu den Ohren strebenden Lachfältchen. Und erst ihre verschmitzten Augen!

Sie wusste natürlich allzu gut, dass niemand ihrem Angebot widerstehen würde. Und es machte ihr einfach Spaß, anderen Freude zu bereiten.

„Habe ich was von Crêpes gehört?" Stefan ließ seine Zunge genießerisch über die Lippen fahren.

Italo lief zu Gesa hinüber und beide zu Cornelius und Bettina, die ihm gerade half, die Steine für das Mäuerchen mit der Schubkarre hinzufahren.

„Ich glaube, Madame Piclet will uns zum Crêpe-Essen einladen", verkündete Italo.

„Au, toll! Ich wollte sowieso gleich eine Pause einlegen. Geht doch mal mit zu ihr in die Küche. Das ist richtig spannend, da zuzugucken. Vielleicht könnt ihr auch ein bisschen helfen."

Italo und Stefan kannten das Haus von Madame Piclet bisher nur von außen. Sie waren gespannt, es auch einmal von innen zu sehen.

Freundlich winkte die Bäuerin, ihr zu folgen. Durch einen hellgrün gestrichenen Flur ging es in die Küche zu ebener Erde. Der Boden war wie auch in Cornelius' Haus aus Beton. Kein Wunder, dachte Stefan, dass die alte Frau von Rheuma geplagt wurde. Ein langer Tisch, an dem gut zehn Personen Platz hatten, war mit einer bunten Wachstuchtischdecke gedeckt. Die Einrichtung bestand aus einer eigenartigen Mischung von schönen alten Holzschränken, Vitrinen und Kommoden und einfachen Küchenschränken aus Resopal. Eine alte bretonische Standuhr ließ ihr aus Messing gestanztes Sonnengesicht hin und her pendeln. Auf dem Gehäuse war eine Taube oder Möwe ins Holz geschnitzt. Auf den Vitrinen standen fromme Devotionalien wie Marienstatuetten und mehrere Kruzifixe. Während die jungen Leute sich schüchtern im Raum umsahen, holte Madame Piclet bereits die Zutaten für den Crêpeteig aus dem Wandschrank und begann, sie in einer Schüssel zusammen zu rühren. Sie entzündete die Flamme des Gasherdes und stellte das flache Crêpeeisen zum Erhitzen drauf. Auf einer anderen Flamme kochte bereits der Kaffee. Die schwarze Brühe brodelte in einem Aluminiumtopf, aus dem sie sie in eine große Kaffeekanne goss. Die Bäuerin zeigte auf die *bols* und Teller im Schrank, die Udo sogleich auf dem Tisch verteilte.

Die runde Eisenplatte hatte schnell die nötige Hitze erreicht. Einen Klacks Butter drauf, die sofort zerlief, und dann eine genau abgemessene Portion des dünnflüssigen Teiges, den Madame Piclet gekonnt mit einem Holzspatel verteilte, so dass er bis zum äußeren Rand lief – aber nicht darüber! Gebannt sahen sie ihr zu, mit welcher Wendigkeit, mit wie großem Geschick die alte, sonst so schwerfällige Frau hier am Herd hantierte. Mit einem Metallspatel löste sie den Teig von der Platte und drehte ihn auf die andere Seite. Im Nu war das erste Crêpe fertig.

„Confiture ou sel, fromage ou sucre?", fragte sie in die Runde. Denn es musste schnell gehen mit dem Belag aus Marmelade oder einfach Salz, aus Käse oder Zucker, bevor dann die Crêpe zweimal gefaltet wurde und zum Verzehr bereit war.

Nachdem sich in kürzester Zeit ein ganzer Berg Crêpes auf einem Teller mit typisch bretonischer Malerei – ein in bretonischer Tracht gekleidetes Paar beim Tanz – stapelte, fragte Udo, ob er es auch mal versuchen dürfe mit dem Crêpebacken. Madame Piclet lachte ihr freundliches Lachen.

« Naturellement! Mais il faut être prudent ! » Sie hob dabei ihren Zeigefinger in die Höhe. « C'est pas facile. »

Den ersten machte Udo aus lauter Vorsicht zu klein, beim zweiten ging es nicht ohne Kleckern ab, aber beim dritten entwickelte Udo schon mehr Geschick.

Die Zuschauer applaudierten, und Udo verkündete, dass er ab jetzt notfalls sein Brot mit Crêpe Backen verdienen könne, als gerade Cornelius und Bettina zur Tür hereinkamen, gefolgt von Pierre in seiner typischen Alltagskleidung, die immer ein bisschen nach Schaf roch. Hier in der Küche duftete es aber so verführerisch nach den frisch gebackenen Crêpes, dass sie sich den Appetit dadurch nicht verderben ließen.

Madame Piclet saß wie eine Gutsherrin am Kopf des Tisches und ermunterte zum Zugreifen, wozu die hungrige Meute nicht lange aufgefordert werden musste.

„Mmh! Die schmecken lecker", war der allseitige Kommentar.

Und Madame Piclet freute sich, ihren Kaffee in so großer froher Runde einzunehmen.

„Wann kommt eigentlich Leon", wollte Udo von Cornelius wissen. „Wir könnten Verstärkung bei der Arbeit gut gebrauchen."

„Eigentlich müsste er heute oder morgen kommen. Er kommt ja mit seiner Freundin Kiki. Vielleicht ist bei der etwas dazwischengekommen. Sie wollten mit ihrem Auto fahren."

„Wie ist'n die so, seine Freundin?", fragte Udo. „Kaum zu glauben, dass dein kleiner Bruder auch schon eine Freundin hat!"

„Na hör mal, so klein ist er ja schließlich nicht mehr. Du siehst ihn wohl immer noch vor dir, wie er damals in die Grundschule kam, was?"

„Ey, wirklich Leute, das war ein Bild, wie Leon damals in unsere Schule kam, wie er da stand mit seiner Schultüte, und ich dachte: Mensch, das ist ja genau der kleine Cornelius! Wie ein Zwilling sah er aus, nur eben um drei Jahre jünger. Einfach Wahnsinn, diese Ähnlichkeit!"

„Die beiden sehen sich auch heute noch sehr ähnlich", meldete sich Stefan zu Wort. „Aber vom Wesen her sind sie doch sehr unterschiedlich. Leon ist so ruhig und in sich gekehrt. Das ganze Gegenteil von Corny. Aber der hat Tiefgang, das sage ich Euch!"

„Soll das etwas heißen, dass ich keinen Tiefgang habe?", protestierte Cornelius.

„Nana, wer schnappt denn gleich ein! Natürlich bist du ein ganz tiefgehender Bursche..."

„...wie auch immer man das jetzt verstehen soll", lachte Italo.

„Jedenfalls freu ich mich auf Leon. Mit dem kann man sich prima unterhalten", erwiderte Stefan.

„Willst ihn bloß vom Arbeiten abhalten, was?", war Udos etwas bissiger Kommentar.

„Also Leute, vertragt euch! Ist genug Zeit und Platz für alles da", schaltete sich Cornelius ein. „Ich hätte zum Beispiel jetzt Riesenlust, mal zum Strand runterzugehen. Jemand, der mitgeht?"

„Keine schlechte Idee", meinte Gesa. „Ich zieh mir gleich mal den Badeanzug an. Italo, kommst du auch mit?"

„Soll ich vielleicht allein hier rumsitzen und ihr vergnügt euch im Wasser? Da riskier ich sogar, einen Sonnenbrand zu kriegen!"

„Und abends gibt's ne Pizza", kündigte Udo an, der meistens fürs Kochen zuständig war, weil es ihm einfach Spaß machte.

„Tolle Idee!", kam es von allen Seiten. Und Udo freute sich schon darauf, den selbstgebauten Pizzaofen mal wieder in Gang zu setzen.

Als sie vom Baden zurückkamen, stand ein silbergrauer Fiat Punto mit Berliner Kennzeichen in der Einfahrt.

„Ich glaube, sie sind da", rief Cornelius und lief in den Hof.

Er traute seinen Augen nicht. Da saß ja eine ganze Kaffeegesellschaft beisammen: Andreas, Leon und Kiki und noch zwei Mädchen, die er nicht kannte, die sich angeregt unterhielten. Dass sein Vater mal wieder Wortführer war, war nicht zu überhören.

"Hallo Leon, hallo Kiki!"

Cornelius eilte auf die beiden zu und umarmte sie.

„Herzlich willkommen auf „Cornyland" in der Bretagne!"

„Das sind Elba und Tanja", stellte Leon die beiden Mädchen vor. „Sind auch an unserer Schule. Freundinnen von Kiki."

„Hi, Cornelius. Dein Bruder hat so von deinem Haus in der Bretagne geschwärmt und weil die beiden ja noch Platz im Auto hatten, sind wir kurzerhand mitgefahren. Leon meinte, du hättest bestimmt nichts dagegen, und Platz hättest du auch genug", sprudelte Tanja in sächsischem Akzent.

„Schlafsäcke haben wir dabei, und helfen wollen wir auch", ergänzte Elba mit breitem Lachen im Gesicht.

Inzwischen trudelten auch die anderen auf dem Hof ein. Allgemeines Hallo und untereinander Bekannt machen. Zuletzt kam Bettina, die sich immer etwas von der Gruppe absonderte. Ihr Gesicht versteinerte, als sie die vielen Neuankömmlinge sah. Und nicht nur Leon mit seiner Freundin, sondern noch zwei unbekannte Mädchen!

„Bettina", hauchte sie kaum vernehmbar und stellte sich demonstrativ neben Cornelius.

„Meine Freundin", stellte Cornelius Bettina vor und wandte sich wieder den beiden Neuen zu.

„Und was macht ihr so", wollte er von ihnen wissen.

Elba erzählte, dass sie Modedesign studiere, und von der Kleinen mit den angeklebten Rastafari Locken erfuhr er, dass sie Malerei studiere.

„Da haben wir ja fast eine ganze Akademie-Klasse beisammen", begeisterte sich Andreas.

„Fehlt bloß noch Marcel, der sich ja neuerdings auch für Kunst begeistert", bemerkte Stefan über seinen Freund aus Guadeloupe. „Überlegt wahrhaftig, ob er nicht Kunst studieren soll!"

Stefan war seit einem Jahr mit Marcel zusammen, und insgeheim litt er schon unter der Trennung. Aber Marcel hatte versprochen nachzukommen, und deshalb war Stefan mit Andreas und Marita mitgefahren. Marcel wollte mit dem Flieger nachkommen. Und Stefan hatte nun mal diese entsetzliche Flugangst!

Cornelius war mit Tanja und Elba losgezogen, um ihnen das Haus und den Garten vorzuführen. Das machte er besonders gerne. Und die Bewunderung, die ihm dabei fast immer zuteil wurde, genoss er ausgiebig.

Andreas hatte sich Kiki zugewandt und redete mit ihr über ihre neuesten Arbeiten. Sie hatte vor kurzem von Industriedesign zu freier Kunst gewechselt und plante gerade eine Ausstellung mit Arbeiten von Mitstudenten in ihrer geräumigen Altbauwohnung in Halle. In der Stadt, so erzählte sie, gäbe es unglaublich viele leerstehende Wohnungen, die man von der Kommunalen Verwaltung für nen Appel und nen Ei mieten könne. Allerdings mit der Auflage, sie jederzeit und auch kurzfristig räumen zu müssen, sollten Ansprüche von Alteigentümern endgültig entschieden sein.

„Jedenfalls ist das phantastisch, in so einer alten Villa mit Parkettboden und Stuck an der Decke für beinahe nichts zu wohnen!", fügte sie hinzu und schüttelte ihre langen dunkelblonden Haare, die in der Sonne glänzten.

Zärtlich lehnte sie sich an Leon, der glücklich strahlte. Mit Kiki war wieder Sonnenschein in sein Leben eingekehrt. Bevor er sie vor gut einem Jahr an der „Schule", wie im Sprachgebrauch der Studenten die Uni unterstapelnd bezeichnet wurde, kenngelernt hatte, hatte er noch immer unter der Trennung von seiner damaligen Freundin Andrea gelitten. Sie war seine erste große Liebe gewesen. Und sie hatten sich wunderbar verstanden. Dass sie sieben Jahre älter als er war, hatte ihn nicht im Geringsten gestört und sie auch nicht. Und dann hatte sie doch die Vernunft, wie sie es genannt hatte, entscheiden lassen und sich in Freundschaft von ihm getrennt. Nach zwei langen wunderbaren Jahren!

Leon und Kiki hatten eins der Schlafzimmer bei Marita und Andreas bezogen, während Tanja und Elba bei Cornelius wohnten. Ihre Bewunderung für seine Arbeit ließ sich Cornelius gerne gefallen und beflügelte ihn zusätzlich, sich vor ihnen in Szene zu setzen. Das Mauern am Anbau ging ihm noch leichter von der Hand, wenn ihm die bewundernden Blicke der beiden Mädchen folgten. Die Hälfte des Mauerwerks hatte er bereits hochgezogen. Besonders gerne machte er sich auf dem Dach zu schaffen, weil die Turnerei immer etwas Verwegenes an sich hatte. Bettinas Laune war auf dem Tiefpunkt angelangt, entging es ihr doch nicht, dass Cornelius der Kleinen mit den Rastafari Locken unverhohlen Avancen machte und sie ihn umgekehrt ziemlich ungeniert umgarnte. Elba war eher ungefährlich. Von ihr hatte sie wohl nichts zu befürchten.

Cornelius hatte an alle Aufgaben verteilt. Leon sollte mit dem Presslufthammer den grauen unansehnlichen Putz vom Wohnhaus entfernen. Tanja und Elba hatte er Arbeiten im Garten zugedacht: In dem mit der Aushuberde aufgefüllten Stück seines Hofanteils waren noch viele Steine, die mit der Hand und mit der Harke herausgelesen werden mussten. Und die anderen versuchte er für das langweilige Auskratzen der Bruchsteinfugen zu erwärmen, eine Arbeit, die bei den schmalen Bruchsteinen, die verwendet worden waren, kein Ende zu nehmen schien. Andreas hatte den Kamin inzwischen schon mit der dritten Putzschicht versehen. Zufrieden betrachtete er sein Werk. Bewusst hatte er die Haube nicht vollkommen glatt gestaltet, sondern die Unebenheiten des darunter liegenden Mauerwerks im Gesamtbild zu erhalten versucht. Dadurch wirkte der Kamin beinahe wie eine Skulptur. Als nächstes wollte er die Wand rechts und links vom Kamin putzen. Doch vorher musste erst der lockere Putz entfernt werden. Das ging nur mit Hammer und Meißel.

Kiki hatte sich mit ihrem Zeichenblock an den Strand begeben. Sie wollte Studien betreiben und hatte nicht vor, sich an der „Arbeitsbrigade" zu beteiligen.

Als Pierre mit seinem Traktor in den Hof fuhr, fragte ihn Cornelius, ob er, wie er es schon mehrere Male getan hatte, mit dem Traktor Sand holen dürfe. Der Bausand ging nämlich allmählich zur Neige. Und Pierre hatte ihm angeboten, sich Sand vom Dünengrundstück, das sie in unmittelbarer Nähe des Strandes besaßen, zu holen.

Sein Einverständnis durch ein Nicken im freundlich grinsenden Gesicht signalisierend, ließ er Cornelius den Traktor besteigen, der Tanja herbeiwinkte ihn zu begleiten. Und schon rauschte er auf dem orangeroten Traktor davon.

Die Zeit verging. Eine Stunde, zwei Stunden, und noch immer waren sie nicht zurück.

„Die Schaufel hat wahrscheinlich ein Loch", unkte Udo, der Bettinas finstere Miene bemerkte.

Und wirklich! Bettina schnaubte vor Wut. Der würde sie zeigen, wer hier die angestammten Rechte hatte!

Nach einer weiteren halben Stunde kam Cornelius mit Schwung zur rückwärtigen Seite des Gartens, die zum Hangar hin lag, angefahren. Tanja lachte. Sie saß auf seinem Schoß und hielt das Lenkrad des Traktors, Cornelius die Arme um sie gelegt, als wolle er ihr das Traktorfahren beibringen. Der Hänger war nur halb beladen mit Sand.

„Musstet wohl den Sand mit einem Kinderschippchen aufladen! Klar, dass man dafür so lange Zeit braucht", fauchte Bettina Tanja an.

„Hat jedenfalls riesigen Spaß gemacht, nicht Cornelius?", erwiderte Tanja schnippisch.

„Spaß, Spaß – das ist wohl das einzige, was für dich zählt, wie? „Bettina war jetzt ziemlich in Rage. „Kommst einfach her und bringst alles durcheinander und kümmerst dich nen Dreck um andere! Was bildest du dir eigentlich ein? Meinst wohl, du könntest einfach machen, was dir in den Kram passt. Eine Mistziege bist du!" Den letzten Satz hatte Bettina, die man noch nie hatte laut werden hören, geschrien.

„Klar zählt nur der Spaß, was denn sonst", gab Tanja patzig zur Antwort und stolzierte, ihre Klebelocken demonstrativ schüttelnd, an Bettina vorbei in den Hof.

Cornelius machte sich am Hänger zu schaffen und rief Udo zu Hilfe, den Sand abzuladen.

„Dicke Luft?", fragte Udo.

„Sieht ganz so aus. Ich glaub, ich verdrück mich mal für ein Weilchen."

Cornelius fuhr den Traktor in den Hangar und bedankte sich bei Pierre. Er half ihm noch, einen der dort stehenden Wohnwagen anzukuppeln. Pierre wollte ihn auf die strandnahe Wiese fahren, die sie im Sommer als Stellplatz an Feriengäste vermieteten. Seit Jahren hatten sie dieselben Stammgäste. Außerhalb der Saison konnten die vier Wohnwagen im Hangar stehen. Den kleinen Zuverdienst konnten er und seine Schwester gut gebrauchen, denn ihre Rente war nicht gerade üppig.

Vom Garten her hörte Cornelius noch immer Gekeife zwischen den Frauen. Wenn er eins nicht ausstehen konnte, war es miese Stimmung. Die verdarb ihm alles und lähmte ihn in seinem Elan. Mit einem Seitenblick registrierte er Bettinas mauliges Gesicht. Nur schnell weg, dachte er, schnappte sich die Segeljolle samt Trailer und zog sie zu seinem Bus.

„Ich fahr mal ne Runde mit dem Boot", informierte er Udo, bevor er losfuhr zum Strand.

Elf

Hinter der Düne parkte er und zog den Trailer mit dem Boot über den harten Sand bis zur Brandung. Auf dem bei Ebbe etwa hundert Meter breiten Strand fuhren in hoher Geschwindigkeit Strandsegler. Auch etliche Surfer hatte es ans Meer gezogen. Es wehte eine gute Brise.

Nachdem er den Trailer zur Düne zurückgebracht hatte, machte er das Segelboot startklar. Das Segel war bereits am Mast befestigt und musste nur ausgerollt werden. Den Mast arretierte er in der Mastspur, den Großbaum am Mast. Ruder und Ruderpinne setzte er auf die Halterung am Heck des Bootes und band sie zur Sicherheit mit einem Seil fest, da beim Kentern diese zum Manövrieren wichtigsten Teile sinken und auf Nimmerwiedersehen verschwinden würden. Ansonsten hatte man nichts zu befürchten, da die Jolle unsinkbar war und er sie, sollte es zum Kentern kommen, auch auf hoher See mit eigener Kraft aufrichten konnte. Das hatte Cornelius schon ein paar Mal gemacht. Er musste dazu nur sein ganzes Gewicht auf das Schwert stellen, und schon hob sich das im Wasser liegende Segel wieder in die Luft, und er konnte sich wieder an Bord hieven. Nur noch den Baumniederholer befestigen und das Schwert nur so viel in den Schwertkasten, dass sich beim Überschieben der Brandung kein unnötiger Widerstand bildet. Und jetzt los!

Es wehte ein kräftiger ablandiger Wind, und Cornelius kam schnell in Fahrt. Am Großsegel emporzuschauen, Kurs zu nehmen auf den Horizont und die Küste in

Windeseile hinter sich zu lassen, das war doch immer wieder ein erregendes Erlebnis. Für ihn jetzt genau das richtige! Sollten die sich ruhig rumkeilen. Wenn er zurückkäme, hätten sich die Gemüter bestimmt beruhigt.

Mit zunehmender Fahrt steigerte sich die Freude an der rasanten Geschwindigkeit zum Rausch. Adrenalin und Endorphine ließen Cornelius in einen Glückstaumel geraten, der ihn alle Vorsichtsmaßnahmen vergessen ließ. Das Wasser spritzte mit Macht über Bord. Aber der Selbstlenzer am Bootsboden sorgte bei der schnellen Fahrt für fortwährende Entleerung. Die zinnoberrote Jolle schoss wie ein Pfeil dahin. Die Küstenlinie war kaum noch zu erkennen. Nur das tiefblaue Meer. Und er mittendrin mit seiner im Vergleich zur riesigen Wasserfläche nur nussschalengroßen Segeljolle. Das war ein Gefühl! Die weiße Schaumspur hinter sich und vor sich die Weite der Bucht, die sich zum offenen Ozean hin öffnete.

Cornelius hatte immer einmal vorgehabt, dorthin zu segeln. Er war in kurzer Zeit schon so weit rausgesegelt – der Wind blies unablässig und ohne seine Richtung zu ändern vom Land, so dass er mit voller Kraft hart am Wind segeln konnte - dass er sich einfach diesem Rauschzustand überließ, der ihn immer weitertrug – dem Ozean entgegen.

Marita servierte das Abendessen im Garten. Sie waren zu einer großen Runde angewachsen. Gesa und Italo, Leon und Kiki, Stefan und natürlich Andreas und sie. Den Rotwein kauften sie neuerdings nicht mehr in Flaschen, sondern in *Bidons*, diesen Fünf-Liter-

Kanistern aus Plastik, weil der Konsum derart angestiegen war, dass sie mit dem Entkorken nicht mehr nachkamen. Die mächtige Zeder auf dem Nachbargrundstück zeigte an, dass sich ein ganz schöner Wind gebildet haben musste. Aber bei ihnen auf dem Grundstück war es durch die Hecken immer noch sehr geschützt.

Kiki hatte ihr beim Zubereiten des Essens geholfen. Sie war schon früher als die anderen vom Strand zurückgekommen. Kiki war ganz anders als Bettina. Mitteilsam und freundlich und vielseitig interessiert. Es machte Spaß, ihren Erzählungen zuzuhören. Kiki, die eigentlich Kristina hieß, aber von allen nur Kiki genannt wurde, stammte aus einer bekannten Kunstschmied Familie. Ihr Großvater war mit seinen Arbeiten im In- und Ausland bekannt gewesen, hatte er doch für den öffentlichen Raum bedeutende Schmiedearbeiten geschaffen, Gitter an Schlossgärten, Kirchenportale, Brunnen und vieles mehr. Er hatte ein auch heute noch verwendetes Lehrbuch für Schmiedekunst verfasst. Und sein Sohn hatte die Werkstatt fortgeführt und ausgebaut. Er beschäftigte heute sechszehn Gesellen. Kiki hatte eine abgeschlossene Lehre im Silberschmied Handwerk und wollte sich durch das anschließende Studium in Industriedesign weiter qualifizieren für die heutigen Ansprüche des technischen Zeitalters. Was Marita besonders gefiel, war, dass Kiki ein ausgesprochener Familienmensch war. Sie sprach liebevoll von ihren Eltern und Großeltern, hatte offenbar ein sehr gutes Verhältnis zu ihnen und fand es schön, dass Leon auch eine gute Familienbeziehung hatte.

Andreas erzählte Kiki von seiner Akademiezeit, von den Professoren, die allesamt berühmte Künstler waren, machte Exkurse in die Kunstgeschichte und freute sich, in Kiki eine aufmerksame Zuhörerin zu haben.

„Wie kommst du eigentlich an deinen tollen Namen, Italo?", wollte Kiki von ihm wissen.

„Da musst du meine Eltern fragen oder besser meine Mutter. Denn die hat sich diesen Namen für mich ausgedacht."

„Vielleicht hatte sie ja mal einen italienischen Freund", vermutete Andreas.

„Da berührst du aber einen ganz heiklen Punkt", schaltete sich Stefan ein. „Was meinst du, wie in unserem Dorf über den Namen gelästert wurde!"

„Ich hab da nie was in Erfahrung bringen können", kommentierte Italo das Herumrätseln an der Ursache für seine ungewöhnliche Namensgebung. „Jedenfalls war der Name für mich als Kind nicht nur Grund zur Freude. Ich wurde oft damit gehänselt. Aber heute finde ich ihn eigentlich ganz okay. Und irgendwie habe ich ja nie so richtig in das dörfliche Milieu gepasst."

„Genau!", war Gesas Kommentar.

„Sonst hättest du mich auch sicher nicht als Freund genommen", meinte Italo lachend und strich Gesa über ihr seidiges Haar.

Eine Wolkenfront zog herauf. Udo sah auf die Uhr. Es waren fast zwei Stunden vergangen, seit Cornelius mit dem Boot los war. Allmählich könnte er mal zurückkommen, dachte er. Die drei Mädchen hatten sich im Haus in je eine Ecke gesetzt. Bettina las. Elba schrieb einen Brief, und Tanja räkelte sich im Liegestuhl und hörte Musik vom CD-Player: Chris de Burgh und Leonard Cohen.

Alle drei vermieden, nach Cornelius zu fragen.

Udo marschierte zum Strand runter. Etwas komisch war ihm doch zumute, dass Cornelius so lange ausblieb. Vielleicht war er ja gerade wieder an Land gekommen und konnte Hilfe gebrauchen beim Rausholen des Bootes.

Der Bus stand noch an der Düne auf dem Parkplatz. Udo sah hinaus aufs Meer, ob er ein Segelboot ausmachen konnte. Ganz in der Ferne kreuzten einige weiße Segel. Aber es war nicht zu erkennen, ob es sich dabei um Cornelius' Boot handelte. Am Strand war nichts mehr los. Nur noch einige Unentwegte lagen in den Sandmulden der Dünen, die sie vor dem Wind schützten. Es wurde jetzt auch allmählich frisch. Udo dachte daran, dass Cornelius nur mit der Badehose unterwegs war. Hatte er noch ein T-Shirt angehabt? Daran erinnerte er sich nicht mehr genau. Jedenfalls müsste es ihm auf dem Meer inzwischen ziemlich kalt werden!

Udo lief noch eine viertel Stunde am Strand entlang und spähte immer wieder aufs Meer in der Hoffnung, dass sich ein Segelboot dem Ufer nähern würde. Da hinten sah er ein älteres Paar. Der Mann hatte ein Fernglas dabei. Vielleicht würde er damit mehr erkennen können. Udo rannte zu den beiden und bat sie um das Fernglas. Er suche seinen Freund, der sei da draußen. Bereitwillig gab der Mann Udo das Glas, der es von rechts nach links und wieder zurück gleiten ließ, kurz anhielt, wenn er ein Boot im Visier hatte. Aber es half alles nichts!

„Ils sont trop loin, les bateaux", sagte er und bedankte sich für das Ausleihen des Fernglases.

Jetzt wurde es Udo ziemlich ungemütlich. Man konnte nicht länger warten, ohne etwas zu tun, beschloss er. Er würde erst mal nicht zum Hof zurückgehen, sondern zu der Stelle am Strand, wo der Rettungsdienst seinen Posten hatte. Er wusste, dass sie dort ein schnelles Schlauchboot mit Motor hatten. Für die dürfte es nicht schwierig sein, in Kürze die Bucht abzufahren und nach der Jolle Ausschau zu halten. Beschreiben konnte er sie ja einigermaßen.

Nach einem ordentlichen Spurt erreichte Udo das Häuschen mit der Strandwache. Zu dämlich, dass sein Französisch nicht das Beste war. Aber er glaubte doch, sich verständlich machen zu können.

In dem Haus mit der Aufschrift „Poste de secours" waren die Männer anscheinend gerade dabei, ihre Sachen zu packen. Der Strandtag war ja auch sozusagen beendet. Es war jetzt kurz vor sieben Uhr. Das Motorboot lag vertäut neben der Hütte.

Mit Händen und Füßen versuchte Udo den Rettungsmännern zu erklären, dass er seinen Freund vermisse, der seit gut zwei Stunden mit seinem Segelboot unterwegs sei und noch nicht zurück wäre.

Der eine mit der blonden Haartolle, mit strammem Bizeps unter dem eng anliegenden T-Shirt und sonnengebräunt, zeigte auf seine Uhr.

Notre travail est fini pour aujourd'hui.

Udo zeigte auf das Schlauchboot und faltete die Hände wie zum Gebet, um deutlich zu machen, dass er sie bäte, mit dem Boot noch mal rauszufahren, um den vermissten Freund zu suchen.

„C'est pas possible, malheureusement!", sagte nun ein anderer mit blau-weiß gestreiftem bretonischen Pulli.

„Mais pourquoi?", fragte Udo, allmählich verzweifelt. Irgendetwas musste doch geschehen! Man konnte doch nicht tatenlos bleiben. Vielleicht brauchte Cornelius ja Hilfe. Vielleicht dümpelte er hilflos herum. Und es wurde ja auch immer kühler! Es gab doch schließlich so etwas wie die Seenotrettung.

Udo überlegte fieberhaft, wie er die Rettungsleute hindern konnte, das Haus, wie sie es wahrscheinlich vorhatten, zu verlassen. Dann wäre keiner mehr da, den er um Hilfe bitten konnte. Er musste nur schnell jemanden holen, der sich besser mit ihnen verständigen könnte. Einen Moment dachte er an Bettina, die fließend Französisch sprach. Aber zum Hof von Cornelius war es viel weiter als zum Haus seiner Eltern. Gesa kam ihm in den Sinn. Auch sie sprach gut Französisch.

« Attendez, s'il-vous-plaît ! Un Moment ! »

Und mit Gesten gab er zu verstehen, dass er sofort zurückkommen würde.

„Entendu!" Die Männer schoben ihn aus ihrer Holzhütte und signalisierten ihm, dass sie auf seine Rückkehr warten wollten. Der mit dem Ringelpulli zeigte noch mal auf seine Uhr.

Udo war vor Aufregung außer Atem. Auf keinen Fall dürfte er bei Marita und Andreas etwas von Cornelius' Ausflug mit dem Boot verlauten lassen. Sie würden sich erstens zu große Sorgen machen. Und Andreas würde sicher sofort seine Tiraden loslassen, was ja in dieser Situation auch nicht weiterhelfen würde.

Blitzschnell überlegte er, unter was für einem Vorwand er Gesa loseisen könne, ohne dass jemand Verdacht schöpfte.

„N'Abend", sagte Udo so unverfänglich wie möglich. Er raffte sich noch zu ein paar Witzen auf, bevor er Gesa fragte, ob sie nicht Lust habe, noch eine Joggingrunde mit ihm zu drehen.

Gesa sprang zum Glück sofort auf seinen Vorschlag an. Zum Joggen war sie immer aufgelegt.

Das war erst mal glimpflich abgelaufen. Auf dem Weg zum „Poste de secours" unterrichtete Udo Gesa von der Lage der Dinge. Sie bekam einen Wahnsinnsschrecken.

„Ach, der Corny, der ist wirklich zu leichtsinnig! Gut dass meine Eltern noch nichts davon wissen."

„Du musst mit den Rettungsleuten sprechen, Gesa, ob sie nicht mit ihrem Motorboot rausfahren können. Ich hab einfach nicht kapiert, weshalb sie es nicht tun. Und die Zeit rennt und rennt..."

Als die vier Männer Gesa kommen sahen, rückten sie sich in Positur.

Einer pfiff durch die Zähne. Gesa fand das unmöglich. Noch dazu angesichts der Situation, bei der sie deren Hilfe dringend benötigten. Auch sie bat nun die Männer inständig, mit dem Boot rauszufahren, um nach ihrem Bruder zu suchen. Aber sie erklärten ihr, dass sie es nicht dürften, auch wenn sie wollten. Ihre Zeit für die Wacht sei bereits um sechs Uhr abgelaufen. Danach würde sie an die überörtliche Küstenwacht abgegeben. Sie erzählten, dass es öfter mal passiere, dass jemand mit dem Segelboot den Weg nicht zurück fände, stattdessen in einer benachbarten Bucht gelandet sei. Sie sollten sich noch keine zu großen Sorgen machen. Schließlich sei bei dem starken ablandigen Wind eine Rückkehr an diese Bucht sehr schwierig. Sie erklärten sich dann aber doch bereit, die Küstenwache zu verständigen und auch die Fischerboote, von denen noch einige unterwegs seien.

„Und Ihnen würde ich raten, mit dem Auto die Nachbarbuchten anzufahren und dort nach dem Vermissten Ausschau zu halten", sagte der Blonde. Er tätschelte Gesas Schulter beruhigend. „Es ist ihm bestimmt nichts passiert. Er hat doch Erfahrung mit den Segeln?"

Gesa war sich da nicht so sicher. Sie sagte aber nichts dazu. Nun fing sie doch tatsächlich an zu zittern. Sie war ja mit Udo gleich losgegangen in ihrer Shorts und dem Trägertop. Ein etwas älterer Mann legte ihr fürsorglich seine Strickjacke über die Schultern. Nun schlotterten ihr die Knie, aber weniger vor Kälte als vor Angst. Wenn Cornelius etwas passiert war? Nicht auszudenken! Und was würden die Eltern sagen, wenn sie etwas erführen?

Gesa war nun plötzlich sehr dafür, dem Vorschlag zu folgen und selbst etwas zu tun und die Buchten abzusuchen. Die Erklärung, dass Cornelius irgendwo anders gelandet sein könnte, erschien ihr plausibel. Vielleicht klammerte sie sich aber auch nur daran wie an einen Strohhalm.

„Komm Udo, lass uns losfahren."

Udo und Gesa rannten los zu Cornelius' Bus. Wie üblich war er nicht abgeschlossen, und zum Glück kannte Udo das Versteck für den Schlüssel.

„In welche Richtung sollen wir zuerst fahren?"

Gesas Stimme zitterte, als sie Udo fragend ansah.

Udo überlegte nicht lange, sondern fuhr einfach los. Irgendwo mussten sie schließlich anfangen zu suchen. Die Straße lag so weit landeinwärts, dass man von dort aus die einzelnen Buchten nicht überblicken konnte. Sie mussten immer wieder Stichstraßen nehmen, die zu den kleinen, oft versteckten Stränden führten. Glücklicherweise kannte sich Udo ziemlich gut in der Gegend aus.

Eine halbe Stunde waren sie nun schon unterwegs, ohne eine Spur von Cornelius oder dem Segelboot. Auch mit dem Feldstecher, den ihnen einer von den Rettungsleuten mitgegeben hatte, konnten sie das weiße Segel mit dem roten Streifen nicht ausmachen.

„Ich glaube, es hat nicht viel Sinn, in dieser Richtung weiterzufahren", sagte Udo. „Bis zum Ende der großen Bucht sind es mindestens fünfzig Kilometer. Und dazwischen befinden sich unzählig viele kleine Buchten. Wir versuchen es noch mit der anderen Seite. Von da hat man wieder andere Einblicke. Vielleicht entdecken wir was!"

Udo, der sonst immer die Zuversicht selber war, hörte sich ziemlich kleinlaut an. Trotzdem fügte er zur Beruhigung von Gesa hinzu:

„Cornelius ist bestimmt nichts passiert! Ich kenn ihn doch. Vielleicht sitzt er längst in einer gemütlichen Kneipe und wärmt sich auf..."

„...mit Badehose, das glaubst auch nur du!", war Gesas Kommentar.

„Hat er überhaupt Geld dabei?"

„Keine Ahnung. Eher nicht. War ja ziemlich spontan, seine Idee mit dem Segeln. Gab'n bisschen Zoff unter den Frauen!"

Gesa saß eine Weile schweigend. Sie machte sich die größten Sorgen um ihren Bruder. Etwas leichtsinnig war er ja tatsächlich. Schon als kleiner Junge war er in die höchsten Baumwipfel geklettert. Mehr als einmal hatte er irgendwelche kleinen Unfälle gehabt. Mal hatte er sich einen Pfeil in den Gaumen geschossen, dann beim Hantieren mit einem großen Messer eine Sehne am Finger der rechten Hand durchgeschnitten. Mit dem Fahrrad war er oft genug gestürzt...

Sie waren inzwischen auf der anderen Seite der Bucht. Das gleiche wiederholte sich hier: Heranfahren an Klippen mit guter Übersicht, Hinunterfahren an Strände. Suchen, suchen, suchen. Doch bisher ohne jeden Erfolg.

„Du, ich glaube, wir müssen jetzt langsam zurück. Wir sind schon fast eine Stunde unterwegs. Und ewig werden die Leute auch nicht auf uns warten", sagte Udo. „Außerdem muss man doch bald andere Schritte einleiten."

Gesa dachte plötzlich zum ersten Mal daran, ob Cornelius wenigstens die Schwimmweste angezogen hatte. Im Geiste sah sie ihn schon auf der mittlerweile bewegten See treiben...

„Udo, Corny hat doch hoffentlich die Life-Jacket an?" Gesas Ton war ängstlich.

„Weiß ich nicht. Ich war ja nicht dabei, als er in See stach. Aber bei ihm weiß man nie!"

Gerade fuhren sie am Haus von Andreas und Marita vorbei. Andreas war sicher mit den anderen in ein Gespräch verwickelt und ahnte nichts von ihren Sorgen. Aber Gesa dachte doch daran, wenn Cornelius noch nicht gefunden wäre, dass sie ihre Eltern unterrichten müsste. Ihr graute davor. Sie wusste, dass ihr Vater mit Schimpfkanonaden reagieren würde. Und irgendwie bekämen sie dann alle ihr Fett weg.

Sie parkten den Bus bei der Rettungsstation. Drinnen im Häuschen war noch Licht. Also hatten sie tatsächlich auf sie gewartet. Der Blonde lehnte an der Tür und rauchte.

« Eh bien, vous ne l'avez pas trouvé ? », fragte er Udo und Gesa.

Gesa schüttelte den Kopf. Sie war dem Weinen nahe.

« Mais non, tu ne dois pas pleurer. On va le trouver", versuchte der Mann Gesa zu beruhigen.

Es wurde bereits dämmrig. Udo hörte in der Luft ein Motorengeräusch. Er schaute nach oben und sah eine Propellermaschine, die über der Bucht kreiste. Der Mann vom Rettungsdienst erklärte, dass das die Küstenwache sei, die nach dem vermissten Boot Ausschau hielte.

„Wir können im Moment nichts weiter tun. Ich habe alle notwendigen Schritte eingeleitet. Sobald es dunkel ist, müssen wir mit der Suche aufhören. Dann können erst die Fischerboote, die morgens in aller Frühe auslaufen, weitersuchen. Sie sind miteinander und mit der Küstenwacht über Funk verbunden. Ihr beide geht jetzt am besten nach Hause. Auch die Gendarmerie ist informiert. Kann man euch telefonisch erreichen?"

„Leider nein", antwortete Gesa dem freundlich-besorgten Mann. „Aber unsere Nachbarin hat Telefon. Ich kenne ihre Nummer aber nicht auswendig. Sie heißt Madame Le Droff."

„Pas de problème! Nous avons un annuaire. »

Gemeinsam sahen sie im Telefonbuch nach und hatten die Nummer schnell gefunden.

„Sie können von Zeit zu Zeit auch bei der Gendarmerie telefonisch nachfragen. Die Station ist die Nacht über besetzt. Und die Polizei wird sofort benachrichtigt, sowie es Neuigkeiten gibt."

Tröstlich war das alles nicht, fand Gesa. Aber was sollten sie anderes tun als warten?

Lieber Gott, bitte mach, dass dem Cornelius nichts passiert ist, dachte Gesa.

Udo war auch nicht nach Witzeln zumute.

„Ich fahr mal zurück zum Hof. Vielleicht ist er inzwischen wieder zurück..."

Aber sehr zuversichtlich klang auch Udos Stimme nicht.

Gesa machte sich auf den Weg zum Ferienhaus.

Zwölf

Während Udo und Gesa nach Cornelius suchten, saßen Andreas und Marita mit Leon, Stefan und Italo zusammen und waren wieder einmal in tiefschürfende Gespräche vertieft. Unter dem tat's Andreas nicht! Ein Gespräch musste bei ihm immer um existentielle Fragen kreisen.

Marita hatte den zweiten Teil der Josephs-Tetralogie ausgelesen und gerade mit dem dritten Buch „Joseph in Ägypten" begonnen. Sie war von der Sprache Thomas Manns begeistert. Obwohl sie etwas altertümlich war, bewunderte sie seine Gedankenvielfalt und seinen Einfallsreichtum. Sie hatte mal wieder eine Stelle gefunden, die ihre uneingeschränkte Zustimmung fand und die sie der Runde vorlas:

„Ja, oft kam mir's vor, als ob die Welt nur darum so voller lauten Geredes sei, dass sich besser darunter verberge das Verschwiegene und überredet werde das Geheimnis, das hinter den Menschen und Dingen ist."

Auf Andreas' Anmerkungen musste sie nicht lange warten, und schon war die lebhafteste Diskussion im Gange. Schnell war man beim Grundsätzlichen angelangt.

„Sprache ist für mich", sagte Andreas, „durch Benennung der Wirklichkeit die Angst nehmen. Sprache ist ja zunächst was ganz Magisches gewesen. Doch im Laufe der Menschheit ist sie immer komplizierter geworden. Sie musste ja auch immer komplexer und differenzierter werden, weil die Welt, die gesellschaftlichen Zusammenhänge, die wissenschaftlichen Erkenntnisse immer komplexer geworden sind. Heute macht uns die Masse an Informationen fast schon wieder sprachlos. Die Masse auch an Sprachinformationen hat schon wieder was Verwirrendes. Wie damals beim Turmbau zu Babel. Ich glaube, heute müsste die Sprache erst mal wieder einfach werden, um Klarheit zu schaffen."

„Was ist denn Sprache überhaupt?", warf Italo ein.

Stefan zögerte einen Moment mit der Antwort.

„Ja, was? Eigentlich ist sie das das Geheimnis. Aber zunächst ist sie einfach da zum Austausch, zum Geschichtenerzählen, zum Definieren irgendwelcher Sachverhalte. Und dabei hat sie ganz unterschiedliche Qualitäten. Und dann die Sprachen verschiedener Völker, die können ja teilweise richtig gegensätzlich sein."

„Aber wo kommt sie her, wie ist sie entstanden?", fragte Italo nach.

„Vielleicht waren da zuerst nur Töne, Laute. Man wollte sich verständigen über Dinge, die einem wichtig waren oder auch unverständlich. Und dann hat sich das im Gehirn so ausgebildet, dass daraus Sprache entstand", äußerte Andreas seine Vermutung.

Marita meinte, dass sich das wohl nicht bis in die Ursprünge zurückverfolgen lasse. Sie erzählte von dem bekannten Versuch, Kinder vom Säuglingsalter an ohne Zuwendung, also auch ohne jegliche Sprachkommunikation aufwachsen zu lassen, um der Sprachentstehung nachzuspüren. Nichts habe man herausgefunden dabei. Der Versuch sei mit einem Desaster geendet: Die meisten Kinder seien sogar gestorben.

„Ziemlich grausames Experiment", merkte Leon an.

„Der Kaspar Hauser war ja auch so ein Fall. Hat in einem dunklen Verlies über Jahre dahinvegetiert. Der konnte auch nicht sprechen. Oder es gibt doch Beispiele von sogenannten Wolfskindern. Die machten Geräusche wie ein Wolf. Also, wenn denen nicht später ein Mensch das Sprechen beigebracht hätte..."

„...und wer war der erste in der Reihe?", unterbrach Leon Stefans Gedanken.

„Im Anfang war das Wort", bemerkte Marita. „So hat man es sich in der Bibel erklärt. Und das Wort war bei Gott. Und das Wort war Gott. So heißt es im Prolog des Johannesevangeliums. Es geht ja um den Beginn der Schöpfungsgeschichte. Denn es heißt weiter: Durch dieses ist alles geworden. Und ich glaube, mit der Sprache beginnt die eigentliche Menschwerdung. Sie ist das, was den Menschen zum Menschen macht."

Andreas schaltete sich wieder ein: „Sprache spielt in allen Religionen eine große Rolle. Das Erzählen von Erfahrungsgeschichten. Die Bibel ist ja auch eine Sammlung von solchen Erfahrungsgeschichten. Die wurden zuerst nur mündlich überliefert, bevor man sie aufgeschrieben hat. Es ging darum, Wirklichkeit zu begreifen."

„Bei Wittgenstein heißt es: ‚Der Satz ist ein Bild der Wirklichkeit' ", warf Leon, der sich in seinem Designstudium mit dem Verhältnis von Sprache zum Objekt beschäftigte, in die Unterhaltung ein.

„Und Wittgenstein sagt weiter: ‚Jeder Satz muss schon einen Sinn haben.' Ich meine, Sprache ist ein schöpferisches Werkzeug. Man kann mit ihr auch spielerisch umgehen, gestalterisch, so dass Bilder entstehen, die es in der Wirklichkeit noch gar nicht gibt. Insofern gibt Sprache eigentlich ein relatives Bild der Wirklichkeit wieder. Und da kann die Gestaltung ansetzen."

„Genau richtig, Leon", sekundierte ihm sein Vater. „Der Satz oder die Sprache sind immer nur ein relatives Bild der Wirklichkeit. Das war ja das Problem aller Phänomenologen: die Diskrepanz zwischen Denken – man kann dazu auch Sprache sagen – und Sein. Die Paradoxie in ihrem Verhältnis zueinander."

„Aber was soll das heißen, Sprache und Sein klaffen auseinander?", fragte Stefan.

„Mit reinem Benennen bekommst du nie das Ganze", gab Andreas zur Antwort. „Du bist wie in einer Höhle oder in deren Seitengängen, die sich wieder verzweigen und kriegst nie die ganze Höhle auf einmal in den Blick. Was du mit einem Bild ja kannst. Zum Beispiel wollte van Gogh in seinen Bildern dieses Sein beleben. Er sah die Materie als animistisch belebt an. Das war ihm mit der protestantischen Theologie nicht gelungen. Oder Mondrian, der mehr aus dem calvinistischen Bereich kam mit dieser Bilderfeindlichkeit, malte in einer anfangs fast noch realistischen Malweise vorwiegend Bäumen, die er dann immer mehr abstrahierte, bis er durch diese Abstraktion zur Senkrechten und Waagerechten gekommen ist und die Verhältnisse zueinander als Diagonale beschrieb, die er aber nie malte. Und dann benutzte er nur Schwarz und Weiß und die Grundfarben Rot, Gelb und Blau. Und damit wollte er das so genannte dynamische

Gleichgewicht schaffen. Für ihn übrigens eine religiöse Formulierung."

„In der Musik gibt es das ja auch, so ein dynamisches Gleichgewicht", meldete sich Italo zu Wort.

„Und in der Dichtung", warf Marita ein. „Zum Beispiel die Japaner mit ihren Haikus und auch die Chinesen haben das besonders gut drauf gehabt: sie beschreiben in ihren Gedichten zwei Ereignisse, die nichts miteinander zu tun haben, und schaffen durch diesen Sprachraum eine Einheit im Ganzen. Deine Phantasie wird durch gegensätzliche Ereignisse ungeheuer angeregt. Und plötzlich entstehen in deinem Kopf ganz neue Szenen."

„Das Ganze bekommt plötzlich eine Allgemeingültigkeit", fügte Andreas an. „Diese Völker haben das in ihren Kulturen anders gehandhabt als wir in der unsrigen."

„Sprache ist bei verschiedenen Kulturen eben ganz etwas anderes", gab Stefan zu bedenken. „Mit ganz anderen Möglichkeiten."

„In den siebziger Jahren fing man an, von *Zeichen* zu sprechen, Bildzeichen, Schriftzeichen und Sprachzeichen gleich zu setzen. sagte Andreas. Man wollte vergleichbare Kategorien herausarbeiten. Dafür wurden sogar eigene Lehrstühle geschaffen. Bense war damals ganz wichtig. Von dem besitze ich noch ganz viele Bücher. Da ging es um Sprachforschung, auch die Chaosforschung kam damals auf. Ganz genau erinnere ich mich nicht mehr an die Einzelheiten."

„Ist ja schon ziemlich lange her", wandte Marita ein.

„Sprache wurde mit Gasen verglichen", fiel es Andreas wieder ein. Wie verteilen sich ihre Atome im luftleeren Raum, wenn ich die plötzlich freilasse? Die haben ja eine ganz bestimmt Verteilungsfähigkeit. Und Worte..."

„... sind keine Atome", lachte Stefan.

„Bei Wittgenstein gibt's den logischen Atomismus."

„Ganz richtig", griff Andreas den Einwand von Leon auf. „Wittgenstein definiert zum Beispiel das Bild durch Bestehen und Nichtbestehen von Zeichen. Das hat auch was mit Verteilung zu tun. Die Zeichen sind auf der Bildfläche verteilt. Und dazwischen muss ja ein leerer Raum sein. Oder eine Projektionsfläche, würde ich heute sagen. Der Untergrund, die Malfläche, kam als Element hinzu. Man konnte sich auf die Flächigkeit verlassen. Und daraus entwickelte sich die moderne Kunst. Dass man sagte, wir wollen in unsren Abbildern nicht mehr lügen wie in der Renaissance."

„Aber was bedeutet Lügen in der Kunst oder im Design?", fasste Leon nach. „Und kann man überhaupt – außer im moralischen Sinn - von Wahrheit sprechen? Jedenfalls hat Nietzsche die Frage aufgeworfen, ob sich die Bezeichnungen für Dinge mit diesen decken, beziehungsweise, ob Sprache der adäquate Ausdruck von Realität sei."

„Eine interessante Frage." Italo dachte darüber nach, wo in diesen ganzen Überlegungen sich eigentlich die Musik befände. Konnte man dabei von Wahrheit oder Lüge sprechen? Wohl kaum! Mit Zeichen hatte man es allerdings ganz wie in der Malerei, im Design oder in der Schrift zu tun. Wie es die Formen-, Bild- und

Wörtersprache gab, so gab es auch eine tonale Sprache.

„Man muss sich vom Althergebrachten lösen, um neue Wege zu beschreiten, das gilt in der Kunst, im Design, in der Musik", nahm Leon seinen Gedankengang wieder auf. „Du kannst ein Musikstück ganz unterschiedlich interpretieren, und du kannst eine ganz neuartige Musik schaffen, wenn du dich auf Wagnisse einlässt."

Leon war jetzt in seinem Element.

„Der Anspruch nach Wahrheit ist in der Kunst fehl am Platze. Er bremst das Potential zur Neuerung. Warum muss eine Kaffeemaschine immer aussehen wie eine Kaffeemaschine? Verändert wird lediglich die äußere Form: mal rund, mal kantig, schmal oder breit, schlicht oder verspielt. Aber der Urtypus bleibt bestehen. Warum? Weil eine Kaffeemaschine, die nicht wie eine solche aussieht und doch funktionieren würde, nicht gekauft würde! So einfach ist die Erklärung. Und weil deshalb auch kein Produkthersteller einem kreativen Designer die Möglichkeit böte, eine völlig anders Aussehende zu produzieren. Man muss Regeln missachten dürfen, um in neue Dimensionen der Erkenntnis vorzustoßen und der Intuition freies Feld zu überlassen."

„Leon ist wirklich ein tiefsinniger Mensch", sagte Andreas voller Bewunderung. „Schade, dass er sich so selten verbal einbringt. Dabei hat er so viel zu sagen..."

„ ‚Wovon man nicht sprechen kann, darüber muss man schweigen.' Wittgenstein!", erwiderte Leon lächelnd.

„Da hörst du's, Andreas!" Marita bohrte ihrem Mann den Zeigefinger in die Rippen. „Aber *du* kannst natürlich zu allem und jedem was sagen!"

„Wo bleibt eigentlich Gesa so lange?", fragte Italo plötzlich. „Ich geh mal runter zum Strand, gucken, ob ich sie finde." Ohnehin hatte er Lust, noch ein bisschen rumzulaufen. Die ewige Diskutiererei strengte ganz schön an.

„Ich komm mit", verkündete Leon, der auch Lust auf einen Strandlauf hatte.

Leon und Italo hatten kaum die Strandpromenade erreicht, als ihnen Gesa entgegenkam.

„Da bist du ja Gesinchen", rief Italo und nahm Gesa in den Arm. „Bist ja ordentlich durchgeschwitzt! Hat es denn Spaß gemacht, das Joggen?"

„Joggen?", fragte Gesa irritiert. „Ach so, ja. Ich wollte joggen, aber dazu bin ich gar nicht gekommen..."

„...wieso denn das? Und wo warst du so lange?", wollte nun Leon wissen.

Gesa sah die beiden einen Moment abwesend an, als müsse sie sich aus einem unerfindlichen Grund erst einmal zurechtfinden.

„Mensch, was ist denn los mit dir? Hast du ein Meeresungeheuer gesehen? Du guckst ja ganz verschreckt", bemerkte Italo, der Gesa in seinen Armen zittern spürte.

"Wenn es nur das wäre", gab Gesa kläglich zur Antwort. "Es ist viel schlimmer! Cornelius ist verschwunden! Mit dem Segelboot! Das müsst ihr euch mal vorstellen, er ist schon mehr als zwei Stunden unterwegs. Und keine Spur von ihm!"

"Nun erzähl doch mal der Reihe nach", ermahnte Leon, der auch allmählich unruhig wurde, seine Schwester. "Zwei Stunden? Wo kann er denn da stecken? Na, der Wind ist ja ziemlich kräftig. Vielleicht hat es ihn abgetrieben."

"Das hat die Strandwache auch vermutet", erzählte Gesa und fuhr aufgeregt fort: "Die suchen schon nach ihm mit dem Flugzeug von der Küstenwache."

"Und ich hab mich schon gewundert, dass diese Propellermaschine immer über der Bucht kreiste", sagte Leon.

"Ich bin mit Udo ja schon die näher gelegenen Buchten abgefahren, weil die Männer vom Rettungsdienst meinten, er wäre wahrscheinlich in irgendeiner gelandet. Aber ich hatte gleich das Gefühl, dass sie das nur zu unserer Beruhigung sagen."

"Konnten die denn nicht selber rausfahren mit ihrem Schlauchboot?", fragte Italo und tätschelte Gesas Schultern. "Du musst jetzt aber ganz schnell ins Haus, du bist ja ganz verfroren, Liebes."

"Das Verrückte war, das haben sie mir erklärt, dass ihr Dienst abgelaufen war und sie nicht mehr rausfahren *durften*! Das ist doch echt Wahnsinn! Wenn sie sofort losgefahren wären, als Udo zu ihnen gekommen ist, hätten sie doch einen enormen Zeitvorsprung gehabt. Sicher hätten sie ihn dann noch eingeholt. So schnell ist ja die kleine Segeljolle auch wieder nicht!"

„Vertu dich nicht", meinte Leon. „Bei richtig vollem Wind gewinnt so ein leichtes Boot eine unglaubliche Schnelligkeit. Aber was ist denn nun? Man kann doch nicht einfach nur warten. Was der Cornelius sich aber auch immer ausdenkt..."

„...hatte wohl Ärger mit seinem *Harem* und ist einfach los, das sieht ihm wieder mal ähnlich! Ich hab vor allem auch Schiss, zu Hause davon zu erzählen. Andreas wird ausrasten. Und das macht alles noch schlimmer!"

Italo versuchte, Gesa zu beruhigen: „Wir müssen erst mal beraten, was wir jetzt tun sollen. Ob wir nicht zuerst bei Cornelius' Haus vorbeigehen? Vielleicht machen wir uns umsonst Sorgen, und er ist längst zurück."

„Schön wär's ja. Aber ich kann es mir nicht vorstellen. Dann hätte der Udo oder er selbst schon bei uns Bescheid gegeben. Der weiß doch, dass ich total in Aufregung bin."

„Da hast du auch wieder Recht, Sinchen. Also bleibt nur, zurück zu deinen Eltern. Aber was willst du denen sagen? Die werden sich doch auch wahnsinnige Sorgen machen."

„Das ist es ja eben! Ach, es ist wirklich nicht schön, dass der Cornelius uns das einbrockt. Aber vor allem bleibt ja immer noch die Frage, was mit ihm passiert ist. Das ist doch das wichtigste bei allem."

„Also, wenn du mich fragst", wandte Leon ein, „ich glaube nicht, dass ihm was passiert ist. Der Cornelius ist ein Praktikus. Selbst wenn er gekentert ist oder sonst was, der weiß sich auf jeden Fall zu helfen. Das größere Problem ist tatsächlich, wie bringen wir die Sache den Eltern schonend bei. Besonders Marita wird sich große Sorgen machen."

„Sollen wir vorher bei der Polizei anrufen?" Gesa kam plötzlich dieser einleuchtende Gedanke. „Möglicherweise weiß die bereits etwas von der Küstenwacht."

Die Idee mit dem Anruf brachte Gesa eine kurze Erleichterung.

„Hat jemand von euch eine Telefonkarte dabei?", fragte sie mit neuer Zuversicht.

„Nee, mein Portemonnaie hab ich zu Hause gelassen. Aber hat die Gendarmerie nicht eine gebührenfreie Nummer?", fragte Leon.

„Ich bin auch zu blöd! Natürlich. Also lass uns schnell zur Kabine rübergehen. Ich kann's jetzt wirklich kaum noch aushalten."

Schnell gingen die drei die wenigen Meter zur öffentlichen Telefonzelle. Die Nummer der Gendarmerie war in gut sichtbaren Ziffern auf der Informationstafel angegeben. Eine „Numéro Vert", also eine kostenlose Verbindung, gab es zur Polizei, zur Ambulanz und zur Feuerwehr.

Gesa raffte ihren ganzen Mut zusammen und wählte.

Eine freundliche männliche Stimme meldete sich am anderen Ende der Leitung.

« Bonsoir, qu'est-ce que vous voulez? »

Gesa erklärte mit zittriger Stimme und durch die Aufregung ziemlich holprigem Französisch, worum es ging und fragte, ob bei der Polizeistation eine Nachricht vorliege, dass ihr Bruder gefunden worden sei.

„Malheureusement non", erklärte der Polizeibeamte. Bisher seien noch keine positiven Nachrichten angekommen. Aber sie stünden in Kontakt mit dem Flugzeug der Küstenwache. Sie solle doch in einer halben Stunde noch einmal anrufen. Denn dann würde der Flugdienst wegen der Dunkelheit eingestellt. Und vielleicht käme ja in letzter Minute noch eine erlösende Nachricht. Er bat umgekehrt um telefonische Benachrichtigung, sollte der vermisste Bruder wieder auftauchen.

„Naturellement", versicherte Gesa.

Italo und Leon machten lange Gesichter, als Gesa mit einem Seufzer den Hörer einhängte.

„Jetzt sind wir genau so weit wie vorher!"

„Also, die halbe Stunde warten wir noch. Wir können ja noch einen Sprint machen zu Udo. Da leih ich mir von Bettina eine Jacke", war Gesas Vorschlag.

„Okay, lass uns loslaufen."

Zehn Minuten später trafen die drei auf dem Bauernhof ein. Udo saß mit den drei Frauen am Kaminfeuer.

„Habt ihr Neuigkeiten?", war Udos erste Frage.

„Leider nicht! Wir haben gerade mit der Polizeistation telefoniert. Aber dort hatten sie auch noch nichts Neues gehört."

Bettina, Tanja und Elba saßen einträchtig nebeneinander. Die gemeinsame Sorge um Cornelius hatte wohl ihre Zwietracht beendet. Alle sahen bedrückt aus.

„Udo hat uns schon alles erzählt", sagte Elba. Und zu Leon gewandt, fügte sie hinzu: „Dein Bruder macht ja wirklich Geschichten!"

„Hast du mal nachgesehen, ob Corny die Schwimmweste mitgenommen hat, Udo?", fragte Gesa.

„Bin noch nicht dazu gekommen. Wart mal. Normalerweise hat er die Westen immer in der Metallkiste, die im Hangar steht."

Aufgeregt gingen alle zusammen zum Hangar. Udo klappte den Deckel hoch.

„Eine, zwei...sind beide noch drin!"

„Also ist er ohne Sicherheitsweste losgefahren! Ich hab's ja geahnt!" rief Gesa aufgelöst.

„Wir müssen wieder zurück zum Telefonieren", mahnte Leon. „Ihr gebt uns aber sofort Bescheid, wenn Cornelius bei euch auftauchen sollte, ja?"

„Ist doch selbstverständlich", antwortete Udo ernst.

Leon, Gesa und Italo spurteten los. Gesa hatte die rote Strickjacke von Bettina an. Den Lauf an der Strandpromenade entlang konnten sie nicht genießen und auch nicht den malerischen Blick aufs Meer. Die glutrote Sonne zwischen den schwarzen Wolken am Horizont bedeutete in diesen bangen Minuten nur, dass es nun bald so dunkel wäre, dass alles Suchen nach Cornelius aufgegeben werden musste.

Noch ganz außer Atem kamen sie bei der Telefonzelle an.

Gesas Herz raste. Sie musste erst einen Moment verschnaufen, sonst brächte sie kein Wort heraus.

„Sinchen, nun beruhige dich doch, es wird schon alles gut werden", versuchte Italo Gesa zu beschwichtigen.

„Du hast gut reden, ist ja nicht dein Bruder!"

Beleidigt zog sich Italo zurück. Als ob es ihm gleichgültig wäre, ob Cornelius etwas zugestoßen war!

Inzwischen hatte Gesa wieder etwas Luft. Sie wählte die Nummer der Gendarmerie. Der freundliche Polizist erkannte sie sofort an der Stimme. Nein, es gäbe leider immer noch keine neuen Nachrichten, sagte er in begütigendem Ton. Sie solle sich aber wirklich nicht zu große Sorgen machen. Vor einigen Wochen sei ein ähnlicher Fall vorgekommen. Da wäre ein zehnjähriger Junge mit seinem Schlauchboot herausgepaddelt aufs Meer und nicht zurückgekommen. Na, das wäre ja unvergleichlich besorgniserregender gewesen. So ein Knirps ganz allein auf dem Meer! Natürlich hätte die Mutter sich gegrämt vor Angst und Kummer, das sei ja nur zu verständlich. Und was sei gewesen? Am nächsten Morgen hätten sie den Kleinen mit seinem Boot am Strand einer versteckten Bucht gefunden, gar nicht mal so weit von dem Ferienort, von dem aus er losgefahren war.

„Und dein Bruder ist doch ein erwachsener Mann!", sagte er noch. „Spätestens morgen wird er wieder bei euch sein. Ganz bestimmt!"

Gesa war ja dankbar, dass der nette Gendarm sie beruhigen wollte. Aber dass er noch erzählen musste, die Mutter des Jungen sei allerdings über Nacht weiß geworden, – er meinte damit, ihre Haare seien vor lauter Kummer innerhalb einer Nacht weiß geworden – war alles andere als zur Beruhigung angetan! Gesa musste nun erst recht an ihre Mutter denken.

Andreas und Stefan saßen noch auf der Terrasse. Die Glaskaraffe hatten sie zum x-ten Mal mit Wein gefüllt. Sie führten noch immer die Diskussion über Sprache und Zeichen, über Paradoxität und Regeln. Andreas war froh, in Stefan einen so eifrigen Gesprächspartner und guten Zuhörer zu haben. Auch Marita hatte sich inzwischen ins Haus zurückgezogen, um zu lesen.

„Meine Familie hört mir ja leider nicht zu", beklagte sich Andreas, worauf Stefan entgegnete, dass sie seine Ideen sicher bereits gut genug kennten.

„Leon hat wirklich viel zu sagen. Schade dass er sich immer im entscheidenden Moment entzieht", maulte Andreas. „Er hat sich ja auch theoretisch mit dieser Thematik befasst. Das ist richtig Klasse, was er da so schreibt."

„Der ist in der Tat ein ganz tiefsinniger Bursche", bekräftigte Stefan.

„Im Grunde geht es immer um verschiedene Wirklichkeitsebenen, auf denen man agieren kann", nahm Andreas den Gesprächsfaden wieder auf. „Und um das Aufeinandertreffen von Gegensätzen. Die moderne Kunst hat in das Paradoxe Regeln hineingenommen und dadurch Lebendigkeitsbezüge hergestellt. Man kann das sogar wissenschaftlich untersuchen. Mondrian hat das gemacht. Ich habe auch mal Untersuchungen gemacht über das Verhältnis von Punkt zur Linie. Da kann man richtige Gesetze aufstellen. Je nachdem wo sich der Punkt zur Linie befindet, entstehen ganz andere Qualitäten im Bild. Diese Bezüge kann man sogar in einer Formel ausdrücken."

„Das ist doch aber kein Gesetz. Das ist jedenfalls keine Wissenschaft", zweifelte Stefan, der von sich behauptete, wissenschaftlich zu denken und zu argumentieren, die Ausführungen von Andreas an.

„Wenn ich von bestimmten Prämissen ausgehe, komme ich zu Schlüssen, die ein individuelles Gesetz sind. Es stecken aber auch allgemeingültige Wahrnehmungsgesetze darin, je nachdem, wo sich der Punkt oder die Vertikale zur Horizontalen befindet. Die produzieren unterschiedliche Gefühlsqualitäten."

Andreas hatte einen Schreibblock genommen und erläuterte Stefan mit Skizzen, worüber er sprach. Doch Stefan konnte offenbar das Ganze nicht recht nachvollziehen und betonte noch einmal, dass das doch alles keine Gesetze im wissenschaftlichen Sinne seien.

„Da kannst du glauben, was du willst, Stefan. Aber du liegst falsch. Du kannst auf einem Bild genau lokalisieren, wo was stattfindet. Das sind Verhältnisse, und die sind messbar!"

Die Diskussion wurde allmählich hitzig.

Andreas zeichnete und zeichnete immer neue Skizzen auf den Block, um sich verständlich zu machen.

„Guck mal hier: eine Horizontale, ziemlich weit unten, und dann eine winzige Vertikale darauf. Das kann zum Beispiel eine Figur sein. Und damit stellt sich automatisch das Gefühl *Einsamkeit* ein. Ich hab Hunderte von Zeichnungen gemacht in dieser Form. Und deshalb weiß ich, wovon ich rede."

„Aber das bleibt doch immer in deiner Praxis als Künstler verhaftet. Es ist keine Theorie und erst recht kein Gesetz. Und wo liegt denn die Bedeutung von dem Ganzen? Es hat doch keinerlei Verbindlichkeit!"

„Könnte es aber haben. Man könnte es nutzbar machen, zum Beispiel als Lebensgefühl in einem Haus oder in einem Wohnraum. Sogar in der Stadtplanung, die du ja betreibst. Außerdem ist Stadtplanung ja durchaus keine reine Wissenschaft. In all diesen Bereichen, die mit Menschen zu tun haben, müsste der Künstler viel mehr gefragt sein. Er ist einfach näher am Lebendigen."

„Also, das mit dem dynamischen Gleichgewicht, das leuchtet mir irgendwie ein", lenkte Stefan ein.

„Das ist auch was ganz Tolles: ein Gleichgewicht, und gleichzeitig löst sich das Gleichgewicht wieder auf. Was ist es, das es wieder auflöst? Die Bilder von Mondrian sind alle richtig. Man kann sie nicht besser machen. Wenn das keine Wissenschaft ist, dann weiß ich nicht! Der ist zunächst von der Welt ausgegangen und hat dann dieses Gesetz gefunden, was ich vorhin erklärt habe. Oder Kandinsky, der hat dasselbe mit Formen und Farbklängen gemacht. Er gleicht die Formen mit Farben aus, so dass das lebendig und spannungsreich wird. Er hat auch Bücher darüber geschrieben, kannst du ja mal lesen. Heute könnte die Datenverarbeitung das auswerten."

„Okay", räumte Stefan ein, „das mit Mondrian und Kandinsky mag seine Schlüssigkeit in sich haben. Aber das ist doch etwas ganz anderes als mit den angewandten Künsten wie Design zum Beispiel."

„Schade, dass Leon jetzt nicht hier ist. Der würde dir sagen, dass es mit Gebrauchsgegenständen genau so ist. Wenn man sich da vom Gewohnten entfernt, kann es durchaus sein, dass ein verändertes Design eine andere Technik nach sich zieht..."

„...hallo, Leon, du kommst gerade im richtigen Moment. Wir sind wieder bei deiner Kaffeemaschine gelandet!"

Leon, Italo und Gesa kamen in diesem Augenblick die Treppe zwischen den duftenden Lavendelkissen hoch auf die Terrasse zu.

„Du siehst ja so bedrückt aus, Gesa, was ist denn los?", fragte Andreas.

Gesa sah Leon an und dieser Italo. Die drei standen da wie begossene Pudel. Keiner sagte etwas.

„Raus mit der Sprache, es ist doch was los mit euch. Habt ihr euch gezankt?"

Gesa druckste herum, bevor sie endlich herausbrachte: „Der Cornelius..."

„...was ist mit Cornelius", fragte Andreas scharf. Hat er mal wieder etwas angestellt?"

Gesa verzog den Mund. Sie war dem Weinen nahe.

Leon sprang seiner Schwester bei: „Er ist mit dem Segelboot rausgefahren."

„Wie denn, was denn? Jetzt in der Dunkelheit. Dieser verrückte Kerl! Nichts als Ärger macht er einem!"

Nun erzählte Italo, der merkte, dass die Geschwister keine Lust hatten, sich ausmeckern zu lassen für etwas, was sie nicht zu verantworten hatten: „Er muss wohl schon einige Zeit unterwegs sein. Ich denke, das muss noch kein Grund zur Aufregung sein..."

„...kein Grund zur Aufregung? Na ihr habt Nerven! Und wo steckt er? Warum ist er noch nicht zurück?"

„Die Polizei meinte jedenfalls..."

...was, die Polizei ist schon unterwegs?! Und wir haben keine Ahnung. Unterhalten uns hier in aller Ruhe, und der Filius wird von der Polizei gesucht. Das kann ja wohl nicht wahr sein!"

„Die Polizei meinte jedenfalls", begann Italo noch einmal, „dass er wahrscheinlich abgetrieben wurde und vielleicht in einer Bucht gelandet ist. Das wäre schon öfter vorgekommen."

„Das ist ja großartig!", schnaubte Andreas. „Und was noch? Sollen wir jetzt hier sitzen bleiben und warten? Ich hab's ja immer gesagt, dass dem Cornelius noch mal was passiert mit seiner Lockerheit, wie der an alles rangeht!"

„Die Fischerboote sind alarmiert worden, die sollen Ausschau halten", meldete sich Gesa wieder kleinlaut zu Wort.

„Erzähl das mal deiner Mutter, die wird vor Sorge verrückt werden."

„Die Küstenwache sucht doch auch noch mit", ergänzte Leon mit kaum hörbarer Stimme.

„Verdammt!"

Andreas explodierte vor Erregung.

„Wisst ihr, was das bedeutet? Das kostet Tausende! Ist doch klar, dass so ein Einsatz kostet. Das ist doch purer Leichtsinn von Cornelius! Meint ihr etwa, dass die uns nicht zur Kasse bitten, wenn jemand sich so leichtsinnig in Gefahr begibt...

„...aber das Wichtigste ist doch, dass er gefunden wird", versuchte Italo den wutentbrannten Andreas zu besänftigen.

Gesa war inzwischen ins Haus gegangen. Ihre Mutter hatte es sich auf dem Sofa bequem gemacht und las.

„Ach Gesa, schön dass ihr wieder da seid. Was ist denn da draußen für ein Lärm. Worüber regt sich denn Andreas so auf?"

Gesa schlang die Arme um den Hals von Marita und fing an zu weinen.

„Herzchen, was ist denn?"

„Der Corny ist verschwunden! Mit dem Segelboot!"

Abrupt richtete sich Marita hoch.

„Nun beruhige dich doch erst mal, Gesa. Ich kann ja gar nichts verstehen bei deinem Geschluchze."

Unter Tränen berichtete Gesa ihrer Mutter die ganze Geschichte von Cornelius' Segeltour. Dass Udo ihn vermisst habe. Dass sie bei der Strandwache gewesen seien, die aber nichts mehr habe tun können und die Küstenwache mit dem Flugzeug nach Cornelius gesucht hätte. Aber bisher sei er noch nicht gefunden worden.

Gesa war völlig fertig. Jetzt wo sie alles erzählte und sie zum Nichtstun verdammt war, brach die Sorge um den Bruder mit Macht über sie herein.

„Und Andreas hat nichts Besseres zu tun als loszuschreien. Als wenn das etwas bessern würde!", sagte Marita aufgebracht.

„Ich glaube, da hilft nur noch beten, Gesa."

Gesa war froh, dass die Mutter die schlimmen Nachrichten – zumindest äußerlich – so gefasst aufnahm. Es stimmte ja, man konnte sich jetzt wirklich nur mit Geduld und Hoffnung wappnen.

Von der Terrasse hörte man immer noch lautes Stimmengewirr.

Gesa hörte, wie Stefan etwas von einem Handy sagte.

„Mensch, dass wir da nicht dran gedacht haben! Stefan hat ja sein Handy mit. Da können wir doch von Zeit zu Zeit bei der Polizei anrufen von hier aus und denen auch die Nummer durchgeben. Dann müssen sie auch nicht bei Madame Le Droff anrufen."

Dreizehn

Inzwischen war es stockdunkel geworden. Der erneute Anruf bei der Gendarmerie hatte keine Neuigkeiten ergeben. Immerhin hatten sie dort jetzt ihre Telefonnummer, unter der die Polizei versprochen hatte anzurufen. Die Stimmung war auf dem Nullpunkt. Andreas und Stefan saßen schweigend beisammen. Italo war mit Gesa auf ihrem Zimmer. Marita saß im Zimmer mit dem herrlichen Ausblick aufs Meer. Das Mondlicht erleuchtete den Strand und den Meeressaum. Sonst nur Schwärze.

„Mein Gott, der Cornelius ganz allein und verloren auf diesem rabenschwarzen Gewässer", dachte Marita. Nur die Schaumkronen blinkten wie Leuchtbojen in der Nacht.

Auch Leon hatte sich ins Haus verzogen und erzählte Kiki leise, was vorgefallen war.

So saßen sie alle wartend, bangend. Und bei Cornelius im Haus sah es nicht anders aus.

Ab und zu sagte einer zum anderen etwas Beruhigendes wie: „Er wird sicher gleich kommen." Aber die Zeit verging, ohne dass etwas geschah.

Andreas hatte seiner Erregung Luft gemacht und hing nun schweigend seinen Gedanken nach. Das Streichholz flammte immer öfter auf, mit dem er nervös die Pfeife entzündete. Kaum hatte er ein paar Züge geraucht, legte er sie wieder beiseite, schaute auf das Meer und dachte voller Sorge an Cornelius. Etwas würgte ihn im Hals. Es fehlte nicht viel, und er hätte angefangen loszuheulen. Aber in Stefans Beisein nahm er sich zusammen. Ihm ging in diesen bangen Minuten, die sich mit der Ungewissheit des Wartens auf eine erlösende Nachricht unsäglich in die Länge zogen, auf, wie sehr er seinen Ältesten liebte. Was für ein prächtiger Kerl er im Grunde war, was er alles konnte, was er schon zuwege gebracht hatte mit dem Ausbau seines Hauses. Wie er eigentlich so ganz in seine Fußstapfen getreten war. Nur dass er sich nicht alles so schwer hatte erkämpfen müssen wie er selbst. Nicht dass er ihm diesen Vorsprung neidete! Aber Cornelius hatte immer alles auf die leichte Schulter nehmen können. Ihm war einfach vieles in den Schoß gefallen.

Deshalb konnte er auch Stefan so gut verstehen, dem es ähnlich ging wie ihm früher in seinem Elternhaus. Für jedes schöne Glas, für die Auswahl von vernünftigen Gebrauchsgegenständen oder Möbeln hatte er kämpfen müssen und war letztlich doch gescheitert. Denn sein Vater hatte ihm nur erwidert, er könne das ja alles später selbst verwirklichen, er selbst lasse sich von seinem Sohn keine Vorschriften machen. Außerdem sei er nicht so betucht, dass er die Ansprüche des Herrn Sohn erfüllen könne. Dabei hatte er völlig verkannt, dass eine gute Form nicht unbedingt teuer sein muss, dass es auf lange Sicht billiger sei, eine Antiquität zu erstehen als ein zwar solides, aber in der Form scheußliches Stück zu kaufen, dass seinen Wert schon zur Hälfte eingebüßt hatte, sobald es den Laden verließ. Sein großes Glück war gewesen, dass er Marita gefunden hatte, mit der er dann tatsächlich die meisten seiner Träume hatte wahr machen können. Und sie hatten es doch auch vor allem für ihre Kinder getan, hatten geschuftet, bis alles ihren Vorstellungen von Ästhetik und Harmonie entsprach. Hatten ihren Kindern eine gute Ausbildung ermöglicht und würden ihnen am Ende mit ihrem Hof ein kleines Stück Paradies hinterlassen können. Und nun dies...

Andreas wagte nicht weiterzudenken.

Da stand Marita plötzlich hinter ihm und legte ihm die Hand auf die Schulter.

Sie sah ihn traurig an.

Du lieber Himmel. Marita. An sie hatte er gar nicht gedacht in der Zwischenzeit. Dabei musste sie sich doch mindestens genauso große Sorgen um Cornelius machen wie er!

„Was glaubst du, was mit ihm passiert ist?", fragte er beinahe hilflos.

Marita rührte der gequälte Ton seiner Frage. Sie hatte vorhin seine aufbrausenden Worte gehört, ohne sie im Einzelnen verstehen zu können und hatte erst mal eine Weile für sich sein müssen. Aber sie wusste auch, dass sein Zorn schnell verrauchte.

Früher hatte Marita die Kinder immer vor Andreas' Wutausbrüchen, seinen Beschuldigungen und Beschimpfungen in Schutz genommen, wenn etwas nicht nach seinen Vorstellungen oder Ansprüchen stattfand oder gelang, sei es eine Arbeit in der Schule, seien es Freundschaften oder Kleiderfragen. Marita fand solche Fragen viel zu unbedeutend, als dass sie es für gerechtfertigt hielt, ihnen deswegen Vorhaltungen zu machen. Andreas hatte sie dann des Paktierens mit den Kindern bezichtigt. Und er war der Ansicht, dass sie dadurch seine *Autorität untergrabe.* Aber es war ja nicht so, dass sie einem „Laisser-faire" das Wort redete. Sie war sich mit Andreas einig gewesen, dass Kinder Grenzen und Regeln brauchten. Nur die Art und Weise, wie Andreas diese durchzusetzen suchte, fand sie oft nicht richtig. Doch glaubte sie daran, dass die Kinder, als sie schon keine Kinder mehr waren, genügend Eigenverantwortung aufbringen sollten und auch könnten. Und lautstarkes Schimpfen fand sie eine wenig geeignete Erziehungsmethode.

Dass Andreas auf die Nachricht von Cornelius' Verschwundensein zuerst mit Ärger reagiert hatte, konnte sie sogar nachvollziehen. Aber es half ja nicht! Niemandem war damit gedient. Nun sah sie seine Verzweiflung, und er tat ihr leid.

„Marita, komm setz dich", sagte Andreas mit flehentlicher Stimme.

Stefan stand auf und entfernte sich diskret. Es war wohl besser, die beiden jetzt allein zu lassen.

Da saßen Marita und Andreas auf der Bank vor dem Haus, eng aneinander gelehnt wie zwei verschreckte Vögelchen auf einer Stange, und hielten sich an den Händen.

Immer wieder starrten sie auf das Meer, als könnten sie von dort eine Antwort auf ihre Fragen bekommen. Das wundervolle Meer, das sie beide so liebten, war in dieser Situation und in seiner Schwärze nur reine Bedrohung.

Plötzlich fing Andreas an zu schluchzen, und Marita nahm ihn in den Arm wie ein Kind, das es zu trösten galt. Nun musste *sie* die Fassung behalten.

Es gab doch hier in der Bretagne so viele Heilige für alles mögliche Leid, dachte sie. Wer mochte zuständig sein für Schiffbrüchige? Oder für Menschen, die in Seenot geraten waren? Wer auch immer es sein mochte, Marita wandte sich im Geiste an ihn und bat um Hilfe für ihren Sohn.

„Dieses Nichts-Tun-Können ist schrecklich", stöhnte Andreas. „Es macht mich noch verrückt!"

„Ja, das ist wahr. Aber wir können jetzt einfach nur hoffen und beten."

Es war inzwischen kurz vor Mitternacht. Eine unglaublich lange Zeit, seit Cornelius unterwegs war! Die Phantasie reichte einfach nicht aus, sich auszumalen, was mit ihm passiert sein konnte. Und doch schoben sich ungewollt Schreckensvisionen in die sorgenvollen Gedanken.

Im Haus war noch in allen Zimmern Licht. Keiner fand Ruhe. An Schlafen war nicht zu denken. Jeder hoffte, Cornelius stünde plötzlich wieder vor ihnen. Aber mit den verrinnenden Minuten starb jeweils ein Stückchen Hoffnung.

Marita wollte Andreas gerade den Vorschlag machen, sich schlafen zu legen – es würde schließlich nichts nützen, wenn sie die ganze Nacht hier draußen sitzen bleiben und warten würden – als sie ein Auto hörte, das anscheinend direkt vor ihrer Gartenpforte anhielt. Jetzt klappte eine Tür. Und da stand auch schon Cornelius vor ihnen! Nur mit der Badehose bekleidet, das nasse T-Shirt in der Hand.

„Cornelius!", riefen Andreas und Marita wie aus einem Munde.

Cornelius lächelte verlegen: „Ihr habt euch sicher Sorgen gemacht!"

„Das kannst du wohl annehmen", sagte Andreas, der aufgestanden war und seinen Sohn in die Arme schloss.

„Was machst du nur für Geschichten! Wir alle sind fast verrückt geworden vor Kummer!"

„Das war ja die ganze Zeit über meine größte Sorge, dass ihr nicht wissen konntet, dass ich gar nicht in Gefahr, sondern schon lange in Sicherheit war..."

„Erzähl doch mal, was passiert ist", redeten nun auch die anderen, die zu ihnen geeilt waren, als sie Cornelius' Stimme gehört hatten.

„Nun lass ihn erst mal was Warmes anziehen", meinte Marita besorgt und zog Cornelius liebevoll an sich. „Du bist ja ganz durchgefroren. Hol dir einen dicken Pullover von Andreas und eine lange Hose."

„Und ich hole den Calvados", rief Andreas, „der wärmt zusätzlich. Und wir haben doch was zu feiern!"

Von Aufregung und Ärger keine Spur mehr. Nur helle Freude und eine Riesenerleichterung!

„Wir müssen der Polizei Bescheid geben, dass Cornelius wieder da ist." Gesa hatte zuerst daran gedacht, dass man bei der Gendarmerie anrufen müsste.

„Mach du das, Gesa", schlug Italo vor. „Du hast ja schon mit denen gesprochen."

Aber nun waren alle neugierig zu erfahren, was Cornelius erlebt hatte und wie er zurückgekommen war.

„Was war das denn für ein Auto, mit dem du gekommen bist?", fragte Leon.

„Ein Taxi."

„Nun erst mal Prost und „Santé" auf unseren wiedergekehrten verlorenen Sohn!"

Andreas quetschte Cornelius' Rippen vor lauter Wiedersehensfreude, so dass der laut „Aua!" rief.

„Sollen wir nicht schnell den anderen Bescheid sagen? Oder warst du schon bei deinem Haus, Corny?"

Kiki machte den Vorschlag, rüberzufahren und die vier zu holen.

„Die sind doch auch mächtig in Sorge!"

„Toll, wenn du das machst, Kiki!", antwortete Cornelius.

„Nun sag doch mal, wie das war mit dem Taxi. Warum ist der Taximann denn nicht reingekommen? Du hattest doch gar kein Geld zu bezahlen mit! Wo hast du denn so lange gesteckt? Und wo ist das Boot? Ist es kaputt? Bist du gekentert?"

Die Fragen flogen durcheinander wie eine Schar aufgeschreckter Hühner.

„Das wird er uns sicher gleich der Reihe nach erzählen", sagte Marita. Sie strahlte übers ganze Gesicht vor Glück: „Die Hauptsache ist, dass er wieder hier ist und offensichtlich ganz unverletzt!"

Vom Gartentor hörte man Stimmen, und kurz darauf kam Kiki mit Udo, gefolgt von den drei Frauen, alle wild gestikulierend bis auf Bettina, der Cornelius entgegeneilte und sie stürmisch küsste.

"Betty, du Ärmste! Hast hoffentlich nicht geglaubt, deinem Corny ist was zugestoßen!"

Er schob die Widerstrebende zur Terrasse und setzte sich dicht neben sie.

„Du weißt doch, Unkraut vergeht nicht!", rief er ihr lachend zu.

„Hey, Kumpel, so leicht kommst du uns nicht davon."

Udo versetzte Cornelius eine Kopfnuss. „Haben allerhand Schererein wegen dir gehabt! Und da sitzt so einer gemütlich, als wenn nichts gewesen wär, beim Calvados! Na, prost! Ich glaub, ich mach auch mal so einen Ausflug und lass mich dann noch feiern..."

Tanja guckte etwas betreten, so als fühle sie sich an der ganzen Sache ein bisschen mitschuldig. Aber niemand beachtete sie besonders.

„Also, wollt ihr nun die Geschichte hören oder nicht?"

Cornelius wollte endlich loslegen mit Erzählen. Er wusste natürlich, dass er für einigen Wirbel und noch mehr Unruhe gesorgt hatte.

„Klar, los, wir sind doch alle scharf darauf zu erfahren, was du die ganze Zeit getrieben hast!", war Stefans Kommentar.

„Na ja", begann Cornelius, „ich bekam mit dem Boot so schnell Fahrt, dass ich das Ende der Bucht im Nu näherkommen sah und mir dachte, da wolltest du doch schon immer mal hin! Und es dauerte auch gar nicht lange, und ich war wohl schon auf der Höhe dieser Totenbucht, so kurz vor der Pointe du Raz."

„Bist du wahnsinnig, da beginnt doch der offene Ozean!", rief Leon entsetzt.

„Das habe ich dann allerdings auch gemerkt! Die Wellen wurden mit einemmal richtig riesig. Ich hatte alle Mühe, das Boot zu manövrieren. Im Grunde hatte ich ja mein Ziel erreicht. Es war schon aufregend und faszinierend, wie die Brandung gegen die Felsklippen toste. Von unten sieht das noch viel mächtiger aus als von oben. Das kann ich euch sagen! Mit wurde ziemlich schnell klar, dass ich jetzt umkehren musste. Ich versuchte eine Halse. Und dabei riss mir der Sturm den Baum so mächtig herum, dass das Segel sich losriss."

„Mein Gott, das ist ja furchtbar", stöhnte Marita, sichtlich aufgewühlt von Cornelius' Erzählung.

„Das war der einzige Moment, wo ich auch einen ordentlichen Schrecken bekam, fuhr Cornelius fort. Die Öse für das Seil am Schothorn des Segels war durch die Wucht ausgerissen. Das war tatsächlich nicht ganz leicht, das wieder hinzukriegen bei der Schaukelei."

„Und, wie hast du es geschafft?", wollte Leon wissen.

„Ich hab das ausgefranste Ende vom Segel mit der dünnen Leine vom Baumniederhalter zusammengeknotet und am Baum befestigt. Zweimal ist die ganze Schose wieder losgerissen, und der Baum schlug fürchterlich hin und her. Ich musste meinen Kopf unheimlich schnell einziehen, sonst hätte ich eins vor die Birne geknallt bekommen! Beim dritten Versuch habe ich so viele Seemannsknoten um den Segeltuchstoff gemacht, dass es endlich hielt. Der Wind war immer noch sehr heftig. Und die Wellen waren ganz schön furchterregend. Aber das Boot bewegte sich wieder vorwärts. Gott sei Dank! Bloß an Zurücksegeln war mit dem kaputten Segel nicht zu denken. Ich konnte es nur ganz leicht am Wind führen. Und da hätte ich eine Ewigkeit gebraucht mit Kreuzen...Also blieb nur ein Ausweg: die nächstmögliche Stelle anzusteuern, wo ich anlegen konnte."

Cornelius musste erst mal eine Pause beim Erzählen einlegen. Er nahm einen kräftigen Schluck Calvados, bevor er fortfuhr.

„Ich fand ziemlich schnell eine kleine Bucht zwischen zackigen Felsen. Das Boot ist ja zum Glück sehr flach, sonst hätte es leicht den Rumpf aufreißen können. Aber alles ging gut. Ich zog die Jolle weit genug hoch und band sie noch sicherheitshalber an einer Felsnase fest, falls die Flut den Wasserspiegel noch steigen ließ. Und dann kam schon das nächste Problem: wie an den steilen Felswänden hochkommen?"

„Du kannst doch Freeclimbing", wandte Udo ein.

„Ja schon. Aber das sagt sich so leicht. Immerhin hast du dabei Schuhe an. Und die Felsen waren tierisch scharfkantig!"

„Irgendwie muss er es ja geschafft haben, sonst wäre er jetzt nicht hier", war Elbas Kommentar.

„Richtig. Aber das alles hat gedauert. Oben angelangt, sah ich, dass ich in einer total abgelegenen Ecke gelandet war. Kein Haus, keine Straße, nichts! Und jetzt erst fing ich richtig an zu frieren."

„Das Boot findest du doch garantiert nicht wieder, wenn das so eine einsame und unwegsame Gegend war", meinte Italo.

Die ganze Corona saß um Cornelius geschart und lauschte gebannt dem heimgekehrten „Odysseus".

„Das wird tatsächlich nicht einfach sein", ging Cornelius auf Italos Anmerkung ein. „Allerdings habe ich mir oberhalb der Bucht mit dem Boot eine ziemlich auffällige Markierung gemacht. Ich hab einen ganzen Haufen Steine übereinander getürmt..."

„...ein richtiger Druidensohn bist du, Cornelius", sagte Stefan lachend.

„Man kann ihn schon von weitem erkennen. Wisst ihr, worüber ich dort oben besonders froh war? Dass der Küstenabschnitt mit Gras bewachsen war! Und nicht mit Stechginster..."

„Sonst hättest du doch noch den Fakir spielen können", ulkte Udo.

„Haha, selber Fakir!"

Die Flasche Calvados war geleert. Andreas füllte die Gläser mit Rotwein.

„Ich bin dann immer an der Steilküste entlanggegangen, in der Hoffnung, mal auf ein Dorf zu stoßen. Doch das hat gedauert! Wie lange ich da gewandert bin, kann ich gar nicht mehr sagen. Jedenfalls wurde es allmählich dämmrig. Und dann sah ich ein Flugzeug über der Bucht kreisen und dachte: Die werden dich doch wohl nicht suchen..."

„...haben sie aber", rief Gesa aufgeregt. „Wir haben alle informiert, die Polizei, die Küstenwache. Auch die Fischerboote haben nach dir Ausschau gehalten."

„Ach du liebe Zeit! Und dabei war ich ja längst in Sicherheit. Aber das konnte natürlich keiner wissen."

„Du hast mit deiner Eskapade einen ganzen Apparat in Bewegung gesetzt", erklärte Andreas. „Ich bin gespannt, was das noch für Nachwirkungen hat. Aber erzähl erst mal zu Ende."

„Um es kurz zu machen. Irgendwann kam ich in ein Nest mit ein paar Häusern und einer kleinen Bar. Da bin ich erst mal rein zum Aufwärmen. Die Bedienung war sehr freundlich – übrigens eine auffallend hübsche Bretonin – die machte mir gleich einen heißen Tee, weil sie mir wohl ansah, dass ich fror. Dann hab ich ihr mit meinen paar Brocken Französisch, so gut es ging, erklärt, was passiert war und dass ich keinen Pfennig Geld dabei habe. Als ich sagte, von wo ich käme, schnalzte sie laut und gab ihrer Verwunderung mit einem „Oh làlà" Ausdruck. Sie sagte etwas von fünfzig Kilometer Entfernung, was ich gar nicht glauben konnte. Der Seeweg war bestimmt nicht so lang gewesen. Aber man kann die Entfernungen auf dem Meer schlecht schätzen. Jedenfalls kam sie auf die Idee mit dem Taxi. Einfach genial! Ich hätte ja unmöglich noch fünfzig Kilometer laufen können."

„Bleibt immer noch die Frage mit der Bezahlung", warf Andreas ein.

„Eigentlich hatte ich überhaupt nicht gedacht, dass das ein Problem sein könnte. Ich wollte mich einfach zu euch fahren lassen, und dann hätte der Taxifahrer sein

Geld bekommen. Aber das war ein ganz sturer Hund und misstrauisch obendrein. Wollte mich einfach nicht mitnehmen."

„Und wie hast du es doch geschafft?", fragte Stefan.

„Ihr werdet es nicht glauben. Nadine, die nette Kellnerin, hat wahrhaftig den Preis im Voraus bezahlt!"

„Typisch Corny, hat das schöne Mädchen mit seinem Augenaufschlag becirct. Oder war da vielleicht noch mehr..."

Udo wieherte und schlug Cornelius auf die Schulter.

Bettina sah verächtlich auf Tanja, als hätte die mit der Sache etwas zu tun.

„Das war wirklich unglaublich nett von der jungen Frau", bemerkte Marita versöhnlich.

„Fand ich auch. Gleich morgen bring ich ihr das Geld zurück. Und dann können wir auch das Boot holen..."

„„...wenn wir es finden!"

Udo grinste über beide Ohren.

„Mal den Teufel nicht an die Wand, natürlich finden wir es, alter Spielverderber."

„Jedenfalls ist dein Abenteuer ja noch halbwegs glimpflich abgelaufen", bemerkte Andreas.

„Ja, Gott sei Dank", fügte Marita hinzu.

Beiden war die Erleichterung über den glücklichen Ausgang von Cornelius' Eskapade deutlich anzumerken. Und auch die anderen waren froh, dass alles ein gutes Ende genommen hatte.

Vierzehn

Die Wolken, die sich am Abend zusammengebraut hatten, bildeten am nächsten Tag eine dichte graue Schicht am Himmel. Die Wolkengebilde waren in permanenter Bewegung, klumpten sich zu grauschwarzen Ungetümen, ließen hier ein winziges Stück Blau hervorlugen und dort weiß gefiederte Ränder sekundenlang die Sonne auf der Meeresfläche silbrig glänzende Flecken hervorrufen.

Cornelius war mit Leon und Udo mit seinem Bus losgefahren, das Boot zu holen. Kiki und Bettina waren zum Einkaufen unterwegs. Tanja und Elba machten sich auf dem Hof zu schaffen. Es gab immer noch massenhaft Steine aus der Rasenfläche zu harken.

Andreas hatte verkündet, dass er endlich einmal zu dem Steinplatz, von dem ihm Kurt erzählt hatte, fahren wolle, um nach einer Giebeleinfassung zu suchen. Schon längst juckte es ihm wieder in den Fingern, etwas Neues anzufangen. Mit dem Verputzen des Kamins in Cornelius' Haus war er so gut wie fertig, und die Wände würde er auch noch innerhalb der Ferien schaffen. Danach wollte er sich wieder dem eigenen Haus zuwenden. Er dachte dabei an den Dachausbau. Alles was mit alten Steinen zu tun hatte, reizte ihn. Und so hatte er überlegt, die Dachgauben Fenster mit alten Granitsteinfassungen, wie man sie an vornehmen Stadthäusern sehen konnte, zu umgeben. Kurt hatte sich für sein Haus alte Granitplatten aus Abbruchhäusern für seine Terrasse und für eine Treppe von diesem Unternehmen kommen lassen. Und er hatte erzählt, dass man dort eine unglaubliche Auswahl an allen möglichen Steinen, seien es Türeinfassungen, Kamine, Pfeiler oder Figuren hätte.

„Habt ihr Lust auf einen Ausflug", fragte Andreas, „wir können außer den alten Steinen noch ein paar Sehenswürdigkeiten besuchen."

Marita holte schnell die Karte und suchte darauf den Ort Landivisiau, wo sich der Steinplatz befand.

„Das ist eine ziemliche Strecke, meinte sie, da sollten wir uns tatsächlich noch einiges ansehen, zum Beispiel Sizun, das liegt auf dem Weg dorthin und das Schloss Kerjean und das megalithische Großgrab von Barnenez, wenn wir schon mal in der nördlichen Region des Finistère sind."

Stefan zeigte sofort großes Interesse, besonders an dem Grab. Schon immer hatte er einmal eine prähistorische Grabstätte in der Bretagne kennen lernen wollen. Auch Gesa und Italo hatten nichts gegen einen Ausflug einzuwenden.

Von der Küstenregion fuhren sie durch die typisch bretonische Heckenlandschaft, durchquerten stille Dorfweiler und einen richtigen Wald, der in der Bretagne eine Seltenheit darstellt, bevor in der hügeligen Berglandschaft der „Monts d'Arrée" sich die Wolken zu Nebel verdichteten und die bewaldeten Bergzüge sowie die teilweise moorigen, mit Farnen bewachsenen Gebiete ein verzaubertes Aussehen bekamen.

In Sizun gab es eine Besonderheit zu bestaunen: ein dreitoriger Triumphbogen, der an römische Vorbilder erinnerte. Über dem majestätischen Triumphtor, dessen drei Bögen mit korinthischen Halbsäulen verziert waren, befand sich eine Balustrade und auf dieser einer der typischen Calvaires. Der Turm der nebenan gelegenen Kirche erinnerte in seiner Kompaktheit stark an normannische Kirchen. Auch das Beinhaus zwischen Triumphbogen und Kirchturm wies eine beachtliche Ausgestaltung auf: die Fassade war im Erdgeschoss durch Rundbogenfenster mit Granitsteineinfassungen und farbigen Glasfenstern sowie einem eindrucksvollen Portal gegliedert. Darüber standen die zwölf Apostel zwischen kannelierten Pfeilern. Das ganze Ensemble des Pfarrbezirks stammte aus der Renaissance. Wieder ein Beispiel hoher bretonischer Baukunst.

Andreas drängte auf Weiterfahrt. Er fieberte den alten Steinen entgegen.

„Die Steinmetzkunst bewundere ich mehr als alle anderen Künste", sagte er, während sie auf Landivisiau zufuhren.

„Hast du auch schon mal in Stein gebildhauert", fragte Stefan.

„Ein paar kleine Arbeiten, aus einem relativ weichen Gestein wie Sandstein, habe ich mal gemacht: einen Kopf und einen Löwenkopf als Wasserspeier. Daher weiß ich, was es für eine wahnsinnige Arbeit und Anstrengung kostet. Aber auch, was für ein tolles Gefühl es ist, aus dem Stein eine Gestalt zu hauen. Ganz anders noch als aus Holz! Leider sind meine Handgelenke zu schwach für die Steinbildhauerei. Eigentlich bin ich ja der geborene Bildhauer. Wenn ich einen Stein sehe, sehe ich sofort die Gestalt darin, die man daraus machen kann. Im Mittelalter wäre ich

– bei kräftigeren Handgelenken - sicher Steinmetz an einer Kathedrale geworden..."

„Guck doch mal da drüben", rief Marita. „Ich glaube, das ist der Platz, von dem Kurt erzählt hat."

Tatsächlich sahen sie jetzt etwas unterhalb der Straße, auf der sie gerade entlang fuhren, ein riesiges Gelände, über und über angefüllt mit Tausenden von Steinen.

„Bloß wie kommen wir dahin? Diese Straße führt aus dem Ort heraus."

Nach mehrmaligem Hin- und Herfahren fanden sie die schwer auffindbare Zufahrtstraße, die auf einen Parkplatz vor dem eingezäunten Gelände führte. Zwei steinerne Rundpfeiler mit Löwen auf den flachen Kapitellen bildeten das imposante Eingangsportal.

„Mensch, das ist ja echt der Hammer!" Italo zeigte sich beeindruckt von der Riesenfläche mit alten Steinen und zog Gesa mit sich, um mit ihr ein bisschen ungestört umherzuschlendern.

Unübersehbar wirkte das Gelände, das sich vor Andreas' Augen zu einem wahren Eldorado ausbreitete. Ein schnurgerader Schotterweg führte, soweit das Auge blicken konnte – und das war mindestens ein Kilometer – zum nicht erkennbaren Ende des Platzes. Schwere Bagger fuhren zwischen einzelnen Feldern entlang, griffen mit ihren Greifarmen Steinquader und luden sie an anderer Stelle wieder ab.

„Das wäre was für unseren Cornelius!", rief Marita. „Die Bagger würden ihn begeistern, aber auch die vielen Steine. Ist ja ein richtiges Steinmeer!"

„Na, Steine hat er vorläufig noch selbst genug", meinte Andreas lachend. „Aber wenn wir finden, was ich suche, müssten wir ihn sowieso um Hilfe bitten. Ohne seinen Bus könnten wir das gar nicht transportieren. Aber lass uns erst mal in Ruhe umschauen. Mir scheint, dass da ein System drin ist. Guck mal, auf jedem Feld sind Steine von ähnlicher Größe und Form."

Tatsächlich waren die ungefähr hundert mal hundert Meter großen Felder, die wiederum durch schmalere Wege voneinander getrennt waren, mit Tausenden von Steinen der gleichen Größenordnung bedeckt: Kuben, Quader, pyramidenförmige und rund behauene Steine zum Bau von Säulen. Aber so weit sie auch vordrangen, nirgends konnte Andreas schöner gestaltete Steine entdecken, wie sie beispielsweise Cornelius' Haustür aufwies.

„Ich glaube, wir müssen mal jemanden fragen", sagte er schon leicht ungeduldig zu Marita, obwohl er von der Fülle des Materials, das sie hier zusammengetragen hatten, immer noch überwältigt war.

„Wenn die so viel haben, finden wir bestimmt auch eine Giebeleinfassung."

Also kehrten sie zum Ausgangspunkt zurück und entdeckten da erst, dass auf der anderen Seite der Straße seitlich einer großen Werkstatthalle, aus der es dröhnte und hämmerte, noch einen Platz mit Steinen gab.

Andreas' Augen begannen zu strahlen. Er hatte entdeckt, dass dort genau das ausgebreitet lag, was er zu finden gehofft hatte. Hier lagen nicht einzelne Steine, sondern waren ganze Türeinfassungen, Giebel, Brunnen, Kamine, Säulen zusammengefügt, so dass man sich ein richtiges Bild von ihnen machen konnte.

„Phantastisch!", rief Andreas aus, während er von einer Türeinfassung zur nächsten, dann zu den verschiedenen Kaminen, zu einem steinernen Löwen, zuletzt zu einem Giebel mit Chimären als Wasserspeier wanderte.

„Reinste Gotik!", bemerkte Andreas respektvoll.

Marita ahnte bereits, dass bei ihm wieder einmal der Jagdinstinkt ausgebrochen war und es wahrscheinlich nicht bloß bei der Anschaffung eines Giebels bleiben würde.

Jetzt gesellte sich Stefan zu ihnen, der auf eigene Faust über den großen Steinplatz gewandert war.

„Schau mal, Andreas, diese Tür sieht doch genau aus wie die bei Cornelius."

Die Granitblöcke waren im Wechsel einmal breit, einmal schmal, bis zum Schlussstein als Türsturz, der als gotischer Flachbogen herausgemeißelt war.

„Die haben früher was verstanden von lebendigen Formen", sagte Andreas zu Stefan. Und sieh mal da drüben: die Türeinfassung ist noch älter, echte Romanik! Kaum zu fassen, was die hier alles haben. Da geht einem ja das Herz über!"

„Pass auf, dass es dir nicht herauskullert vor lauter Begeisterung", versuchte Marita Andreas' Jubel zu dämpfen. Sie wähnte ihren Göttergatten schon im Kauf- und dann Baurausch. Irgendwo fände er sicher eine Ecke, um etwas von den hier ausgebreiteten Schätzen einzubauen.

„Wollten wir nicht nur nach einer Giebeleinfassung suchen", versuchte sie ihn deshalb wieder auf den Boden der Realität zurück zu manövrieren.

„Ja schon. Aber ich konnte ja nicht ahnen, was es hier für wunderbare Dinge gibt..."

„Von den Steinen könntest du doch ein Triumphtor bauen, wie wir es vorhin in Sizun gesehen haben", sagte Stefan mit leisem Spott.

„Mach du dich nur lustig. Wer keine Träume hat, bleibt ewig auf einer Zwei-Zimmer-Wohnung hocken!"

Andreas hielt sich schon verdächtig lange bei den Türeinfassungen auf. Und nun kam auch noch ein Mann aus der Halle auf sie zu. Höchste Zeit, Andreas an ihr ursprüngliches Anliegen zu erinnern. Vor allem galt es, überhaupt einmal etwas über Preise in Erfahrung zu bringen.

Deshalb wandte sich Marita an den Mann im blauen Overall und führte ihn zu den Giebeln, von denen es keine sehr große Auswahl gab. Der mit den Wasserspeiern kam auf keinen Fall in Frage. Er war einfach zu aufwendig, zu verspielt und passte überhaupt nicht zu ihrem klassisch schlichten Ferienhaus. Blieben noch zwei weitere zur Auswahl. Ein ganz unprätentiöser aus geraden schmalen Granitquadern, verziert lediglich durch eine feine eingemeißelte Linie und gebrochene Kanten. Der andere war ähnlich schlicht, nur krönte eine Lilie den Abschluss-Stein. Marita fand den ersteren geeigneter und hoffte, dass Andreas auch ihrer Meinung war, denn der zweite war wahrscheinlich der deutlich teurere.

Inzwischen hatte sich auch Andreas zu ihnen begeben. Sehnsuchtsvoll schaute er auf den gotischen Giebel mit den Wasserspeiern und sagte zu Marita: Schade dass wir kein Schloss haben, da würde so ein Giebel herrlich aussehen...

„Was meinst du, welcher von den beiden passt besser zu unserem Ferienhaus, Andreas?"

„Ganz klar der", antwortete Stefan, der gar nicht gefragt worden war, und wies auf den ohne die Lilie. Das war typisch Stefan! Er war manchmal etwas forsch in seinen Reaktionen, mischte sich wortreich und redegewandt in Gespräche, die zwischen anderen abliefen und riss manchmal sogar die Gesprächsführung an sich. Bekannte und Freunde von Andreas und Marita reklamierte er schnell zu seinen eigenen und verstand es, sich durch geschickte Bemerkungen in den Vordergrund zu drängen und interessant zu machen.

Andreas war noch ein wenig unschlüssig. Marita merkte, dass er auch mit dem aufwendigeren der beiden Giebel liebäugelte. Vielleicht hatte er im Stillen dafür schon eine andere Verwendung im Sinn. Da konnte sie bei ihm nie ganz sicher sein. Sie kannte seine Schwäche für alte Baumaterialien.

„Für das Ferienhaus ist der schlichte passender", sagte er jetzt, wobei die Betonung des Satzes eindeutig auf dem Wort Ferienhaus lag.

Nun, das war ja der eigentliche Grund ihres Herkommens gewesen, dachte Marita. Auch der Preis war akzeptabel, stellte sie mit Erleichterung fest.

„Der Platz hier ist eine echte Fundgrube", rief Andreas gut gelaunt. „Wenn wir mal was brauchen, auch für uns zu Hause, können wir hier bestimmt fündig werden. Ich hab da schon so eine Idee..."

Marita hatte sich also nicht getäuscht in ihrer Ahnung, wollte aber Andreas' vorauseilende Überlegungen im Moment nicht weiter vertieft wissen und erinnerte an die geplanten weiteren Ausflugsziele.

„Wir müssen sowieso mit Cornelius noch mal herkommen. Lass uns jetzt doch weiterfahren, Andreas. Wo sind überhaupt Gesa und Italo?"

„Die spielen vielleicht Verstecken zwischen den Steinen", erwiderte Stefan mit ironischem Unterton. „Ich lauf mal rüber und suche nach ihnen."

„Tu das, Stefan", sagte Marita. Und zu Andreas gewandt: „Der Giebel würde sich wirklich hübsch ausnehmen im Dachgeschoss. Mit der Bemerkung hoffte sie Andreas endgültig loszueisen von den verführerischen Steingebilden. Er wandte sich auch tatsächlich zum Gehen, nicht ohne noch einen verlangenden Blick auf eine der Türeinfassungen geworfen zu haben.

Am Auto angelangt sahen sie von der Tiefe des großen Steingeländes Gesa und Italo kommen. Andreas winkte und zeigte auf die Uhr, damit sie einen Schritt schneller kämen. Denn nun hatte er auch Lust weiterzufahren.

„Auf nach Kerjean!", rief Andreas den beiden zu. Stefan war bereits zurückgekehrt, als er Gesa und Italo hatte kommen sehen.

Der Himmel war noch immer wolkenverhangen. Kein besonders schönes Ausflugswetter. Andererseits konnte man in der Bretagne sowieso nicht auf gutes Wetter bauen. Sie hatten bisher einfach großes Glück gehabt. Fast vierzehn Tage ununterbrochen Sonnenschein. Möglich, dass es jetzt damit zu Ende war. Aber sie ließen sich ihre Laune dadurch nicht verderben. Andreas war nach dem Besuch des Steinplatzes sogar in Hochstimmung, die zu der ziemlich eintönigen Landschaft, durch die sie fuhren, gar nicht passte. Weiden mit Kühen, Maisfelder, Artischocken- und Kohlanbau, Großställe, in denen Schweine oder Geflügel zu Tausenden gehalten wurde. Lieblich dagegen immer wieder einzelne Gehöfte, in Mulden geschmiegt, in ihrer typischen Anordnung zum Vierkanthof. Und dann sahen sie auch schon das Schild zum Château de Kerjean.

Auf dem Parkplatz angelangt, fing es an zu nieseln. Zwischen mächtigen Platanen und Kastanienbäumen konnte man die Schlossmauer erkennen, über die aus dem Inneren der Burganlage nur einige Türme ragten. Aber noch bevor sie die äußere Parkanlage erreichten, erregte ein Bauwerk zu ihrer Rechten ihre Aufmerksamkeit.

„Sieht aus wie ein Verteidigungsturm", meinte Stefan und zeigte auf den kolossalen Rundbau aus Ziegelsteinen.

Im Innern des Turms fingen sie allerdings an, über den Zweck des Baus zu rätseln. Es waren nämlich keine Schießscharten in den Wänden, sondern viele kleine Öffnungen, nur ziegelsteingroß – und das nach allen Seiten. Das Mauerwerk hatte außerdem eine auffallende Struktur: in regelmäßigen Abständen, etwa bei jedem fünften Ziegel, stand einer ein Stückchen hervor.

„Sieht ausgesprochen dekorativ aus", fand Italo.

„Wozu mag das wohl gedient haben? Als Mausoleum?", spekulierte Stefan. „Mich erinnert der Bau ein bisschen an das Grab in Mykene, das Schatzhaus des Atreus. Das ist ja auch so ein beeindruckender Rundbau. Und auch das Gewölbe hier ist ganz aus Steinen. Faszinierend, wie die das früher konnten!"

„Am besten fragen wir, was es mit dem Gebäude auf sich hat, ehe wir uns in unnützen Spekulationen ergehen", wandte Marita ein.

Sie näherten sich der mit Bastionen bewehrten Mauer und dem Burggraben. Das Ganze machte einen unnahbaren und durch das graue Gestein abweisenden Eindruck. Erst im Innenhof konnte man den zwar strengen, aber dennoch reichgestalteten Renaissancebau des Schlosses erkennen. Andreas hatte nach dem Besuch des Steinplatzes besonders Augen für die Gestaltung der Giebelfenster und Türeinfassungen. Manche Giebel wirkten regelrecht verspielt mit ihrer in drei Etagen pagodenförmig sich zuspitzenden Form.

„Elegant und streng zugleich", kennzeichnete Andreas die Gebäude.

Gesa gefielen im Innern besonders die alten bretonischen Betten mit den verschließbaren Schiebetüren. Marita bewunderte die prachtvollen bretonischen Schränke. Und Andreas begeisterte sich für die

Schlossküche mit ihren riesigen Kaminen. Noch größer als bei Cornelius!

„Trotzdem, mir ist das Ganze zu düster", meinte Andreas, seinen Eindruck zusammenfassend. „Ich bin ja wirklich ein Schlossfan, wie ihr wisst. Aber die Schlösser in der Bretagne sind nicht so ganz mein Ding! Da bin ich mit unserem hellen und lichten Haus am Meer doch wesentlich glücklicher. Und...", er blinzelte Marita vielsagend zu, „...es gibt ja dort durchaus noch einiges zu verschönern."

„Andreas kann einfach nicht ohne Pläne und ohne Arbeit sein", kommentierte Marita seine Andeutungen.

„Fahren wir denn noch zu diesem Megalithgrab", wollte plötzlich Stefan wissen.

„Ach, du liebe Zeit, daran habe ich fast schon nicht mehr gedacht", sagte Andreas und sah auf die Uhr. Es war kurz nach drei Uhr.

„Wenn wir schon mal so weit nach Norden raufgefahren sind, sollten wir uns den Cairn von Barnenez auch ruhig noch ansehen", war Maritas Meinung. Und Stefan, Gesa und Italo stimmten zu.

„Okay, okay, ich hab ja auch nichts dagegen."

Barnenez lag ganz im Norden des Finistère an der Küste. Zur Ausgrabungsstätte führte ein gut ausgeschilderter Weg hügelaufwärts zu einem Parkplatz. Sehen konnte man von hier noch nichts Aufregendes. Das Gebiet war umzäunt und vor neugierigen Blicken und Besuchern, die möglicherweise ein paar *antike*

Steine als Andenken mitgehen lassen wollten, sicher abgeschirmt.

„Ich finde das ganz in Ordnung", sagte Andreas, „dass man nicht überall umsonst reinkommt. Wer Kultur haben will, soll dafür ruhig bezahlen. Sonst ist sie nämlich in den Augen der meisten Touristen, die alles häppchenweise und auf die Schnelle mal eben mitnehmen, nichts wert."

Marita hatte zu Hause in einem Reisebuch eine Abbildung des Cairns von Barnenez gesehen. Aber als sie nun den riesigen Steinhügel vor sich sah, der sich auf der Kuppe eines breiten Hügels befand, war sie von seiner majestätischen Ausstrahlung tief beeindruckt.

„Das ist ja fast wie eine Pyramide", sagte sie zu Andreas.

Die *Kinder* waren schon vorgelaufen und befanden sich bereits an dem lang gestreckten terrassenförmigen archäologischen Baudenkmal. Es war nicht so sehr seine Höhe, sondern seine Länge von ungefähr siebzig bis achtzig Metern, die auffallend und imponierend war.

„Kommt mal her, hier gibt es Eingänge", rief Italo Andreas und Marita zu.

Tatsächlich: auf der einen Längsseite befanden sich alle paar Meter niedrige Türöffnungen, durch die man nur geduckt in einen schmalen Gang hineingelangen konnte. Teilweise waren die Gänge verschüttet und man kam nicht weit vorwärts. An einigen Stellen hatte man die Gänge so weit freigelegt, dass man sich in einem Raum befand, der wohl einmal eine Grabkammer gewesen war.

Stefan wandte sich an Andreas: „Das muss ja eine enorme gemeinschaftliche Leistung gewesen sein, so ein gigantisches Bauwerk aus Bruchsteinen zu errichten", sagte er voller Bewunderung. Was glaubst du, wie viele Menschen, daran gearbeitet haben und wie lange?"

„Auf jeden Fall müssen sie in der Megalithzeit auch hier schon eine soziale Struktur des Zusammenlebens gehabt haben. Anders wäre ein solcher Grabbau nicht zu erklären, also auch irgendeine Form von Hierarchie und Verteilung von Aufgaben innerhalb der Gemeinschaft."

„Ob die denn auch Sklaven für sich arbeiten ließen wie in Ägypten beim Bau der Pyramiden", fragte Italo argwöhnisch.

„Darüber ist, so viel ich weiß, nichts bekannt. Im Gegenteil. Die frühzeitliche Gesellschaftsstruktur in der Bretagne soll sogar relativ egalitär gewesen sein."

„Dieses Megalithgrab ist ja auch ganz offensichtlich nicht für einen einzelnen errichtet worden", merkte Marita an. „Das beweisen die vielen Grabkammern. Es scheint beinahe eine Art von Nekropole zu sein. Was meinst du, Andreas?"

„Gut möglich. Jedenfalls ein Fürsten- oder Königsgrab ist diese Anlage nicht. Trotzdem ist ihr Ausmaß einfach außergewöhnlich, muss ich sagen. Mag sein, dass doch nur hoch stehende Persönlichkeiten aus einer Dorfgemeinschaft hier beigesetzt wurden.

Jedenfalls haben die Tausende von Tonnen an Steinen übereinander geschichtet. Und die mussten ja erst mal irgendwo gebrochen und dann hierher transportiert werden! Eine tolle Leistung!", meinte Stefan anerkennend.

„Am besten suchen wir in einer Buchhandlung mal nach einem speziellen Führer", schlug Marita vor. „Dann erfahren wir bestimmt Genaueres."

Sie hatten inzwischen den hinteren Abschnitt der Grabanlage erreicht. Elf Eingänge in die so genannten Dolmen, also Langgräber, hatten sie gezählt. Das Ende sah ziemlich wüst aus, als hätte man diesen Teil als Steinbruch benutzt. So etwas kam im Laufe der Jahrhunderte immer wieder in allen Teilen der Welt vor: der Sinn und das Wissen um die eigene Kulturgeschichte war den Menschen zeitweise abhanden gekommen, so dass sie mancherorts frühe Denkmäler zerstört hatten, in dem sie lediglich als Material ausgeschlachtet hatten.

Sie wanderten an der anderen Längsseite entlang zurück zum Ausgang. Die Wolkendecke hatte sich plötzlich gelichtet, so dass die Terrassen des Cairns eigenartige Schatten produzierten.

„Irgendwie hat dieser Ort etwas Magisches", meinte Stefan, „besonders wo jetzt die Sonne drauf scheint."

„Es hat sich auf jeden Fall gelohnt herzukommen", sagte Italo. „Diese megalithische Kultur ist wirklich beeindruckend."

„Ja, wirklich! Diese Grabanlage zeigt auf eindrucksvolle Weise, dass die Menschen im Neolithikum schon eine hoch stehende Kultur besaßen. Der Totenkult, der damals hier gepflegt wurde, legt die Vermutung nahe, dass sie an ein Weiterleben nach dem Tode geglaubt haben müssen. Vielleicht auch an Reinkarnation. Man weiß es nicht. Jedenfalls haben sie ihren Toten oder wichtigen Verstorbenen aus ihrer Sippe ein imponierendes Monument erbaut, das sicher über einige Jahrhunderte als Begräbnisstätte benutzt wurde. Höchstwahrscheinlich haben sie ihnen auch Grabbeigaben für ihre ‚Reise ins Jenseits' mitgegeben..."

„...darüber müssen wir unbedingt Genaueres erfahren", ergänzte Marita Andreas' Gedanken. „Aber jetzt würde ich gerne bald Genaueres darüber erfahren, ob Cornelius sein Boot wiedergefunden hat..."

„Nee, wirklich, an den Cornelius haben wir vor lauter Steinen und Kultur gar nicht mehr gedacht", seufzte Gesa. „Jetzt bin ich aber wirklich gespannt, ob die es geschafft haben, das Boot wieder heil nach Hause zu bringen."

„Wird sowieso allmählich Zeit zurückzufahren", rief Andreas. Er ließ seinen Blick noch einmal zu dem rötlich-braunen Bauwerk gehen. Dahinter schimmerte grün das Wasser des *Aber*, der erweiterten Flussmündung zum Meer.

„Zu schade, dass es heutzutage diesen blöden Friedhofszwang gibt", sagte er mit Bedauern. „Sonst würde ich für unsere Familie auf unserem Grund und Boden auch so ein Mausoleum errichten!"

Fünfzehn

Cornelius war mit Leon und Udo schon lange wieder auf seinen Hof zurückgekehrt. Mit dem Segelboot! Seine Markierung hatte ihnen das Auffinden des Bootes erleichtert. Allerdings konnten sie es an der Stelle, an der er es vertäut hatte, nicht rausholen. Dazu erwies sich die Klippe doch als zu steil! Cornelius segelte ein Stückchen an der Küste entlang und fand eine seichte Bucht, zu der sogar ein befahrbarer Weg hinunterführte. Zu dritt hatten sie das Boot schnell im Bus verladen. Nun mussten sie nur noch zu der freundlichen Kellnerin fahren, um die Schulden zu begleichen. Nadine begrüßte Cornelius wie einen alten Freund und lud sie zu einem Glas Rotwein ein. Keinen Moment hatte sie daran gezweifelt, dass sie ihr Geld wiederbekommen würde. Und Cornelius bedankte sich noch einmal überschwänglich für ihre Hilfe.

„Hoffentlich kommen sie endlich bald wieder!" Kiki wurde die Zeit ohne ihren Leon allmählich lang. Sie hatte sich eine Weile an den Strand gesetzt und etwas gezeichnet, war aber dann doch sehr bald wieder zum Bauernhof zurückgekehrt. Für einen Sommertag war es einfach lausig kalt und dazu noch äußerst windig, so dass es mit dem Zeichnen nichts Richtiges wurde.

Bettina hatte Wäsche gewaschen. Es waren nur ein paar Teile, für die sie nicht extra die Waschmaschine von Cornelius' Eltern brauchte. Sie benutzte zum Trocknen die Wäscheleine in Madame Piclets Garten. Sie hatte ihnen das freundlicherweise angeboten. Und dort flatterte die Wäsche frei im Wind. Die Meeresbrise trocknete sie in kurzer Zeit und sorgte dazu für Frische.

Elba pusselte am Haus. Sie hatte ein paar große Muscheln am Strand gesammelt und befestigte sie mit Putz an der Hausgiebelwand, die zum Nachbarhaus der Bäuerin lag. Sie fand, ein bisschen Dekoration würde der grauen Steinwand gut tun.

Wo war eigentlich Tanja abgeblieben? Sie hatte sich augenscheinlich verkrümelt. Hatte wohl keine Lust, sich mit Bettina zu streiten.

Nach ihrer Rückkehr hatte Udo ein Feuerchen im Garten vor dem Bauernhaus angemacht. Es war ein ungemütlicher Tag. Da konnte man die Wärme eines Lagerfeuers gut gebrauchen. Kiki kuschelte sich an Leon. Bettina hatte ihre wollene Stola umgelegt und schaute versonnen in die Glut. Obwohl Cornelius so tat, als wenn sein *Ausflug* mit dem Segelboot nichts Besonderes gewesen war, so verübelte sie ihm dennoch seine Eskapade und war vor allem immer noch wütend auf Tanja, die sie dafür verantwortlich machte. Eigentlich hätte sie ja auch auf Cornelius richtig ärgerlich sein müssen. Aber das brachte sie einfach nicht fertig. Dafür liebte sie ihn viel zu sehr. Und er verstand es auch immer wieder, sie zu besänftigen. Darin hatte er einfach Talent! Keiner konnte ihm ernstlich böse sein.

Pierre hatte mal wieder eine ordentliche Menge Miesmuscheln mitgebracht. Die würde für eine große Runde reichen. Sicher würden die anderen bald von ihrem Ausflug zurück sein. Das Rezept für die Zubereitung der Muscheln hatte Cornelius von Madame Piclet bekommen. Es war denkbar einfach. In einen

Riesentopf kamen Tomaten, Knoblauch, Zwiebeln und dann die Muscheln dazu. Ohne Wasser. Das befand sich noch ausreichend in den Muscheln selbst. Nach kurzer Kochzeit öffneten sich die Muschelgehäuse, und fertig war das Essen! Und das rötliche Muschelfleisch schmeckte einfach köstlich. Dazu Baguette und Kräuterbutter. Voilà, un repas breton, comme il faut!

Udo hatte schon alles so weit vorbereitet. Wenn die anderen kämen, brauchte er nur noch die Kochplatte einzuschalten.

Sie näherten sich *ihrer* Bucht von Nordosten. Der Himmel über dem Meer war blauschwarz. Zwischen rotfarbenen Äckern ragte ein filigraner Kirchturm wie ein Zeigefinger hoch. Die tiefstehende Sonne tauchte das Dorf in ockerfarbenes magisches Licht. Die Glocken des Kirchturms schienen am Himmel aufgehängt, der durch die Öffnungen zwischen den schmalen Turmwänden hindurchschien. Eigenartig, wie das sonst graue Gestein der Häuser, der Kirche und der Mauer des *Enclos paroissial* im Kontrast zum dunkelblaugrünen Himmel wie lichtdurchtränkt aussah.

„Halt doch mal, Andreas", rief Marita ganz aufgelöst vor Begeisterung angesichts dieses grandiosen Panoramas. „Das muss ich unbedingt Fotographieren."

Andreas zog eine Grimasse. Er kannte Maritas Sucht, alles im Foto festhalten zu müssen.

„Das sieht aber wirklich toll aus", pflichtete Gesa, die auch eine leidenschaftliche Fotografin war, ihrer Mutter bei.

„Irgendwie unwirklich", meinte nun auch Italo, der erst jetzt, da sie anhielten, aus dem Fond des Wagens heraus das Naturschauspiel richtig sehen konnte.

„Mit dem Licht hier in der Bretagne hat es schon was!", sagte Stefan.

„Der Cairn von Barnenez sah zum Schluss auch ausgesprochen geheimnisvoll aus in diesem beinahe mystischen Licht."

„Kein Wunder, dass die Bretagne voller Legenden steckt und die Rätsel um Menhire und Dolmen noch nicht wirklich aufgeklärt sind", bemerkte Marita. „Das eigentümliche, sich stets von einer anderen Seite zeigende Licht ist wie geschaffen für Mythen und Mysterien. Nicht umsonst gibt es hier so viele Heilige wie sonst nirgends auf der Welt!"

„Du und deine Heiligen!", lästerte Andreas.

„Spotte du nur. Aber wenn sie helfen, hast du auch nichts dagegen!"

Marita dachte plötzlich wieder an Cornelius und sein Abenteuer und wie sie einen unbekannten Schutzheiligen für seine glückliche Rückkehr angefleht hatte. Aber das behielt sie für sich.

Sie hatte inzwischen eine ganze Reihe von Fotos gemacht und drängte jetzt auf Weiterfahrt.

„Nun mit einemmal so eilig!", entrüstete sich Andreas. „Erst die ganze Gesellschaft aufhalten und dann zur Eile antreiben, das haben wir gerne..."

„Na, wir wollen doch wissen, was mit dem Boot ist. Ich hab auch Hunger...:"

Gesa ließ sich in den Rücksitz fallen. Bis zu Cornelius Bauernhof waren es höchstens noch zehn Minuten.

Andreas fuhr in die Einfahrt vor dem Hangar, als Gesa ausrief: „Sie haben das Boot!"

Cornelius' Bus stand dort mit dem Boot im Laderaum.

„Also hat alles geklappt!" Marita war erleichtert, dass offenbar alles gut gelaufen war.

Cornelius und seine Truppe begrüßten die Ankömmlinge.

„Gleich gibt's frische Muscheln."

„Au prima, wir haben richtigen Kohldampf!"

Stefan erzählte von dem, was sie gesehen hatten.

„Steine, Steine und noch mehr Steine...erst auf dem Steinplatz und dann ein Riesenmonument..."

„...fast so was wie eine Pyramide", ergänzte Italo. „War echt beeindruckend!"

„Und wie war's bei euch?", fragte Andreas. „Wie ich sehe, hat es mit der Bergung des Segelboots geklappt. Ist es denn noch heil geblieben?"

„Alles in Ordnung. Ich musste noch ein Stück weiter segeln. An der Steilklippe konnten wir es nicht rausbekommen. Nur das Segel muss repariert werden. Das taugt nicht mehr für eine richtige Segelfahrt."

Alle hatten sich an den Tisch gesetzt. Nur Tanja fehlte noch.

Udo kam mit dem großen Topf voller Muscheln.

"Mmh, lecker! Moules à la Madame Piclet."

Sie hatten die Muscheln schon fast zu Ende verspeist, als Tanja um die Ecke in den Hof kam.

„Ey Tanja, wo hast du denn die ganze Zeit gesteckt?"

„Hab ne Wanderung gemacht. Ist echt geil die Landschaft! Bin auf der Höhenstraße lang. Immer das Meer da unten. Toll! Diese Farben. Mal grau, mal grün, manchmal fast schwarz. Und diese vom Sturm zerzausten Zedern...Habt ihr noch was übrig von den Muscheln?"

„Musst dich aber beeilen, sonst sind sie weg!"

Andreas erzählte nun auch noch einmal vom Ausflug, vor allem von dem Steinplatz und den tollen Steinen, die es da gab.

„Auch solche Türeinfassungen wie deine hier, Cornelius, und komplette Brunnen und Dachgauben..."

„Willst du denn so was bei dir irgendwo einbauen?", fragte Elba interessiert.

„Mein Vater hält's doch ohne Arbeit nicht aus", gab Cornelius an Andreas' statt die Antwort. „Sicher plant er schon wieder irgendwelche Umbaumaßnahmen."

„Also, nur so rumsitzen und nichts tun, das könnte ich wirklich nicht! Das hängt auch mit meinem optischen Verstand zusammen. Bei mir funktioniert auch das Denken von der Optik her. Und das ist immer ganzheitlich. Ich sehe in den Dingen das, was darin steckt. Was daraus werden kann. Und dann kann ich einfach nicht anders, ich muss das dann verändern. Das ist wie ein Zwang!"

Was nach Tatendrang aussah, war letztlich ein Zeichen von Unruhe – schöpferische Unruhe, wie Andreas sie benannt hätte – die aber zeigte, dass er doch seinen Weg noch nicht gefunden hatte. Er wusste zwar über alles etwas zu sagen. Aber was er sich eigentlich vorgenommen hatte, hatte er noch immer nicht erreicht, nämlich: die Welt zu begreifen.

„Sollen wir dich alle mal bedauern?" Udo verzog die Miene zu einem spöttischen Lächeln.

Kiki und Elba grinsten.

„Ihr braucht gar nicht zu spotten. Dieses ganzheitliche Sehen ist wirklich manchmal wie ein Fluch! Auch mit Menschen geht mir das so. Ich kann denen bis auf den Grund der Seele sehen..."

„O weh, da müssen wir uns ja in Acht nehmen", murmelte Tanja mit vollem Mund.

„Allerdings! Ich bin nur meistens zu höflich, um alles zu sagen, was ich sehe, was hinter der Stirn von jemandem vor sich geht."

„Hört, hört", machte Udo und zog die Stirn in Falten. „Ist ja echt gefährlich. Ein bisschen wie: big brother is watching you…"

"Plap, plap, plap", machte Andreas. „Mit euch kann man sich einfach nicht vernünftig unterhalten. Wir fahren wohl besser mal zu uns rüber. Kommst du mit, Stefan?"

Mit Stefan konnte Andreas immer noch am besten diskutieren. Und neben der Kunst und dem Bauen war Reden – ernsthaft reden! – eine seiner größten Leidenschaften. Da war er unermüdlich und beklagte sich oft, wie schnell die anderen immer erlahmen würden. Andreas konnte wirklich zu allem und jedem etwas sagen, er musste es einfach tun. Vielleicht aus einem Gefühl des Ungenügens, dass er noch immer nicht erreicht hatte, die Welt zu verstehen, wie er sich als Sechzehnjähriger vorgenommen hatte.

Allerdings war es für die meisten ziemlich anstrengend, seinen oft komplizierten Ausführungen zu folgen.

„Vielen Dank für das Muschelessen", sagte Stefan, der sich Andreas anschloss.

„Morgen ist Sonntag", vermerkte Marita. „Um zehn Uhr ist Messe in der Pfarrkirche."

Sie sagte es in die Runde, die sich jetzt ums Feuer scharte, in der stillen Hoffnung, dass möglichst viele morgen in die nette kleine Kirche kämen. Irgendwie war ja auch noch ein besonderer Grund dazu, dachte sie bei sich. Nämlich zu danken für die Rettung von Cornelius aus dem gefahrvollen Meeresabenteuer. Ob die anderen daran überhaupt noch dachten? Da war sie sich nicht sicher.

„Morgen ist ja auch das *Fête des Pècheurs"*, rief Cornelius ihnen nach. „Da gibt es viele leckere Sachen zu essen an den Strandständen."

„Prima, dann müssen wir nicht kochen. Also dann bis morgen", sagte Marita und stieg zu Andreas und Stefan ins Auto.

„Ehrlich gesagt, das viele junge Gemüse geht mir ganz schön auf den Wecker", sagte Andreas zu Stefan.

Sie hatten das Kaminfeuer angezündet und eine Flasche Wein aufgemacht.

Marita hatte sich in die obere Etage zum Lesen verzogen. Sie war froh, nach dem ereignisreichen Tag für sich zu sein und in ihrem „Joseph" weiterlesen zu können. Sie schaute auf die Bilder, die Andreas im vergangenen Sommer gemalt hatte und die jetzt im *Salon* aufgehängt waren. Auf einem hatte er sie sitzend in einem Korbstuhl porträtiert, den Kopf im Profil. Schwungvolle Bleistiftstriche bildeten den Rahmen für kräftige Aquarellfarben. Auf einem anderen Bild hatte er sie am Fenster stehend dargestellt. Zwischen dem hohen Fensterrahmen sah man den Strand und das Meer. Ein Bild zum Träumen.

Marita ging nach unten, um sich aus der Küche etwas zu trinken zu holen. Sie durchquerte das Kaminzimmer. Die beiden Männer waren im angeregten Gespräch. Gerade hörte sie Stefan etwas von Zufall sagen. Das erregte ihr Interesse. Denn es war ein Thema, über das sie sich mit Andreas schon oft unterhalten hatte. Nun wollte sie doch zuhören, was die beiden darüber erörterten.

„...seine Gedanken bauen sich sehr stark auf den Evolutionsgedanken, das heißt, alles was geworden ist, was wir vorfinden in der Welt, aber auch Sprache und Kultur - ist letztlich totaler Zufall."

„Von wem sprichst du gerade?", wollte Marita wissen.

„Von Richard Rorty, einem glänzenden amerikanischen Philosophen."

„Nie gehört, wie schreibt er sich denn?"

„R-o-r-t-y, ist gerade *der* amerikanische Philosoph. Der beruft sich auf den Pragmatismus."

„Das mit dem Zufall ist eine reine Behauptung", wandte Andreas ein.

„Ich glaube nicht an Zufälle", meldete sich Marita zu Wort.

„Und das wiederum ist Glaube", erwiderte Andreas. „Das ist eine andere Kategorie. Aber der Stefan spricht ja von einer Wissenschaft. Nur wenn die Prämisse dieses Herrn Rorty die ist, dass alles zufällig ist, brauchen wir hier jetzt gar nicht weiter zu diskutieren. Dann ist sein Denken auch zufällig und kein Gedanke mehr folgerichtig und wahrheitsgemäß. Und was wir beide reden, ist auch ganz wertlos, weil sowieso der Zufall entscheidet, wie unsere Diskussion ausgeht."

Darauf wusste Stefan einen Moment lang nichts zu entgegnen. Er machte deshalb einen gedanklichen Schwenk und sagte: „Rorty hat so einen ähnlichen Begriff wie du mit deinen Systemen. Er nennt das Vokabulare. Und weil Sprachen zufällig entstehen und sich in der Sprache Vokabulare abwechseln, zum Beispiel in der Französischen Revolution oder in der deutschen Romantik..."

„...ob eine veränderte Sprache entsteht, ist abhängig von den veränderten Existenzbedingungen in Raum und Zeit. Ich kann mir nicht vorstellen, dass du den Mann richtig verstanden hast, Stefan, " wandte Andreas ein. „Wenn er, wie du sagst, zur Zeit *der* amerikanische Philosoph ist, baut er sicher nicht so unausgegorene Argumentationsketten auf, wie du sie gerade referiert hast."

„Es wäre ja zunächst wichtig, wie definiert er genau den Begriff Zufall?", sagte Marita. „Du hast doch vorhin gesagt, er orientiere sich am Evolutionsgedanken. Dazu würde doch eigentlich passen, dass er mit Zufall nichts anderes meint als eine ergebnisoffene Entwicklung. Also: das Resultat einer Entwicklung können wir nicht voraussagen. Darin würde ich sofort mit ihm übereinstimmen."

„Dann wäre ja auch Künstlertum und Wissenschaft kein Gegensatz", sagte Andreas. „Erinnere dich mal an unsere Diskussion von neulich."

So ganz recht war Stefan diese Gleichsetzung nicht, hielt er doch Wissenschaft für etwas viel Höherstehendes. Er ging deshalb auf den Gedanken nicht ein und erwiderte nur, dass Rorty unglaublich erfolgreich sei.

„Das wundert mich überhaupt nicht", wandte Andreas ein. „Seine Gedanken scheinen mir auch ziemlich einfach gestrickt zu sein. Überdies ist er nicht tolerant. Sonst müsste er zulassen, dass mit derselben Prämisse auch genau in die andere Richtung gedacht wird. Außerdem würde ich ihm sagen, das ist ja wunderbar, was Sie da sagen und sogar konsequent. Aber warum sollen wir überhaupt darüber reden, wenn alles zufällig ist? Der nächste Zufall kommt bestimmt! Den würde ich so richtig unwissenschaftlich platt machen!"

„Der würde dann sicher sagen: Sie sind ein ganz schlimmes Beispiel von den Leuten, die zwar gegen andere vorgehen, aber das nicht ertragen..."

„...Ich kann das ganz wunderbar ertragen, entgegnete Andreas, aber Sie müssten erst mal tolerant sein, würde ich ihm sagen!"

„In einem Aufsatz hat er mal geschrieben: Lasst uns doch mit den Genen einfach mal rumexperimentieren."

„So ein Mann ist ja gefährlich!", rief Marita entsetzt.

„Absolut unverantwortlich ist das", war Andreas' Meinung. „Man hat ja auch mit Bestrahlung experimentiert. Und bei Millionen von Pflanzen, die man bestrahlt hat, waren vielleicht drei, vier, die ein besseres Ergebnis erzielt haben. Mehr kommt dabei nicht raus! Aber die Ausfälle, die hat man verschwinden lassen! Und wie will er das mit den Menschen machen? Will er die alle wieder umbringen?! Dein Rorty ist ein Unmensch, weil er über die Menschen, die dabei herauskommen, verfügt."

„Also, ich finde das gruselig und abscheulich", warf Marita ein.

„Für mich ist das ein Krimineller!"

Andreas war nun richtig aufgebracht. Er verstand einfach nicht, was Stefan an diesem Philosophen fand.

„Was will der gute Mann eigentlich", fragte Andreas. „So ein Experimentieren auf Deubel komm raus ist einfach unverantwortlich."

„Rorty sieht das Ganze pragmatisch, sachlich, diesseitsbezogen. Vom Gebrauch der Dinge. Vom Lebenszusammenhang. Und er hat ein ungeheuer reiches Vokabular."

„Vokabular, Vokabular. Was heißt das denn? Wahrscheinlich baut er ein pseudoreligiöses Vokabular für die Diesseitigkeit auf..."

„...Ja, ja, Wahnsinn. Seine Schlüsselbegriffe sind: Zufall, Ironie und Solidarität."

„Wo, bitte schön, ist denn bei ihm Solidarität?", warf Marita ein.

„Der Mensch muss erkennen, dass es nichts Wichtigeres gibt als äh..."

„...den Menschen", fiel Andreas Stefan ins Wort.

Nun kam Stefan ins Trudeln. Andreas hatte ihn mit seinem Einwurf aus dem Gleis gebracht. Er suchte nach den passenden Worten.

„...nichts Wichtigeres als Gewalt, Brutalität – nun sag doch mal ein anderes Wort – also ich sag jetzt mal Gewalt...der Mensch muss erkennen, dass das wichtigste Ziel ist, Gewalt zu vermeiden..."

„...gegen Kinderschänder hat er also was."

Andreas war soweit, die ganze Diskussion nicht mehr ernst zu nehmen. Wenn es dazu kam, nahm er seinen Gesprächspartner gerne auf den Arm. Aber Stefan schien das nicht einmal zu merken. Denn er antwortete ganz ernsthaft: „Ja, absolut."

„Aber warum?", wandte nun Marita ein, der die ganzen Gedankengänge nicht einleuchtend erschienen. „Wie begründet er das denn?", fragte sie weiter. „Wenn es keine Ethik gibt und keine Moral, warum soll man gegen Gewalt sein?"

Andreas pflichtete ihr bei: „Das ist tatsächlich nicht einsehbar."

„Mir fällt gerade das Wort wieder ein", sagte Stefan. „Grausamkeit. Also, der Mensch soll Grausamkeit vermeiden."

„Wenn das alles sein soll – dazu muss ich nicht Philosoph sein!", erwiderte Andreas.

„Aber Rorty fühlt sich als Menschenfreund", verteidigte Stefan den Philosophen, für den er sich gerade erwärmte. Seine Vorlieben für bestimmte Autoren wechselten übrigens häufig und hatten oft völlig konträre Denkansätze.

„Es geht ihm um Glück und Unversehrtheit."

„Das erinnert mich an Singer", sagte Marita. „Den kennst du doch, Stefan, nicht? Der mit seinem Glücksbegriff. Beziehungsweise mit seiner Forderung nach Glück. Als wenn Glück einklagbar wäre! Und der geht ja sogar soweit, den Menschen, die nach seiner Vorstellung nicht glücklich sein können – also Behinderte, Kranke, Alte - das Recht auf Leben abzusprechen. Wie man so etwas Philosophie nennen kann, geht mir nicht in den Kopf! Das ist pure Grausamkeit."

„Selektion ist das", ergänzte Andreas. „Das Nazireich lässt grüßen. Also wenn du mich fragst, sind das verkappte Faschisten. Die Masse der Menschen, die angeblich glückselig gemacht werden sollen, sind am Ende die Opfer."

Andreas kippte den letzten Schluck Rotwein herunter.

„Jetzt habe ich genug davon", sagte er und erhob sich.

„Die anderen scheinen sich ja noch zu amüsieren, sind noch gar nicht wiedergekommen. Ich geh jetzt jedenfalls schlafen. Gute Nacht, Stefan."

„Nacht, Andreas, Nacht Marita."

In der Nacht hatte es ein heftiges Gewitter gegeben. Regen klatschte gegen die Fensterscheiben, und der Wind riss an den Fensterläden, so dass sie zwischen Wand und Halterung hin und her schlugen. Marita wurde durch die Geräusche mehrfach geweckt. Und dann, ganz plötzlich, war der ganze Spuk vorbei. Wie von Geisterhand waren die schweren Wolkengebilde fortgefegt. Ein voller Mond spiegelte sich auf der Meeresfläche, und die vor wenigen Augenblicken noch aufgepeitschte See lag in friedlicher Ruhe. Marita war immer wieder erstaunt über diesen so rasanten Wechsel beim Wetter. Und sie dachte, als sie ferne am Ende der Bucht jetzt wieder den Leuchtturm in rhythmischen Abständen sein Licht verbreiten sah, noch einmal an Cornelius und sein Abenteuer. Wie schnell hätte auch ihn so ein Wetterumschwung in wirkliche Gefahr bringen können. Dann schlief sie beruhigt wieder ein.

Sechzehn

Zum Frühstück waren sie nur zu fünft. Leon und Kiki waren bei Cornelius geblieben.

„Ich bin gespannt, wen wir in der Kirche treffen", sagte Marita froh gelaunt. Sie freute sich auf den Kirchgang. Im Sommer zog es auch viele Feriengäste in die hübsche Pfarrkirche. Nicht nur die Kirche, auch der Pfarrer hatte Seltenheitswert. Eine stattliche Erscheinung mit einem großen runden Glatzkopf, aus dem die Äugelchen wachsam und verschmitzt seine Schäfchen beobachteten. Nichts blieb ihnen verborgen, was sich während der Messe in den Bänken zutrug. Im Mittelschiff nahmen vorwiegend Frauen mit kleinen Kindern Platz, während im rechten Seitenschiff und links im Querschiff die Männer saßen. Dort standen noch die alten Betstühle, auf denen man sitzen und – wenn man sie umdrehte – auf dem Korbgeflecht knien konnte. Aber das tat heute keiner mehr. In Frankreich, jedenfalls hier in der Bretagne wurde entweder gestanden oder gesessen. Und inbrünstig gesungen! Der Pfarrer selbst, der neben sich am Altar sechs Messdiener – vier Mädchen und zwei Buben – ebenfalls mit seinen Augen zu den verschiedenen Diensten dirigierte, stimmte die Lieder mit seiner kräftigen Stimme an. Am Harmonium unterlegte eine Frau älteren Jahrgangs den Gesang mit Akkorden, die mal mehr, mal weniger mit der Melodie in Einklang standen.

Marita schlug das Liederbuch zu den angegebenen Nummern auf, um mitsingen zu können. Noten hatten die Gläubigen anscheinend nicht nötig, denn es fanden sich keine in dem broschierten, mit einer flexiblen Plastikhülle und einer Metallspange zusammengehaltenen *Manuel des Paroisses*, in dem sich Gebete zur Mitfeier der heiligen Messe, aber zum größten Teil Lieder befanden. Im hinteren Teil des Liederheftes existierte eine Sammlung bretonischer Gesänge, *cantiques bretons* oder *kanou brezoneg*. Auf dem Deckblatt dieses Teils befand sich neben einer Zeichnung, die eine typisch bretonische Dorfkirche darstellte, am Rand ein keltisches Motiv zweier Doppelspiralen. Auch sonst zierten das Büchlein überall kleine keltische Symbole. Wieder mal ein Beispiel, wie das Christentum das alte vorgefundene keltische Kulturgut adaptiert hatte.

Der Pfarrer hatte mit seiner Predigt begonnen. Er sprach in einem sehr akzentuierten Französisch, hob und senkte seine Augen, ließ seine Stimme zwischen Flüstertönen und gewaltigen Wortkaskaden changieren und seine Mimik wie ein Schauspieler in einem Drama von Shakespeare brillieren. Er war sich seiner Wirkung bewusst, ohne dass man ihm deshalb Eitelkeit hätte unterstellen wollen. Es war einfach faszinierend, ihm bei seiner frommen *Darbietung* zuzusehen. Und man merkte, dass der *Curé* in seiner Gemeinde eine angesehene Persönlichkeit war und Autorität besaß. Von Madame Piclet wusste Marita, dass er bereits knapp achtzig Jahre alt war, was seinem Temperament aber keinen Abbruch tat. Er kannte sie alle von Kindesbeinen an. Taufen, Hochzeiten und Beerdigungen hatten seinen Segen erhalten. Und er kannte auch die Sorgen und Probleme seiner Schäfchen, für die er stets ein offenes Ohr hatte und auch versuchte, so gut es ging, zu helfen.

Während des Fortgangs der Messe besah sich Marita die eigenartigen Embleme im Gebetbuch. Da war eins mit zwei Vogelköpfen, deren Hals in ein Geflecht von verknoteten Girlanden überging. Bei zwei anderen taubenähnlichen Vögeln bestand der Körper aus einer Dolde Trauben, während sich der Schwanz in einem Blätterrankwerk verlor. Immer wieder die verschiedensten Arten von Spiralen, Knoten und Irrgärten wie jenes in der Kathedrale von Chartres: ohne Anfang und Ende, Symbol der Unendlichkeit.

Beim Friedengruß kam Bewegung in die Gemeinde. Es wurde geherzt und geküsst oder auch nur die Hand gereicht. Nach dem Schlusslied auf bretonisch setzte sich noch eine Weile in den Bänken die Unterhaltung fort, die beim Herausgehen und vor dem Kirchenportal weitergeführt wurde.

Marita hatte zu ihrer Freude Cornelius und Bettina entdeckt. Auch Leon und Kiki waren da. Sie schauten sich noch etwas in der schlichten Dorfkirche um. Das Gewölbe war mit Holz verkleidet, auf das ein Sternenfirmament gemalt war. Feuchtigkeit hatte an vielen Stellen Schäden angerichtet, die dringend der Ausbesserung oder Restaurierung bedurft hätten. Aber dazu war wohl das nötige Geld nicht vorhanden. Wirklich bemerkenswert waren die Glasfenster im Querschiff, eine hochwertige Glaskunstarbeit aus der Renaissance, von der man wieder einmal mit Verwunderung fragte, wie eine derart kunstvolle Arbeit sich in eine Dorfkirche verirrt hatte. Und dann gab es noch einen Seitenaltar aus Holzschnitzwerk von herzergreifender Naivität, bei dem drei Heilige auf hellblauen Wolken schwebten.

Auf dem Kirchhof begrüßten Andreas und Marita Madame Piclet, die mit Cornelius mitgekommen war und einen Karton mit Stiefmütterchen für das Grab ihrer Eltern und ihres Mannes mitgebracht hatte. Die *pensées*, wie sie auf Französisch heißen, wollte sie noch gerne einpflanzen. Nach dem Kirchgang herrschte zwischen den Grabreihen geschäftiges Treiben und Schwatzen.

« Tu peux déjà rentrer », sagte sie zu Cornelius. Er brauche auf sie nicht zu warten. Ihre Nichte würde sie mit dem Auto zurückbringen.

Kiki und Gesa schlenderten zwischen den Gräbern und besahen sich die Aufschriften. Andreas war zur nebenan gelegenen „Bar-Tabac" gegangen, um seine Rauchvorräte aufzufrischen.

Die Grabstellen waren aus Granit oder Marmor und mit festen Platten abgedeckt. Die meisten zierte ein in Stein gehauenes Kreuz. Blumen waren in Töpfen auf die Grabplatten gestellt oder in Kästen, für die in den Grabplatten eine Vertiefung ausgespart war, eingepflanzt.

„Schau doch mal, die Täfelchen", sagte Gesa zu Kiki.

Kleine Tafeln aus Marmor, Porzellan oder Steingut mit verschiedenen Inschriften standen als Erinnerungsgaben auf den Steinplatten. Wiederkehrende Inschriften waren: *À mon Père, à mon ami, à mon parrain, à mon mari* oder einfach *Souvenir*. Manche waren zusätzlich mit bronzenen Skulpturen verziert: Madonnen mit dem Jesuskind, Kruzifixe, Rosen oder Blumensträuße.

Kiki lotste Gesa zu einem auffällig gestalteten Grabstein, auf dem das Porträt eines jungen Mannes eingraviert war: *Alain, 18 ans,* stand darauf zu lesen. Und auf einer Marmortafel: *Dans notre Coeur à jamais tu demeures.*

Gesa fand ein anderes Grab mit auffallend vielen Täfelchen darauf. Eine Keramiktafel mit bunten Blumen in gelb und orange und grünem Blattwerk trug die Inschrift: *Que son repos soit doux comme son coeur fut bon.*

Madame Piclet war derweil beim Grab ihres Mannes und pflanzte die pensées in den Kasten. Gesa holte mit der Gießkanne Wasser, wofür Madame Piclet ihr herzlich dankte. Auch auf diesem Grab gab es eine Reihe von Tafeln. Eine war schon etwas verwittert, so dass ihre Inschrift etwas mühsam zu entziffern war: *L'être est éternel / l'existence un passage / la mémoire immortelle / en sera le message.*

Dieser fromme Spruch passte so recht zu der Bäuerin, fand Gesa.

Da kamen auch schon Italo, Leon und Andreas zurück.

„Au revoir, à plutard", verabschiedeten sie sich von Madame Piclet.

Andreas und Marita fuhren mit dem Auto zurück. Die Jugend wollte noch ein bisschen in den Dünen wandern, bevor das Fischerfest begann.

L'être est éternel / l'existence un passage - auch Marita hatte den Spruch auf dem Grabstein gelesen und sagte zu Andreas: „Ich habe mir vorhin mal die Embleme im Gebetbuch näher angesehen. Das haben die Bretonen wirklich verstanden, uraltes keltisches Kulturgut mit christlichem zu verbinden. Dieses Ineinanderverschlungensein von Anfang und Ende bei ihren Symbolen drückt im Grunde dasselbe aus, was da auf dem Grabstein steht: Das Sein ist ewig, die Existenz nur ein Durchgang…"

„Wenn die Leute das mehr in ihrem Bewusstsein hätten, würden sie nicht immer nach dem Warum fragen. Warum müssen wir sterben, warum leiden, warum gibt es Kriege, warum, warum?"

„Es gibt darauf keine Antworten!"

„Wir wollen immer alles rational erklären und damit eigentlich weg-erklären oder uns über die letzten Fragen hinwegschummeln."

„Mir kommt gerade der Gedanke, wie sinnvoll in dem Grabspruch unterschieden wird zwischen „Sein" und „Existenz". *Existence* könnte man vielleicht auch mit Dasein übersetzen. Das Sein ist auf jeden Fall viel umfassender als das Dasein, das kommt in dem Spruch sehr gut zum Ausdruck."

„Der ganze Kosmos mit seinen ungeheuren Möglichkeiten von Wachsen und Werden, aber auch von seinem Vergehen wird irgendwann an einen Endpunkt kommen. Der ist schon in ihm angelegt. Das sieht man daran, dass man sich nur mit Lichtgeschwindigkeit bewegen kann. Du kommst auch mit Lichtgeschwindigkeit nie ganz an den Ausgangspunkt zurück. Das bedeutet aber, dass das Ganze eine Richtung hat.

Der Kosmos wird so lange bestehen, wie die Möglichkeiten nicht ausgeschöpft sind…"

„Das kann noch eine Weile dauern!"

„Wenn tatsächlich einmal alle Möglichkeiten durchgespielt sein sollten, dann fällt alles in sich zusammen."

„Hört sich nicht gut an."

„Ja, aber es verschwindet nicht – da hast du dein *ewiges* Sein -, sondern es kommt auf einem ganz anderen Stadium an, worüber wir uns nichts vorstellen können."

„Ein anderer Seinszustand?"

„Wenn du so willst."

„Nichtsdestotrotz, die Düfte vom Strand ziehen mir verführerisch in die Nase, und mein Magen fängt schon zu knurren an." Marita lachte und zeigt zu den Ständen hinunter, an denen sich immer mehr Menschen sammelten.

„Ach, Maus, du musst doch immer wieder in die schnöde Ebene der Realität zurücklenken! Aber gut, ich ergebe mich, obwohl es gerade erst richtig spannend wurde unser Gespräch."

„Wir haben noch reichlich Zeit vor uns, um es fortzuführen."

„Da hast du Recht. Die Ewigkeit!"

Am Strand waren bereits Stände aufgebaut, und von Grillrosten duftete es verlockend. Am Eingang des

Dorfes verkündete ein Transparent das „Fête des pècheurs". Alle möglichen Sorten Fisch wurden dort gegrillt. Die Männer hatten blaue Drillichanzüge und Seemannskappen an. Pfeifen und Stumpen hingen in ihren Mundwinkeln. Einige Frauen trugen Trachtenkleider und weiße Hauben aus gestärkter Spitze. Kinder und Hunde wuselten zwischen den reichlich aufgestellten Picknickbänken und Tischen herum. Es gab auch Crêpes und Suppen in großen Kochkesseln.

Immer mehr Leute strömten herbei.

„Ich glaube, wir müssen mal langsam einen Tisch für uns sichern, sonst müssen wir gleich im Stehen essen", meinte Andreas. „Hoffentlich kommt Cornelius mit seinem ‚Harem' auch bald. Sonst wird es schwierig, die Plätze zu verteidigen."

Kaum gesagt, sahen sie auch schon den leuchtend gelben Rock von Bettina. Sie kam mit den anderen am Strand entlang.

Leon lief ihnen entgegen, um sie an ihren Platz zu lotsen. Mittlerweile herrschte richtiges Gedränge zwischen den Fischbratständen, und die Schlange der Anstehenden war beachtlich. Marita und Gesa stellten sich zu den Wartenden am Fischstand. Italo und Stefan holten Bier und Cidre.

„Superwetter für das Fischerfest!" Tanja kam herangestürmt mit ihren wehenden Rastafari Locken. „Da kommt ja richtig Stimmung auf."

Inmitten der Stände und Bänke hatte sich ein freier Kreis gebildet, in den nun eine Gruppe von Menschen in prachtvollen Trachten hineinmarschierte. Männer in schwarzen Samtanzügen mit golden in der Sonne blinkenden Knöpfen, Frauen in bunten fußlangen Kleidern mit bestickten Schürzen. Und Kinder, die allerliebst aussahen in den Miniaturtrachten. Die Mädchen mit Goldtressen an den Kleidern und kleinen weißen Häubchen auf dem Kopf. Die Knaben mit weißen Hosen, schwarzen Joppen und Strohhüten bekleidet. Manche Mädchen trugen Körbe mit Blumen – lila Heidekraut und gelbem Ginster – in der Hand.

« Bon appetit! Und Prost! »

Sie hatten alle ihr Essen vor sich: gebratene Makrelen, Crevetten, Hummer. Gebackenen Seeigel, Fischsuppe, Muscheln, Kabeljau und Austern, die Cornelius besonders gerne schlürfte, und erfreuten sich an dem bunten folkloristischen Bild.

„Fehlt nur noch die Musik", sagte Udo, das bretonische Bier zum Zuprosten erhoben.

Als hätten die bisher unsichtbaren Musiker auf seinen Einsatzbefehl gewartet, hörte man plötzlich von jenseits der Menschenmenge eine eigenartige Musik aus Flötentönen und Dudelsackgepfeife, die näher kam. Kurz darauf standen drei junge Männer bei dem Kreis mit den Bretonen in ihren traditionellen Trachten. Zwei von ihnen bliesen mit vollen Backen auf dem Dudelsack, dem Biniou, der dritte auf einem Instrument, halb Flöte, halb Oboe, der in der Bretagne heimischen Bombarde. Die Musik wechselte zwischen schwerfälligen und schnellen Rhythmen und bohrte sich mit ihren scheinbar unaufhörlichen Wiederholungen derselben Tonabfolgen ins Ohr. Zwischendurch produzierte der Bombarden Spieler langgezogene klagende Laute.

Plötzlich formierte sich eine Gruppe der Umstehenden zu einem Halbkreis. Männer, Frauen und Kinder fassten sich an den Händen und begannen mit einem melancholischen Tanz: ein paar Schritte vor, ein paar zurück und so fort.

„Die Bretonen sind schon ein seltsames Völkchen", sagte Italo. „Die Musik erinnert sehr an irische oder schottische Volksmusik. Mit Ausgelassenheit und Freude hat das wenig zu tun."

„Das passt irgendwie alles zusammen", meinte Marita. „Die Musik, die Calvaires und die Kirchen, die grausteinernen Häuser und die Menschen, die Zufriedenheit ausstrahlen, aber keine lebenssprühende Freude. Mehr so eine Art Lebensernst. Einfach das Bewusstsein, dass das Leben mit dem Tod endet. So kommt mir jedenfalls diese eigenartig traurige Musik vor."

„Die Menschen auf dem Land hier haben wohl immer ein schweres Leben gehabt", sagte Andreas. „Das schärft die Sinne für das Wesentliche. Carpe diem. Nutze den Tag. Lebe jeden Tag so, als könnte es dein letzter sein."

„Ist ja furchtbar1 Kann man doch nicht! Immer an den Tod denken, wandte Tanja entsetzt ein. Wir wollen doch zuerst mal Spaß haben. Gell, Cornelius?"

Tanja stand auf und wandte sich zum Gehen. Nach und nach erhoben sich auch die anderen jungen Leute. Sie hatten offenbar keine Lust, in ernsthafte Gespräche verwickelt zu werden.

„So ist das immer", sagte Andreas zu Marita. „Wenn es interessant werden könnte, kneifen sie alle."

„Lass uns auch nach Hause gehen. Ich habe jetzt auch genug von dem Trubel. Wir machen es uns im Garten gemütlich."

Marita nahm Andreas bei der Hand. Gemeinsam schlängelten sie sich durch die Menschenmenge und waren froh, als sie das Gartentor hinter sich schlossen, um in ihrem kleinen Gartenparadies von oben herunter und mit genügend Abstand noch ein Weilchen dem bunten Treiben an der Strandpromenade zuzuschauen. Als Hintergrundmusik war das Pfeifen und Flöten der bretonischen Musikanten wesentlich angenehmer als in unmittelbarer Nähe der sehr durchdringend lauten Instrumente. Marita widmete sich wieder ihrem Buch. Andreas ging in die Werkstatt, um dort noch ein bisschen herumzukramen. Noch immer hatte er nicht alles erforscht, was der gute alte Mann an Habseligkeiten zurückgelassen hatte.

In einem verbeulten Pappmaschee Koffer entdeckte Andreas eine Fülle an Utensilien für den Fischfang: Angelhaken und eine große Auswahl an „Fliegen", Schwimmkorken und grüne Glaskugeln. Und dann waren da zwei Oktavheftchen, vollgeschrieben in zierlicher Handschrift und mit vielen Zeichnungen versehen, in denen Monsieur Kergaravat augenscheinlich seine individuellen Angeltechniken erarbeitet hatte. Andreas war gerührt darüber, aber auch betroffen, wie wenig sich der Sohn für das Hobby seines Vaters interessiert haben musste, dass er diese persönlichen Aufzeichnungen zurückgelassen hatte. In einer Klarsichthülle entdeckte er weitere Andenken an die große Leidenschaft des früheren Hausbesitzers: vergilbte Zeitungsartikel, die ihn als *Champion de France* und sogar als *Champion d'Europe* auswiesen.

Ein Mitgliedsausweis der „Fédération Francaise du Lancer Mouche et Poids" mit seinem Passbild und handschriftlichen Eintragungen über die Wettbewerbe, an denen er teilgenommen hatte in den Jahren 1954 bis 1957. Die Fotos in den Zeitungsausschnitten zeigten einen sportlichen Mann um die vierzig mit Baseballkappe und Anorak, die Angel und den gewonnenen Pokal stolz präsentierend.

„Du, Marita, schau mal, was ich hier gefunden habe."

Andreas zeigte ihr die Hülle mit den Erinnerungsstücken des passionierten Anglers.

Marita fand es wie auch Andreas traurig, dass diese Andenken, die ja eng etwas mit ihrem Haus zu tun hatten, so achtlos in der Werkstatt herumlagen.

„Weißt du was, wir werden den Sachen einen Ehrenplatz im Haus geben, sagte Marita. Wir können die Artikel, den Ausweis, das Abzeichen mit dem Fisch, der durch einen Rettungsring springt, das Stoffemblem mit dem netten gallischen Hahn in den französischen Farben (auf dem Zeitungsbild, das ihn bei einem europäischen Wettbewerb in Düsseldorf zeigte, war es deutlich sichtbar auf seinem Blouson aufgenäht) und das Foto, auf dem unser Monsieur Kergaravat einen Riesenhecht am Haken hält (er hatte auf der Rückseite die Maße vermerkt: 1,03 Meter und 9 Kilo) in einem Rahmen arrangieren. Das sind wir ihm eigentlich schuldig, findest du nicht?"

Andreas fand Maritas Idee gut. Dann hätten sie ein weiteres Stück bretonischer Geschichte, die mit ihrem Haus zu tun hatte, an der Wand.

Sie waren nämlich besonders stolz auf einige alte Fotos, die sie in einem Archiv ausfindig gemacht hatten und die sie für sich hatten nachmachen lassen können. Das eine war ihr Prachtstück. Sie hatten es auf DIN A4-Format vergrößern lassen und eingerahmt. Das Bild hing im Kaminzimmer zwischen Tür und Fenster und zeigte sozusagen spiegelverkehrt die Ansicht des Hauses vom Meer aus, wie man das Meer von dort aus sah. Das genaue Datum der Aufnahme war nicht bekannt, aber es musste sich um die Zeit der Jahrhundertwende handeln. Vom Strand bei Ebbe aus fotografiert stand *ihr* Haus dort als eins der zu diesem frühen Zeitpunkt ganz wenigen Häuser, die den Beginn einer neuen Epoche, die der Sommerfrische, der Ferien am Meer, einleitete. Das hatte der Fotograph auch eindeutig zeigen wollen mit seiner Inszenierung: ein großes Fischerboot lag auf dem Trockenen, daran gelehnt zwei junge elegante Damen in langen hellen Kleidern, den Sonnenschirm spielerisch gegen die zarten Schultern gelegt und in die Kamera lächelnd. Neben ihnen stand ein Ochse mit einem Strick als Halfter, das eine andere junge Frau mit einem Strohhut und bis zu den Knöcheln reichenden weißen Gewand festhielt. Sah so damals das Strandleben aus? Die einzige Konzession, die man bereit war, dem Meer zu gewähren, waren die unbeschuhten Füße.

Auf einem anderen Foto sah man spielende Kinder, ebenfalls in Kleidern und mit Hüten, aber mit kürzeren Röcken als ihre Mütter oder Gouvernanten, die sich auf dem Foto wiederum malerisch gegen das Fischerboot lehnten. Eine hatte sogar die Kühnheit, auf dem Rand zu sitzen und ihre Beine frei baumeln zu lassen. Auch auf diesem Bild war *ihr* Haus zu sehen. Es gab noch zwei weitere Häuser, denen man wie dem ihren ansah, dass sie gerade erst fertiggestellt worden waren. Die Umgebung war noch vollkommen kahl, kein Baum, keine Sträucher und Hecken. Nur zwei Gebäude schienen älteren Ursprungs, das waren die heutige Bar am Meer und der Bäcker. Wahrscheinlich waren sie zu damaliger Zeit Fischer- oder Bauernhäuser. Auf noch einem anderen Foto konnte man sehen, dass es damals keine Uferbefestigung und erst recht keine Uferstraße gegeben hatte. Sanft kräuselten die Wellen über den Strand zu den flachen Dünen hin zu dem einzigen Haus an dem riesenlangen Strand, einem *Manoir*, das heißt einem Herrenhaus, das es auch heute noch gab und das auch damals schon von einer hohen Mauer umgeben war. Damals aber sicher gegen die Brandung und das Hochwasser, wogegen die Mauer heute Schutz bot vor neugierigen Blicken, denn es lag unmittelbar an der Strandpromenade. Andreas hatte dieses herrschaftliche Haus gleich gut gefallen. Allerdings wusste er doch den Vorteil ihres eigenen Ferienhauses zu schätzen, das durch die erhöhte Lage und die Hecke nicht nur vor den Blicken, sondern auch vor dem Getöse der Urlauber schützte und doch eine freie Sicht auf das Meer erlaubte.

Marita hatte inzwischen die Zeitungsartikel durchgelesen und äußerte sich mit Bewunderung über das Können von Monsieur Kergaravat.

„Sogar in Deutschland ist er gewesen auf einem Wettbewerb und hat dort den ersten Preis gewonnen. Übrigens ist das kein normales Angeln, wie ich den Artikeln entnehme. Es geht dabei auch wesentlich um die Wurfweite, soweit ich verstanden habe. Jedenfalls wird für ein Championat vermerkt, dass sein weitester Wurf 63 Meter und 88 gewesen sei. In einem Interview erzählt er auf die Frage, wann er mit Angeln angefangen habe, dass das wohl bereits in der Wiege gewesen sein müsse. Aber im Ernst hat er wirklich schon als kleiner Junge, noch bevor er zur Schule ging, in den Gewässern der Bretagne geangelt. Und in einem Bericht ist eigens vermerkt, dass er jedes Jahr im Sommer hierhergekommen ist, um seiner großen Leidenschaft zu frönen. Aber wie es scheint, hat er nicht, wie wir bisher geglaubt haben, im Meer gefischt, sondern in den Flüssen nach den edelsten Fischen, wie er sagt. Forelle, Lachs, Borche. Er erzählt auch einiges über die Kunst des *lancer au mouche*, aber davon verstehe ich leider zu wenig. Auf jeden Fall muss er eine große Meisterschaft in diesem Metier besessen haben. Und wir werden ihm ein ehrendes Andenken bewahren."

Siebzehn

Cornelius war in den letzten Tagen mit seinem Neubau tüchtig weitergekommen. Die Mauern waren fertig. Nun konnte er den Flüssigbeton für den Boden kommen lassen. Leon hatte inzwischen den scheußlichen grauen Putz vom Haupthaus ganz entfernt, so dass jetzt der eigentliche Charakter des alten Gemäuers aus Bruchsteinen erst richtig zur Geltung kam. Auch hatten nun die beiden im rechten Winkel zueinander stehenden Gebäude – das alte Wohnhaus und der ehemalige Stall - ein einheitliches Aussehen bekommen. Man fing an zu ahnen, wie das ganze Ensemble einmal aussehen würde, wenn die Arbeiten beendet wären.

Tanja und Elba waren abgereist, worüber eigentlich niemand besonders traurig war. Die Atmosphäre war gleich viel entspannter. Und dadurch gingen die Arbeiten viel schneller voran.

Bevor der Betonboden gegossen werden konnte, musste er noch mit Dämmplatten gegen aufsteigende Kälte und Feuchtigkeit isoliert werden. Wenn alles flott ging, könnten sie damit heute fertig werden und für morgen den Fertigbeton bestellen. Cornelius war wie immer optimistisch, dass sie die Arbeit rechtzeitig fertig bekommen würden, bevor der Lastwagen über ein Rohr den Beton auf den Boden des Stalles und des Anbaus ausschüttete. Vor allem in dieser Phase brauchte er viele fleißige Helfer. Und die hatte er ja zum Glück.

Am Abend stimmten sie sich gemeinsam mit viel Rotwein auf das morgige Ereignis ein. Es müsste alles Hand in Hand gehen. Cornelius ging noch mal die einzelnen Schritte mit ihnen durch, damit auch nichts schief gehen konnte.

Der nächste Tag, als der Schwerlaster anrückte, zeigte, dass Cornelius an eins nicht gedacht hatte: Das Rohr war nicht lang genug, als dass es bis in den Stall hinein gereicht hätte. Und zur Seite hin hatte das Gebäude kein Fenster. Aber mit dem Stallboden mussten sie beginnen, denn sie konnten ja nicht durch den flüssigen Beton im Anbau durchmarschieren. Also half alles nichts: Der Beton musste in die Schubkarre gefüllt und in den Stall gefahren werden. Das brachte natürlich den ganzen Zeitplan und die geplante Koordination der einzelnen Helfer durcheinander.

„Wir brauchen noch Schubkarren", rief Cornelius.

„Ich frag Pierre, ob er uns seine leiht", sagte Udo.

„Wir haben doch auch noch eine in der Garage. Die kann ich schnell mit dem Auto holen", rief Marita und lief los.

Udo kam bereits mit der Schubkarre aus der Scheune. Jetzt ging es bereits doppelt so schnell. Cornelius und Udo fuhren den Beton, während Stefan und Italo ihn mit Schippen verteilten. Leon und Andreas, Gesa und Kiki zogen den Beton mit langen Hölzern glatt. Es klappte nach kurzer Eingewöhnungszeit wie am Schnürchen.

Mit der dritten Karre ging alles noch flotter voran, so dass der Stall bald mit Beton verfüllt war und der Laster die restliche Masse über das Rohr direkt in den

Anbau verfüllen konnte. Aber auch dabei kamen sie mächtig ins Schwitzen, denn es musste natürlich mit Schippen auch noch verteilt und dann glattgezogen werden.

Die Aktion war eine echte Gemeinschaftsarbeit. Und am Ende waren alle kaputt, aber zufrieden.

Als nächste wichtige Etappe beim Ausbau stand nun noch das Dach für den neu gebauten Teil an. Das wollte Cornelius auf jeden Fall noch in den Ferien schaffen, zumindest die Dachkonstruktion mit Holzabdeckung und eventuell noch mit Dachpappe, damit es nicht reinregnete. Ursprünglich hatte er den Anbau – sein erstes selbst entworfenes und erstelltes Mini Haus – ganz modern gestalten wollen, mit einem Flachdach und darauf einer Dachterrasse. Doch dieser Plan, obwohl vom Bauamt bereits genehmigt, stieß bei der Bürgermeisterin des Ortes, der Madame Le Maire, wie es anachronistischer Weise in Frankreich immer noch hieß – die Frauen in Ämtern wurden mit der männlichen Form der Berufsbezeichnung tituliert, lediglich mit einem Madame davor – zu seiner großen Enttäuschung auf keine Gegenliebe. Da hatte er zum ersten Mal die Möglichkeit, etwas zu entwerfen, und dann wurde ihm ein Strich durch die Rechnung gemacht! Cornelius war stinksauer auf die Bürgermeisterin gewesen. Aber auch gutes Zureden und Erklären stießen bei ihr auf taube Ohren. In Frankreich, so erfuhr er durch diese Angelegenheit, haben Bürgermeister weitreichende Befugnisse und Einwirkungsmöglichkeiten in ihrer Gemeinde.

Jedenfalls war ihm nichts anderes übrig geblieben, als seine Baupläne zu ändern, da Madame Le Maire der

Ansicht war, ein Haus, und sei es auch nur ein Anbau, der nicht mal von der Straße aus zu sehen war, müsse ein richtiges Dach haben. Ein Flachdach passe einfach nicht in die Gegend. Punktum.

Damit ihm wenigstens noch etwas Spielraum für eine etwas zeitgemäße, vor allem individuelle Gestaltung blieb, die sich gleichwohl harmonisch zu dem alten Teil des Gebäudekomplexes verhalten sollte, hatte er das Badezimmer mit einer ganzseitigen Glasfensterseite entworfen, die bis unters Dach reichte. Alten und neuen Teil sollte ein Flur mit einem Glasdach verbinden, durch das man das schöne Bruchsteinmauerwerk bis hinauf zum Giebel sehen könnte. Das „Badehaus" hatte er nicht in gerader Linie an den Stall angebaut, sondern es soweit eingerückt, dass die Granit-Ecksteine sichtbar blieben. Auch das Dach wollte er so weit unterhalb des Stall-Giebels setzen, dass die dekorative Abschlusssteinreihe des alten Gebäudes sichtbar blieb.

Natürlich hatte er auch für die Innenausgestaltung eine Menge kreativer Ideen, und es juckte ihn oft in den Fingern, damit schon anfangen zu können. Aber vorher stand eben noch jede Menge an grober Arbeit an. Für den Fußboden hatte Cornelius sich auch schon etwas Besonderes ausgedacht. Er wollte einen roten Terrazzoboden, abgesetzt mit geschnittenen Schieferplatten, machen. Das Bad sollte einen Boden aus Schiefer bekommen und die Duschecke würde er ebenfalls mit schwarzen Schieferplatten auskleiden. Einige alte Badezimmerrequisiten hatte er von seinen Eltern bekommen, die sie in der Werkstatt ihres Hauses gefunden hatten: zwei Waschbecken mit Handtuchhaltern und Spiegelablagen aus derselben Zeit, so etwa Jahrhundertwende. Die alte Toilette mit Porzellan Spülkasten würde er aus der Außentoilette am Kergaravathaus abmontieren und bei sich installieren. Über diese Originalausstattung freute er sich sehr, hatte er doch in einem Antiquitätengeschäft, das sich auf alte Sanitärausstattungen spezialisiert hatte, gesehen, wie teuer solche Teile waren. Und selbst die mittlerweile zu kaufenden Neuauflagen der alten Formen waren nicht gerade preiswert. Cornelius war immer glücklich, wenn er solche Funde machte, die ihn nichts kosteten. Von Kurt hatte er einen anderen wichtigen Tipp bekommen, wo er sich Natursteinplatten für seine Terrasse holen könnte. Irgendwo in den Monts d'Arrée gab es stillgelegte Schiefersteinbrüche, hatte dieser erzählt, wo noch genügend Abraumgestein herumläge. Das war ein Hinweis ganz nach Cornelius' Geschmack. Denn Baumaterialien, das wusste er aus eigener Erfahrung, waren teuer. Und Handwerkerkosten ebenfalls. Keineswegs günstiger als in Deutschland. Und erst mal einen Handwerker bekommen!

Da hatten auch Marita und Andreas schon leidvolle Erfahrungen gemacht. Kurz nachdem sie ihr Haus gekauft hatten, hatte ihnen Monsieur Le Roux, seines Zeichens Klempner und Elektriker, in der Hoffnung auf einen guten Auftrag einen Besuch abgestattet. Die Toilettenspülung, die gerade nicht funktionierte, hatte er ihnen quasi als Geschenk umsonst repariert. Und sie hatten ihn damit beauftragt, die Wasserrohre, die sehr unschön quer über die Wand im Treppenhaus verliefen, in die Wand zu verlegen. Diese Arbeit hatte er während ihrer Abwesenheit auch zu ihrer Zufriedenheit fertiggestellt. Daraufhin sollte er bis zu ihrem nächsten Urlaub auch die Rohre im Bad und in der Küche in die Wand verlegen. Besonders die Küche legten sie ihm ans Herz, da sie sonst die Küchenmöbel nicht würden einbauen können. Doch als sie das nächste Mal wiederkamen, war nichts geschehen! Die Küchenzeile musste im Wohnzimmer stehen bleiben. Fast täglich war Marita bei dem ortsansässigen Monsieur Le Roux vorbei gegangen, um ihn an sein Versprechen zu erinnern, die Arbeit eigentlich vor ihrem Kommen fertiggestellt zu haben. Immer hatte er eine andere Entschuldigung: mal hier einen dringenden Auftrag, mal dort eine notwendige Reparatur. Anscheinend hatte er das Interesse verloren, die Arbeiten bei ihnen auszuführen. Vielleicht hatte sich seine Auftragslage geändert, und er hatte die Lust verloren, die für ihn nicht so lukrative oder zu komplizierte Aufgabe zu erledigen. Bis sie die Geduld verloren und sich auf die Suche nach einem neuen *Plombier* gemacht hatten. Aber das war leichter gesagt als getan. Endlich war Marita erfolgreich gewesen. Im Nachbarort hatte sie ein kleines Unternehmen gefunden, was aber im Gegensatz zu Monsieur Le Roux, der ganz allein arbeitete, immerhin mehrere Handwerker beschäftigte. Und plötzlich war alles ganz schnell über die Bühnen gegangen, und sie konnten ihre Küche doch noch fertig einrichten. Da in Frankreich meistens Installations- und Elektroarbeiten von ein und demselben Handwerker durchgeführt werden, hatten sie überlegt, diesen auch gleich mit der Erneuerung der uralten Elektroleitungen zu beauftragen. Der Kostenvoranschlag war akzeptabel gewesen. Monsieur Guillou hatte, wie es üblich ist, die Preise nach Anzahl der Elektroanschlüsse und der zu verlegenden Meter an Kabel berechnet.

Allerdings begann nun auch bei diesem Betrieb dasselbe Spielchen von vorne: warten, mahnen, bitten, warten und so weiter. Endlich, endlich hatte der Patron Monsieur Guillou einen behäbigen, dicken Mann vorbeigeschickt, der sich die Sache erst mal gemütlich besah und dann versprach, am nächsten Tag mit der Arbeit anzufangen. Dieser Monsieur Capitaine war eine Zumutung! Immer eine dicke Zigarre schmauchend und ob seiner Körperfülle so langsam, dass es einem förmlich wehtat, ihm bei der Arbeit zuzuschauen. Zwischendurch hatte er gegen ein Schwätzchen nichts einzuwenden, und auch ein Bier nahm er gerne entgegen. Da Marita und Andreas sich wohl glücklich schätzen mussten, dass überhaupt etwas geschah – sie hatten im Vorfeld bei diversen Defekten an der Elektroanlage schon genug Probleme gehabt, jemanden zu finden, der ihnen den Strom im Haus wieder in Gang brachte - , machten sie gute Miene zum langsamen Spiel! Immerhin, der Preis stimmte wenigstens. Dachten sie. Als der dicke, gar nicht mal unfreundliche Monsieur Capitaine endlich sein Werk beendet hatte und die Rechnung nicht lange auf sich warten ließ, trauten sie ihren Augen nicht. Die Rechnung hatte nicht das Geringste mit dem *Devis*, dem Kostenvoranschlag, zu tun. Hier war plötzlich nicht mehr die Rede von Maßeinheiten, sondern von Arbeitsstunden! Das konnte nur ein Irrtum sein. Marita war wutschnaubend mit dem *Devis* und der *Facture* zum Nachbarort gefahren, an dem der Betrieb ansässig war. Wie schon so oft, wenn sie den Patron sprechen wollte, war dieser nicht anwesend. Dafür aber seine Mutter, die das kleine Lädchen, in dem man ein paar Haushaltwaren kaufen konnte, führte. Und wie immer konnte sie zu allem nichts sagen und bat Marita sehr freundlich, doch am nächsten Tag wieder vorbeizukommen. Marita hatte im Stillen schon beschlossen, die Rechnung auf keinen Fall in dieser Höhe zu bezahlen. Doch da hatte sie die Rechnung ohne den Wirt gemacht. Als sie Monsieur Guillou endlich einmal in seinem Geschäft antraf, erklärte er ihr, dass die Rechnung so absolut in Ordnung sei und bevor sie sie nicht in voller Höhe beglichen habe, er ihr nicht die notwendige *Attestation* ausstellen könne. Die aber war notwendig für die Versicherung. Denn paradoxerweise war es so, dass nun, da sie die Elektrik hatten erneuern lassen, diese auch ordnungsgemäß abgenommen sein musste. Und das konnte nur der Elektriker, der die Arbeiten ausgeführt hatte, vornehmen.

„Hätten wir alles gelassen, wie es war, wäre es auch in Ordnung gewesen. Das soll ein Mensch verstehen!" Marita war sehr verärgert.

Denn so hatte Monsieur Guillou es ihr erklärt. Noch gab es keine Verpflichtung, die alten Leitungen zu erneuern, seien sie auch noch so marode! Dass dies so war, davon hatte Marita sich bei ihren Besuchen in seinem Geschäft selbst überzeugen können. Auch bei ihm im Haus waren noch die alten Elektroinstallationen vorhanden.

Es wird uns wohl nichts anderes übrig bleiben, als die Rechnung zu bezahlen, hatte sie zähneknirschend zu Andreas gesagt.

Aber von den hiesigen Handwerkern hatten sie erst einmal die Nase voll!

Marita und Andreas waren am Abend bei Dorns eingeladen. Familie Dorn gehörte zu den Deutschen, die in ihrem Ferienort auch ein Haus gekauft hatten. Es existierte mittlerweile eine richtige kleine „Kolonie" an deutschen Hausbesitzern. Da gab es noch die Familie Neumann, Familie Scheuer, das Ehepaar Lindner und die zwei Schwulenpärchen Kurt und Christian sowie Rolf und Carsten. Bis auf Scheuers, die ihr Haus von ihrer Tante geerbt hatten, hatten alle anderen ihr Haus auch in den letzten drei bis vier Jahren gekauft. Da musste ein regelrechter Run auf die Bretagne eingesetzt haben! Man kannte sich untereinander, half sich mit Tipps und besuchte sich gegenseitig. Bei Rolf und Neumanns konnte man jederzeit unangemeldet auf einen Plausch vorbeikommen. Dorns waren da schon förmlicher, besonders Herr Dorn. Und Kurt war sowieso ein spezieller Fall. Auch im täglichen Leben und im Umgang ganz Schauspieler! Marita hatte anfangs, wie sie es gern tat und auch natürlich fand, auch bei ihm einfach mal vorbeigeschaut. Worauf Kurt etwas indigniert reagiert hatte: Du weißt doch gar nicht, wie du mich hier antriffst...also ruf doch bitte vorher an!

Rolf, ein Immobilienmakler aus Hamburg, dagegen freute sich über jeden – auch unangemeldeten – Besuch. Sein Partner Carsten tischte dann je nach Tageszeit Kaffee oder Wein, selbstgebackene *Tarte aux Pommes* oder Knabbereien auf. Bei Rolf und Carsten war man stets willkommener Gast.

Auch mit Familie Neumann hatten Marita und Andreas guten Kontakt. Sie kannten die Bretagne schon wesentlich länger als sie selbst. Fünfzehn Jahre lang hatte Herr Neumann in Paris gearbeitet bei dem französischen Tochterunternehmen seiner Firma, die in aller Welt Dependancen unterhielt. Und da fast alle Pariser die Bretagne lieben, waren sie ganz selbstverständlich im Sommer stets dorthin gefahren. Lustigerweise hatten sie ihre Ferien in dem Haus verlebt, das nun Rolf gehörte. Sie selbst hatten sich ein Granitsteinhaus direkt oberhalb der Klippe mit Blick aufs Meer gekauft.

Gregor Neumann war ein sehr erfolgreicher Geschäftsmann. Seine Frau Monika war eine äußerst liebenswürdige Person. Mit ihr verstand sich Marita besonders gut. Schon oft hatten sie gemeinsam auf der Terrasse ihres Hauses gesessen und sich vor allem über ihre Kinder unterhalten. Neumanns hatten vier Kinder, ungefähr im selben Alter wie ihre. Da gab es viele gemeinsame Berührungspunkte, über die sie sich austauschen konnten. Monika und ihr Mann hatten sich auch von Anfang an lebhaft für die Fortschritte auf Cornelius' Hof interessiert. Da sie den Ort schon seit fast zwanzig Jahren kannten und überdies perfekt französisch sprachen, war Monika über den neuesten Dorfklatsch immer bestens orientiert. Auch mit der „Bohnenfrau" hatte sie jahrelange Erfahrungen gesammelt. Wenn Marita und Monika sich über Madame Le Goff unterhielten, gab das immer Anlass zu Heiterkeit.

Herr und Frau Lindner waren erst vor einem Jahr zu der kleinen deutschen „Gemeinde" dazugekommen. Ebenfalls ein liebenswertes Paar. Das schien wohl alle Bretagne Liebhaber auszuzeichnen: Sie waren ausnahmslos Individualisten, die eher das Understatement pflegten, als sich durch zur Schau gestellten Protz hervorzutun.

Entsprechend einfach waren auch die Einrichtungen der Ferienhäuser. Da bildeten eigentlich nur Dorns eine Ausnahme. Und obwohl auch sie sich in den Ferien betont lässig gaben und kleideten, hatten sie doch ihre Einrichtung aus einem der deutschen Möbelhäuser mit klangvollem Namen, das dafür bekannt war, dass dort nur die „haute volée" kaufte, nach dem Motto: „Darf es auch ein bisschen teurer sein?" oder „Guter Geschmack darf schon etwas kosten".

Die Lindners, beide Anfang vierzig, hatten sich, wie sie erzählt hatten, spontan in ihr Häuschen verliebt und es sofort gekauft. Auch ihr Haus hatte eine wunderschöne Lage, wie überhaupt die Deutschen im Ort anscheinend den Franzosen die besten Lagen weggeschnappt hatten. Ausnahmslos lagen sie in erster Reihe zum Meer. Das Erstaunliche war, dass man von jedem Grundstück, sei es auch nur wenige Meter von dem anderen entfernt, jedes Mal eine ganz unterschiedliche Sicht aufs Meer hatte und dadurch jedes seinen unverwechselbaren Charme besaß. Rolfs Garten war ein stark abschüssiges Grundstück mit altem Baumbewuchs. Eine Steintreppe führte direkt hinunter zum Strand. Vom Haus aus schaute man zwischen den Wipfeln einer alten Zeder aufs Meer. Neumanns Grundstück grenzte an einen wilden Hang mit Heide und Ginster. Ihr Haus lag nur wenige hundert Meter von Rolfs Haus entfernt und hatte einen ganz anderen Blick, nämlich auf den Strand und die Hügel hinter dem Dorf. Kurt und Christian wohnten wie in einem Vogelnest. Ihr Haus unterschied sich im Baustil von den anderen, denn es war von Engländern wie ein Cottage in Cornwall erbaut worden. Es besaß so gut wie keinen Garten. Aber vom terrassenartigen Balkon überblickte man den halben Ferienort mit seinem langen Strand. Dorns hatten eindeutig das Sahnestück ergattert. Das Grundstück war das größte: 5000 Quadratmeter, von einer Hecke umgeben. Das Haus lag auf dem Hügelkamm und bot einen unverbauten und unverbaubaren Rundumblick über die gesamte Bucht. Den einzigen Nachteil mochte man darin sehen, dass man, wenn man im Garten saß, nicht aufs Meer sehen konnte infolge der hohen Hecken, die gleichwohl unverzichtbar waren wegen der starken Stürme, die ungebremst über den Hügelkamm fegten. Dorns hatten sich die Renovierung ihres in typisch bretonischem Stil errichteten Hauses einiges kosten lassen: Isolierverglasung, Parkettboden, Designerküche, Bad und WC mit nachgebauten Art –Déco Sanitärelementen. Und natürlich eine Ölzentralheizung.

Alle anderen hatten die Häuser im Wesentlichen so gelassen, wie sie sie erworben hatten. Leider hatte auch Rolf vor kurzem begonnen, sein Haus zu sanieren. Mit fortschreitender Arbeit musste man den Verdacht hegen, dass die ursprüngliche Harmonie dieses einfachen, aber äußerst reizvollen Ferienhauses verloren gehen könnte. Zumal auch noch einige Umbauten geplant waren, die die hübsche Fassade empfindlich beeinträchtigen würden. Zu Neumanns Haus – auch einem der ältesten im Ort - gab es eine interessante Geschichte. Zu Beginn des Krieges stand es völlig einsam auf einer Klippe. Da im Krieg die Deutschen die gesamte bretonische Küste mit Bunkern vollpflasterten, stand ihr Haus den strategischen Gesichtspunkten der deutschen Besatzer im Wege. Sie ließen es daraufhin kurzerhand abtragen. Und zwar Stein für Stein. Die nummerierten Steine wurden eingelagert.

Nun hatten sie von dem Bunker, den sie oberhalb des früheren Hauses bauten, freie Sicht und Schießmöglichkeit. Nach dem Ende des Krieges wurde das Haus an seinem ursprünglichen Platz originalgetreu wieder aufgebaut. Den Wiederaufbau bezahlte die deutsche Regierung als Reparationskosten. Und wie Herr Neumann erst später erfuhr, war es sein Onkel, der im Krieg für den Bau des Bunkers und den Abriss des Hauses, das sie jetzt besaßen, verantwortlich gewesen war.

Die Bretonen im Dorf waren übrigens auf die Deutschen keineswegs schlecht zu sprechen. Im Gegenteil: sie erzählten, dass sie von den Deutschen für ihre Arbeit anständig bezahlt worden waren. Dagegen hegten sie noch immer Groll auf die Alliierten, die auf ihr Dorf Bomben geworfen hatten, wobei einige Häuser zerstört worden waren und die außerdem unsinnigerweise ganz Brest in Schutt und Asche gelegt hatten, obwohl sich dort zum Zeitpunkt ihres Angriffs kein einziger deutscher Soldat mehr befunden hatte.

Übrigens waren viele der zerbombten Häuser im Dorf noch immer nicht wieder aufgebaut. Manche fehlten einfach, andere standen als Ruinen. Sie wie auch die vielen Bunker waren mahnende Relikte an eine schreckliche Zeit, die nun glücklicherweise schon mehr als ein halbes Jahrhundert beendet war. Und dass Freundschaft unter ehemals verfeindeten Staaten möglich ist, erfuhren die deutschen Ferienhausbesitzer durch den Umgang mit der bretonischen Bevölkerung, der frei von Ressentiments war.

Lindners Haus befand sich genau neben so einer durch den Krieg entstandenen Baulücke. Ihr Wohnkonzept unterschied sich noch einmal wesentlich von den anderen Deutschen im Ort. Beide hatten einige Jahre lang in Indien gelebt und dort das ganz einfache, wirklich nur auf das Notwendigste beschränkte Leben schätzen gelernt. Genau das wollten sie hier verwirklichen. Der Blick aufs Meer hatte sie sofort an ihr Leben in der Strandhütte von Goa erinnert. Deshalb hatten sie ihr Haus nur mit einem indischen Schrank und einer Matratze und einigen wenigen Küchenmöbeln ausgestattet. Zwischen zwei Apfelbäumen hängten sie im Sommer ihre Hängematte und ließen ansonsten im Garten alles so wachsen und sprießen, wie es der liebe Gott wachsen ließ. Dies hier war ihre Oase, ihr Rekreationsort. Frau Lindner, Managerin in einem großen Chemiekonzern, brauchte ihn auch dringend. Und ihr Mann las ihr jeden Wunsch von den Augen ab. Es war schön mitzuerleben, wie die beiden, obwohl schon zwölf Jahre lang ein Paar, noch immer frisch verliebt waren und wie ein Pärchen auf Hochzeitsreisen wirkten. Herr Lindner war übrigens Hausmann. Vielleicht war eine solche Kombination ein Erfolgsrezept...

Herr und Frau Dorn hießen Marita und Andreas willkommen.

„Einen Roten oder einen Weißen", fragte Herr Dorn galant.

„Gerne einen Roten", war Andreas' und Maritas Meinung.

„Da haben wir einen ganz edlen Tropfen, Château Vieux Labarthe, Saint-Emilion, Jahrgang 87!"

Herr Dorn entkorkte die Flasche, ließ langsam etwas Wein in sein Glas perlen, schwenkte ihn, hob ihn unter die Nase und ließ ein genießerisches Ah hören, bevor er seinen Gästen einschenkte und dann seiner Frau.

„Auf die Bretagne! Auf das Meer! Und auf uns Glückliche, die wir hier an diesem paradiesischen Fleckchen Erde ein Haus unser eigen nennen dürfen!"

Andreas fühlte sich nicht ganz wohl in seiner Haut. Eigentlich mochte er solche förmlichen Besuche nicht. Er hatte Marita schon überreden wollen, allein zu gehen, sich aber auf ihre Bitte hin doch zum Mitkommen entschlossen. Sicher würde es die pure Langeweile werden, dachte er.

„Was macht die Kunst, Herr Zingler?", fragte Herr Dorn mit etwas anzüglichem, ironischem Ton.

Was sollte er darauf antworten? Er wusste, dass Herr Dorn nicht viel von Kunst hielt, auf jeden Fall nicht von seiner, die durch keine Ausstellungen und Verkäufe legitimiert war. Außerdem hatte er keine Ahnung. Worüber also sollte er sich mit ihm unterhalten? Das einzige, womit er ihn einmal aus der Reserve zu locken vermocht hatte, war der Hinweis auf ein Bild, das sie in ihrem Ferienhaus hängen hatten: eine Zeichnung von Joseph Beuys. Von dem hatte sogar Herr Dorn schon etwas gehört.

Also am besten mit einer Gegenfrage reagieren, um nicht ausfallend zu werden, was Andreas in diesem Augenblick am liebsten getan hätte. Aber ein Seitenblick auf Marita, die ihn bereits ahnungsvoll fixierte, ließ ihn sagen: „Bestens, Herr Dorn. Bestens. Und was machen die Geschäfte?"

„Oh danke der Nachfrage. Könnte gar nicht besser laufen."

Marita hatte sich inzwischen Frau Dorn zugewandt und sie nach ihren Kindern Beate und Niklas gefragt. Für Frauen sind Kinder doch immer noch und immer wieder ein unerschöpfliches Thema. Niklas studierte Wirtschaft wie sein Vater, um in seine Fußstapfen zu treten. Beate Medizin. Sie kam offenbar auf ihre Mutter, die eine soziale Ader hatte. Marita mochte die blonde, noch sehr jugendlich wirkende Frau Dorn. Sie fand es besonders nett von ihr, wie rührend sie sich um ihre alte Mutter und Schwiegermutter, mit denen sie mehrmals im Jahr hier die Ferien verbrachte, kümmerte. Mit ihr konnte man sich auch ganz unkompliziert unterhalten, während ihr Mann immer spüren ließ, dass er sich für besser hielt: besser im Beruf, besser als Familienoberhaupt, besser als Sportler. Am besten in seinem Geschäft. Und davon erzählte er gerade.

„Der Job in der Bank und an der Uni als Dozent hat mich nicht mehr ausgefüllt, beziehungsweise befriedigt Seit einem halben Jahr bin ich freier Unternehmensberater. Und das Geschäft floriert außerordentlich. Jetzt ist die Lage auf dem Markt für unsereins wie geschaffen! Reihenweise müssen Firmen Insolvenz anmelden. Da gilt es, Schlimmeres zu verhüten. Da ist kompetente Beratung gefragt, um alteingesessene Firmen vor dem völligen Ruin zu retten.

Das ist nicht immer leicht. Da muss man schon sehr kreativ sein!"

„Was verstehen Sie denn unter kreativ", wollte Andreas von ihm erfahren.

„Nun, oft ist nicht zu verhindern, dass es ans Eingemachte geht, lieber Herr Zingler. Da müssen manchmal auch wertvolle Kunstwerke aus dem Privatbesitz dran glauben. Aber wenn dadurch einige Arbeitsplätze erhalten werden können..."

Herr Dorn gab sich plötzlich sozial.

„In seiner Kasse klingelt es aber auf jeden Fall", sagte Andreas nicht laut.

„Wenn es so weiter geht mit den Aufträgen – ich bin da an einer ganz großen Sache dran! – ist ein Börsengang meiner Firma nicht ausgeschlossen."

Herr Dorn lehnte sich zurück und ließ das Gesagte genüsslich wirken, bevor er fortfuhr: „Wir mussten uns dringend vergrößern mit unseren Büroräumlichkeiten. Und ich habe da etwas ganz Exzeptionelles gefunden! Eine Stadtvilla, Jahrgang 1910. Einfach phantastisch, kann ich Ihnen sagen. Ein Treppenhaus aus Eiche über zwei Etagen reichend. Die Räume holzgetäfelt. Noch Originaleinbauten. Eben das richtige Ambiente für ein Unternehmen wie unseres. Aber das Tollste – da kommen Sie nicht drauf – ist die Glaskuppel, die das gesamte Entree mit dem Treppenhaus überspannt. Und von oben ein vierundzwanzigflammiger Kronleuchter! Ich kann Ihnen sagen, als ich das gesehen habe, wusste ich sofort: Hier und nirgendwo anders ist in Zukunft dein Arbeitsreich."

Herr Dorn hatte sich beim Erzählen ziemlich echauffiert. Jetzt brauchte er erst mal eine Pause. Er sah Andreas und Marita an, neugierig auf die Wirkung seines

Vortrags. Marita sah Andreas an und dann Herrn Dorn.

„Verraten Sie uns auch die Adresse Ihres neuen Büros? Mir kommt das Ganze nämlich bekannt vor." Marita brachte ihre Frage ziemlich selbstbewusst vor.

Während Herr Dorn Andreas als „brotlosen Künstler" klassifizierte und ihn dementsprechend immer etwas von oben herab behandelte, wenn er das auch in ironischen Floskeln kaschierte, so akzeptierte er Marita schon eher als ebenbürtig. Einmal weil sie einen Doktor hatte und weil sie als Selbständige schließlich auch so etwas wie eine Unternehmerin war. Deshalb brachte ihn ihre Frage etwas aus dem Konzept.

„Äh, wie meinen Sie das, Frau Doktor Zingler? Bekannt? Sie wollen mich auf den Arm nehmen!"

„Nein, nicht im geringsten. Mir kam nur die Beschreibung des Hauses, in dem Sie ihr Büro einrichten wollen, dermaßen bekannt vor. In der Tat dürfte es kaum ein zweites Haus in dieser Art geben. Und das ist das Elternhaus meiner besten Freundin."

Ungläubiges Entsetzen sprach aus Herrn Dorns Blick. Waren denn diese Zinglers ihm wie der Igel dem Hasen einfach voraus?

„Also die Straße heißt Freiherr-vom-Stein-Straße..."

„...siehst du, ich hab's gewusst", rief Marita nun ganz aufgeregt zu Andreas, der das Elternhaus von Maritas Freundin Maja ebenfalls kannte.

Herr Dorn war wie gelähmt. Es war, als hätte ihn ein Schock ereilt. Irgendwie passte es einfach nicht in sein Konzept, dass das, was er für so außergewöhnlich und vor allem für seine alleinige Entdeckung gehalten hatte, plötzlich wie eine Luftblase zerplatzte. Noch gab er nicht auf.

„Ich glaube es einfach nicht! Warten Sie, ich habe unten eine Farbkopie von der Kuppel."

Während Herr Dorn die Kopie holen ging, erzählte Marita, wie oft sie in dem Haus ihrer Freundin gewesen und ganz sicher sei, dass es sich um dasselbe handelte.

Noch außer Atem kehrte Herr Dorn zurück und hielt Marita demonstrativ das Bild unter die Augen, als könne er nun beweisen, dass sie sich im Irrtum befände und ihm seine Einmaligkeit gerettet wäre.

Marita brauchte nicht lange zu schauen. Ein kurzer Blick hatte ihr genügt, die wirklich wunderbare Kuppel aus Majas Haus wiederzuerkennen.

„Majas Eltern haben das Haus vor einigen Jahren an eine Immobiliengesellschaft verkauft, weil es ihnen zu groß geworden war. Ihr Vater hatte seine Arztpraxis aufgegeben, und die Kinder waren alle aus dem Haus."

Erschöpft und desillusioniert ließ sich Herr Dorn in seinen Sessel fallen. Seine Absicht, den Zinglers zu imponieren, war gründlich danebengegangen.

Wenn es ein hervorstechendes Merkmal im Charakter der Bretonen gab, war es das des Gleichmuts. Gleichmut, Beständigkeit, Freundlichkeit und nur ein geringes Strebevermögen waren typisch für die meisten Bretonen. Auch Cornelius konnte sich durch die

Nachbarschaft zu Madame Piclet und ihrem Bruder Pierre immer wieder davon überzeugen.

Auch Bernard, der seit kurzem zu ihm auf den Hof kam, war ein typischer Bretone. Er war seit einem halben Jahr arbeitslos, kam von Zeit zu Zeit seine Tante Marie – Cornelius' Nachbarin Madame Piclet – besuchen und hatte sich bei Cornelius interessiert umgesehen. Da er sowieso nichts zu tun hatte und sich ziemlich langweilte, hatte er Cornelius angeboten, ihm bei der Arbeit zu helfen, was dieser gerne angenommen hatte. War ihm doch jede zusätzliche Hilfe willkommen. Bald schon zeigte sich, dass Bernard gut anpacken konnte und so ziemlich mit allen Arbeiten beim Bau vertraut war. Sein verstorbener Vater war so etwas wie ein Bauunternehmer gewesen. Und Bernard hatte ihm oft auf Baustellen geholfen. Etwas Richtiges gelernt hatte er nicht. Er hatte sich fast alle Kenntnisse selbst beigebracht. Durch sein freundliches und zurückhaltendes Wesen hatte Bernard schnell die Sympathie von Cornelius, seiner Familie und seinen Freunden erobert. Er kam jetzt jeden Tag auf den Hof, half hier und dort, machte das Angebot zu Besorgungen und überraschte die Freunde am Morgen mit mitgebrachten Croissants und Pains au chocolat. Bald schon fühlte er sich unter ihnen aufgehoben und angenommen. Und die anderen ließen sich seine freundschaftliche Hilfe gerne gefallen, ging doch dadurch alles viel zügiger vorwärts. Cornelius freute sich über den neuen bretonischen Freund. Durch ihn lernte er noch mehr vom Leben der Bretonen kennen. Auf ihn, seine Mutter und seine vier Schwestern, die er inzwischen auch kennen gelernt hatte, traf wie auch für seine Nachbarin und Pierre zu, was er einmal in einem

Buch über die Bretagne gelesen hatte: „Der bezeichnendste Zug der bretonischen Rasse in allen ihren Schichten ist der Idealismus, die Verfolgung eines bestimmten moralischen oder geistigen Ziels, das oft falsch, immer aber selbstlos ist."

Das stimmte wirklich! Sie alle waren tatsächlich selbstlos und bar jeden Ehrgeizes. Der bretonische Schriftsteller Ernst Renan hatte vor mehr als hundert Jahren weiterhin festgestellt: „Kein Volk ist so wenig für Handel und Industrie geeignet wie das bretonische. Gewinne scheinen eines Ehrenmannes nicht würdig zu sein." Das hatte Cornelius sehr merkwürdig gefunden. Und es war in der Tat etwas, was dem deutschen Charakter wohl ziemlich diametral entgegenstand. Aber es schien auch heute noch für die meisten Bretonen zu gelten.

Jedenfalls war Cornelius keineswegs unglücklich über die neu gewonnene Freundschaft zu einem typischen Vertreter der Bretagne. Deutsches Strebevermögen und bretonische Selbstlosigkeit ergänzten sich vortrefflich, wie er fand.

So gleichförmig sich das Leben in der Bretagne abspielte, so wechselhaft und im wahrsten Sinne des Wortes wetterwendisch verhielt es sich mit dem Wetter. Wirklich berechenbar war es nie. Cornelius hatte auch noch keine Bauernregeln, wie sie zu Hause halbwegs zuverlässig angewendet werden konnten, in Erfahrung bringen können. Die einzige, die Pierre einmal von sich gegeben hatte, war, dass es bei ablandigem Wind schönes Wetter gäbe. Aber diese sogenannte Regel war durch fünfzig Prozent Regelbrüche gekennzeichnet. Und so verhielt es sich wahrscheinlich mit anderen, die möglicherweise noch existierten, ebenso. Vielleicht besaßen die Bretonen gerade wegen der Unberechenbarkeit ihres Wetters diesen Gleichmut und diese Schicksalsergebenheit.

Das Wetter in der Bretagne änderte sich jedenfalls sehr häufig und plötzlich. War es am Morgen noch grau verhangen, konnte ab Mittag die Sonne bereits von einem durch kein Wölkchen getrübten blauen Himmel scheinen. Umgekehrt erlebten sie es ebenso oft: der Morgen versprach einen herrlichen Sommer- und Badetag, und plötzlich zogen scheinbar aus dem Nichts Wolken heran. Dass es in der Bretagne allerdings immer regnete, dieses Vorurteil konnte Cornelius durchaus entkräften. In diesem Sommer hatten sie es sogar ausgesprochen gut angetroffen. Bis auf einige wenige Regentage hatte es noch keine nennenswerten Niederschläge gegeben, so dass Madame Piclet sogar schon stöhnte, es sei viel zu trocken für ihren Garten.

In der vergangenen Nacht allerdings hatte sich ein heftiges Gewitter zusammengebraut. Blitze erhellten den schwarzen Himmel, und kräftige Donnerschläge durchbrachen die Stille. Der Regen prasselte mit solcher Gewalt aufs Dach und auf die Veluxfenster, dass Cornelius schon befürchtete, sie würden den Wassermassen, die sich da aus den Wolken ergossen, nicht standhalten. Es klang bedrohlich! Sicherheitshalber kletterte er über die Leiter auf die Dachetage, um sich zu überzeugen, dass dort noch alles heil war. Zu seiner Beruhigung konnte er feststellen, dass sie gute Arbeit geleistet hatten beim Dachdecken. Kein Wassertropfen war ins Haus gelangt. Anders war es bei der Eingangstür. Obwohl der Innenhof sehr windgeschützt war, drang durch die Löcher, die die Mäuse in die alte Tür gefressen hatten, der Regen ein und bildete bereits einen kleinen See vor der Tür. Zum Glück befand sich zum Fußboden des Wohnraumes noch aus der Zeit, als sich hinter der Eingangstür noch eine Diele befunden hatte, eine Stufe.

„Udo, Bettina, helft mal mit, das Wasser raus zu befördern", rief Cornelius seinen Mitbewohnern zu.

„Und dann müssen wir die Tür abdichten. Sonst schwimmen unsere Matratzen bald davon!"

Als sie die Tür öffneten, um die Wasserlache mit dem Schrubber nach draußen zu schieben, schlug ihnen dichter Regen entgegen. Es war wie eine Wand aus Regen. Schnell schlossen sie wieder die Tür und machten sich daran, das Wasser mit Tüchern aufzunehmen.

So, und jetzt Wischlappen vor die Mauselöcher und ein Brett davor", kommandierte Cornelius.

Irgendwann schliefen sie dann doch noch ein trotz der Trommelschläge des Unwetters.

Als Bettina am nächsten Morgen noch halb verschlafen die Tür, die dem weiteren Eindringen des Regens ins Haus standgehalten hatte, öffnete, bekam sie einen Riesenschreck.

„Cornelius, komm doch mal", rief sie mit schriller Stimme.

Cornelius schälte sich unwillig aus seinem Schlafsack.

Wenigstens hatte der Regen nachgelassen, dachte er, als er durchs Fenster in den Garten sah. Morgens brauchte er immer eine Anlaufzeit. Er hatte es nicht besonders gerne, aufgescheucht zu werden.

„Nun komm doch!"

Bettina wiederholte eindringlich ihre Aufforderung.

„Ist ja schon gut. Was ist denn los?"

„Musst dich schon hierher bequemen."

Bettina war jetzt eingeschnappt. Als wenn sie ihn ohne Grund rufen würde!

Und dann sah er es.

Nebenan, auf dem Hofteil der Bäuerin war ein See. Und die Regentropfen platschten und klatschten darauf. Gerade kam Pierre mit seinen Gummistiefeln, stellte sich in die Mitte des Sees, hob seine Nase zum Himmel, sah zu Bettina und Cornelius herüber und gab auf seine unnachahmlich wortkarge Art nur den einen Kommentar zu dieser Sintflut: „Il pleut!"

Es war ein Bild für die Götter! Cornelius hätte sich kugeln können vor Lachen. Wie Pierre da stand, seine Stiefel bedrohlich bis zum Rand von einem Stausee umgeben, und ihm fiel nichts weiter ein, als zu sagen: es regnet!

Natürlich verkniff er sich das Lachen. Denn ihm war blitzschnell klar, was passiert war.

Im Hof von Madame Piclet hatte sich das Wasser gestaut, weil er seinen Gartenteil durch den Erdaushub erhöht und mit Steinen zu ihrem Hofteil abgegrenzt hatte.

Verdammt noch mal! Daran hatte er nicht gedacht, dass so etwas passieren könnte. Es war ja auch das erste Mal, dass solche Wassermassen heruntergekommen waren. Da wartete mal wieder zusätzliche, nicht eingeplante Arbeit auf ihn.

„Learning by doing!" Udo, der soeben rauskam und die Bescherung sah, grinste Cornelius schadenfroh an. „Was man nicht im Köpfchen hat, muss man in den Beinen und Armen haben. Haha! Schipp, schipp, schipp!"

Cornelius quittierte Udos spöttische Bemerkungen mit einem Schulterzucken. Er war auf jeden Fall froh, dass er seine ersten Erfahrungen als angehender Architekt hier in der Bretagne und nicht in Deutschland machte.

„Bei uns würde so was tierisch Ärger geben", sagte er. „Nicht umsonst gibt es in Deutschland ein eigenes Gesetzbuch für Nachbarschaftsrecht. Nach dem Motto: Es kann der Frömmste nicht in Frieden leben, wenn es dem bösen Nachbarn nicht gefällt."

Cornelius war überzeugt, dass die Bretonen nicht so verrückt waren wie die Deutschen, die wegen überhängender Zweige oder in den Garten des Nachbarn gefallener Äpfel gleich die Gerichte bemühten.

Wie einfach war doch das nachbarliche Zusammenleben, wenn man sich nur ein wenig entgegenkam. Wie er zum Beispiel der Bäuerin gestattete, durch seinen Garten zu ihren Ställen zu gehen. Das nahm ihm nichts weg, und für die alte Frau war es eine Erleichterung.

„Natürlich muss ich das in Ordnung bringen", sagte er zu Bettina, die inzwischen ihren ersten Schrecken überwunden hatte. „Ich werde nachher mal rüber gehen und sie beruhigen, damit sie nicht denken, ihr Hof würde nun immer unter Wasser stehen. Aber jetzt lasst uns erst mal frühstücken."

Während das Kaffeewasser kochte, wurde es draußen heller. Und mit einem Mal hörte es auf zu regnen. Durchaus möglich, dass es ein schöner Tag würde.

Nach dem Frühstück inspizierte Cornelius mit Udo das Desaster im Hof. Plötzlich erinnerte er sich daran, dass an der Ecke seines Stallgebäudes ein Schacht gewesen war.

„Wahrscheinlich war der Hof etwas abschüssig angelegt", äußerte er seine Vermutung. „Bis zu dem Schacht da hinten an der Ecke. Von dort verläuft ja auch ein Rohr unter der Erde, das dort beim Hangar wieder herauskommt. Irgendwie haben die Leute das früher gar nicht so dumm angelegt gehabt."

„Das Gefälle war wohl so minimal, dass man es gar nicht bemerkt hat", fügte Udo seine Überlegungen an.

„Jedenfalls bleibt uns wohl nichts anderes übrig, als einen Graben quer durch meinen schönen Garten zu buddeln und ein Drainagerohr hin zum Schacht zu verlegen. Und der Rasen hat gerade angefangen, sich zu entwickeln. So ein Mist!"

„Learning by doing..."

„Klappe! Sonst gibt's einen Ringkampf."

Udos höhnisches „schipp, schipp, schipp!" noch in den Ohren, sann Cornelius schon auf Abhilfe. Warum nicht gleich den Bagger bestellen? Der könnte dann in einem auch die Grube und die Gräben für die Verrieselung der *Fosse septique* ausheben. Eigentlich hatte Cornelius die erst später eingeplant. Aber es hätte natürlich den Vorteil, dass er dann schon mal die Toilette provisorisch installieren könnte und die Zeit des Plumpsklos der Vergangenheit angehören würde.

In den ländlichen Regionen, besonders außerhalb von Ortschaften waren in Frankreich noch weitgehend die individuellen Dreikammergruben üblich. Und allemal bei Einzelgehöften wie dem Piclet-Hof. In der Bretagne hatte diese Art der Kläranlage noch einen weiteren Vorteil: infolge des milden Klimas und des Fehlens von Frost im Winter konnten biologische Klärmittel eingesetzt werden.

„Also Udo, nix Schippke! Ich bestelle Monsieur Curunet mit seinem Bagger. Der zieht den Graben. Für den ist das ein Klacks. Wir legen die Rohre. Und fürs Zuschaufeln haben wir ja genügend Leute da."

Cornelius war wieder obenauf.

Auch am Haus von Andreas und Marita gab es immer noch genügend zu tun. Die Fensterläden konnten einen neuen Anstrich gebrauchen. Der Rasen musste gemäht werden, und die Beete mit den Blumen und Sträuchern konnten eine Säuberung vertragen. Auch die Werkstatt harrte noch immer einer gründlichen Aufräumaktion. Das Gartentörchen hatte schon wieder Rost angesetzt, was durch die aggressive Salzluft nicht ausblieb. Die wort- und blumenreichen Angebote von Händlern, die ihnen einen Zaun und ein Tor aus

Plastik aufschwätzen wollten, hatten sie mit Verachtung gestraft. Dass sie vielfach mit ihren Überredungskünsten erfolgreich waren, konnte man im Ort bereits an vielen Stellen sehen. Es war natürlich auch sehr verlockend, sich die mühselige alljährliche Streicherei der Holzzäune zu sparen! Trotzdem! Plastik sah einfach scheußlich aus! Und außerdem war es keineswegs für die Ewigkeit, wie die Verkäufer es einem weismachen wollten. War da erst einmal etwas kaputt, konnte man es nicht reparieren, sondern nur als Sondermüll entsorgen.

Andreas hatte, da er einfach nicht ohne Arbeit existieren konnte, die hintere Hauswand weiß angestrichen. Da es sich um einen eingeschossigen Anbau handelte, in dem sich die Küche, die beiden Bäder und ein Schlafzimmer befanden, konnte er das gut von der Leiter aus bewerkstelligen. Für die Vorderfront des Hauses und besonders die hohe Giebelwand würde er ein Gerüst benötigen.

„Marita, kannst du dich mal erkundigen, wo man Gerüste bekommt", sagte Andreas. „Eigentlich müsste Monsieur Le Goff dir das sagen können. Er hat doch früher als Dachdecker gearbeitet."

Marita war nicht sehr wohl bei dem Gedanken, dass Andreas in acht oder neun Meter Höhe auf einem Gerüst rumturnen wollte. Sie fand, manchmal übertrieb er es auch etwas mit dem Selbermachen. Früher hatte er die Auffassung vertreten, dass man alles können müsste, um völlig unabhängig zu sein. Sein Traum von der Autarkie. Aber so ganz funktionierte das eben auch nicht. Niemand konnte auf allen Gebieten ein Fachmann sein. Andererseits war es natürlich schon sehr praktisch, wenn man nicht wegen jeder Kleinigkeit einen Handwerker kommen lassen musste. Außerdem war Marita ja stolz auf Andreas. Was der alles konnte! Aber in Gefahr sollte er sich deshalb nicht bringen. Da entsann sie sich, dass in den Osterferien ein Mann bei ihnen vorbeigekommen war, der etwas von einer Hausreinigung erzählt hatte. Er hatte dabei etwas von Pilzen und Bakterien gesagt und auf die Giebelwand gezeigt, auf der sich hässliche rote Streifen und Flecken auf dem Putz befanden. Sie hatten sich sowieso gewundert, was es mit diesen seltsamen Verfärbungen auf sich hatte, die sie auch an anderen Häusern schon bemerkt hatten. Andreas hatte diese Flecken überstreichen wollen. Aber nun erinnerte sich Marita plötzlich wieder an den Mann, der ihnen ein konkretes Angebot für die komplette Reinigung der Hausfassade gemacht hatte. Vielleicht wäre der ja die Lösung ihres Problems. Sie hatte sich seine Karte damals aufgehoben, so viel wusste sie noch.

Tatsächlich. In der Schublade des Küchenschranks, in der sie alle möglichen Prospekte aufbewahrte, fand Marita die rote Karte (war das Rot eine Anspielung auf den roten Pilzbefall?) mit dem Namen und der Telefonnummer des Reinigungsunternehmens: Michel Bautour; *Service Nettoyage, Ravalement.*

„Goldschnupf", sagte sie zu Andreas, „ich glaub, ich hab eine bessere Idee als ein Gerüst. Da war doch mal ein Mann von einem Reinigungsunternehmen. Vielleicht sollten wir den erst noch einmal zu Rate ziehen. Dann hast du auch nicht die mühsame Arbeit des Anstreichens."

Andreas fand den Vorschlag ausgezeichnet. So rechte Lust auf das Streichen der kompletten Fassade hatte er nämlich nicht.

Schon am nächsten Tag kam Monsieur Bautour mit seinem Gehilfen Hervé vorbei, sichtlich erfreut, dass sie sich seiner erinnerten.

Er erklärte ihnen, dass die Wand nach der Spezialbehandlung mit einem chemischen Produkt wieder strahlend weiß aussehen würde und es keines Anstrichs mehr bedürfe.

Marita sah Andreas zufrieden an.

„Also lassen wir es machen", war ihr Entschluss.

Monsieur Bautour erläuterte ihnen den Ablauf der Prozedur. Es würde zwei volle Tage dauern. Zuerst würde der Putz mit der Chemikalie eingesprüht, die über Nacht wirken müsse. Am zweiten Tag würde dann das Haus mit einem Hochdruckgerät gereinigt.

Andreas und Marita verabschiedeten sich, im Bewusstsein, eine sinnvolle Entscheidung getroffen zu haben: „*À demain.* Bis morgen."

Am nächsten Morgen kam ein Trupp von drei Männern, einer von ihnen war Hervé. Monsieur Bautour, der Chef, war nicht dabei. Jeder hatte einen Behälter an einem Tragriemen über die Schulter gehängt, in dem sich offenbar die vielversprechende Chemikalie befand. Hervé gab Marita und Andreas zu verstehen, dass das Material sehr aggressiv sei und sie sich auf keinen Fall im Wirkungsbereich ihrer Arbeit aufhalten dürften. Als sie begannen, mit den Düsen die Hauswände zu besprühen, zweifelte Marita keinen Moment lang an der Giftigkeit der Chemikalie, denn es ging ein stark beißender Geruch von ihr aus. Sie wunderte sich nur darüber, dass die Männer ohne Atemschutz arbeiteten. Aber in der Hinsicht waren sie ja einiges gewöhnt, was die Sorglosigkeit der Bretonen im Umgang mit gefährlichen Substanzen anging.

Interessant war es dennoch, aus sicherer Entfernung zu beobachten, wie sich direkt unter Einwirkung der aufgesprühten Flüssigkeit die eher karminroten Streifen in helles Zinnoberrot verwandelten. Die Männer gingen bei ihrer Arbeit systematisch vor und ließen keine Stelle der Hauswände unbehandelt.

Hervé stand gerade auf einer Leiter und sprühte die Vorderfront ein, als Madame Le Goff in den Garten kam und mit ihrer durchdringenden Stimme nach Madame „Singlährr" rief. Marita hatte sie von ihrem Beobachtungsposten vor der Garagentür schon kommen sehen und warnte sie, sich dem Haus nicht zu nähern.

« *Attention! N'approchez pas, c'est dangereux!*" rief nun auch Hervé von der Leiter herunter.

Aber obwohl Madame Le Goff sehr wohl erkennen konnte, dass die Leute dort mit giftigem oder zumindest aggressivem Material arbeiteten, war ihre angeborene Neugier doch größer, und sie näherte sich dem Haus, um sich die Sache genauer besehen zu können.

Noch einmal rief Hervé sein eindringliches „Attention!", als sie schon bis auf wenige Schritte entfernt von der Hausfassade stand. Doch da passierte es bereits. Aus der Düse fielen einige Tropfen auf Madame Le Goffs blauen Anorak.

„Pardon, Madame", entschuldigte sich sofort der arme Hervé, der vor Schrecken bleich von der Leiter herunterstieg.

Marita kam nun auch hinzu und beruhigte die laut schimpfende Nachbarin. Es sei ja zum Glück nichts passiert. Sie hätten sie auch ausdrücklich gewarnt, näher heranzukommen.

Mit beleidigter Miene trollte sich Madame Le Goff von dannen, um nur zwei Minuten später, als Hervé gerade die Arbeit wieder aufnehmen wollte, mit unüberhörbarem Gezeter zurückzukehren. Wie eine Furie ging sie auf ihn zu, zeigte auf den Ärmel ihres Anoraks, der inzwischen einige entfärbte Punkte aufwies, von denen die größten höchstens erbsengroß waren, und fauchte etwas von Schadenersatz. Die ganze Jacke sei nur noch *poubelle*, also Müll, worin ihr Marita im Stillen nur beipflichten konnte – aber das war sie auch vorher schon gewesen, denn es handelte sich ganz eindeutig um ein älteres Exemplar, das sie nur noch zum Arbeiten trug.

Ihr Angriff verfehlte bei dem Mann seine Wirkung nicht, so dass er ihr stammelnd einen Betrag, den er vorhatte, selbst zu zahlen, anbot. Er dachte nämlich mit Angst an seinen Chef und dass er im mildesten Fall einen Anraunzer zu erwarten hätte, wenn er davon erführe. Er merkte allerdings schnell, dass mit der Frau nicht gut Kirschenessen war, denn die lehnte seine Offerte rundweg ab und verlangte einen ganz neuen Anorak, der mindestens 300 Francs gekostet habe. Hervé versuchte zu verhandeln, indem er sein Angebot auf fünfundzwanzig Euro erhöhte. Vergebens.

Madame Le Goff schrie etwas von Polizei und Gericht und verschwand durch das Gartentor.

Nun musste Marita den armen Hervé beruhigen, der sich einerseits über die unmögliche Frau und ihr Gebaren aufregte, zugleich aber doch Angst hatte, die Sache würde ihm Ärger mit seinem Chef einbringen.

„Aber ich kann doch bestätigen, dass Sie sie gewarnt haben. Es war schließlich ihre eigene Verantwortung, dass sie entgegen Ihrer ausdrücklichen Anweisung, nicht näher zu kommen, es dennoch tat."

„Bien sûr », sagte Hervé. Aber so ganz beruhigt schien er noch nicht zu sein und murmelte kopfschüttelnd etwas von verrückt.

Wenn Marita gedacht hatte, Madame Le Goff hätte eingesehen, dass sie selbst schuld daran war, dass ihr Anorak einige Spritzer abbekommen hatte, hatte sie sich geirrt. Denn nach etwa zehn Minuten war sie wieder da. Diesmal mit Verstärkung. Sie hatte ihren Sohn François mitgebracht, der sofort auf Hervé losstürmte, ihn beim Anorak packte und ihn wüst beschimpfte. Marita konnte das meiste nicht verstehen. Nur seine Geste des Halsabschneidens sprach eine allzu deutliche Sprache!

Hervé zitterte am ganzen Körper, was man dem robusten Mann, der bestimmt nicht besonders sensibel war und einiges vertragen konnte, kaum zutraute. Aber die ganze Szene hatte tatsächlich etwas Beängstigendes. Angesichts dieser Situation war ihm klar, dass er nicht darum herum käme, seinen Chef zu verständigen. Um die beiden loszuwerden, versprach er, seinen Chef zu fragen, wie der Schaden geregelt werden könnte. Aber damit begnügte sich der aufgebrachte François keineswegs. Ob er nicht ein Handy habe, fragte er Hervé. Verschämt holte der das *Portable* aus seiner Jackentasche. Er merkte, dass es keinen Sinn hatte, auf Zeit zu spielen. Die wollten hier und jetzt *Satisfaction!*

Er ging ein wenig abseits, um ungehört telefonieren zu können. Sein Ärger, aber auch seine Furcht vor der Schelte durch seinen Chef, war ihm deutlich ins Gesicht geschrieben. Man hörte ihn aufgeregt reden, und dann kam er, das Handy noch am Ohr zu Madame Le Goff und nannte ihr die vom Chef angebotene Summe, die Hälfte des von ihr genannten Neupreises. Doch Madame Le Goff und ihr Sohn gestikulierten wie wild, um ihrer Unzufriedenheit Ausdruck zu verleihen, wobei François noch einmal die Halsabschneidegeste ausführte. Nach einem weiteren Wortwechsel mit seinem Chef nannte Hervé einen deutlich höheren Betrag, der nun endlich Madame Le Goff zufrieden zu stellen schien. Hervé war richtig blass geworden. Erst als er versicherte, am nächsten Tag das Geld mitzubringen, wandten die beiden sich zum Gehen.

Marita atmete auf. Ihr war die ganze Angelegenheit äußerst peinlich, und sie bedauerte Hervé, der möglicherweise den Schaden vom Lohn abgezogen bekommen würde. Jedenfalls schimpfte er noch eine ganze Weile auf die verrückten Nachbarn, bezeichnete sie als Kriminelle und stieß wüste Verwünschungen gegen sie aus, bevor er sich wieder seiner Arbeit zuwandte.

Endlich waren sie fertig. Das Haus „blühte" zinnoberrot. Die chemische Substanz würde nun ihre Wirkung entfalten und die Bakterien abtöten.

Marita hoffte, dass die Nachbarin sie nach diesem Zwischenfall eine Zeitlang mit ihren Besuchen verschonen würde. Aber sicher war sie sich nicht, ob das Geschehene in Madame Le Goff eine etwas größere Zurückhaltung hervorrufen würde, was die Häufigkeit ihrer Besuche anging.

Am nächsten Tag war der Reinigungstrupp wieder pünktlich zur Stelle. Nun wurde die gesamte Hausfassade mit Hochdruckreinigern bearbeitet. Wie von Zauberhand verschwanden unter dem Wasserstrahl die roten Flecken und Streifen. Das Ergebnis konnte sich sehen lassen! Das Haus war tatsächlich strahlend weiß.

„Das hat sich gelohnt", meinte Andreas. „Und mir ist eine Menge Arbeit erspart geblieben."

Pünktlich wie die Männer vom *Service Nettoyage* war auch Madame Le Goff, die zufrieden lächelnd das Geld, das ihr Hervé gab, einsteckte. Zum Glück verschwand sie danach sehr schnell. Denn Hervés Zorn auf die geldschneiderische Frau war noch immer ungebremst. Und am liebsten hätte er das mit ihr veranstaltet, was der Sohn *ihm* angedroht hatte.

Vor dem Weiß des Hauses strahlte das Gelb der Fensterläden nun noch intensiver. Marita und Andreas gefiel die Farbe, die für die Bretagne absolut unüblich war. Und sie gedachten auch nicht, sie zu verändern, auch wenn Kurt oft über die „Renault" - Farbe spottete und sie dazu überreden wollte, die Fensterläden weiß oder blau zu streichen. Nein, ihr Haus sollte so bleiben, wie es war. Und damit war es unverwechselbar.

Achtzehn

Stefan war ganz aus dem Häuschen. Von Marcel hatte er eine SMS bekommen, dass dieser morgen in Brest mit dem Flugzeug ankommen würde. Endlich! Fast drei Wochen hatte er ihn schon entbehren müssen. Zwar war die Zeit durch die vielen Aktivitäten auf Cornelius' Hof, die vielen neuen Eindrücke, die interessanten Gespräche unglaublich schnell vergangen, aber Stefan hatte seinen Freund trotzdem sehr vermisst. Er freute sich, dass Marcel nun auch die Bretagne kennen lernen würde und vor allem, dass sie wieder beisammen wären. Er fand es prima von Marita und Andreas, Marcel auch eingeladen zu haben. Aber er kannte das ja nicht anders von ihnen. Er wusste, dass die Freunde ihrer Kinder und auch deren Freunde stets willkommen waren. Trotzdem war es noch einmal etwas anderes, wenn man auch in die Ferien eingeladen wurde. Das war ja auch eine ganze Menge Einschränkung und Mehrarbeit. Und Stefan war ihnen sehr dankbar.

Marita und Andreas kannten Marcel bereits, und sie hatten sich gegenseitig sofort sympathisch gefunden. Das schätzte Stefan bei den beiden ganz besonders: dass sie überhaupt keine Vorurteile hatten. Deshalb war es für sie auch kein Problem, dass er schwul war. Wenn er bedachte, was für Schwierigkeiten er in seinem Dorf gehabt hätte! Dort hatte er sich noch nicht geoutet. Zum Glück wohnte er ja weit genug ab vom Schuss! Es war eben doch so: Großstadtluft macht frei. Von der Homoszene hielt er sich allerdings entfernt. Und auch das ganze Gequatsche von Homo-Ehe hielt er für ausgesprochen blöd. Es war doch genug, dass man heute als Schwuler ohne Diskriminierung leben konnte.

Stefan erinnerte sich an die Zeit, als er zuerst in Cornelius' Elternhaus kam. Es hatte die offene und künstlerische Atmosphäre wie eine Befreiung und als äußerst wohltuend empfunden. Bald war er dort schon wie Kind im Haus gewesen. Und er fühlte sich im Gegensatz zu seinem Zuhause dort so angenommen, wie er war. Selbst seine Gefühlsschwankungen nahmen sie mit großer Gelassenheit hin. Die waren ihm selbst ja nur undeutlich bewusst. Aber er merkte wohl, dass er sich manchmal ziemlich unmöglich benahm. Es war die Zeit, als er selbst noch gar nicht recht wusste, ob er nun Männchen oder Weibchen war! Und das machte ihn total unglücklich und einsam. Sogar mit Selbstmordgedanken hatte er schon gespielt. Nein, nicht nur gespielt, sondern sie ernsthaft erwogen. Und dann hatte ihn die Freundschaft zu Cornelius davor bewahrt. Na ja, er war in ihn verliebt gewesen, wie so was ja häufiger in der Pubertät passiert, ohne dass man deshalb gleich schwul sein muss. Cornelius war damit auch ganz relaxed umgegangen. Entweder wollte er nicht merken, was los war, oder er merkte es wirklich nicht! Jedenfalls blieb Cornelius für ihn unerreichbar. Und trotzdem war die Freundschaft zu ihm und auch zu seinen Eltern, bei denen er sich uneingeschränkt wohl fühlte, für ihn ein großer Halt in jener Umbruchphase.

Während sie bei ihm zu Hause immer nur vor dem Fernseher saßen oder miteinander stritten, wurde bei Cornelius Kunst gemacht. Auch er und Cornelius hatten damals auf dem noch unausgebauten Dachboden Bilder gemalt und sich als angehende Künstler gefühlt. Sogar der Kunstakademie hatten sie mehrere Besuche abgestattet und die Künstlerluft wie eine Droge eingesogen.

Im Kunstunterricht hatte Stefan ein Referat über Beuys gehalten, über das er besonders stolz gewesen war. Und dann hatte er mit Cornelius in der Schule so etwas wie Happenings veranstaltet...eine verrückte Zeit! Erstaunlich, dass der eigentlich eher konservative Direktor ihnen keine Schwierigkeiten gemacht hatte.

Als Stefan später einmal Andreas den Inhalt des Beuys-Referats erzählt hatte, war er ganz erschrocken darüber, dass dieser ihn ausgelacht und ihm in fast allen wesentlichen Punkten widersprochen hatte. Natürlich hatte Stefan nur wiedergeben können, was er in Büchern über den bekannten Künstler gefunden hatte. Und Andreas kannte ihn ja persönlich aus seiner Studienzeit. Wenn sie auf Beuys zu sprechen kamen, war das immer Anlass zu lebhaften und kontroversen Diskussionen.

Den Gedanken an eine künstlerische Laufbahn hatte Stefan schon lange aufgegeben. Das war eben auch nur so eine postpubertäre Schwärmerei gewesen, die mit seinem wirklichen Talent nichts zu tun hatte. Geschauspielert hatte er tatsächlich gerne. Aber als Beruf konnte er sich den des Schauspielers doch nicht vorstellen. Das Problem war für ihn gewesen, dass er eigentlich auf vielen Gebieten gut war, aber keine ganz ausgeprägte Neigung hatte. Deshalb hatte er auch erst einige Irrwege machen oder Versuchsstationen durchlaufen müssen. Zuerst das Studium der

Chemie, dann das der Philosophie, bis er bei der Stadtplanung gelandet war. Ob bei der Wahl die thematische Nähe zu Cornelius' Studium der Architektur ausschlaggebend gewesen war? Das konnte Stefan selbst nicht schlüssig beantworten. Jedenfalls fühlte er sich bei seinem jetzigen Studium sehr wohl. Und das war die Hauptsache.

Kiki erklärte sich bereit, mit Stefan nach Brest zu fahren. Sie hatte nämlich Lust, mal etwas anderes als nur das Meer zu sehen. Leon begleitete sie natürlich auch. Sie fuhren etwas früher los, um sich noch ein wenig in der Stadt umzusehen. Über die Schnellstraße, den *voie express*, brauchten sie für den Weg nur eine Stunde. Beeindruckend war die Fahrt über die moderne Brücke, die sich über die *Rade de Brest* spannte. Dass Brest von der Marine beherrscht wird, sahen sie an den vielen an den Kais liegenden Kriegsschiffen. Die Stadt selbst allerdings war enttäuschend. Man hatte das im Krieg völlig zerstörte Zentrum schachbrettartig mit wenig Phantasie wieder aufgebaut. Man konnte nicht behaupten, dass Brest Charme versprühte. Nur das Schloss, grau und trutzig oberhalb der Hafeneinfahrt gelegen, hatte den Luftangriffen im Krieg standgehalten. An einigen Mauerabschnitten konnte man erkennen, dass es auf gallo-römischen Fundamenten gegründet war. Interessant war dann noch eine riesige stählerne Brückenkonstruktion unweit des Schlosses, die *Pont du Recouvrance*, eine Hebebrücke, durch die Schiffe bis zu 55 Meter Masthöhe passieren konnten.

Aber nun wurde es auch schon Zeit, zum außerhalb gelegenen Flughafen zu fahren. Kiki hielt sich unbeirrt an die Ausschilderung, auch wenn sie das Gefühl hatte, sich im Kreis zu bewegen. Das kam wahrscheinlich durch die unendlich vielen Kreisel, die *rond-points*, von denen man hier geradezu besessen zu sein schien.

Gerade noch rechtzeitig kamen sie am Flugplatz an. Stefan eilte schon in die Ankunftshalle, während Kiki nach einem Parkplatz suchte, was sich als nicht sehr schwierig herausstellte, da der Flughafen anscheinend nicht sehr groß war.

Stefan kam ihnen aufgeregt entgegen.

„Das Flugzeug hat Verspätung, haben sie gerade durchgegeben. Na, hätten wir das gewusst, hätten wir uns nicht so beeilen müssen."

Nach einer halben Stunde Wartezeit in der kleinen überschaubaren Abfertigungshalle wurden sie noch einmal um eine halbe Stunde vertröstet.

„Kommt, lasst uns einen Kaffee trinken", schlug Leon vor.

Viel mehr konnte man hier tatsächlich nicht tun. Es gab nur ein Bistro und einen kleinen Laden mit bretonischen Andenken und Postkarten, den sie bereits inspiziert hatten.

Endlich war die Stunde vergangen, und die Landung der Air-France-Maschine aus Paris wurde angekündigt.

Durch die Fensterscheiben konnten sie aufs Rollfeld sehen. Da kamen auch schon die Passagiere. Viele waren es nicht. Höchstens vierzig bis fünfzig. Brest lag tatsächlich am Ende der Welt!

Stefan lief aufgeregt hin und her. Er hatte soeben Marcel auf die Halle zugehen sehen.

„Ist er das?", fragte Leon und zeigte auf einen schlanken und großen jungen Mann, dessen weißes T-Shirt seine kakaobraune Hautfarbe unterstrich.

„Ja, das ist Marcel. Der schönste Mann unter der Sonne!", antwortete Stefan.

Kiki schnalzte anerkennend: „Ist ja wirklich ein Bild von einem Mann!"

Die meisten Passagiere waren mit ihrem Gepäck schon durch den Ausgang. Nur Marcel und eine Frau standen noch wartend an den Kofferbändern. Marcel winkte ihnen zu.

Stefan konnte sich vor Ungeduld kaum noch bremsen.

„Warum kommt er denn nicht auch endlich? Ob etwas mit seinem Gepäck nicht in Ordnung ist?"

In dem Moment wurde das Laufband abgestellt, und eine Angestellte ließ Marcel und die Frau nach einem kurzen Wortwechsel in die Empfangshalle passieren.

Jetzt lagen sich Stefan und Marcel erst mal in den Armen.

„Du bist bestimmt Leon. Du siehst deinem Bruder sehr ähnlich."

Marcel begrüßte Leon mit einem strahlenden Lächeln.

„Und das ist deine Freundin?"

„Hallo, Marcel. Was ist mit deinem Gepäck?"

Kiki dachte gleich ans Praktische.

„Ach, du liebe Zeit! Es scheint so, als wäre mein Rucksack nicht mitgekommen. Ich muss mich mal darum kümmern. Die Frau sagte, ich solle zu dem Schalter dort drüben gehen und Angaben zu dem vermissten Gepäckstück machen. Scheint so, dass es in Paris falsch umgeladen wurde."

Nachdem Marcel Größe, Beschaffenheit und Inhalt seines Rucksacks beschrieben und die Adresse von Zinglers Ferienhaus angegeben hatte, konnten sie endlich losfahren. Der Rucksack sollte ihm am nächsten Tag gebracht werden.

„Ich hoffe nur, dass er nicht verloren ist", sagte Marcel. „Ich habe nämlich ein paar Zeichnungen und Aquarelle drin, die ich Andreas zeigen wollte. Wegen der anderen Sachen ist es nicht so schlimm. Und ein T-Shirt kannst du mir ja geben, Stefan."

„Und Zahnbürsten hat meine Mutter immer in Vorrat", ergänzte Leon.

„Na, dann kann ja nichts schief gehen", meinte Stefan fröhlich und legte seinen Arm um Marcel. „Also, herzlich willkommen in der Bretagne. Du wirst sehen, es ist ganz toll hier."

„Ich freu mich auch schon unheimlich. Ist wirklich ganz lieb von deinen Eltern, Leon, dass ich bei Euch in Eurem Sommerhaus wohnen kann. Und es liegt wirklich direkt am Meer? Ich kann's mir noch gar nicht vorstellen. Muss ja traumhaft sein!"

„Ist es auch", sagte Kiki. Und der Strand. Einfach phantastisch! Und bei Cornelius auf dem Hof – der ist ja gar nicht weit entfernt – da ist es richtig abenteuerlich. Na, du wirst ja gleich alles kennen lernen."

Stefan hatte seinen Freund die ersten gemeinsamen Stunden erst einmal mit Beschlag belegt. Sie waren am Strand entlang und auf den Klippenpfaden gewandert, dann hinüber zum Hof von Cornelius, wo Marcel alles gebührend bewundert hatte. Und den Abend hatten sie im Garten bei Marita und Andreas verbracht.

Marcel war nicht nur ein schöner Mann, sondern auch ein sehr angenehmer Mensch mit formvollendeten Manieren, was besonders Marita sehr gefiel. Er war zurückhaltend und aufmerksam, fragte stets, ob er helfen könne und tat es mit der größten Selbstverständlichkeit.

Er stammte aus Guadeloupe und sprach daher fließend Französisch. Marcel hatte sich, seit er seine Heimat verlassen hatte, schon in einer Reihe von Berufen versucht. Eine Zeitlang war er Steward bei einer Airline gewesen. Als Model hatte er für eine bekannte italienische Modedesignfirma gearbeitet und einige Jahre in einer Edelboutique in Berlin als Verkäufer.

„Marcel ist der geborene Verkäufer von Edelklamotten", brüstete sich Stefan mit seinem Freund. „Er ist ein Verkaufsgenie!"

„Ja, aber zum Schluss hing es mir zum Hals heraus!", erwiderte Marcel lachend. „Ich habe selber aufgehört, obwohl mein Chef mich gerne behalten hätte. Denn ich habe wirklich für Umsatz gesorgt. Aber diese Schickimicki-Leute sind auf die Dauer ganz schön nervend!"

Marcel schien ein echtes Multitalent. Seine Sprachbegabung – er sprach neben seiner Muttersprache Französisch ein gutes Englisch und ebenso gutes Deutsch – und seine guten Umgangsformen schienen ihm viele Türe zu öffnen. Vor kurzem hatte er einen Job in einem Berliner Museum bekommen.

„Da bin ich eigentlich zum ersten Mal in meinem Leben mit Kunst in Berührung gekommen", erzählte er beim abendlichen Wein Marita und Andreas.

Und nun hatte er seine Liebe zur Kunst entdeckt. Er konnte sich vorstellen, vielleicht eine Galerie zu eröffnen. Aber er wollte auch selbst Kunst machen. Und deshalb hatte er seine ersten Versuche darin mitgebracht und wollte Andreas bitten, ihm einige Hilfestellungen zu geben.

Am nächsten Vormittag brachte tatsächlich ein Mann vom Brester Flughafen Marcels Rucksack zu den Zinglers. Marcel war froh, dass er nicht verloren gegangen war und konnte gar nicht abwarten, was Andreas zu seinen ersten Bildern sagen würde.

„Der Andy ist sehr kritisch", warnte Stefan. „Mach dir keine zu großen Hoffnungen auf Anerkennung."

Stefan kannte Andreas' oft beißende Kritik an Werken zeitgenössischer Künstler und war in Sorge, dass Marcel sich irgendwelchen Illusionen hingeben könnte.

„Ach, Steff, ich bin doch kein Kind mehr. Ich weiß doch selbst, dass ich erst ein blutiger Anfänger bin. Wer sich aus einem Meeresstrudel befreit hat, wird wohl noch Kritik vertragen können!"

Das mit dem Meeresstrudel war nämlich Marcels ganz persönliche Geschichte, die ihn ständig verfolgte. Als Zwölfjähriger war er in Guadeloupe beim Schwimmen im Meer in einen unterirdischen Sog geraten und hatte dabei schon dem Tod in die Augen gesehen. Mehrmals hatte er sich an die Oberfläche gekämpft und war doch immer wieder von dem Strudel in die Tiefe gezogen worden. Völlig entkräftet hatte er geglaubt, dass das Ende gekommen sei, als er das Bild seiner Großmutter vor Augen sah. An alles weitere konnte er sich nicht erinnern. Tatsächlich war er in jenem Augenblick von einem Fischer, der ihn kurz hatte auftauchen sehen, gerettet worden. Es war wohl die letzte Chance einer Rettung gewesen, denn er war bereits bewusstlos. Hinterher hatte die Großmutter, bei der er mit einigen seiner vielen Geschwister aufgewachsen war, ihm erzählt, dass sie ihn rufen gehört hatte, was natürlich in Wirklichkeit gar nicht möglich war, und sie seinen Schutzengel angerufen habe, ihm zu Hilfe zu eilen. Seitdem verfolgte ihn diese Situation des Hinabgezogenwerdens immer wieder in unregelmäßigen Abständen. Seit jener Zeit litt er auch unter asthmatischen Anfällen, die vor allem in Stresssituationen auftraten.

Von all dem merkte man Marcel keineswegs etwas an. Er war ein echter Sonnyboy. Charmant und liebenswürdig, fröhlich und hilfsbereit und von einer gewissen Weltläufigkeit. Und man merkte, dass er Geschmack hatte, schon daran, wie er sich kleidete, aber auch an seinen Kommentaren zum Haus und zur Einrichtung der Zinglers. Besondere Aufmerksamkeit schenkte er sofort den Bildern von Andreas. Die hatte er auch schon bei seinem Besuch bei Marita und Andreas in Deutschland bewundert. Vor allem das große Atelier von Andreas in den ehemaligen Pferdeställen, das sich Andreas zu einem hundert Quadratmeter großen Arbeitsraum ausgebaut hatte. So etwas wäre auch sein Traum. Vielleicht könnte er eine alte ausgediente Fabrikhalle finden in Berlin und sie zusammen mit Stefan herrichten. Man könnte ja auch ein Loft zum Wohnen darin einrichten. An Ideen mangelte es Marcel nicht. Immer schon hatte er hochfliegende Pläne gehabt. Allerdings brauchte man dafür auch Geld. Und daran mangelte es Marcel chronisch. Obwohl er nicht schlecht verdient hatte, zerrann ihm das Geld schnell unter den Fingern, da er einen aufwendigen Lebensstil pflegte. Teure Klamotten und Einrichtungsgegenstände nur vom Feinsten, anders zu leben konnte er sich einfach nicht vorstellen.

Darin war er das genaue Gegenteil zu Stefan, der sehr sparsam wirtschaftete und im Studium immer mit einem geringen Budget zurechtkommen musste. Manchmal war dieser unterschiedliche Lebensstil zwischen den beiden Anlass für Streitereien. Stefan fand, dass sein Freund das Geld zum Fenster rausschmiss. Und Marcel fand Stefan oft knauserig und kleinkariert. Im Zusammenleben von Schwulen stellen sich Probleme nicht sehr viel anders dar als bei heterosexuellen Paaren.

Marcel holte aus seinem Gepäck einen Stapel Kartonblätter und legte sie mit erwartungsvoller Miene vor Andreas auf den Tisch. Andreas sog an seiner Pfeife, blickte auf das oberste Blatt, das mit Kreidefarben gemalte Kreise, Ranken, Kringel und wirre Linien aufwies, und sagte erst einmal eine Weile gar nichts.

Er sah von der Zeichnung zu Marcel, von Marcel wieder auf die Zeichnung und schüttelte den Kopf.

„Soll ich mir alle angucken oder soll ich schon gleich mit meiner Kritik anfangen?"

„Da sind auch noch bessere dabei", antwortete Marcel zaghaft, nahm das erste Blatt zur Seite und legte es auf den Terrassenboden. So ging das weiter, Blatt für Blatt, bis alle zwölf Blätter nebeneinander auf dem Boden lagen.

„Also, zum Künstler taugst du nicht, lieber Marcel!"

Nun war es heraus, das Urteil des „Meisters".

„Ich habe dich gewarnt", sagte Stefan, der bei der Prozedur dabeistand und Marcel tröstend umarmen wollte. Der jedoch wehrte ihn ab.

„Jetzt lass uns mal. Ich werde Andreas erklären, was ich mit den Zeichnungen ausdrücken will."

Und er zeigte hierhin und dorthin, sagte etwas von Strudeln, die er habe darstellen wollen und dass er natürlich noch üben müsse, damit es besser würde.

„Weißt du, nicht der Inhalt ist das Entscheidende, sondern die Form. Oder besser: Inhalt und Form müssen einander entsprechen. Und um das hinzukriegen, musst du viele tausend solcher Zeichnungen gemacht haben. Dann bekommst du vielleicht eine erste Ahnung davon. Und vor allem eins: so ein edles Papier ist völlig untauglich. Ich hab in der Werkstatt noch alte Tapetenrollen. Da kannst du mit anfangen. Und vor allem nicht so zaghaft! Du hast ja schon Angst bei den kleinsten Strichen. Ganz wichtig ist, man muss zerstören können! Kunst darf nicht *schön* sein! Darf ich mal?"

Marcel nickte, als sich Andreas ein Blatt vornahm, auf dem zarte Bleistiftstriche einen Trichter andeuteten.

„Das ist der Strudel, der mich in die Tiefe gezogen hat", sagte Marcel leise, fast flehentlich.

„Das seh ich. Aber was ist denn das für ein Strudel? Geht denn von dem wirklich Gefahr aus? Das sieht ja aus wie ein umgestülpter Zuckerhut. Du hast doch dabei Todesängste verspürt. Das muss man dem Bild ansehen können! Gib mir mal die Kreidestifte."

Andreas griff nach den Stiften, setzte sie kraftvoll auf das Papier, zog die dünnen Linien mit kräftigen Blau- und Grüntönen nach, ließ aus dem Trichter braune und rote Blasen steigen. Gelb und orange kamen hinzu, bis tatsächlich das Ganze zu brodeln schien. Von oben besah sich Andreas das Gesamtbild, setzte hier noch eine Linie, dort eine Schraffur in Schwarz, ging noch einmal mit Weiß an einige Stellen, bis er schließlich sagte: „So, jetzt hast du deinen Strudel!"

Marcel konnte einen Moment nichts sagen. Sein schöner Trichter war verschwunden...aber da tobte wirklich ein Kampf auf Leben und Tod auf dem Papier!

„Toll, Andreas, das ist grandios. Das musst du mir zeigen. Ich will das lernen. Bitte! Du musst mir dabei helfen."

Stefan war sprachlos vor Staunen, dass Marcel bei der ganzen Aktion nicht die Nerven verloren und geheult hatte vor Kummer darüber, dass Andreas sein Bild *zerstört* hatte. Dass er im Gegenteil sogar dessen Ratschläge wirklich beherzigen wollte. Er hatte wohl den Ehrgeiz und Wunsch seines Freundes, Kunst machen zu wollen, nicht richtig eingeschätzt. Er hatte sie eher für eine seiner Marotten gehalten, die sich bald überlebt haben würden. Schließlich hatte Marcel auch eine Galerie aufmachen wollen, ohne dass es bis jetzt dazu gekommen war.

In den nächsten Tagen wandte sich Marcel aber mit einer solchen Leidenschaft dem Malen zu, dass Stefan direkt eifersüchtig auf die blöden Bilder wurde. Das wurde ihm alles an Aufmerksamkeit entzogen!

Andreas ließ Marcel erst einmal eine Menge Bilder anfertigen, bevor er mit ihm in die Diskussion darüber einstieg. Plötzlich brach ein regelrechtes Kunstfieber aus. Auch Kiki nahm sich wieder vermehrt ihren Skizzenblock vor. Und Leon schrieb Gedanken auf und zeichnete Entwürfe.

Auch Gesa war angesteckt. Sie schrieb zwischendurch immer mal Gedichte in ihre Kladde, notierte Einfälle für Geschichten, schrieb Beobachtungen auf. Einige kleine Reportagen hatte sie bereits für eine Jugendzeitschrift geschrieben, und eine Kurzgeschichte und ein paar Gedichte von ihr waren in einer Anthologie veröffentlicht worden. Jetzt kam ihr die Idee, über das Haus von Cornelius einen Bericht zu schreiben. So etwas müsste andere junge Leute doch interessieren. „Cornelius träumte von einer Ruine" schrieb sie als Überschrift. Und dann legte sie los: „Wer träumt nicht von einem eigenen Haus! Aber wie lässt man einen Traum Wirklichkeit werden, noch dazu als Student und mit wenig Geld? Mein Bruder Cornelius suchte und fand eine Ruine, ein Bruchsteinhaus in der

Bretagne, nur vierhundert Meter vom Meer entfernt. Es war nicht gerade Liebe auf den ersten Blick. Aber er würde etwas daraus machen, das hatte er sich vorgenommen. Und dass er das schaffen wird, daran zweifle ich nicht. Ich muss es schließlich wissen, denn ich habe selbst mitgeholfen!"

Gesa überlegte, was sie an besonders Interessantem aus der Phase des Umbaus beschreiben könnte. Ach ja, das Klohäuschen, das fänden die Leser bestimmt lustig. Und so schrieb sie weiter. „Geradezu idyllisch lag das kleine Bruchsteinhaus mit angrenzender Scheune, bewuchert mit Efeu, an einem Hang. Blühende Hortensiensträucher ließen die viele Arbeit, die auf ihn wartete, fast vergessen. Sie gaben dem Haus sogar etwas Romantisches. Die erste Tat schien von allen anstehenden Arbeiten die wichtigste. Aus alten Türen zimmerte Cornelius ein Klohäuschen und setzte es auf ein hinterm Haus gebuddeltes Loch. Sogar eine Gardine verzierte das Fenster in der Tür! Später stellte sich heraus, dass dieses Örtchen nicht jedem Besucher zusprach. Besonders die Kinder zogen für ihre *Geschäfte* die freie Natur vor."

Gesa las das Geschriebene durch und war ganz zufrieden damit. Das ließe sich zu einer kleinen Geschichte ausbauen.

Andreas kam sich ein bisschen vor wie bei einer Sommerakademie mit eifrigen Studenten, die sich im Garten verteilt hatten, um voneinander ungestört an ihren Werken *basteln* zu können. Von Zeit zu Zeit schaute er Marcel über die Schulter, der mit wahrem Feuereifer ein Strudelbild nach dem anderen malte, die sich jedoch alle nicht wesentlich voneinander unterschieden. Das würde was werden...Ein ziemlich aussichtsloses Unterfangen!

„Marcel, ich glaube, du lässt die Strudel jetzt einmal Strudel sein und suchst dir zur Abwechslung mal ein ganz anderes Motiv. Zeichne doch zum Beispiel mal einen Zweig mit Blättern dran. Das schult im genauen Hinsehen. Du kannst auch deine Hand zeichnen oder deinen Schuh oder eine Muschel. Ich sehe schon, ich hab dich überfordert mit dem, was ich dir an deinem Bild habe demonstrieren wollen. Ich vergesse einfach manchmal, dass ich zig Jahre Erfahrung habe. Wenn du wirklich etwas lernen willst, müssen wir ganz bei Null anfangen. Und das heißt: zeichnen, und möglichst genau und realitätsgetreu zeichnen. Ich kann dir hier in der kurzen Zeit ja höchstens ein paar Anregungen geben."

„Okay, Andy. Ich habe auch nicht erwartet, dass ich hier zum perfekten Künstler heranreife. Und ein bisschen Ferienspaß soll ja zwischendrein auch noch sein. Was haltet ihr übrigens davon, wenn ich euch alle heute Abend zum Essen einlade? Ich würde *Coq au Vin* machen, wenn euch das gefällt."

„*Coq au Vin*, au toll, darin ist Marcel Spitze!", rief Stefan. „Aber er ist sowieso ein Superkoch." Stefan war froh, dass sich Marcel endlich wieder den Tatsachen des Lebens zuwandte.

Auch die anderen stimmten dem Vorschlag begeistert zu.

„Fein, dann könnten wir am besten gleich mal einkaufen fahren. Denn das Gericht braucht eine gute Vorbereitung."

Den ganzen Nachmittag verbrachte Marcel damit, das Essen vorzubereiten. Er bestand darauf, alles eigenhändig zu machen. Nur beim Gemüseputzen ließ er sich von Gesa helfen. Es war wie ein Schauspiel, ihm zum Beispiel beim Hacken der Kräuter zuzusehen. In seinem gelben Trägerhemd und den olivfarbenen Shorts sah er mit seinen geschickten und raschen Handbewegungen aus, als befinde er sich in einer Open-Air-Küche im Pazifik. Die orange gestrichenen Wände der Küche wirkten wie der von der untergehenden Sonne gefärbte Himmel. Marcel war pausenlos in Bewegung. Das Ganze hatte etwas von einer gut inszenierten Choreographie. Wenn er sich Gewürze vom Regalbrett griff, wenn er Zutaten aus dem Schrank holte, wenn er das Huhn im Wein Sud wendete...Es machte regelrecht Freude, ihm dabei zuzuschauen, und der Appetit vergrößerte sich von Stunde zu Stunde.

Als sich ein köstlicher aromatischer Geruch aus dem Kochtopf zu verbreiten begann, fing Marcel an, den Tisch zu decken. Sie hatten einen herrlichen heißen Tag gehabt. So würde der Abend bis in die Nacht hinein angenehm warm sein, und das Mahl konnte draußen eingenommen werden.

Beim Herrichten der Tafel erwies sich Marcel wiederum als ein wahrer Meister. Er besaß einfach Stil. Marita war fasziniert, wie er die Gedecke arrangierte. Obwohl ihr Feriengeschirr nur sehr einfach war, verstand es Marcel, dem Ganzen eine feine und festliche Note zu verleihen. Kerzenleuchter und Vasen mit Blumen zierten den Tisch zusätzlich. Immer wieder ging Marcel um den Tisch, rückte hier ein Besteck zurecht und dort ein Weinglas, bis nach seiner Meinung alles zufriedenstellend angeordnet war.

Stefan, Leon und Italo hatten sämtliche verfügbaren Stühle aus dem Haus auf die Terrasse geholt und die Weinflaschen aus der Garage. Jetzt könnte es losgehen. Fehlten nur noch Cornelius, Bettina und Udo. Als hätte der Duft der Speisen sich bis zu ihnen auf den Hof hingezogen, waren sie, kurz bevor Marcel das Essen auftragen wollte, pünktlich zur Stelle. Auch Bernard war mitgekommen. Er hatte Cornelius bei der Gartenarbeit geholfen und freute sich darüber, in einer so großen Runde dabei zu sein.

Udo ließ den Blick über den hübsch gedeckten Tisch gehen.

„Oij, oij, oij! Edel, edel!", war sein Kommentar. Er grinste mal wieder spöttisch und fügte noch hinzu: „Vornehm geht die Welt zugrunde!"

„Entweder man hat's oder man hat's nicht", erwiderte Stefan, ein bisschen beleidigt darüber, dass Udo nichts Besseres als Bemerkung zu dem Tafel-Kunstwerk einfiel. Schließlich hatte *sein* Freund Marcel das alles bewerkstelligt.

„Also, nun setzt euch doch erst mal hin", sagte Marita, wie immer bemüht, Frieden zu stiften. Auch sie konnte Spott nicht leiden, zumal er hier nun wirklich völlig unangebracht war.

„Hat Marcel das nicht großartig gemacht?", fragte Andreas, der Udos etwas anzügliche Bemerkung nicht gehört hatte, weil er dabei war, die Weinflaschen zu entkorken.

„Doch, wirklich toll! Merveilleux! Prima! Phantastisch! Super!"

Dickes Lob aus allen Kehlen.

Und da kam Marcel mit der dampfenden Terrine. Er lachte übers ganze Gesicht, wobei seine perlweißen Zähne in dem von einem Lippen- und Kinnbärtchen umrahmten Mund glänzten. Er hatte sich zum Essen extra noch einmal umgezogen und stand mit seinem kornblumenblauen Poloshirt zu weißen Jeans da wie „einem Modejournal entsprungen", wie Andreas zu sagen pflegte über jemanden, bei dem sich eine schöne Erscheinung mit gutem Geschmack in der Kleidung paarte.

„Ein Künstler seines Fachs", sagte Stefan mit erkennbarem Stolz auf seinen Freund.

Marcel lächelte dankbar und gab Stefan einen Kuss auf die Wange.

„Also, liebe Leute, nun fangt doch bitte an, damit das Huhn nicht kalt wird", bat Marcel zum Zugreifen.

Eine Weile war es still, so andächtig und mit Wohlgefallen ließen sich alle die delikat zubereiteten Speisen schmecken. Man hörte nur das Gluckern des Weins, der reichlich in die Gläser gefüllt wurde und hin und wieder Laute und Äußerungen des Wohlgeschmacks wie Ah und Mmh und lecker oder einfach köstlich.

Der Korb mit dem geschnittenen Baguette wurde herumgereicht. Dazu gab es noch verschiedene Salate und diverse selbst hergestellte Soßen. Von allem war reichlich vorhanden.

„Ich kann nicht mehr", verkündete Andreas. „Es hat ausgezeichnet geschmeckt, Marcel."

„Noch ein bisschen vom Huhn", versuchte Marcel ihn zu überreden.

„Nein, danke. Auch wenn es noch so gut schmeckt, ich esse nie mehr als sonst auch."

„Es gibt ja auch noch Nachtisch, den musst du aber probieren! Mousse au chocolat. Eine Spezialität von mir!"

Die leckere Schokoladencreme war schnell aufgegessen und entlockte allen noch einmal begeisterte Ausrufe.

Während Gesa, Kiki und Bettina in der Küche verschwanden, um zu spülen, machten die anderen es sich beim Wein bequem. Andreas zündete seine Pfeife an und war mit Stefan, Marcel, Leon, Cornelius und Italo schon wieder ins Gespräch vertieft. Über die Wichtigkeit von Freundschaften im Leben, den Unsinn des Klonens, über Liebe und Treue, über Sinn und Unsinn des Elitegedankens, über die Gefahren einer zunehmenden Überwachung im Staat, über die gute Form im Design, über interessante Architektur, über die Vernetzung von Informationen, über das Miteinander der Generationen, über Schauspielerei und Musik, über das Ausfransen der Städte und die Verhässlichung von Dörfern, über gute Filme und den Mist im Fernsehen, über Träume und Utopien...

Es ging lebhaft und zum Teil heftig hin und her. Man kam vom Hölzchen aufs Stöckchen. Jedes der angeschnittenen Themen schien ihnen gleich wichtig.

Udo machte zwischendurch kleine bissige Bemerkungen. Stefan sorgte mit Einsprengseln in Schweizer Tonfall für Heiterkeit, die anderen waren hauptsächlich Stichwortgeber für Andreas, der bei jedem neuen Thema sofort losprudelte und kaum zu bremsen war. Seine Vitalität als Ältester unter ihnen war in der Tat bewundernswert. Während die ersten in der Runde bereits müde zu werden begannen, lief er zu Höchstform auf. Wein hatten sie alle reichlich genossen. Aber ihn machte er nicht müde, sondern besonders diskutierfreudig.

Marcel, der bisher mehr zugehört als selbst etwas gesagt hatte, hielt die Zeit für gekommen, den anderen von seinen Fortschritten beim Zeichnen und Malen zu erzählen.

„Oho", warf Udo spöttisch ein, „unser Mister Universum als Künstler! Wer hätte das gedacht! Aber wie sagte doch der selige Großkünstler Beuys: Jeder Mensch ist ein Künstler..."

Noch bevor Marcel antworten konnte, schaltete sich Andreas ein.

„Mit dem musst du gerade kommen. Mit seinem Gequatsche hat er nicht wenige auf dem Gewissen! Der Mensch als *soziales Kunstwerk*. Dass ich nicht lache. Hat er tatsächlich damals an der Kunstakademie verkündet: wenn eine Frau ihren Kinderwagen daher schiebt, so ist das schon Kunst! Und dann wollte er die Akademie für alle aufmachen. Hat er natürlich Ärger gekriegt. Der Rau hat ihn ja sogar von seinem Amt als Professor suspendiert. Was ihn allerdings wenig gestört hat. Hauptsache, er hatte mal wieder Publicity! Und dann sein ganzes verquastes Gerede.

Im Grunde war er ein ganz verantwortungsloser Lehrer. Manche Studenten sind ihm gefolgt wie einem Guru und haben nie was Eigenes geschaffen. Und einige haben das dann nicht verkraftet, dass er sie nicht genügend beachtet hat, und haben sich das Leben genommen. Wie ein Prophet ist der aufgetreten. Jünger und Jubler hat er um sich geschart. Bei ihm gab es nur Gläubige, alle anderen existierten für ihn nicht. Der hatte ja auch diese quasireligiöse Sprache..."

„...vielleicht hat er eine Sehnsucht angesprochen", gab Stefan zu bedenken.

„Ja, klar, für so was hatte er ein gutes Gespür. Das hat er sich zunutze gemacht."

„Den Leuten war die Religion abhandengekommen", meldete sich Marita zu Wort. „Das war dann die Zeit von Bhagwan, Eliade, Castaneda, dem Tibetanischen Totenbuch. Es stimmt, es gab diese Sehnsucht nach etwas Mythischem, Archaischem..."

„...und die hat der Beuys bedient. Seine ganze Kunst ist rückwärtsgewandt. Und mit seinem Filz und Fett greift er auf schamanistische Rituale und Fetische zurück. Die hat er als Sinnersatz benutzt."

„Scharenweise sind sie zu ihm hingelaufen", ergänzte Marita. „Sogar bei den Medizinstudenten hatte der einen Nimbus. Das war wie ein Geheimtipp: Da musst du mal hingehen und den Beuys anhören."

„Und dabei hat der am Anfang nur Unsinn geredet. Aber er war sehr lernfähig. Durch die Forumsgespräche mit Studenten und Professoren – da konnten auch andere als nur Kunststudenten hinkommen – hat der schnell anderes Gedankengut adaptiert. Plötzlich argumentierte er mit Aristoteles..."

„...hat er den überhaupt richtig verstanden?", wandte Italo ein.

„Er hat halt das rausgepickt, was er für sich verwenden konnte, übrigens auch aus den Naturwissenschaften, um sich als Universalgenie zu stilisieren. Und dann kam ja noch die Politik! Erst hat er die Deutsche Studenten Partei gegründet und später kam's noch großkotziger. Da gründete er die ‚Universität für direkte Demokratie und Volkssouveränität'. Irgendwo war der Beuys größenwahnsinnig. Und ein Machtmensch. Aber er hatte damit Erfolg..."

„...und den hast du nicht! Vielleicht bist du deshalb so schlecht auf Beuys zu sprechen." Udo sah Andreas provozierend an.

„Weißt du, so eine Bemerkung betrachte ich als Unverschämtheit. Ich habe eben nie Macht gewollt! Aber da verzichtet man ganz bewusst auf Machtausübung und damit ja auch auf Wirkung, und dann wird einem das noch vorgeworfen. Wenn ich gewollt hätte, wäre ich heute auch ein berühmter Künstler!"

„Wenn, wenn, wenn! Kann ja hinterher jeder sagen."

Udo war anscheinend auf Streit aus.

„Also, das glaube ich ohne weiteres", sprang Italo Andreas bei. „Ich kenn das ja von mir selbst und Kollegen aus meinem Fach. Die sich am meisten aufplustern und sich mit so einen Nimbus von Genialität umgeben, die sind auch meistens gut im Geschäft. Da spielt auch das äußere Gehabe und die Stilisierung eine große Rolle."

„Wie bei Beuys mit seinem unvermeidlichen Hut und der Fliegerweste", ergänzte Stefan.

„Der hat ja das Märchen von seinem Absturz als Stukkaflieger auf der Krim in die Welt gesetzt..."

„...das hab ich auch mal gelesen. Angeblich ist er dort von Tataren mit Filz und Fett gesundgepflegt worden", wusste Stefan zu berichten.

„Ach, daher kommt seine Verwendung dieser Materialien", sagte Marcel, der über Beuys nicht allzu viel wusste.

„Und den Hut hat er getragen, weil er angeblich von dem Absturz eine Metallplatte im Kopf hatte."

„Vielleicht war er nur ganz normal eitel", sagte Marita lachend. „Immerhin hat er eine Glatze gehabt. Und da sah so ein Hut einfach besser aus."

„Wie auch immer, jedenfalls werden die Sachen von Beuys eines Tages in den Hinterkammern und Kellern der Museen verschwinden, weil kein Mensch sie mehr sehen will."

Andreas hatte sich richtig in Rage geredet.

„Und man selbst hat auf die Berühmtheit verzichtet, weil man sich nicht diesem Markt der Eitelkeiten angedient hat und damit jede Wirkung verloren, beziehungsweise erst gar nicht gehabt. Da hat mir mal einer im Gespräch gesagt, was wollen Sie überhaupt, der und der sind eben berühmt und Sie kennt ja keiner! Das ist doch die reinste Unverschämtheit. Und in so eine Kerbe haut der Udo auch noch, wenn er mich damit hänselt, wenn ich sage, ich hätte gekonnt..."

Andreas fühlte sich verletzt.

„Ich kann euch auch ganz genau sagen, wann ich beschlossen habe, nicht an den Kunstmarkt zu gehen. Das war am Ende meines Studiums, als einige Professoren was aus mir machen wollten. Aber ich hatte immer den Beuys vor Augen, der als Quasi-Erlöser und Heilsbringer eine unheimliche Macht ausübte. Das war doch pure Ideologie. Und da hab ich einen Traum gehabt, der war für mich ein Schlüsselerlebnis. Ich träumte, dass ich auf links gewendet wurde, und plötzlich war ich ein Stuhl! Das war so unheimlich, dass ich noch während des Traums beschloss, das lässt du nicht mit dir machen. Du lieferst dich aus, indem du Macht ausübst, und verlierst deine Identität. Wenn du dich dem Erfolg verschreibst, hast du natürlich Macht und auch Wirkung. Das ist schon verführerisch. Wer will schon ewig unbedeutend sein? Das auszuhalten, war durchaus nicht immer einfach. Aber ich bin heute noch stolz darauf, dass ich dem nicht verfallen bin!"

Andreas sah die jungen Leute an, wie sie da um den Tisch saßen und ihm zuhörten, und erwartete eine Reaktion. Wollte ihm denn keiner Anerkennung zollen für seinen Verzicht? Traurig, fast schon verzweifelt fügte er hinzu: „Und die eigenen Kinder nehmen einen ja auch nicht ernst. Was ist denn so ein Vater, der es zu nichts gebracht hat?"

Cornelius protestierte sofort laut: „Aber das stimmt doch überhaupt nicht! Das ist doch absoluter Blödsinn. Ganz im Gegenteil. Hat jemand von uns jemals etwas gegen deine Kunst gesagt?"

Auch Leon pflichtete seinem Bruder bei: „Wir finden sie sogar richtig toll, auch wenn wir nicht jedes Mal ausdrücklich was dazu sagen. Außerdem hast du uns ja sogar bis in unsere Berufswahl hinein inspiriert."

„Das stimmt", ergänzte nun auch Marita. „Zahnmedizin hat jedenfalls keiner von euch studieren wollen. Obwohl es doch ein sehr schöner Beruf ist."

„Bei euch ist doch immer was los. Diese ganze tolle Atmosphäre, dieses Gefühl von Freiheit, darum haben Italo und ich deine Kinder immer beneidet", setzte Stefan nach.

„Und von Gesa weiß ich, dass sie richtig stolz auf ihre Eltern ist", meldete sich Italo zu Wort, der auch für sie eine positive Stimme abgeben wollte, da sie selbst schon schlafen gegangen war.

„Außerdem hast du doch immer etwas gebaut und umgebaut. Ist das etwa nichts?", ergänzte Cornelius.

Andreas war richtig gerührt, wie sie ihm plötzlich alle ihre Sympathie und Anerkennung bekundeten.

„Na, das stimmt. Das Beste an unserer Erziehung war, dass wir immer auf einer Baustelle gelebt haben! Wir hätten ja auch immer in einer Mietwohnung wohnen bleiben können oder in unserem ersten kleinen Haus. Aber ich habe immer Visionen gehabt. Und die Marita hat dann alles mitgemacht, damit ich die verwirklichen konnte. Aber es war ja nicht für mich selbst, sondern für die Familie."

„Wir haben alle davon profitiert", meinte Leon. „Wir sind großzügig und frei aufgewachsen."

„Ihr habt ja auch viel mitgeholfen. Das war einfach notwendig. Ich konnte nicht alles allein schaffen. Und das war schon richtig toll, wie ihr mit angepackt habt beim Tiere füttern, Kohleschaufeln, Blätterharken, Umbauen..."

„...Bauen ist etwas Urmenschliches, Elementares", sagte Cornelius.

„Mc Luhan spricht von der dritten Haut", ergänzte Stefan. „Das Medium ist die Botschaft, hat er gesagt. Und das trifft es doch genau. Durch eure Umbauerei zu Hause ist Corny darauf gekommen, selbst ein Haus umzubauen. Und Leon entwirft und baut Möbel..."

„...unsere ersten Möbel habe ich ja auch selbst gebaut. Und sie existieren immer noch, das muss man sich mal vorstellen, sagte Andreas. Am Anfang hatten wir ja auch nicht viel Geld. Als ich die Maus mal besucht hab - sie arbeitete damals als Assistentin in so einem Kuhkaff in der Nähe von Bremen -, da haben wir in einem Geschäft in Bremen so eine tolle Sitzgruppe gesehen, die uns beiden auf Anhieb gefiel. Aber die war irrsinnig teuer, die konnten wir uns nicht leisten. Und da hab ich einfach beschlossen, sie nachzubauen. Wahrscheinlich waren unsere Möbel sogar noch robuster. Ich hab mir gleich gesagt, die sollen einiges aushalten können, wenn wir mal Kinder haben. Da soll es nicht heißen: nimm dich in Acht, pass auf die wertvollen Möbel auf, dass da kein Kratzer dran kommt. Mit Möbeln muss man leben können. Und mit Kunst auch. Deshalb bin ich auch der Meinung, dass

Kunst eigentlich nicht ins Museum gehört, sondern in den Lebensbereich. Kunst ist für das Lebensgefühl wichtig. Früher hatte ich ja noch so sozialutopische Ideen: Kunst anzubieten für den Preis einer Kaffeekanne. Damit sich jeder Arbeiter auch vernünftige Kunst leisten kann! Beuys und Co haben zwar auch so getan, als wollten sie die Menschheit beglücken zum Nulltarif – sie haben damals sogar einen Aufruf zum Boykott von Galerien verfasst – aber selbst haben sie sich nicht daran gehalten. Das ist diese Unehrlichkeit, die ich so schlimm finde. Und heute wandern die Werke von zeitgenössischen Künstlern gleich in die Museen. Man sieht es ihnen direkt an, dass sie nur dafür gemacht sind. Kein Mensch kann sich so monumentale Bilder ins Zimmer hängen. Ich will vor allem Bilder machen für unseren eigenen Lebensraum. Verkaufen können die Kinder sie ja später einmal. Wenn ich tot bin!"

„Solange musst du aber vielleicht gar nicht warten", wandte Stefan ein. „Wenn Marcel wirklich mal eine Galerie aufmacht."

„Kann er dann ruhig machen, meine Bilder verkaufen. Ich hab ja nicht grundsätzlich was dagegen. Nur ich selbst will dabei überhaupt nicht in Erscheinung treten. Dieses ganze Ausstellungsgewese ist mir zuwider. Die Vernissagen und Finissagen, die Reden und das ganze Drum und Dran! Wenn der Marcel das macht, soll er ruhig was verdienen dabei. Fünfzig Prozent vom Verkaufspreis..."

„...tss, tss, tss!", machte Udo. „Hast du mir nicht auch schon mal so was versprochen?"

„Ja, klar. Und was ist geschehen? Nichts!"

„Das nehm ich dir einfach nicht ab, dass du so viel springen lässt", sagte Udo spöttisch.

„Udo, wenn du heute einen schlechten Tag hast und meinst, mich am laufenden Band beleidigen zu müssen, so finde ich das gar nicht gut. Wie kommst du überhaupt dazu anzuzweifeln, was ich sage. Mir meinen Altruismus abzusprechen, das ist eine Sauerei!"

Andreas war ziemlich aufgebracht. Gerade noch war die Stimmung so gut gewesen. Was war in Udo gefahren, dass er so stänkerte?

„Leute, ich mach mich mal auf die Socken. Kann noch einen Strandlauf gebrauchen."

Und damit erhob sich Udo und zog los.

„Ziemlich feige", meinte Andreas, „sich so aus dem Staub zu machen."

Einen Moment herrschte betretenes Schweigen. Cornelius wäre am liebsten auch gegangen. Denn solche Auseinandersetzungen liebte er absolut nicht. Aber er wollte die Laune seines Vaters nicht noch weiter verderben und blieb deshalb sitzen.

Andreas wandte sich an Marcel, der über den Streit etwas verstört war.

„Ich meine es wirklich ernst, Marcel. Wenn du eine Galerie machst, stelle ich dir meine Bilder zur Verfügung. Man könnte zuerst eine Auswahl treffen."

„Marcel wäre bestimmt ein guter Galerist", sagte Stefan.

„Aber er hat noch zu wenig Ahnung von Kunst", antwortete Andreas. Deshalb halte ich es auch für gut, wenn er Kunst studiert, wenigstens ein paar Semester. Und damit er es schafft auf die Akademie, will ich ihm gerne dabei helfen."

„Ich will beides: Kunst machen und eine Galerie, meldete sich Marcel nun wieder zu Wort. In mir sind so viele Bilder, die rauswollen. Mir fällt es schon manchmal richtig schwer, nicht in einem fort zu malen."

„Das ist doch schon mal ein gutes Zeichen", sagte Italo. „Man muss einen inneren Drang spüren zur Kunst. Bei mir ist das auch nicht anders. Ohne Musik könnte ich gar nicht leben."

„Mir geht es genauso", sagte Kiki.

Und Bettina, die den ganzen Abend noch gar nichts gesagt und nur den Gesprächen stumm zugehört hatte, ließ plötzlich ein leises „Mir auch" hören.

„Also sind wir alle Künstler – womit wir wieder bei Herrn Beuys wären!" Stefan lachte laut und hielt die leere Weinflasche hoch. „Haben wir eigentlich noch Wein?"

„Nur noch welchen im Kanister", antwortete Andreas. „Er steht in der Garage."

„Ich glaube, wir ziehen auch mal so langsam nach drüben", sagte Cornelius. „Es ist ja schon spät genug."

„Bei spannenden Gesprächen kann es gar nicht spät genug sein", erwiderte Andreas. „Aber geht ruhig mal ins Bettchen. Wie viel Uhr ist es denn? – Ach erst zwei Uhr morgens. Das sehe ich ein, da muss das junge Gemüse schlafen gehen."

„Wir haben uns für morgen – äh, ich meine, für heute – ne Menge vorgenommen", sagte Cornelius halb entschuldigend und ging mit Bettina zum Tor. „Also tschüß dann. Und, Marcel, danke für das leckere Essen."

Stefan kam mit dem braunen Plastikkanister, füllte Wein in eine Glaskaraffe und dann in die Gläser.

„Günstler werden ist nicht schwer, Günstler sein dagegen sehr, könnte man in Abwandlung eines bekannten Sprichworts sagen, gell Andy?"

Stefan hatte seinen Spruch mit sächsischem Akzent vorgebracht.

Alle lachten.

„Passt eigentlich auch irgendwie", meinte Kiki. „Künstler hat auch was mit Gunst zu tun. Er muss, wenn er erfolgreich sein will, sich die Gunst von wichtigen Leuten erwerben und die Gunst der Stunde zu nutzen verstehen."

„Manche verstehen das wirklich prächtig", entgegnete Andreas." Sie nutzen ihr Talent hauptsächlich dazu, ins Gespräch zu kommen. Aber das sind Eintagsfliegen. Die sind genauso schnell weg, wie sie gekommen sind. Wogegen echte Qualität bleibt."

„Das ist immer derselbe Weg", bekräftigte Italo. „Ich kenn da ein paar Musiker, die sind auch ganz dick im Geschäft drin. Touren durch die halbe Welt. Die wissen, wann sie die Klappe aufmachen müssen. Die erkennen, auf welchen Zug sie nach oben fahren können."

„Ist doch wohl kein Futterneid", unkte Stefan.

„Ganz und gar nicht! Ich würde mich auch gar nicht aufregen, wenn das nicht eben auch solche Typen sind, die obenauf schwimmen, aber im Grunde nichts zu bieten haben. Beherrschen nicht mal ihr Handwerk richtig. Und künstlerische Visionen? Fehlanzeige! Als junger Mensch stellt man sich ja vor, dass wirkliches Können zum Erfolg führt..."

„...hab ich auch geglaubt! Als ich mit meiner Vorstellungsmappe am Hauptbahnhof ankam und durch den Hofgarten zur Kunstakademie marschiert bin, weil ich kein Taxi nehmen wollte, da war ich im vollen Bewusstsein, dass ich der größte Künstler des Jahrhunderts bin!"

„Bist du ja vielleicht auch, nur die anderen wissen es noch nicht", sagte Marita und kraulte Andreas im Nacken.

„Von Cezanne wusste man auch erst ein Jahr vor seinem Tod, dass er ein ganz bedeutender Maler ist. Und das ist er bis heute geblieben. Einer der allerwichtigsten, wenn nicht sogar der wichtigste Maler des zwanzigsten Jahrhunderts. Er hatte das Glück, dass er einen reichen Vater hatte. Und ich habe mein Mäuschen, das mich freistellt für die Kunst. Dafür bin ich ihr auch gehörig dankbar."

Andreas sah mit vom Wein schon leicht glasigen Augen, aber sehr verliebtem Blick auf Marita.

„Cezanne hat sich jedenfalls auch nicht irre machen lassen. Er ist ja immer rausgezogen in die Landschaft mit seiner Staffelei. Die Leute haben ihn für einen Sonderling gehalten. Und die Kinder haben ihn sogar mit Steinen beschmissen. Im Grunde geht es ja darum, dass man selber was versteht, unabhängig von der Meinung anderer." „Bach hat man auch erst hundert Jahre nach seinem Tod richtig verstanden, sagte Italo. Und der musste ja sehen, wie er finanziell rumkam, um seine große Familie durchzubringen. Von seinen zwanzig Kindern haben zwar nur elf überlebt, aber das ist schon eine Leistung, die alle zu ernähren."

„Und damals gab es noch kein Kindergeld", warf Stefan ein.

„Aber die Kinder haben mitgeholfen, auch bei seiner Arbeit als Musiker."

„Ich sag ja immer, als Familie ist man stark, wenn man zusammenhält", nahm Andreas den Gedanken auf.

„Aber das mit dem Beuys habe ich nie verstanden, obwohl ich es oft versucht habe", sagte Italo.

„Da gibt's auch nichts zu verstehen Das ist einfach rückwärtsgewandte Kacke", ereiferte sich Andreas. „Der Beuys war besessen vom Schamanenkult und hat sich zu einer Messias Gestalt stilisiert. Seine Objekte aus Filz und Fett sollten so was wie Sinnbilder von Heilung und Magie sein. Und dann die Happenings mit typischen Tiertotems wie Hasen, Hirsch und Biene. Seine Honigpumpe ist doch der reinste Quatsch. Er hat ja gemeint, dass man die Leute in ein vorzivilisatorisches Bewusstsein führen müsse. Aber das funktioniert nicht. Man kann die Zeit nicht zurückdrehen."

„Beuys hätte gut zu den Druiden in der Bretagne gepasst, warf Marita ein. Das waren Priester, die auf der höchsten Rangstufe bei den Kelten rangierten als Seher, Heiler und Zauberer."

„Aber die Zeit der Druiden ist nun mal vorbei", meinte Andreas. „Und die Neu-Druiden sind einfach Spinner!"

„Davon soll es gar nicht so wenige geben, habe ich gelesen", erwiderte Marita. „Eine Form von esoterischen Geheimbünden, die magische Rituale praktizieren, aber auch solche, die das als Folklore für Touristen machen."

„Der Mensch liebt das Geheimnisvolle", bemerkte Stefan. „Und in unserer durchrationalisierten Welt suchen manche ihr Heil in Naturmythen und Fetischkulten."

„Also, ich habe mit diesem esoterischen Quatsch nie was anfangen können, und der Beuys gehörte für mich auch dazu. Und das zeigt, dass man seiner Intuition trauen kann, dass man sich nicht etwas anzieht, was man nicht versteht. Aber", so fügte Italo hinzu, „bei vielen funktioniert das blendend, dass sie sich für dumm verkaufen lassen. Das passiert im Kulturbereich oft, dass diese Leute, die ein Gespür für das Erlangen von Aufmerksamkeit haben, auch andere um sich scharen, die ähnliche Vorstellungen haben, nämlich möglichst groß rauszukommen mit möglichst wenig Arbeit..."

„...die lassen sich in gewisser Weise ausnutzen", wandte Stefan ein.

„Ja und nein", erwiderte Italo. „Sie geben ihrem *Leittier* das Gefühl von Größe, partizipieren aber auch daran."

„Mir war das immer vollkommen egal. Ich habe die Leute immer geschockt, indem ich meine eigenen unabhängigen Ideen vertreten und verfochten habe", sagte Andreas.

„Wenn man das kann, sich das zu bewahren, ist das natürlich toll." Italo zeigte sich beeindruckt.

„Ja, das war aber nicht immer so einfach. Und dann kommt natürlich die Frage: warum bist du nicht berühmt? Oder der Satz: der ist doch gar nicht wichtig!"

„Mein armer verkannter Schnupf!"

Marita legte zärtlich ihre Arme um Andreas.

„Aber ich glaube, das Thema können wir nicht mehr ausdiskutieren. Ich bin jetzt echt müde."

Stefan reckte sich gähnend auf seinem Stuhl. „Ich könnte jetzt auch eine Mütze Schlaf gebrauchen", sagte er mit schläfriger Stimme.

„In so einer schlaffen Runde hat es wohl keinen Zweck weiterzumachen." Andreas gab sich geschlagen angesichts der allseitigen Müdigkeit. Er leerte sein Weinglas und blies die Kerzen aus. Gute Nacht allerseits. „Und denkt daran: es gibt nichts zu gewinnen und zu verlieren!"

Diesen Standardspruch, den Andreas für eine seiner wichtigsten Erkenntnisse hielt, äußerte er oft und besonders, wenn der Abend spät geworden und reichlich Wein genossen worden war. Er war sein Mantra. Und es war wohl diese Überzeugung, die es ihm ermöglichte, sein künstlerisches Werk unbeirrt fortzusetzen auch ohne Anerkennung in der Öffentlichkeit.

Neunzehn

Cornelius war leise aufgestanden, während Bettina und Udo noch fest schliefen. Sie hatten sich vorgenommen, heute zu den Schiefersteinbrüchen zu fahren, und er wollte vorher noch einkaufen. Von seinem Hof konnte er hinunter zum Meer und dann auf der Uferstraße zum nächsten Ort fahren, der etwa vier Kilometer entfernt lag. Oder er konnte den berganführenden Weg zur Höhenstraße nehmen und hatte dann das Meer aus der Vogelperspektive unter sich liegen. Von der oberhalb führenden Landstraße aus konnte er *seinen* Hof liegen sehen, geschmiegt zwischen zwei Hügel wie ein scheues Tier, das sich dort hinein duckte. Es gab eine Stelle, an der er schon oft angehalten hatte, die den schönsten Blick auf das Hofensemble bot. Ringsum hellgrüne Felder, gesäumt von Hecken und Bäumen und als einziger Gebäudekomplex sein Gehöft: die grau-braun-rötlichen Bruchsteine der Häuser mit den silberschimmernden Schieferdächern, die Zederngruppe hin zum Meer in ihrem tiefen Dunkelgrün, dahinter der gelbe Streifen des Strandes, eine bis zwei Reihen in Weiß von den Schaumkronen der Wellen und dann ein sich in die Tiefe erstreckendes sattes Blau, weiß getupft von ein paar Segelbooten auf dem sich zum hellblauen Horizont erstreckenden Meer. Dieser Anblick erfüllte Cornelius jedes Mal aufs Neue mit Besitzerstolz. Und er war glücklich über seine Entscheidung, ein altes, verfallenes Haus an diesem malerischen Flecken Erde gekauft zu haben. Er hatte schon viel Arbeit, Zeit und Initiative investiert. Und er hatte ungeheuer viel gelernt dabei. Die Erfahrungen, die er dabei gesammelt hatte, würde er eines Tages in seinem Beruf sicher gut verwenden können. Denn es war schon ein großer Unterschied vom Lernen durch Theorien und Modellbauten zur praktischen Umsetzung seiner Ideen. Auch wenn es erst einmal ein kleines Projekt war, das er realisierte, so konnte er dabei doch grundlegende Erfahrungen sammeln. Gerade durch jetzt gemachte Fehler würde er später wissen, was er zu beachten hatte und könnte auch die Arbeiten von Handwerkern viel besser bewerten.

Bei seiner Rückkehr vom Einkauf dampfte schon der Kaffee, und er konnte die frischen Croissants zum Frühstück beisteuern.

Cornelius studierte die Landkarte. Er musste eine Weile suchen, bis er in der Gegend, die Kurt ihm genannt hatte, die Bezeichnung *ardoiserie* fand. Das mussten die Schiefersteinbrüche sein, von denen Kurt gesprochen hatte. Das war schon eine ziemliche Strecke ins Hinterland von hier aus. Cornelius suchte die Karte ab nach Sehenswürdigkeiten in der Nähe seines Ziels. Dann würde er die anderen leichter für eine Mitfahrt begeistern können. Und ein paar Helfer zum Steine einladen könnte er gut gebrauchen. Die Monts d'Arrée, in denen die Schieferbrüche verzeichnet standen, waren vielleicht schon sehenswert genug. Aber er entdeckte noch, dass der „Zauberwald" von Huelgoat, von dem Kiki schon mehrfach geredet hatte und den sie unbedingt sehen wollte, nicht weit von der *ardoiserie* entfernt lag.

Der Tag versprach schön zu werden. Es war kein Wölkchen zu sehen. Günstig für das Vorhaben, mit einer Wagenladung Schieferplatten zurückzukehren.

Sie hatten gerade ihr Frühstück beendet, als Leon und Italo kamen, um ihre Hilfe für anstehende Arbeiten auf dem Hof anzubieten.

„Ich hab eine viel bessere Idee", sagte Cornelius freudestrahlend. „Wir machen alle zusammen einen Ausflug in die Berge."

„In die Berge? Du willst uns wohl veräppeln! Wo soll's denn hier in der Bretagne Berge geben?"

Leon musterte seinen Bruder skeptisch.

„Ist alles relativ, Bruderherz. In der Bretagne nennt sich eben die kleinste Erhebung bereits Berg. Aber im Ernst. Wo wir hinwollen, das nennt sich Monts d'Arrée. Und der höchste Berg, den ich hier auf der Karte entdeckt habe, ist immerhin stolze 384 Meter hoch."

„Wusste gar nicht, dass du dich neuerdings für Berge interessierst."

„Ich hab ja auch meine Hintergedanken dabei. Da befinden sich nämlich die verlassenen Steinbrüche, aus denen ich den Schiefer für meine Terrasse holen möchte."

„Ach, daher läuft der Hase", lachte Leon.

„Ist doch auch mal eine Abwechslung. Und dieser Zauberwald, von dem Kiki immer faselt, der ist auch da in der Nähe. Also wollt ihr mit? Dann sollten wir gleich aufbrechen. Wir fahren bei den Eltern vorbei und sagen den anderen Bescheid. Ihr könnt doch mit Kikis Auto fahren. Alles startklar?"

Cornelius packte Brechstange, Spitzhacke und Schaufeln in seinen Bus.

„Udo, holst du noch die Sackkarre aus der Scheune? Die könnte nützlich sein."

Kurz darauf befanden sie sich auf dem Weg. Cornelius, Bettina und Udo im postgelben Bus. Kiki, Leon, Gesa und Italo in Kikis Auto. Marcel hatte lieber malen wollen, und deshalb war auch Stefan zu Hause geblieben.

Sie durchquerten kleine Dörfer in hügliger Landschaft. Die Straßen wurden immer schmaler. Die Gegend wirkte ziemlich gottverlassen. Manche Weiler schienen unbewohnt. Anscheinend war hier, abseits des Tourismus und in einer rauen Landschaft, die sich mit ihrem Heidebewuchs wenig für Landwirtschaft eignete, die Landflucht besonders hoch. Immer wieder kamen sie an halbverfallenen Häusern und Höfen vorbei.

An einem alleinstehenden Hof, der ihn in der typischen Karree förmigen Anordnung an den von Madame Piclet erinnerte, stoppte Cornelius.

„Was gibt's denn", wollte Kiki wissen.

„Och, nur mal ein bisschen gucken, ob sich in den Ruinen was Brauchbares findet", antwortete Cornelius und lief zu den alten Gebäuden aus Bruchstein. Auch die anderen stiegen aus und verteilten sich über den Hof. Ein Riesenhangar aus einer Metallkonstruktion und mit teilweise noch intakter Schieferabdeckung schaute aus meterhohem Brombeergestrüpp hervor.

„Schade, dass ich meine Dächer schon mit neuen Schindeln gedeckt habe, sagte Cornelius. Die hier auf dem Boden rumliegen, hätten für meine beiden Dächer gereicht."

Cornelius war immer angetan von Materialien, die er nicht kaufen musste. Wahrscheinlich war das auch der Grund, dass er hier angehalten hatte. Sicher hoffte er, irgendetwas Brauchbares zu finden, was er bei sich verwenden konnte.

„Kommt doch mal, rief Gesa plötzlich. Die Tür zu dem Haus ist nicht verschlossen."

Knarrend gab die Tür ihrem Händedruck nach. Auch das Haus war von Brombeeren umrankt.

„Geh da bloß nicht rein1"

Italo rief Gesa aus einigen Metern Entfernung seine Warnung zu. Er sah nämlich, dass das Dach des Wohnhauses schon halb eingefallen war und war besorgt, dass Gesa etwas davon auf den Kopf fallen könnte.

Cornelius, der in den Ställen nichts Interessantes gefunden hatte, näherte sich dem Haus, vor dem Gesa stand. Es war ganz ähnlich wie das von Madame Piclet: die klassische Einteilung mit der mittigen Eingangstür, den Fenstern rechts und links davon. Über der oberen Etage das spitzgieblige Dach. Oder das was davon noch übrig war.

„Lass mich mal", sagte er zu Gesa und schlüpfte durch die Tür.

„Mensch, hier ist bestimmt Jahrzehnte keiner mehr gewesen, so wie das zu gewuchert ist. Hallo, Cornelius, kann man da reinkommen?"

Leon wollte seinem Bruder folgen, aber Kiki hielt ihn zurück.

„Alles okay", rief Cornelius von innen. „Nur ziemlich viel Staub!"

Nun wagten sich auch die anderen einer nach dem anderen hinein. Da die vermoderten Blendläden geschlossen waren, herrschte ziemliche Dunkelheit. Nur durch die Eingangstür fiel Licht in den Flur. Modriger Geruch schlug ihnen entgegen.

„Irgendwie unheimlich", flüsterte Kiki. „Ich gehe lieber wieder raus."

„Ich hole die Taschenlampe aus dem Bus", meldete sich Udo.

„Seid doch mal still. Ich höre was."

Gesa legte den Finger auf den Mund, um ihre Aufforderung zu unterstreichen.

Jetzt hörten die anderen es auch.

« Plopp, plopp. » Pause. « Plopp, plopp…" Das Geräusch kam von oben.

„Hier spukt's!"

Gesa bekam eine Gänsehaut.

Plötzlich zuckte der Lichtstrahl der Taschenlampe auf. Cornelius hatte die vier Türen im Flur bereits geöffnet. Und nun richtete Udo den Strahl der Taschenlampe der Reihe nach in die einzelnen Räume.

Es war gespenstisch. Die Zimmer waren noch komplett eingerichtet, als hätte sie eben erst jemand verlassen. In der Küche stand noch Geschirr herum. In einem Raum, der wohl das Esszimmer gewesen war, hing eine Holz Etagere mit Tellern an der Wand. Um den großen Tisch standen acht Stühle. In dem anderen Zimmer standen eine alte Nähmaschine und zwei Plüschsessel. Auf einer Anrichte lagen ein paar grünschimmlige Bücher. Der Kamin hatte eine hübsche Holzverkleidung, auf dessen Konsole einige Nippes Sachen standen.

Allen bis auf Cornelius war die Lust vergangen, sich in dem von Schimmel, Staub und Grünspan starrenden Haus noch weiter umzusehen. Es war wirklich gruselig hier, wie in einer Gruft. Man konnte sich beinahe einbilden, die Stimmen der Toten flüstern zu hören.

„Ich geh noch nach oben", verkündete Cornelius. „Udo gib mir mal die Taschenlampe."

„Sei bloß vorsichtig, Corny", ermahnte ihn Gesa. „Wer weiß, ob die Treppe nicht einbricht."

Aber Cornelius war viel zu neugierig, was er in den oberen Räumen noch anfinden würde, als dass ihn die in der Tat nicht sehr stabil wirkende Treppe hätte aufhalten können. Sie ächzte dann auch beträchtlich unter jedem seiner Schritte. Einmal krachte es vernehmlich, als eine Stufe seinem Tritt nachgab. Doch kurz darauf war er bereits oben angelangt, ohne dass die morsche Holztreppe eingekracht war.

Der Anblick, der sich ihm dort bot, übertraf bei weitem seine Erwartung. Als er die Tür zum ersten Zimmer öffnete, fiel der Lichtkegel der Taschenlampe auf ein Bett, das mit Bettdecke, Kopfkissen und Plumeau gefüllt war. Einen Moment bekam sogar Cornelius einen Schreck. Denn das Ganze sah aus, als läge dort noch jemand und schliefe. Vielleicht lag ja tatsächlich noch ein Toter hier...Nun wurde es ihm auch etwas unheimlich. Es konnte ja sein, dass der letzte Bewohner hier gestorben war und keiner es bemerkt hatte! Cornelius dachte an das Haus von Joseph, der nach dem Tod seines Bruders dessen Räume auch unangetastet gelassen hatte. Sogar dessen Kleidung hatte noch auf dem Stuhl neben dem Bett gelegen. Und das seit zehn Jahren. Überhaupt war das ganze Anwesen hier typisch für die Mentalität der Bretonen, die einfach alles einwachsen ließen. Ein wenig gruselte er sich nun doch, die anderen Zimmer zu betreten. Aus dem einen Raum hörte er jetzt deutlicher das Ploppplopp. Beherzt öffnete er die Tür. Er glaubte nicht an Geister.

„Corny, bist du noch da? Ist dir auch nichts passiert?", hörte er Gesa von draußen rufen.

„Alles okay!", rief er zurück. „Nur ein Geisterbett!"

Jetzt sah er, woher das Geräusch stammte. Das Dach war an dieser Stelle des Hauses halb eingestürzt. Er konnte durch die brüchigen und verfaulten Dachbalken den Himmel sehen. In den Balken hatte sich offenbar Regenwasser gesammelt, das nun in unregelmäßigen Abständen auf den Boden tropfte.

Na, lange wird es das Haus nicht mehr machen, dachte er. Wenn erst der Fußboden durchgefault ist, ist es mit dem schönen Esszimmer darunter auch geschehen.

Und dann kam er in ein weiteres Schlafzimmer. Wie im ersten waren die Betten noch bezogen, als warteten sie auf einen nächtlichen Gast. Im Schein der Taschenlampe erkannte Cornelius, dass es sich hier um ein richtig altes Bauernbett handelte. Das Holz sah noch erstaunlich gut aus. Der Schimmel ließ sich mit einer Handbewegung abwischen. Und nun erkannte er die Schnitzereien. Typische Bauernkunst: ein pausbäckiger Engel am Fußteil, am Kopfende ein Eber und ein Wolf, die ein Medaillon zwischen sich hielten mit den Initialen J und Y. Auch ringsum wies das Eichenbett viele ornamentale Schnitzereien auf. Ein echtes Kleinod! Und so etwas ließ man einfach so verrotten. Eine Schande! Man müsste es vor dem totalen Verfall retten...

In diesem Schlafzimmer hatte bestimmt eine so fromme Frau wie Madame Piclet gelebt. Auf dem Nachttisch stand ein Kruzifix. Und es fanden sich noch weitere Heiligenfiguren im Raum verteilt: zwei Madonnen, ein heiliger Josef und andere, die Cornelius nicht identifizieren konnte. Irgendwie war ihm seltsam zumute. Obwohl glücklicherweise kein Toter in dem Haus lag, kam es ihm doch so vor, als störe er die Totenruhe. Auch er hatte jetzt genug von dem Geisterhaus. Plötzlich hatte er es eilig. Ihm fiel ein, dass sie ja noch zu den Schieferbrüchen wollten.

„Hallo, da bin ich wieder. Der Gruft entstiegen", rief Cornelius, als er endlich wieder im Sonnenschein stand. Da drinnen konnte einem das Frösteln kommen.

Und er erzählte den anderen von den Schlafzimmern mit den bezogenen Betten.

„Wie lange da wohl schon keiner mehr war", rätselte Udo. „Mindestens zehn, vielleicht sogar zwanzig Jahre."

„Ich will jetzt was Schöneres sehen", maulte Kiki. „Fahren wir denn noch zu dem Zauberwald oder nicht?"

„War doch so ausgemacht. Also lasst uns weiterfahren."

Während der Fahrt dachte Cornelius an das „Geisterhaus" und die vielen tollen Sachen, die dort so nutzlos herumstanden und dem Verfall anheimfielen. Er beschloss, dass er nicht zum letzten Mal dort gewesen war.

Nach einer knappen Stunde Fahrzeit, die sie durch verträumte Marktflecken, idyllische Tal Auen und kleinere Wälder führte, waren sie endlich an Kikis Wunschziel Huelgoat. Ein kleiner See im Ortskern war zunächst das einzig Malerische, was auszumachen war. Wo sollte sich hier ein „Zauberwald" befinden?

Udo zog ein langes Gesicht.

„Hat sich wohl weggezaubert, dein Zauberwald."

Aber Kiki war sicher, dass er hier sein musste. Und dann sah sie auch schon das Schild, das auf ihn hinwies.

„Hier geht's lang", rief sie und lief los, Leon an der Hand mit sich ziehend.

Der Rest der Karawane trottete ein wenig lustlos hinter ihnen her.

Aber als sie bei der Wassermühle mit dem großen Mühlrad ankamen, sahen sie den malerischen Dschungel aus Riesensteinen, zwischen denen ein Bach munter plätscherte, um sich dann kaskadenförmig in die Tiefe zu stürzen. Und sofort waren sie in Bann gezogen von der Urwüchsigkeit des Schauplatzes.

Im Informationszentrum, das in der ehemaligen Mühle untergebracht war, besorgten sie sich Prospekte, auf denen verschiedene Wanderrouten verzeichnet waren und staunten nicht schlecht über die Namen, die man ihnen oder einzelnen Felsformationen gegeben hatte: *Chemin des Amoureux* – Weg der Verliebten -, *Rue de la Roche Tremblante* – Straße des Zitternden Felsens, *Grotte du Diable* – Teufelsgrotte - , *Le Chamignon* – der Pilz -, *Chaos du Moulin* – Chaos bei der Mühle ... Das alles klang wirklich sehr verlockend.

Nach kurzer Zeit hatten sie sich in dem idyllischen Waldgebiet verteilt. Kiki und Leon zog es sofort auf den Pfad der Verliebten. Cornelius interessierte sich besonders für die Teufelsgrotte, und Gesa und Italo wollten wissen, was es mit dem zitternden Felsen auf sich hatte.

In dem dichten Wald mit den von Farnen und Moosen überwachsenen Felsbrocken, die zu Hunderten tatsächlich chaotisch durcheinandergewürfelt lagen, herrschte eine eigentümlich faszinierende Stimmung. Die hohen Buchen und Eichen ließen nur spärlich Sonnenlicht durch ihr Blätterwerk fallen, so dass der Wald tatsächlich etwas Märchenhaftes, Verzaubertes ausstrahlte. Sie kletterten über glitschige Felsen, sprangen über Steine und Bäche, durchquerten tiefeingeschnittene Schluchten und machten Rast an idyllischen Teichen, in denen sich das Sonnenlicht spiegelte.

Am Roche *Tremblante* trafen sie wieder zusammen.

War schon die gesamte Felsenwildnis aus riesigen Granitblöcken beeindruckend genug, so imponierte ihnen dieser Monsterstein am meisten. 137 Tonnen schwer sollte er laut Prospekt sein. Aber das Interessanteste an ihm war, dass man ihn in Schwingung versetzen konnte, wenn man sich an einer ganz bestimmten Stelle mit dem Rücken dagegen stemmte. Geradezu unglaublich! Kiki hatte also Recht gehabt, sie hierher zu locken. Ein wirklich lohnendes Ziel! Dass sich wie an vielen Stellen der Bretagne Mythen und Legenden um diesen magischen Ort gebildet hatten, war nicht weiter verwunderlich. Natürlich waren neben Riesen, Geistern, Teufeln und allerhand Fabelwesen auch schon Merlin und König Artus hier gewesen.

Um bis zum *Camp d'Artus* zu gelangen, hätten sie allerdings noch gut und gerne eine weitere Stunde gebraucht. Dort sollte sich ein gallorömisches Feldlager mit Ringwall befinden. Cornelius wollte nun aber doch zu seinen Schiefersteinen. Er wollte ja nicht ohne „Beute" wieder zurückkehren.

Kiki wäre noch zu gerne in dem romantischen Wald geblieben. Aber immerhin hatte sie ihren „Zauberwald" zu sehen bekommen und erklärte sich dann auch bereit, zur Weiterfahrt aufzubrechen. Jedenfalls hatten sie ihretwegen einen Umweg bis nach Huelgoat gemacht. Aber Leid hatte es keinem getan.

Es war eine eigenartig bizarre Landschaft, die Monts d'Arrée. Ein wildes Stück Bretagne, in dem man sich die Sagen von umherwandernden Seelen von Verstorbenen, die manchen Spuk trieben, gut vorstellen konnte. Rotbraune Heide, grüne Felder und vom Wind geglättete Sandsteinkuppen wechselten mit Tannenwäldern und gezacktem Felsgestein. So einfach, wie Cornelius es sich vorgestellt hatte, waren die Schiefersteinbrüche nicht zu finden. Erst als er durch halb verlassene Dörfer auf einen mit Riesenschlaglöchern versehenen Waldweg einbog, sah er endlich die Claims. Manche schienen noch in Gebrauch. Denn ihre Besitzer oder Nutzer hatten Eisenketten vor deren Einfahrten angebracht.

Cornelius parkte den Bus am Wegrand und gab Kiki Zeichen, hier ebenfalls erst einmal den Wagen abzustellen.

„Ich glaube, wir sind hier richtig", sagte er, erfreut, dass die Suche doch noch erfolgreich war.

„Lasst uns mal losziehen und nach rumliegenden Steinplatten Ausschau halten. Es muss ja hier noch ausgediente Steinbrüche geben."

Wie lange die allerdings schon stillgelegt waren, wusste niemand. Und so stob die Schar in die verschiedensten Richtungen, um nach Schieferplatten zu suchen.

Gesa und Italo hatten sich ein von Gras überwuchertes Feld vorgenommen, in dem sich Mulden und zum Teil tiefe Löcher befanden. Ein Zeichen, dass hier mal gebuddelt worden war. Doch so sehr sie suchten, sie konnten keine einzige Schieferplatte finden.

Cornelius und Bettina waren einen Berg in einem Tannenwald hinuntergeklettert.

„Hier sind welche", rief Cornelius hoch erfreut. An einer Stelle lagen Steinplatten unterschiedlicher Größen in großen Mengen. Die könnte man prima gebrauchen. Es gab nur ein Problem: wie sie den Hang hinaufschaffen?

Leon, Udo und Kiki waren den Waldweg weitergewandert, bis der Wald aufhörte und Ackerflächen begannen. Hier schienen die Felsen aus Schiefergestein aufzuhören. Enttäuscht wollten sie gerade zurückkehren, als Udo eine Entdeckung machte.

„Ey, guckt doch mal, was hier rumliegt", rief er. „Das ist ja wie in einer Baustoffhandlung!"

Am Rande des Ackers lagen – teilweise übereinandergeschichtet – die schönsten Schieferplatten, die man sich vorstellen konnte.

„Die haben die Bauern wahrscheinlich aus dem Feld geholt", meinte Leon.

Er packte eine Platte und wollte sie hochheben.

„Puh, ist die schwer! Die kann man nur zu zweit bewegen. Ist gut, dass wir zu so vielen sind."

Sie liefen den Waldweg zurück, um Cornelius von ihrem Fund zu berichten.

Die vier anderen standen mit frustrierten Gesichtern beim Bus, als Leon ihnen zurief, dass sie tolle Platten gefunden hätten.

„Hab ich auch, aber die kriegen wir nicht zum Auto", war Cornelius' Antwort.

„Ja, aber wir haben eine Stelle entdeckt, wo du mit dem Bus direkt ranfahren kannst", sagte Udo triumphierend.

„Dann nichts wie hin!"

Cornelius startete umgehend seinen Wagen. Er musste vorsichtig fahren, da der Weg sehr holprig war.

Als Udo und Leon ihm die Stelle am Feldrand zeigten, war er begeistert. Da das Niveau des Weges niedriger lag, bräuchten sie nur eine Rampe zu bauen und könnten die Schieferplatten mit der Sackkarre direkt in den Laderaum hineinfahren. Als hätte er es geahnt, hatte Cornelius eine dicke Holzbohle mitgenommen.

„Super!"

Cornelius war glücklich. Die rostbraunen Steinplatten sahen mit ihren unregelmäßigen Rändern richtig toll aus. Die würden sich in seinem Garten großartig machen.

Sie machten sich an die Arbeit. Mit Brechstange und Spitzhacke hebelten sie den Schiefer aus der Erde, luden ihn auf die Karre und verstauten ihn im Bus.

Gesa und Kiki wanderten noch ein Stückchen weiter den Hügel hinauf. Von ganz oben müsste man eigentlich einen schönen Blick haben, denn sie waren vorher schon ein ordentliches Stück bergauf gefahren. Oben angelangt bot sich ihnen tatsächlich ein grandioser Rundumblick auf eine zerzauste urwüchsige Landschaft. Zwischen wilden Gräsern, Krüppelgehölz, Brombeergestrüpp und Farnkräutern ragten immer wieder spitzzackige Felsformationen hervor. In einiger Entfernung sahen sie einen See in der Sonne glitzern.

„Die Bretagne hat wirklich was Urtümliches", sagte Kiki. „Ich bin richtig froh, dass ich sie kennen gelernt habe. Nicht nur das Meer und die Küste sind toll, auch das Hinterland hat einen ganz eigenen Reiz."

Eine Weile kletterten sie noch zwischen den Felsen umher, um dann zu den anderen zurückzukehren.

Leon wischte sich gerade den Schweiß aus dem Gesicht.

„Ganz schöne Schwerarbeit", meinte er schnaufend.

„Mensch, ihr müsst aufhören. Der Bus ist ja schon total überladen", rief Gesa, die von oben sehen konnte, wie tief der hintere Teil des Busses bereits hing.

Cornelius, in seinem Übereifer, möglichst viel von den Schieferplatten mitzunehmen, hatte gar nicht darauf geachtet. Jetzt besah er sich den Bus, der tatsächlich schon schwer auf der Hinterachse hing.

„Oje, du hast Recht, Gesa. Wir müssen den Holperweg ja noch wieder runterkommen."

Italo und Udo ließen die Werkzeuge fallen.

„Jetzt ein kühles Helles", sagte Udo. „Ich hab einen Mordsdurst."

„Ich spendier ne Runde in der nächsten Kneipe. Haben wir uns ja auch redlich verdient", erwiderte Cornelius gut gelaunt.

Der Wagen war zwar nur zu einem Drittel beladen. Aber mehr würde der Bus wahrscheinlich nicht schaffen. Und einen Achsenbruch wollte er lieber nicht riskieren.

„Wir wissen ja jetzt, wo's die Schieferplatten gibt. Da werden sicher noch einige Fahrten nötig sein."

Cornelius ließ den Bus behutsam bergab rollen. Trotzdem polterte es gewaltig im Laderaum.

„Das ist wirklich die Schmerzgrenze", sagte er nach einigen Kilometern Fahrt. Mehr als sechzig Stundenkilometer konnte er mit dem beladenen Bus nicht fahren. Und am Hang zog der Wagen überhaupt nicht mehr und fiel auf zwanzig zurück.

Cornelius kurbelte die Fensterscheibe herunter und rief Kiki zu, dass sie schon vorfahren sollten. Wer konnte sagen, wann und ob überhaupt auf dieser Strecke eine Kneipe kommen würde.

„Besorgt schon mal einen Kasten Bier und lasst uns was übrig", rief Udo den davonbrausenden Freunden nach.

Bettina saß zwischen Cornelius und Udo und lehnte sich an Cornelius' Schulter.

„Die Terrasse wird sicher sehr schön", sagte sie müde, aber zufrieden. Sie hatte die ganze Zeit über mitgeschuftet. Nun war sie glücklich, weil Cornelius glücklich war.

In der Nacht hatte es geregnet. Noch türmten sich dichte Wolken über dem Meer. Hier und da brachen Sonnenstrahlen an deren Rändern hindurch und produzierten silbrige Lichtflecken auf der Meeresoberfläche. Flüssiges Blei schien sich vom Strand in die Brandung zu ergießen. Und in den Wasserlachen auf dem gerillten Sand spiegelten sich die Wolken mit ihren ausgefransten, sonnendurchglühten Enden.

Marita genoss gerade dieses Naturschauspiel am Fenster des Schlafzimmers, als sie die unverwechselbare Stimme von Madame Le Goff aus dem Garten heraufrufen hörte. Die Gute hatte wahrlich ein Talent, die schönste Stimmung kaputt zu machen! Aber was half das Seufzen darüber. Marita musste sich wohl oder übel von dem herrlichen Meeresanblick lösen und hinuntergehen.

Madame Le Goff hatte die unvermeidliche Plastiktüte dabei und war ausgesprochen guter Laune.

„Bonjour, Madame Singlährr", sagte sie und zeigte freudestrahlend auf ihren schwarzen Anorak.

Marita begriff nicht sofort, worüber ihre Nachbarin so vergnügt war.

Dass sie sich eine Regenjacke übergezogen hatte, war nicht weiter verwunderlich, auch wenn es nur ein paar Schritte bis zu ihrem Haus war. Aber möglicherweise hatte sie sich auf einen längeren Schwatz eingestellt und wollte nicht nass werden, falls es wieder zu regnen anfangen würde.

Madame Le Goff merkte, dass Marita etwas begriffsstutzig war und begann mit einer gesten- und wortreichen Erklärung über ihren „neuen" Anorak. Denn wie sie nun mit pfiffigem Gesichtsausdruck erläuterte, handelte es sich keineswegs um einen neuen, sondern um ihren alten Anorak und zwar jenen, der durch die paar Flecken auf dem Ärmel angeblich nur noch für den Abfall getaugt und für die sie tatsächlich ein schönes Sümmchen Entschädigung bekommen hatte.

„Sehen Sie selbst", sagte sie und hielt Marita den Ärmel dicht vor die Augen, damit sie sich überzeugen konnte, dass dieser makellos aussah. Und erklärte dann, dass sie die Jacke einfach schwarz gefärbt habe. Die Genugtuung über diese List war ihr überdeutlich ins Gesicht geschrieben.

Marita staunte nicht schlecht und brachte dies auch zum Ausdruck. Die Nachbarin verstand es als Bewunderung und war zufrieden. Sie öffnete die Tüte und zeigte auf die Bohnen, die sie mitgebracht hatte. Marita zahlte sofort den gewünschten Preis, um die Nachbarin möglichst schnell wieder loszuwerden. Also würde es wieder einmal Bohnen geben. Vielleicht wusste Marcel ein gutes Rezept.

Währenddessen war auf Cornelius' Hof großes Wehklagen im Gange. Madame Piclet lief wie ein aufgescheuchtes Huhn im Hof hin und her und rief immer wieder laut jammernd: „Mes poules, mes lapins, tous volés! Tout volé! Ohh, ohh! »

Dabei wischte sie sich mit der Schürze die Tränen aus den Augen und fing wieder von neuem an zu klagen, dass alle ihre Hühner und Kaninchen gestohlen worden seien.

« Mes lapins, mes poules, huh, huh ! »

Sie konnte sich offensichtlich gar nicht beruhigen.

Cornelius, Bettina und Udo hatten ihr Gejammer bis ins Haus gehört. Es war zum Steinerweichen!

„Ich glaube, wir müssen die Arme mal trösten", sagte Cornelius. „Vielleicht sind die Viecher ja gar nicht gestohlen worden, sondern einfach nur ein bisschen weggelaufen. Die Augen von Madame Piclet sind nicht mehr die besten."

Als die Nachbarin Cornelius sah, humpelte sie weinend auf ihn zu und begann erneut mit ihrem Klagelied über die gestohlenen Tiere. Er musste sie zu den Ställen begleiten, um sich selbst zu überzeugen.

Wirklich, sie hatte Recht. Die Türen der Kaninchenställe standen alle offen, und das Gatter von der Einfriedung zum Hühnerhof ebenso.

« C'étaient les gitans », sagte Madame Piclet vorwurfsvoll.

Und von dieser Meinung, dass Zigeuner ihre Tiere gestohlen hatten, war sie nicht abzubringen. Cornelius dachte eher an einen Streich von Kindern und glaubte noch daran, dass das eine oder andere der Hühner oder Kaninchen wieder auftauchen würde. Denn irgendwie seltsam kam ihm die Sache doch vor. Im Allgemeinen ließen hier die Leute ihre Türen unverschlossen. Auch er selbst ließ das Haus den ganzen Tag über offen, auch wenn er mal nicht da war. Und es war ihm noch nie etwas abhanden gekommen.

Sein Vater warnte ihn zwar oft genug, dass er sich nicht wundern sollte, wenn ihm seine teuren Werkzeuge gestohlen würden. Aber darüber lachte Cornelius nur. Er war grundsätzlich nicht misstrauisch.

Madame Piclet lud Cornelius, Bettina und Udo zu einem Kaffee ein. Sie musste sich noch ein Weilchen in Gesellschaft über ihren Kummer hinwegtrösten.

Bettina hatte in der Zwischenzeit einen Strauß gepflückt aus Feldblumen und mit Zweigen aus Fenchel, der bei Cornelius wild im Garten wuchs. Als sie Madame Piclet gemeinsam in ihrer Küche besuchten, gab sie ihn der Nachbarin, die darüber sehr gerührt war. Sie stellte die Blumen in eine Vase zu ihrer Lourdes-Madonnenfigur und schien sogleich ein wenig getröstet.

„Alors, mes amis, nous buvons un café ensemble!" animierte sie ihre Gäste und goss ihnen den köstlich duftenden Kaffee in die henkellosen Becher. Aus dem Schrank holte sie eine Blechkiste, in der sie ihre selbstgebackenen *Galettes* - eine bretonische Keksart -aufbewahrte, die in den Kaffee getunkt wunderbar schmeckten.

Die drei hatten beim Betreten der Küche sofort bemerkt, dass sie in frischem Glanz erstrahlte. Vor kurzem hatte Jean, ein früherer Knecht von Madame Piclet aus der Zeit, als sie noch Landwirtschaft betrieben hatte, die Küche frisch angestrichen. Die hatte es allerdings auch brauchen können. Da sie der Lebensmittelpunkt von Madame Piclet und ihrem Bruder samt Hund Jimmy war, hier gekocht und mit Holz geheizt wurde, waren die Wände und Decken mehr schwarz als weiß gewesen. Nun waren die Deckenbalken und die Holzpaneelen weiß gestrichen. Die Wände hatten einen sanft orangegelben Ton. Das sah sehr freundlich aus.

Jean war auch so ein Faktotum auf dem Hof, der mehrmals in der Woche auftauchte und den beiden alten Nachbarn bei schwereren Arbeiten behilflich war. Er war Junggeselle geblieben und freute sich offenbar über Gesellschaft und besonders über eine warme Mahlzeit, zu der Madame Piclet ihn selbstverständlich stets einlud. Er war beinahe so ein Original wie Pierre. Man sah ihn in immer derselben Kleidung: einer zerbeulten Hose, die an Hosenträgern über seinem dicken Bauch hing, und einem löchrigen Pullover sowie Gummistiefeln. Am meisten amüsierten sich Cornelius und seine Gäste darüber, dass Jean grundsätzlich das Außen Klo benutzte, den Holzverschlag mit dem Herzchen in der Tür, das sich unter der Steintreppe, die auf den Boden der Scheune führte, befand. Aber das Kurioseste daran war, dass er sich die Hose erst hochzog oder zuknöpfte, wenn er das Örtchen schon verlassen hatte. Ihn schien es jedenfalls nicht zu stören, dass ihm jeder dabei zusehen konnte! Vielleicht hatte er aber auch einfach nicht genügend Platz in dem engen Verschlag, denn Jean war die dreifache Portion von Pierre.

Madame Piclet hatte noch von einigen Neuigkeiten aus dem Dorf, von verstorbenen Freunden und Nachbarn, von einer entlaufenen Kuh und zum Schluss von dem bevorstehenden Pardon zu Ehren der Heiligen Anna erzählt. Das alles hatte sie zerstreut, so dass sie ihren Kummer über ihre gestohlenen Tiere fast vergessen zu haben schien. Jedenfalls jammerte sie glücklicherweise nicht mehr darüber.

Cornelius drängte, da er sah, dass es der Nachbarin besser ging, zum Aufbruch. Aber so schnell entließ sie ihre jungen Freunde nicht.

„Un Cassis, un Cidre?", fragte sie und holte im selben Moment schon Gläser und stellte sie auf den Tisch mit der kornblumenblauen Wachstuchdecke

Da wollten sie nicht unhöflich sein und ließen sich von den Getränken einschenken. Und nun begann sie noch einmal, von dem Pardon zu erzählen, einem der farbenprächtigsten in der ganzen Bretagne, zu dem sie früher, als sie noch besser zu Fuß war, jedes Jahr gegangen war. Sie legte besonders Cornelius ans Herz, doch bei der Prozession einmal mitzugehen. Die kleineren aus der Nachbarschaft würde er ja schon kennen, hätte sogar selbst einmal den Bannerträger gespielt. Aber jener der Heiligen Anna, der Schutzpatronin der Bretagne übrigens, sei unvergleichlich schöner, größer und prachtvoller. Er täte ihr einen großen Gefallen, wenn er an ihrer Statt mitgehen würde und für sie dabei ein Gebet sprechen könne.

Cornelius versprach, es sich zu überlegen. Möglicherweise, vielleicht, wahrscheinlich. Am Ende hatte er sich quasi zu einem Versprechen überreden lassen. Denn wenn er auch selbst nicht sehr viel um solchen äußerlichen Feste gab, so rührte ihn jedes Mal die treuherzige Gläubigkeit von Madame Piclet, die sich sinnfällig auch in ihrer Küche an vier Kruzifixen und unzählig vielen Devotionalien, die auf Schränken und Anrichten verteilt standen, sogar auf dem Fernseher. Überall woanders hätte er es kitschig und nicht zum Aushalten gefunden. Aber bei Madame Piclet war selbst noch der fromme Kitsch so urtümlich und irgendwie passend, dass er ihn schon wieder rührend fand. Auf dem Sessel vor dem Fenster, in dem sie sich ab und zu ausruhte, lag ihr Rosenkranz. Und Cornelius war überzeugt, dass sie, wenn sie nicht arbeitete, betete. Er mochte sie einfach gut leiden. Und warum sollte er ihr nicht den Gefallen tun und zu der berühmten Prozession gehen? Vielleicht hätten ja auch die anderen Lust mitzukommen. Diese Pardons waren jedenfalls etwas typisch Bretonisches.

Im Hof trafen sie Brigitte, die Schwiegertochter von Madame Piclet. Cornelius fragte sie, ob tatsächlich die Hühner und Kaninchen gestohlen worden seien. Brigitte lächelte ihn verschwörerisch an und legte den Finger auf die Lippen. Sie zog ihn zur Seite, damit Madame Piclet sie nicht durchs Fenster beobachten konnte. Und erzählte ihm, was es mit dem „Diebstahl" auf sich hatte. Ihr Mann und seine Brüder hatten beschlossen, ihre Mutter von der mühsamen Arbeit mit den Kaninchen und Hühnern zu „erlösen". Aber sie wussten, dass die Mutter freiwillig nie eingewilligt hätte, die Tiere abzuschaffen. Sie gehörten einfach zu ihrem Leben als Bäuerin, auch wenn sie die Arbeit mit ihrem kaputten Rücken und den Beinen, die nicht mehr so recht mitmachten, kaum noch bewältigen konnte. Da hatten sie sich überlegt, einen Diebstahl zu inszenieren. Das wäre höhere Gewalt, gegen die sich die Mutter, die auch starrköpfig sein konnte in solchen Dingen, nicht wehren konnte. Aber er dürfe ihr das auf keinen Fall sagen, beschwor ihn Brigitte.

Cornelius versprach, Stillschweigen zu bewahren über die wahren Gründe des Verschwindens der Tiere, die auf die Familien der Söhne aufgeteilt worden waren. Eigentlich schade, dachte Cornelius! So kommen wir nicht mehr in den Genuss eines Kaninchenbratens und frischer Eier. Aber verstehen konnte er die Aktion auch. Denn er hatte am besten sehen können, wie die Nachbarin sich täglich abgequält hatte mit ihrem humpelnden Gang und den schweren Eimern, die sie zu den Ställen schleppen musste. Jedenfalls hatte er nun eine vernünftige Erklärung für den angeblichen Raubzug der Zigeuner!

In seinem Garten herrschte fröhliches Hallo. Italo, Gesa, Leon, Kiki, Stefan und Marcel waren herübergekommen. Die Wolken vom Morgen waren verschwunden. Der Himmel war blitzblank geputzt. So war das oft hier in der Bretagne. Der restliche Tag versprach schön zu werden.

Stefan und Marcel hatten sich an den Gartentisch gesetzt. Von dort konnte man durch die Toreinfahrt bis zum Meer hinuntersehen. Zwischen den Zweigen der alten dunkelgrünen Zeder blitzte das Sonnenlicht auf der blauen Meeresfläche.

„Wirklich ein tolles Plätzchen, da du hier gefunden hast", sagte Marcel zu Cornelius. „Es ist ganz anders als bei deinen Eltern, aber mindestens genauso schön!"

„Ja, aber es gibt noch reichlich zu tun, bevor es so ist, wie es einmal werden soll, gab Cornelius zur Antwort und fuhr fort: „Gut, dass wir zu so vielen sind, da können wir gleich anfangen, die Schieferplatten zu verlegen."

Der Drainagegraben im Garten war schon wieder zugeschaufelt. Nur, dass dort das Gras fehlte. Das animierte wiederum Cornelius dazu, auf der Trasse einen Steinplattenweg zu verlegen. So war der Schaden nur noch halb so groß.

Die Mannschaft schwärmte aus und schleppte die schweren Schieferplatten in den Garten, wo sie sie entlang der Sandspur ablegten.

„Das sind aber nicht viele", meinte Stefan.

Du hast gut reden, du warst ja nicht dabei und hast sie losgestemmt, sagte Italo. Außerdem hätten wir mehr gar nicht in den Bus einladen können. Die haben nämlich ein Mordsgewicht.

Auch Cornelius sah, dass er mit den Steinen nicht weit kam. Nicht mal den Weg würde er damit ganz bedecken können. Und für die Terrasse vor dem Haus reichte die Fuhre noch lange nicht.

„Da muss ich mindestens noch dreimal hin zu den Schieferbrüchen, bis ich genug Steine beisammen habe. Und Sand brauchen wir auch. Die Platten müssen in einem Sandbett verlegt werden. Ich frag nachher den Pierre, ob wir uns noch mal einen Anhänger voll mit seinem Traktor holen können".

Zwanzig

Marita hatte schon in den vergangenen Jahren gerne an einer richtigen bretonischen Wallfahrt teilnehmen wollen. Nur waren ihre Ferien bisher nie in die Zeit gefallen, in der eins der großen *Pardons* stattfand. Diesmal also würden sie am Pardon der Heiligen Anna in Sainte Anne la Palud teilnehmen können, der am letzten Sonntag im August alljährlich begangen wurde.

Dass die Bretonen unzählig viele lokale Heilige verehrten, wusste sie bereits. Über deren besondere Beziehung zur heiligen Anna hatte sie ihre diversen Reiseführer und Bücher über die Bretagne befragt und dabei Erstaunliches und zugleich Anrührendes erfahren. Anna, die Mutter der Gottesmutter Maria, wurde hier nachweislich seit dem sechsten Jahrhundert verehrt. Aber der Ursprung des Annakultes reichte viel weiter zurück bis in vorchristliche Zeiten. Die von Irland aufs Festland ausgewanderten Kelten brachten einen Kult für die Erdgöttin Ana-Dana mit, eine Art Urmutter. Und wahrscheinlich war ein Urmutterkult schon in prähistorischen Zeiten hier ansässig. Die Kelten vermischten, so war anzunehmen, den bestehenden Mutterkult der Steinzeit mit ihren eigenen, wie dann später die keltischen Bräuche christianisiert worden waren. Aus Ana, der Muttergottheit oder auch Göttin der Fruchtbarkeit wurde die heilige Anna. Die Bretonen jedenfalls betrachteten Anna als die „Mutter aller Bretonen" oder als „die alte Mutter der Bretonen" und nannten sie in ihrer Sprache *Mamm goz ar vretoned.*

So wurde die heilige Anna sogar an zwei Orten der Bretagne verehrt und an beiden mit jeweils großen Wallfahrten gefeiert, die Gläubige nicht nur der ganzen Bretagne sondern auch aus anderen Landesteilen herbeilockten. In Sainte Anne d'Auray in der Südbretagne soll der Legende nach die heilige Anna einem gottesfürchtigen Bauern erschienen sein, der auf ihre Anweisung hin in einem Feld die verlorene Anna-Statue aus der vor Zeiten zerstörten Kirche, die ihr geweiht gewesen war, wiederfand.

Schöner noch war die Legende, die sich um die heilige Anna von La Palud rankte. So soll Anna die Frau des egoistischen Schlossherrn von Moellien gewesen sein, dessen Anwesen sich in der Nähe noch heute befand. Sie sei gut und milde zu den Armen gewesen, während ihr Gemahl ein unbarmherziger Herr war. Auch wollte er ihre Liebe nicht mit jemandem teilen, und so wünschte er sich keine Kinder. Als nun Anna dennoch schwanger wurde, wurde sie von einem Schiff, das in der Bucht vor Anker lag, durch einen Engel ins Morgenland nach Judäa entführt, wo sie ihr Kind Maria zur Welt brachte. Später, nachdem ihr Mann gestorben war, wurde sie von dem Engel wieder in ihre Heimat zurückgeführt und konnte nun in aller Offenheit Gutes tun. Aber damit nicht genug der frommen Legende. Ihr Enkel Jesus soll sie kurz vor seinem Kreuzestod in ihrer bretonischen Heimat besucht haben, um von ihr Abschied zu nehmen. Und als Andenken soll er die Quelle aus dem unfruchtbaren Moorland geschaffen haben, die auch heute noch sprudelt und von der unzählige Wunderheilungen berichtet wurden.

Wie sehr sich Legenden mit altem Wissen und Jahrtausende alten Mythen verquicken, konnte man erahnen, wenn man die Bezeichnung Anne La Palud näher betrachtete. Palud leitet sich nämlich vom lateinischen *paludem* ab, was Moor Sumpf, Morast bedeutet. Aber auch das gallische Wort *anam* wird mit dem lateinischen *paludem* übersetzt, wobei man wieder bei Anna wäre.

Marita fand diese Zusammenhänge bemerkenswert. Und sie fand es rührend, wie mit Hilfe christlicher Legenden der Versuch unternommen wurde, alte heidnische Bräuche mit christlichem Gedankengut zu vereinen. Dass Christus sich hier von seiner Großmutter Anna verabschiedet haben sollte, bevor er gekreuzigt wurde, zeigte ja noch einen anderen Aspekt: Anna als Urmutter und auch als Botin des Todes, der Unterwelt und des Jenseits.

Wie an den meisten anderen Orten der Heiligenverehrung spielten auch bei den beiden Orten der heiligen Anna Quellen eine wesentliche Rolle. Wasser als lebensspendendes, reinigendes, heilendes Element.

Soweit mit dem nötigen Vorwissen ausgestattet, freute sich Marita auf das Ereignis des großen und weithin berühmten Pardons von Sainte Anne La Palud. Alle wollten mitfahren, ob nun aus Neugier, aus Spaß an der Folklore oder aus Interesse am kulturellen Brauchtum der Bretagne. Für Marita war es hauptsächlich ein religiöses Erlebnis, und sie war sich sicher, dass dabei, wie sie es aus den steinernen Zeugnissen der bretonischen Volksfrömmigkeit, den Kirchen, Kapellen und *Calvaires* kannte, Herz und Gemüt bewegt würden.

Am Sonntag fuhren sie, als kleine Karawane von drei Autos, zum nicht weit entfernt gelegenen Wallfahrtsort. Schon von weitem sahen sie eine Blechlawine sich dem Hügel zwischen den Dünen, auf dem die Kirche stand, nähern. Es mussten Tausende an Autos sein, zudem viele Reisebusse. Zum Glück war ausreichend für Parkgelegenheit gesorgt. Alles schien bestens organisiert zu sein.

Die Wallfahrtskirche der heiligen Anna, so malerisch sie sich auch zwischen den ginsterbestandenen Dünen ausnahm, war leider kein bretonisches Kulturdenkmal. Sie stammte aus dem 19. Jahrhundert und war im neogotischen Stil errichtet. Auch wenn man die äußere Form den alten Kirchen nachempfunden hatte und insbesondere der Glockenturm den typischen Stil der durchbrochenen Giebel und verzierten Balustraden aufwies, so erreichte sie doch nicht die Wirkung der alten Kapellen, wie sie in fast jedem Dorf anzutreffen waren. Dank des schönen Wetters fand die heilige Messe im Freien statt. Schon hier formierten sich die Kreuz- und Bannerträger in unüberschaubarer Zahl. Die Menschen sangen aus voller Kehle und mit Inbrunst die Kirchenlieder, viele davon in bretonischer Sprache, so dass man förmlich mitgerissen wurde von ihrer Begeisterung.

Nach dem Schlusssegen setzte sich die Prozession in Gang. Sicher, es gab auch einen großen Anteil an Touristen, die mitmachten. Das Klicken und Surren der Fotoapparate und Videokameras verriet ihre Anwesenheit. Aber der größte Teil der Menschen waren Pilger, die zu Ehren der heiligen Anna hierher geströmt waren und sich vielleicht in dieser oder jener Notlage Hilfe von ihr erhofften. Es war ein ergreifendes Bild, wie sich die Schar von Jungen und Alten singend und betend in einer langen Schlange, deren Ende man nicht absehen konnte, vor der Kulisse des Meeres feierlich fortbewegte. Das Gold der Kreuze blitzte in der Sonne auf. Unzählige alte und wertvolle Banner mit wunderbaren Stickereien auf rotem, blauem und dunkelgrünem Samt schwebten über den Köpfen der Pilgerschar. Kinder und Alte, einfache Bauern und Honoratioren mit Frack und Zylinder, leicht bekleidete Sommergäste und Einheimische in farbenprächtigen Trachten bildeten eine unübersehbare Menschenkette. Die Prozession war von einem feierlichen Ernst getragen, aber auch von einer fröhlichen Grundstimmung beherrscht. Es war heiß, und die Luft flimmerte. Manch alter Bauer wischte sich den Schweiß von der Stirn. Und die Bannerträger wechselten sich ab mit ihrer schweren Last.

„Das hier könnte Madame Piclet wirklich nicht mehr mitmachen", sagte Cornelius. „Aber ich kann ihr wenigstens berichten, wie schön es war."

„Also, ich fand den *Pardon* wirklich ein erhebendes Erlebnis", resümierte Marita ihren Eindruck, nachdem die Prozession beendet war und sie sich wieder zu ihren Autos begaben.

„Für mich ist so ein Brimborium nichts, dieser ganze fromme Schnickschnack", gab Udo seinen Eindruck zum Besten.

Kiki, der religiöse Feste aus ihrer Kindheit in Ostdeutschland nicht geläufig waren, betonte das Malerische an dem Festzug.

„Die Trachten und Fahnen, das sah doch wirklich sehr hübsch aus, meinte sie anerkennend, auch wenn ich mit dem Inhalt so eines Festes natürlich nichts anfangen kann."

„Ich fand es okay", meldete sich Cornelius zu Wort. „Das ist eben uralte bretonische Tradition."

„Es kommt drauf an, ob man einen Sinn für das Transzendente hat oder nicht", meldete sich Andreas zu Wort und wollte gerade zu einer längeren Grundsatzdebatte Anlauf nehmen. Aber da waren sie bei den Autos angelangt, und die jungen Leute hatten es plötzlich eilig.

Nur Stefan und Marcel, die mit Andreas und Marita zurückfuhren, blieben übrig.

„Bei uns auf Guadeloupe hält man die Traditionen auch aufrecht. Es gibt da auch so eine Volksfrömmigkeit wie hier. Also, mir hat es gut gefallen. Ich hab fast ein bisschen Heimweh bekommen..."

„Da kann ich Marcel gut verstehen", sagte Stefan. „In Deutschland gibt es ja auch Prozessionen. Aber das ist alles so erdenschwer. Mir hat besonders die Fröhlichkeit der Menschen imponiert."

„Genau", erwiderte Marcel. „Bei uns zu Hause sind solche religiösen Feste sogar noch ausgelassener! Es wird getanzt und gesungen. Da herrscht eine Fröhlichkeit, die steckt jeden an!"

„Feiern ist etwas ganz Wichtiges im Leben", sagte Andreas. „Es ist zweckfrei, genau wie die Kunst. Eine Gesellschaft ohne Kunst, ohne Feiern, ohne Riten und Bräuche kann keine menschliche sein. Wenn es nur noch ums Geldverdienen geht, entstehen Konsumproleten!"

„Ein starkes Wort", lachte Stefan.

„Ist doch aber wahr. Wenn man keine Kultur hat, muss man sie selbst schaffen. Dann zeigt sich, was man an Kultur wirklich in sich hat."

„Übrigens kommt der Begriff Kultur ja ursprünglich aus dem Lateinischen, von *colere*: bebauen, pflegen, bestellen", gab Marita zu bedenken. „Und ich finde, dass man hier in dieser noch überwiegend bäuerlich strukturierten Gegend diesen Zusammenhang am besten nachvollziehen kann."

„Aber die Schweinebarone sind bestimmt keine Kulturschaffenden!"

„Ach, Stefan, du musst immer gleich alles lächerlich machen", sagte Marita. „Das ist es ja, dass heute diese ursprüngliche Beziehung verloren gegangen ist. Von denen ist wahrscheinlich auch kaum noch einer fromm wie die gute Madame Piclet."

„Auf jeden Fall hat Kunst immer etwas mit Transzendenz zu tun", warf Andreas ein. „Und wo sie das nicht hat, ist sie nur Dekoration. Leer! Kultur ist sichtbar gewordene Sinnfragenbeantwortung."

„Ich glaube, früher haben sich die Menschen die Frage nach dem Sinn gar nicht gestellt", gab Marita zu bedenken. „Ihr Leben war einfach aufgehoben in einem Gesamtzusammenhang. Ich kann mir auch nicht vorstellen, dass Madame Piclet sich solche Fragen stellt. Ihr Leben *ist* sinnvoll, Punkt. Es hat Sinn. Wenn ich diesen modischen Neusprech höre, das *macht* Sinn, könnte ich jedes Mal auf die Palme gehen!"

„Kunst ist niemals festgelegt. Und Sinn kann man nicht erzwingen, sagte Andreas und fuhr fort: Wenn ich etwas gelernt habe in meinem Leben, dann, dass es Gott wirklich gibt und wir damit nichts anfangen können. Dieses Wissen ist nicht verwertbar! Gott ist nicht verwertbar, genau so wenig wie die Kunst oder die Liebe."

„Damit hat Andreas zweifellos Recht", sagte Stefan zu Marcel und legte ihm den Arm um die Schulter.

„Unser Wissen ist nie etwas fest Umrissenes. Es ist offen oder muss offen bleiben für neue Erkenntnisse. Viele Wissenschaftler haben einen viel zu engen Begriff von gefundenen Gesetzmäßigkeiten. Bei Bildern gibt es immer eine Unschärfe."

„Bei Gedichten auch", warf Marita ein.

„Ja, und diese Unschärfe ist der Atem Gottes. So sehe ich es."

„Wow", machte Stefan. „Die Unschärfe ist der Atem Gottes."

Er wiederholte den Satz, den Andreas soeben formuliert hatte.

„Eine geniale Definition! Sollte man drüber nachdenken."

Sie waren bei ihrem Ferienhaus angekommen und fanden zu ihrer Überraschung die anderen Mitbewohner schon im Garten vor bis auf die drei von Cornelius' Hof. Marita hatte gedacht, dass Gesa und Kiki mit ihren Freunden auch dorthin gefahren seien.

Aber sie hatten beschlossen, mal einen ganz ruhigen Tag mit Lesen, Malen und zwischendurch einem Bad im Meer zu verbringen.

„Andreas hat vorhin einen tollen Satz gesagt", rief Stefan Italo entgegen.

„So?", kam es langgezogen von Gesa. „Mein Vater produziert doch am laufenden Band tolle Sätze. Hast du das denn noch nicht gewusst?"

„Warum immer gleich so ironisch, Gesinchen?", sagte Italo und zu Stefan gewandt: „Lass mal hören."

„Die Unschärfe ist der Atem Gottes", gab Stefan zur Antwort.

„Mmh, hört sich nicht schlecht an. Aber das musst du mal etwas näher erklären, Andreas."

„Ja, was genau meinst du mit Unschärfe", wollte nun auch Stefan wissen.

„Dass in keiner Erscheinung der Welt das Ganze da ist. Es ist immer ein Verhältnis von Bestehendem zu Nichtbestehendem. Das Nichtbestehende sieht man nicht, es ist aber dennoch da. Und manchmal meldet es sich auch zu Wort. Deshalb ist auch nichts beständig, weil es nicht ganz vollkommen ist. Und das erzeugt die Sehnsucht nach Neuem. Die Unschärfe ist der große Beweger."

„Schon wieder so ein Satz!"

Stefan schnalzte mit der Zunge.

„Wenn ich mir's recht überlege, hat Andreas gar nicht so unrecht", sagte Italo nachdenklich. „Wenn ich den Gedanken auf die Musik übertrage, passt er auch da. Auch die Musik ist ja keineswegs festgelegt, wie man meinen könnte. Der Spielraum oder, wenn man so will, die Unschärfe, ist die Interpretation. Und da gibt es unendlich viele Möglichkeiten. Und auch mit der Sehnsucht hast du Recht. Jeder Musiker spürt die in sich, weil er immer mit diesem Rest an Unvollkommenheit zu kämpfen hat."

Leon hatte aufmerksam zugehört. Nun meldete er sich, was selten bei ihm vorkam, zu Wort. Er war der Stille unter ihnen, der Nachdenkliche, der Tiefgründige, der seine Worte sorgsam abwog, nie daher plapperte.

„Im Design ist das auch nicht anders. Unschärfe, das ist Möglichkeit. Und jeder Entwurf, den du machst, ist ein Zitat in die Zukunft."

„Wow, ich habe es hier mit lauter Philosophen zu tun", staunte Stefan.

„Toll, Leon, wirklich, warum sagst du nicht viel öfter etwas? Du hast eine Menge zu sagen. Wie ich sehe, hast du begriffen, was ich meine."

Andreas betrachtete seinen Sohn stolz und zärtlich. Er wusste, dass Leon ihm sehr ähnlich war, besonders was die existentiellen Gedanken anging. Er bedauerte nur manchmal, dass er sich mit ihm nicht öfter austauschen konnte.

„ ‚Wovon man nicht sprechen kann, darüber muss man schweigen. Es gibt allerdings Unaussprechliches. Dies *zeigt* sich, es ist das Mystische.', das hat

Wittgenstein in seinem ‚Tractatus' geschrieben", sagte Leon. „So könnte man das mit der Unschärfe vielleicht auch sehen."

„Ich kann da auch noch mit ein paar Zitaten zur Diskussion beitragen", sagte Marita und ging ins Haus, um den letzten Joseph-Band, den sie schon fast zu Ende gelesen hatte, zu holen. Wie es ihre Gewohnheit war, hatte sie sich viele Stellen darin angestrichen. Schon während des Gesprächs, das sie interessiert verfolgt hatte, waren ihr einige Zitate in den Sinn gekommen, die ausgezeichnet in die Diskussion passen würden.

„Ich glaube, jetzt wird es etwas anstrengend", sagte Marcel lachend. „Hat jemand Lust, mit mir schwimmen zu gehen?"

Stefan schwankte einen Moment, ob er Marcel begleiten sollte. Aber dann überwog doch sein Interesse an dem Gespräch, das spannend zu werden versprach.

„Auch gut, amigo, dann geh ich eben allein."

Marita kam mit dem Buch zurück, blätterte vor und zurück, suchte nach einem passenden Zitat.

„Hast du etwa schon das ganze Buch gelesen?", fragte Italo voller Anerkennung.

„Ich habe es fast zu Ende, aber davor habe ich bereits die anderen drei Bände gelesen. Ich bin tatsächlich ein bisschen stolz, dass ich es in diesen Ferien geschafft habe."

„Ist Thomas Mann nicht schwer zu lesen?", fragte Kiki. „Ich stelle mir den sehr dröge vor. Hab mal den ‚Zauberberg' angefangen, war mir aber irgendwie zu umständlich geschrieben. Also mein Fall ist das nicht."

„Ganz im Gegenteil", erwiderte Marita, „ich habe die Josephs-Geschichte mit sehr viel Gewinn gelesen. Sie ist äußerst abwechslungsreich gestaltet. Zwischen langen und bis ins kleinste Detail ausgesponnenen epischen Schilderungen, die sich übrigens mit ihrem ironisierenden Stil sehr amüsant lesen, hat Thomas Mann auch Überlegungen und Kommentare eingefügt. Aber eins ergibt sich aus dem anderen und ist alles andere als dröge zu lesen. Dafür ist seine Fabulierlust einfach zu groß. Und lachen muss man auch ganz oft. Vieles beschreibt er ausgesprochen humorvoll."

„Den ‚Felix Krull' hab ich als Jugendlicher verschlungen", erzählte Andreas. „Der hat mir ausgesprochen gut gefallen. So ein Hochstapler wollte ich auch werden. Ich habe nämlich auch so eine Gabe, die Menschen zu verführen."

„Ach ja?", unkte Stefan.

„Glaubst du etwa nicht?", fragte Andreas zurück. „Auf einem Fest an der Akademie habe ich mal den Clown gespielt. Ich hatte mir eine Drehorgel gebaut und hab alle möglichen Mätzchen gemacht. Sogar auf den Händen bin ich rumspaziert. Und dann habe ich Geld gesammelt für meine Darbietungen. Da waren nämlich eine Menge reicher Leute gekommen. Und die haben fleißig Geld in meine Büchse getan. Denen haben meine Vorführungen gefallen. Und dann habe ich gemerkt, dass ich doch nicht dafür tauge, Macht auszuüben. Und ich habe das ganze Geld unter die Leute verstreut!"

„Schön blöd", sagte Kiki. „Du hättest dir doch davon was kaufen können. Die haben dir das doch freiwillig gegeben."

„Das war es ja gerade. Mir ist schlagartig klar geworden, wie man Menschen verführen kann. Und das wollte ich nicht. Damit war mein Traum vom Hochstapler ausgeträumt."

„Hört mal, hier hab ich so eine Stelle gefunden, die in unsere Diskussion passt", unterbrach Marita.

„ ‚Wo das Ich seine Grenzen gegen das Kosmische öffnet, sich darin verliert, sich damit verwechselt, kann da von einer Vereinzelung und Abschnürung die Rede sein? Der Gedanke des Aufbruchs selbst war voll von ausdehnenden und bedeutenden Elementen des Immerseins und der Wiederkehr, die den Augenblick über alle Punkthaftigkeit und dürre Einmaligkeit erhoben.' "

„Halt, halt, halt! Noch mal von vorne bitte", sagte Stefan.

Auch Andreas meinte, dass man das Vorgelesene nicht beim ersten Zuhören kapieren könne.

Also las Marita den Text noch einmal langsam vor.

„Gib mir doch mal das Buch", sagte Andreas. „Ich muss das vor Augen haben. Da schwirren ja so viele Begriffe herum, dass einem ganz schwindlig wird."

Er vertiefte sich in die Textstelle und schüttelte dann leicht den Kopf.

„So ganz wird mir der Zusammenhang nicht klar", knurrte Andreas.

„Na, mir schon!", erwiderte Marita etwas schnippisch. „Also: die Grenzen öffnen, das ist doch genau die Unschärfe, von der du gesprochen hast. Und dann: ins Kosmische hinein, da hast du den Bezug zu einem wie auch immer definierten Göttlichen oder Ganz-Anderen. Und dann ist da auch noch der Gedanke des Aufbruchs. Das was Leon vorhin so schön formuliert hat: jeder Entwurf ist ein Zitat in die Zukunft. Entwurf und Aufbruch, das könnte man hier doch quasi als Synonyme auffassen. Und dann noch das Zitat von Wittgenstein, das Unaussprechliche als das Mystische. Das ist doch genau das, was Thomas Mann am Ende beschreibt mit den ‚Elementen des Immerseins und der Wiederkehr, die den Augenblick über alle Punkthaftigkeit' erheben."

„Potzblitz, nun hör mal einer meine Maus an! Da steckt ja richtig was drin. Wer hätte das gedacht?"

„Andreas, das ist nun aber wirklich nicht nett, wie du dein Ehegespons verspottest", sagte Italo lachend.

„Warum bekomme ich bloß so selten so tolle Gedanken zu hören", fragte Andreas in ironischem Ton.

„Könnte es sein, dass du die anderen viel zu wenig zu Wort kommen lässt?", fragte Stefan zurück und lachte.

„Na, Mäuschen, du darfst jetzt mal! Hast du noch mehr auf Lager?"

Marita schmollte, aber nicht wirklich ernsthaft und sagte halb drohend: „Wenn ich erst mal mit dem Zitieren anfange, kommst du tatsächlich nicht mehr zu Wort!"

Und damit hielt sie Andreas den „Joseph" vor die Augen, blätterte darin und zeigte triumphierend auf die vielen unterstrichenen Sätze.

„Ich ergebe mich!" Andreas hob lachend die Hände. „Nun schieß mal los!"

„ ‚Das musterhaft Überlieferte kommt aus der Tiefe, die unten liegt, und ist, was uns bindet. Aber das Ich ist von Gott und ist des Geistes, der ist frei.' "

„Ach, oder hier ist eine Stelle, die passt wie gemacht auf uns, auf unsere Fragen und Überlegungen während unserer gemeinsamen Ferien hier am Meer."

„ ‚Denn mit dem Warum der Dinge kommt niemand zu Ende. Die Ursachen alles Geschehens gleichen den Dünenkulissen am Meer: eine ist immer der anderen vorgelagert, und das Weil, bei dem sich ruhen ließe, liegt im Unendlichen.' "

„Also, Leute, mir ist das alles zu kompliziert und zu hoch droben in den Wolken angesiedelt", sagte Kiki. „Mir reicht es vollkommen, dass es mir Spaß macht, Kunst zu machen."

„Na, so einfach kann man es sich nun auch wieder nicht machen", protestierte Andreas.

„Das mit dem Warum und dem Weil ist gar kein so dummer Gedanke", warf Stefan ein. „Also die Begründung, das Weil, liegt im Unendlichen, sagt Thomas Mann. Ich erinnere mich an einen Satz bei Heidegger, der hieß ungefähr so: Das Fragen ist die Frömmigkeit des Denkens. Auch keine schlechte Definition, finde ich. Ich glaube, das Fragen, das Wissen wollen, gehört zum Menschen, seit er anfing, Mensch zu sein."

„Aber es gibt doch durchaus rationale Antworten auf das Fragen nach dem Warum, zum Beispiel in der Technik oder in den Naturwissenschaften", gab Italo zu bedenken.

„Aber wenn du sie immer weiter zurückführst, tauchen immer neue Fragen auf, genau so wie die Dünen, die Thomas Mann ins Bild nimmt oder wie die Wellen am Meer. Da kommst du auch nie an ein Ende", sagte Marita.

„Apropos Meer", rief Gesa, „mir wird's allmählich zu heiß, ich geh jetzt mal runter zum Strand."

Und plötzlich löste sich die ganze Diskussion im Sonnenglast auf, und alle verspürten Lust auf eine Abkühlung im Meer.

Einundzwanzig

Die Ferien neigten sich dem Ende zu. Cornelius war mit seinem Haus ein gutes Stück weitergekommen, auch dank der vielen fleißigen Helfer. Er hatte noch einen weiteren Monat Ferien vor sich. Und Besucher hatten sich schon wieder angekündigt.

Marcel hatte unter Andreas' Anleitung Fortschritte gemacht mit seinen Bildern und sah sich schon als veritablen Künstler mit einer Chance, die Aufnahme an die Kunsthochschule bestehen zu können.

Marita hatte die Josephs-Tetralogie zu Ende gelesen, ein Romanwerk von fast zweitausend Seiten. Dieses monumentale Epos, an dem Thomas Mann mit Unterbrechungen sechzehn Jahre lang gearbeitet hatte, hatte ihr großartig gefallen. Sie hatte es beim Lesen genossen, mit welch unglaublichem Einfallsreichtum der Schriftsteller die biblische Geschichte ausgestaltet, unzählige geschichtliche Bezüge bis hin zu Echnaton und seiner Religion des Lichts hergestellt hatte und insgesamt die Geschichte von Joseph, den seine Brüder in einen Brunnen geworfen und den sein Vater Jaakob tot geglaubt hatte als eine von Gott heilsgeschichtliche Erwählung und Führung durch Zeiten der Erniedrigung hin zur Erhöhung dargestellt hatte.

Marita brauchte diese Zeit der Entspannung in den Ferien als Atemholen für den Alltag im Beruf, der sie bald wieder ganz beanspruchen würde. Wie immer nach der Lektüre eines guten Buches war in ihr das Gefühl präsent, dass Literatur – Kunst überhaupt – an andere Seinszustände rührte, außerhalb der engen

Grenzen des Faktischen, ja, dass sie eine Sphäre berührte, die man heilig nennen konnte. Die jedenfalls über die Welt hinauswies, ein Mehr als das bloße Hier und Jetzt.

Am letzten Ferientag, als die anderen sich alle bei Cornelius auf dem Hof aufhielten, machte sich Andreas noch einmal zu einem Spaziergang am Meer auf. Er hatte seinen Zeichenblock und Kugelschreiber bei sich und wollte noch ein paar Skizzen machen. Das Meer war bewegt, und Wolkenberge türmten sich über der Bucht. Unterhalb des Klippenpfades toste die smaragdgrüne See gegen die zerklüfteten Felsen, während sich die Meeresoberfläche von einer rauen Verschlossenheit zeigte.

Andreas begann, mit schnellen Strichen, gleich Fingerübungen eines Klavierspielers, das Meer zu skizzieren. Immer neue Variationen auf ein Thema: Meer, Horizont, Mensch.

Unbemerkt hatte ein leichter Regen eingesetzt. Zuerst einzelne Tropfen, die auf das Blatt Papier fielen, ohne dass Andreas sich davon beim Zeichnen beinträchtigen ließ. Während er Blatt um Blatt wendete, weichte mit zunehmendem Regen der Block immer mehr auf, und der Kugelschreiber, der über das Papier glitt, riss Löcher in die einzelnen Blätter, ließ Striche auf der folgenden Seite erscheinen, die Andreas in die nächste Komposition einbezog und so weiter. Alles war in steter Veränderung. Sie war vorgegeben. Und er konnte auf sie reagieren. Andreas zeichnete sich in eine wahre Ekstase hinein. Inzwischen war er selbst schon ganz durchnässt.

Für den Bruchteil einer Sekunde sah er eine Riesenwelle das Land überschwemmen. Der irritiert suchende Blick sah die Endlosigkeit des Meeres vor sich und musste ihm auf dem Bild Halt geben mit Strichen, die sich zu Ornamenten verschlangen und immer neue Öffnungen schufen im aufgeweichten Untergrund. Das hier war die Unschärfe. Außen in der Natur in den verschwimmenden Konturen und in den verschwindenden Farben einer Kontrastlosigkeit. Auf den Zeichnungen die ausfransenden Gebilde, die der Stift gerissen hatte. In ihm: ein *ozeanisches* Gefühl, offenporig, entgrenzt.

So stand Andreas noch eine Weile, schaute und malte, bis plötzlich die dunkelgraue Wolkenmauer aufriss. Eine Möwe schob sich in elegantem Gleitflug von links her in sein Gesichtsfeld und auf den hellsilbernen Flecken zu, den das Wolkenloch auf dem Meer hervorrief. Es hatte unversehens aufgehört zu regnen. Nebelschwaden stiegen vom regenglänzenden, grau gezackten Felsgestein der Steilküste auf.

Er besah sich die Löcher in seinem Skizzenblock. Und mit einem Mal empfand er sie als etwas typisch Bretonisches, etwas, das dieser sich ständig verändernden Landschaft entsprach.

Die ganze Bretagne besteht aus Löchern, dachte er halb belustigt. Und weil es darin nichts Festes gibt, brauchen die Menschen ihre Heiligen und die Steine – die Megalithen, die Menhire und Dolmen – als Orientierungspunkte.

Und plötzlich entstand vor seinem inneren Auge eine Art Vision. Ein Bild, das praktisch nur aus einem riesengroßen Loch bestand. Nur der Bildrand war mit konkreten kleinen Zeichen in schwarz und weiß besetzt. Es erschien Andreas wie der letzte Akt der Schöpfungsgeschichte. Die Mitte, das war Gott, das Nicht-Darstellbare.

Im Haus angekommen holte Andreas nach einer heißen Dusche und nachdem er sich umgezogen hatte, den Bretagneführer heraus. Er hatte das Gefühl, dass darin für das Erlebnis auf der Klippe mit dem Regen und den Löchern in seinen Zeichnungen eine Erklärung zu finden sein müsste.

Loc'h, las er dort, ist das bretonische Wort für: heiliger Platz, geheiligter Ort.

Sie würden noch oft an diesen Ort zurückkehren.